M.G

DE AFDELING

Tammy Cohen bij Boekerij:

De nieuwe collega
De afdeling

www.boekerij.nl

TAMMY COHEN

DE AFDELING

Hannah komt terecht in een psychiatrisch ziekenhuis, een plek waar ze veilig zou moeten zijn. Alleen sterven er patiënten…

BOEKERIJ

Eerste druk 2018
Tweede druk 2020

ISBN 978-90-225-8869-7
ISBN 978-94-023-1072-6 (e-book)
NUR 330

Oorspronkelijke titel: *They All Fall Down*
Vertaler: Els Franci-Ekeler
Omslagontwerp: bij Barbara
Omslagbeeld: © Sfam Photo / Shutterstock
Zetwerk: Mat-Zet bv, Soest

1

Hannah

Charlie heeft vorige week haar polsen doorgesneden met een scherf gekaramelliseerde suiker. We hadden de suikerplaten eerder op de dag in de keuken van de kliniek gemaakt, onder het scherp toeziende oog van Joni.

'Die van jou zijn zo dik dat je je vingers er nog aan zult openhalen,' had ik tegen Charlie gegrapt.

'Ik vraag me af of dat haar op het idee heeft gebracht,' zei Odelle later bits. Na de dood van Charlie kwam 'Heel Meadows bakt' op de lijst van verboden activiteiten te staan.

Maar ik voel me niet schuldig, omdat ik niet geloof dat Charlie zelfmoord heeft gepleegd. Net zomin als ik denk dat de arme Sofia zichzelf van kant heeft gemaakt. In een psychiatrische inrichting, waar het risico op zelfdodingen hoog is, sterft er om de haverklap iemand. Dat hoort er nu eenmaal bij. Daarom kan een moordenaar zich hier in het openbaar verbergen. Temeer omdat wij de enige getuigen zijn en niemand geloof hecht aan wat wij zeggen.

Wie hier zit is niet per se gek, maar… Nee, wacht, wie hier zit is wél gek.

Ik ben bang. Bang dat ik gelijk heb en dat het nu mijn beurt is. En nog banger dat ik het mis heb, want dan ben ik inderdaad gek, zoals iedereen denkt. Ik zit hier opgesloten en de enige manier om te ontsnappen, is via mijn eigen gedachten. Maar stel dat mijn eigen gedachten juist het gevaarlijkst van al zijn?

Stella komt mijn kamer binnen en laat zich zwijgend op het voeteneinde van mijn bed neervallen. Haar huid staat strakgespannen over haar jukbeenderen. Ik durf er bijna niet naar te kijken, uit angst haar wangen te zien openbarsten.

'Het is niet waar,' zeg ik tegen haar.

Mijn kamer bevindt zich aan de zijkant van het gebouw. Ik zit in de beige leunstoel voor het raam te staren naar de rozentuin, waar de motregen van de rand van het platte dak van de dansstudio drupt en over de lange rij glazen tuindeuren glijdt. Mijn kamer is in diverse tinten beige ingericht. Ecru. Roomwit. Zandkleurig. Ook de rest van de verdieping heeft de kleur van rekverband. Om te voorkomen dat we te veel geprikkeld worden, neem ik aan. Niet dat daar hier veel kijk op is.

Stella draait haar hoofd om, zodat ze haar grote, blauwe ogen in de mijne kan boren. De halsketting die ze altijd draagt, is opzij gegleden, waardoor het kleine, zilveren poesje zich op het dekbed lijkt te hebben genesteld.

'Hoe weet je dat?' vraagt ze uiteindelijk met haar hese rokersstem.

Ik kijk haar afkeurend aan.

'Doe me een lol,' zeg ik. 'We hebben het over Chárlie.'

Ze begint te huilen.

The Meadows is een oud, georgiaans buitenhuis, compleet met klimop tegen de voorgevel en elegante, hoge schuiframen. Als je op de halfronde, met grind bedekte oprit staat, zou je je op een set voor de verfilming van een boek van Jane Austen kunnen wanen. Je zou denken dat er ieder moment een groepje giechelende jonge vrouwen, getooid met ouderwetse kapjes, door de dubbele voordeur naar buiten kan komen. Rijd echter door naar het parkeerterrein achter het huis en deze illusie wordt onmiddellijk tenietgedaan door de grote, moderne vleugel die aan het oorspronkelijke huis is geplakt. Al met al heeft het iets weg van een stijlvolle man met een goedkope toupet.

De spreekkamers, recreatiezaal, kantoren en therapielokalen bevinden zich in het oude gedeelte; de cafetaria en de slaapkamers in de nieuwe vleugel. Sofia zei dat het spookt in het oude huis, maar daar heb ik nooit iets van gemerkt. Daarbij moet ik wel aantekenen dat ik zo van de wereld was toen ik hier aankwam, dat ik het niet eens gemerkt zou hebben als er een spook bij me in béd was gekropen. Het probleem in een inrichting als deze, waar je tweemaal per dag groepstherapie krijgt en dagboeken moet bijhouden over alles wat je doet en denkt, is dat we zo druk bezig zijn in onszelf te kijken, dat we blind zijn voor wat er om ons heen gebeurt. Dat verklaart wellicht hoe het mogelijk is dat er twee vrouwen zijn vermoord en dat niemand daar iets van schijnt te hebben gemerkt, behalve ik.

Het kunsttherapielokaal aan de achterzijde van het oude huis heeft twee reusachtige ramen met uitzicht op het parkeerterrein, de rozentuin en de daarachter gelegen moestuin. De trots van The Meadows – het schitterende gazon dat glooiend afloopt tot aan een verrassend groot en diep meer, overgebleven uit de tijd dat dit een voornaam landhuis was – wordt door de lelijke moderne vleugel aan het zicht onttrokken. Het is woensdagochtend, tien uur, en we hebben kunsttherapie. Laura haalt de plakkaatverf uit de kast en vraagt ons een zelfportret te schilderen. We hebben deze oefening al eerder gedaan en kregen toen ieder een spiegel van plastic in plaats van glas, waardoor we er wazig uitzagen, als in rook gehuld. 'Sorry,' zei ze, toen we ons beklaagden. 'Ik moet me aan de regels houden.' Vandaag geeft ze ons een heel andere opdracht.

'Maak een zelfportret van hoe je jezelf ziet als je je ogen dichtdoet,' zegt ze. 'Waar ben je? Wat ben je aan het doen? Wat heb je aan? Ga het niet analyseren. En let niet op de camera. Sterker nog, probeer die te negeren.'

De filmploeg – die uit slechts twee personen bestaat, de regisseur/presentator, Justin Carter, en zijn cameraman, Drew Abbott – heeft zich zeven weken geleden in de kliniek geïnstalleerd en is er dus één week korter dan ik. Ik ben aangekomen op de derde maandag van januari, *Blue Monday*, bekend als de meest deprimerende dag van het jaar, al kun je je wel voorstellen dat er hier nog meer dagen om die eer vechten. Justin en Drew arriveerden een week later in een busje vol spullen, die ze naar binnen sjouwden vanaf het verregende parkeerterrein. Ze hadden voor het gemak de buitendeur vastgezet, waardoor een ijzige kou door het gebouw trok en Bridget Ashworth, de strenge administratief manager, overal de thermostaten hoger zette en schoonmakers liet opdraven om de moddervoeten op te dweilen.

Zij noemen het een observerende documentaire. Dokter Roberts beschreef het als volgt: 'Een belangrijke film die ertoe zal bijdragen de taboes over psychische aandoeningen te doorbreken,' zei hij. 'Jullie zijn uiteraard niet verplicht je te laten filmen, en je kunt altijd verzoeken eruit te worden geknipt, maar hou wel voor ogen wat jouw voorbeeld kan betekenen voor een jonge vrouw die hetzelfde doormaakt als jij en het gevoel heeft dat ze door niemand wordt begrepen.'

Op de eerste dag zei Justin: 'Doe maar net alsof we er niet zijn.'

'Zo zijn de meesten van ons hier terechtgekomen,' reageerde Charlie. 'Doordat we dingen zien die er niet zijn, of dingen níét zien die er wél zijn. Jullie zouden onze genezing lelijk kunnen belemmeren.'

Justin had geglimlacht, maar niet durven lachen. Hij wist nog niet of dat wellicht ongepast was. Hij wist nog niet dat 'gepast' en 'ongepast' dingen waren die je hier op de deurmat achterliet.

Vandaag heb ik mezelf afgeschilderd op de lage, met blauw fluweel beklede stoel in Emily's kamer. Door het schuifraam achter me kun je de donkerblauwe lucht zien en ik schilder een mooie, ronde, geelwitte maan, zodat iedereen weet dat het nacht is. Ik kijk naar iets wat zich rechts van me bevindt, buiten beeld. Ik draag mijn lichtblauwe ochtendjas. Mijn gezicht is een roze veeg, besmeurd met zwart omdat ik had moeten wachten tot de verf droog was voordat ik aan de ogen begon.

'Mooie peignoir,' zegt Laura als ze een kijkje komt nemen. 'Is dat bij jullie thuis? Is dat jouw slaapkamer?'

Ik knik. Ik wil haar de waarheid niet vertellen, want als ik iets over Emily zeg, wordt dat in een dossier genoteerd en dan moet ik er bij groepstherapie over praten. Dokter Roberts zal zijn hoofd schuin houden en iets in zijn boekje opschrijven en dan moet ik hier misschien nog langer blijven. Daarom vertel ik haar niet dat ik op het schilderij naar de rechterhoek van de kamer kijk, waar Emily's wiegje had gestaan.

Stella's schilderij is helemaal zwart, met uitzondering van een klein figuurtje onderin, dat naakt is, afgezien van haar lange, gele haar dat bijna tot de vloer reikt. Laura kijkt er lange tijd naar, legt dan haar hand op Stella's smalle schouder en knijpt er zachtjes in voordat ze naar de volgende doorloopt.

Sinds de dood van Charlie zijn alle schilderijen van Stella zwart.

Odelle heeft zichzelf, zoals altijd, moddervet afgebeeld. Ze draagt net zo'n zwart truitje en skinny jeans als de echte Odelle vandaag, en ze kijkt in een spiegel waarin ze een slanke versie van zichzelf ziet. Of misschien is het andersom. Misschien is de slanke Odelle de echte en de dikke de weerspiegeling. In elk geval is het de zoveelste variatie op Odelles vaste thema: zij en haar lichaam.

'Het is erg… beeldend, Odelle,' zegt Laura. Odelle werpt een blik op de camera achter in de ruimte, om zich ervan te verzekeren dat het erop komt. 'Maar ik had zo graag dat je je eens helemaal liet gaan. Bij deze oefening gaat het om wat híér gebeurt,' Laura klopt zachtjes op haar borst, 'niet hier.' Ze tikt tegen haar hoofd.

Odelles onderlip begint te trillen na dit lichte verwijt. Odelle heeft de neiging op mensen gefixeerd te raken. Dat is een van de redenen waarom ze in deze inrichting zit. Naast het feit dat ze nog geen veertig kilo weegt. Toen Charlie er net was, schijnt Odelle zich een poosje op haar gefixeerd te hebben. Ze liep overal achter haar aan, zat te dicht bij haar tijdens het eten en op de bank in de zitkamer. Maar meestal gaat ze voor gezagspersonen. Roberts is God, wat Odelle betreft, en Laura is een goede tweede. Na de les blijft ze altijd in het lokaal rondhangen, wil helpen met opruimen of vraagt om extra persoonlijke gesprekken. The Meadows gelooft in gespecialiseerde therapie. Er komen mensen van buitenaf om ons te genezen via tuinieren, muziek, bakken en beweging. Vorige week kregen we van Grace, de sierlijke bewegingstherapeute die haar naam eer aandoet, de opdracht door de dansstudio te dwarrelen alsof we herfstbladeren waren waar de wind mee speelde. Odelle begon ervan te huilen. 'Ik voel me zo onbeduidend,' zei ze. Judith zei dat Odelle waarschijnlijk zo van streek raakte, omdat ze vanwege haar geringe gewicht écht gevaar liep omvergeblazen te worden als het ook maar een beetje waaide.

Goedbeschouwd kan alles hierbinnen wel als therapie worden gebruikt. Er is zelfs ontspanningstherapie, wat gewoon wil zeggen: bankhangen. Charlie en ik hadden een vast grapje. In plaats van te vragen of ik meeging naar de eetzaal, vroeg ze: 'Zullen we naar eettherapie gaan?' Een keer, toen ik aan de late kant was voor het ontbijt, zei ik tegen haar dat ik naar 'poeptherapie' was geweest, waarna we tien minuten in een stuip lagen, totdat Odelle zei dat we ons kinderachtig gedroegen en bovendien 'geen rekening' hielden met alle mensen hier die 'niet veel te lachen' hadden.

Laura is de meest geliefde van alle therapeuten. Ze heeft vroeger in de verpleging gezeten en straalt nog steeds iets uit van 'ik maak je wel beter'. Ze heeft een eigen kantoortje, hier achter in het kunsttherapielokaal, met een blaaskacheltje, een waterkoker en verschillende soorten thee. Je mag er altijd binnenlopen, wegkruipen in de fauteuil onder een zachte, wollen plaid en met haar praten zonder het gevoel te krijgen dat alles wat je zegt in een dossier komt te staan. Laura is een beetje newageachtig. Wie belangstelling heeft, kan bij haar vrijblijvende meditatie of ontspanningstherapie krijgen, wat neerkomt op hypnose. Charlie zat er graag. 'Het is de enige plek in dit hele gebouw waar ik mezelf kan zijn,' zei ze een keer. Odelle zit er om de haverklap. Dan installeert ze zich in de fauteuil, met de plaid over alle laagjes kleding die ze al draagt, en praat over haar meest geliefde onderwerp. Zichzelf.

Laura blijft nu even staan en fluistert iets tegen Nina, die ineengedoken voor een vel papier zit waarop ze alleen een vaag ovaal heeft getekend. Vorige week heeft ze tijdens één sessie zeven werkstukken gemaakt; haar penseel vlóóg over het papier, kleuren vloeiden in elkaar over. Vandaag heeft ze niet eens genoeg fut om een stukje houtskool naar het papier te brengen.

Frannie huilt weer eens. Gedachteloos veegt ze de tranen weg die over haar wangen biggelen. Ze heeft een soort dubbelportret geschilderd, wat eigenlijk niet de opdracht was, maar dat maakt hier niet uit. Het ene is een groot gezicht met een lange, smalle neus, een kleine, volle mond en enorme groene ogen. Dat is Frannie, en in een van de ogen bevindt zich een ander gezicht. Het is te klein voor herkenbare gelaatstrekken, maar aan de zwarte krullen kun je zien dat het Charlie moet voorstellen.

'Omdat je aan haar denkt?' vraagt Laura.

Ik krijg een benauwd gevoel als ik naar het halflange, sluike bruine haar kijk dat Frannie zichzelf op het portret heeft gegeven. De echte Frannie draagt een blauw-wit gestreepte beanie, en daaronder is ze bijna kaal, met slechts hier en daar plukjes haar, hartverscheurend om te zien, kwetsbaar als het donzige pluis op het hoofdje van een pasgeborene.

Mijn baby heette Emily.

En nu wil ik niet meer schilderen.

Later, bij de groepssessie, is er zoals altijd eerst een rondvraag. Ieder van ons moet vertellen of we de twee doelen hebben verwezenlijkt die we ons vanochtend hebben gesteld. De mijne waren: in een echt boek beginnen, in tegenstelling tot de sensatieblaadjes waartoe ik me de afgelopen twee maanden heb beperkt, en mijn haar wassen. Het eerste is me niet gelukt, de letters krioelden als colonnes mieren over de pagina's. Maar wat het tweede doel betreft, mag ik een klein succesje aantekenen, want ik heb mezelf eindelijk gedwongen onder de douche te gaan, en nu is mijn haar voor het eerst in weken schoon, ook al zit het nog steeds vol klitten. Ik kan het van mezelf niet uitstaan dat ik glim van plezier als dokter Roberts 'goed zo, Hannah' zegt en iedereen applaudisseert alsof ik de Kilimanjaro heb beklommen of zo.

Na ongeveer een half uur beginnen we weer over Charlie. Odelle vertelt over de periode dat ze hier pas was en heimwee had naar haar familie en dat er bij haar eerste maaltijd iemand naast haar was komen zitten die nauwlettend in de gaten hield wat ze allemaal in haar mond stopte, en ze later op haar bed had liggen huilen met een kussen op haar gezicht om het geluid te smoren – ze slaat haar handen voor haar gezicht om dat te demonstreren, zichtbaar ontroerd door haar eigen verhaal – en dat Charlie toen op haar deur had geklopt en op haar bed was komen zitten om met haar te praten, en haar aan het lachen had gemaakt. Zo was Charlie. Ze zei dingen waar je zo hard om moest lachen dat de thee uit je neus kwam. En daarna ging ze terug naar haar eigen kamer om tandafdrukken in haar eigen arm te maken. Van alle mensen die ik ooit heb gekend, was zij degene die iedereen alles kon vergeven – en zichzelf niets.

Maar ze heeft geen zelfmoord gepleegd, zeg ik als het mijn beurt is.

Dokter Roberts zit achterovergeleund, met zijn ene been over het andere, de enkel op de knie, en een arm over de rugleuning van zijn stoel. Hij heeft een pen in zijn hand en klikt aldoor met het knopje terwijl hij knikt en luistert. Hij houdt zijn ogen half toegeknepen, zodat ik ze niet kan zien, maar ik weet dat ze soms blauw en soms groen zijn, afhankelijk van het licht. Zijn haar, bruin met veel grijs erin, is achterover gekamd, maar als hij enthousiast praat, valt er vaak een lok voor zijn linkeroog. Zijn keurige, korte baard is ook bruin met grijs en als hij glimlacht, verschijnen er kuiltjes in zijn wangen en trekken de rimpeltjes rond zijn ogen samen, als een accordeon.

Het overdrachtsgehalte – overdracht is het verschijnsel dat een patiënt verliefd wordt op de therapeut – is vrij hoog in deze inrichting.

'Dat is een erg interessante theorie, Hannah.' Zijn stem is warm en zoetgevooisd. 'Maar we weten allemaal dat Charlie aan een diepe, chronische depressie leed. Dat we van haar hielden, wil niet zeggen dat we haar konden helpen. Het is onvermijdelijk dat we denken gefaald te hebben, omdat we niet méér konden doen, en falen is niet prettig. Het is prettiger om te denken dat iemand haar om het leven heeft gebracht, want dat zou iets zijn wat we niet hadden kunnen voorzien of voorkomen. Maar wij zijn niet verantwoordelijk voor haar dood. Niemand had iets kunnen doen.'

'Ja, we moeten onszelf vergeven,' voegt Odelle eraan toe.

Ik kijk de kring rond. Twaalf vrouwen, met gebogen hoofd, frunnikende vingers, hun benen rond de stoelpoten gehaakt. Ik zie Frannie aan haar laatste paar wimpers trekken. Ze bekijkt een haartje en steekt het dan in haar mond. Ik zie Stella uitdrukkingsloos voor zich uit staren met haar wijd geopende ogen. Ze heeft vandaag een matblauwe jurk aan met een strak lijfje en een wijde rok. Ik probeer niet naar haar taille te kijken, die kunstmatig is versmald door het verwijderen van een rib, noch naar de overdreven welving van haar chirurgisch vergrote borsten. Ik zie Odelle, die zich in laagjes kleding hult alsof ze zichzelf van papier-maché heeft geboetseerd. Ze leunt ernstig naar voren, snuffelend naar goedkeuring als een blinde rat in een laboratorium. Ik zie Judith en Nina en de acht andere gedetineerden – cliënten, zoals we officieel heten – en Justin en Drew, die elke beweging volgen met hun camera. En alhoewel ik met mijn rug naar de deur zit, zie ik in gedachten – dwars door de panelen van beveiligd glas achter me – de hal en de brede, houten trap naar de luxueuze spreekkamers en het kantoor waar dokter Chakraborty, de adjunct-directeur van de inrichting, aantekeningen leest met zijn bedroefde bruine ogen, en beneden, in de therapielokalen, Laura en Grace en de andere parttime therapeuten. Aan de andere kant van de trap, via de deur die toegang geeft tot de aanbouw met de cafetaria en de keuken, de meditatieruimte en de kleine personeelskamer waar ze de medicijnen bewaren, zie ik Joni en Darren, de psychiatrische verpleegkundigen, met hun notitieboekjes in de hand, Bridget Ashworth, de strenge administratief manager van de kliniek, de goedbedoelende vrijwilligers, het keukenpersoneel en de verpleeghulpen. Ik zie alle mensen die verantwoordelijk zijn voor onze veiligheid. Dan keren mijn gedachten terug naar hier en zie ik dokter Oliver Roberts, goeroe, Svengali, heilige, wijze, redder.

Moordenaar?

Het zou kunnen. Ieder van hen kan de moordenaar zijn.

Maar één ding is zeker: het is gebeurd.

Ik zou gek zijn als ik zoiets zou verzinnen.

Na de sessie, rond half acht, glip ik weg terwijl de anderen bezig zijn de stoelen in te klappen en weg te zetten. Nu ik hier acht weken ben, raak ik niet meer ondersteboven van de pracht en praal van de hal van het oude huis, met de kristallen kroonluchter en het enorme olieverfschilderij van de graaf aan wie dit huis ooit toebehoorde. Er is trouwens niemand die van de voordeur gebruikmaakt, afgezien van belangrijke notabelen en gasten voor evenementen om geld in te zamelen. De hoofdingang is aan de achterkant, in de nieuwe vleugel, waar een receptioniste de naam van de bezoekers noteert en beleefd hun tas doorzoekt, onder het toeziend oog van een foto van een glimlachende Oliver Roberts die, gehuld in een toga, een of andere eretitel toegewezen krijgt.

Als ik de deur open die het oude huis van het nieuwe deel scheidt, loop ik niet rechtdoor, langs de meditatieruimte en het blanke hout van de cafetaria naar de receptieruimte, waar een knaloranje bank je toestraalt, als om bezoekers ervan te verzekeren dat hier geen sombere gedachten in de hand worden gewerkt. In plaats daarvan neem ik de eerste deur links, naar het beige trappenhuis, en haast ik me naar de slaapkamers.

Mijn kamer is de eerste links, maar ik loop verder door de gang met de ingelijste natuurfoto's – een close-up van een dauwdruppel op een grasspriet, een veer die in een modderige plas drijft, zonlicht dat door groen gebladerte wordt gefilterd. De lijsten zijn aan de muur vast gekit, zodat we ze er niet kunnen afhalen en gebruiken om onszelf, of elkaar, iets aan te doen. De laatste kamer is die van Charlie. Hoe vaak heb ik deze afstand, tussen mijn kamer en de hare, de afgelopen acht weken niet afgelegd? Het valt me mee dat mijn voeten geen groeven in de houten vloer hebben uitgesleten. Maar nu krijg ik een raar gevoel. De haartjes in mijn nek komen overeind. Ik kijk naar het oog van een beveiligingscamera. Die camera heeft daar altijd gehangen, maar hij valt me nu eigenlijk pas op, en zijn kille oog maakt me nerveus.

Onze deuren hebben geen slot. De reden daarvoor zal duidelijk zijn. Toch schrik ik er een beetje van dat de deur zomaar opengaat. Ik blijf aarzelend op de drempel staan.

Ik heb me er geestelijk op voorbereid een kamer aan te treffen die is ontdaan van alles wat van Charlie was. Maar alles blijkt er nog te zijn: de uitvergrote foto van haar en haar nichtjes bij haar ouders in de tuin, voor een uitbundige gele hibiscus waar hun drie donkere hoofden tegen afsteken; de levensgrote kartonnen Ryan Gosling die ze van een collega had gekregen; de ouderwetse lapjesdeken op het bed, een explosie van kleur te midden van al het deprimerende beige.

Maar Charlie was een enorme sloddervos, die altijd stapels paperbacks naast haar bed had staan en haar spijkerbroeken en truien op de vloer liet slingeren, en nu is de kamer akelig netjes. Geen kranten, tijdschriften en lege chipszakjes op het bureau, waarvan het witte blad me tegemoet glimt. Het bed, dat er altijd uitzag alsof ze net was opgestaan, is opgemaakt, met de lapjesdeken strak ingestopt.

Ik leg mijn hand op het kussen. Het voelt glad en onnatuurlijk koud, als een stuk zeep, en ik trek mijn hand snel terug. Ik kijk in een la van het bureau. Leeg. De kast heeft geen deur en de randen zijn afgerond, want aan een scherpe hoek zou je je kunnen opknopen. Mijn adem stokt als ik haar hardroze kasjmieren vest aan een van de eigenaardige kartonnen hangertjes zie hangen, aan de stang die zodanig is ontworpen dat hij breekt bij 'overmatige belasting'. Ze was dol op dat vest. Ze heeft me een keer verteld dat ze van haar moeder een handboek had gekregen over hoe je je kamer netjes kunt houden, wat een weinig subtiele hint was. Ze had principieel geweigerd het te lezen, maar er wel wat in gebladerd en er één tip uit meegenomen: dat je alleen dingen moet bewaren die je blij maken. 'Dit is mijn blijmaakvest,' had ze tegen me gezegd.

Nu hangt het aan dat rare kartonnen hangertje, met zielige lege mouwen.

De afwezigheid van blijdschap is bijna tastbaar en ik krijg opnieuw het onbehaaglijke gevoel dat ik word bespied.

Charlies kamer zit op de hoek. Ik loop naar het raam aan de achterkant, dat uitzicht heeft op het glooiende gazon en, aan het eind ervan, de donkere vlek van het meer. Op sommige dagen wordt de zon zodanig door het water weerspiegeld dat het lijkt alsof het meer van binnenuit wordt verlicht. Dat is vandaag niet het geval.

Onder het raam zit een radiator. Als het buiten erg koud was, legde Charlie een kussen op de vloer en plofte erop neer, in kleermakerszit, met haar rug tegen de verwarming. 'Het kan mij nooit warm genoeg zijn,' had ze me verteld. 'Ik ben net een kipfilet uit de diepvries met in het midden een hard, bevroren stukje dat maar niet wil ontdooien.'

Ik laat me op de vloer zakken, ga zitten zoals zij altijd zat, en probeer in haar huid te kruipen, te voelen wat zij voelde. Heeft ze hier op de laatste dag zo gezeten, met haar rug tegen de warmte, piekerend over hoe ze haar polsen het beste kon doorsnijden, in welke richting, en hoe diep? Had ik alles – had ik háár – echt helemaal verkeerd begrepen?

Ik was altijd zo zeker geweest van mijn beoordelingsvermogen, had zo veel vertrouwen in mezelf. Maar dat was voorheen.

Ik trek mijn knieën op naar mijn borst en begin zachtjes te wiegen. Soms word ik daar rustig van, maar zonder Charlie maakt deze kamer me nerveus.

Dan hoor ik de gedempte geluiden van voetstappen op de gang, en stemmen van mensen die mijn kant op komen.

'We hebben de kamer zo goed mogelijk opgeruimd. Het wás me een bende. Meer hebben we niet kunnen doen voor de komst van de naasten.'

De vrouw zegt 'naasten' alsof het iets vies is. Ik houd abrupt op met wiegen en zet mijn handen op de vloer. Mijn vingers raken een stukje papier dat achter de buis van de radiator is gestopt en kennelijk door de schoonmaakploeg over het hoofd is gezien. De voetstappen stoppen voor de deur. Ik krijg een droge mond als ik de bekende bariton van dokter Roberts hoor. Hij klinkt ongewoon kribbig en ongeduldig.

'Met een beetje geluk blijven ze niet lang. Snel erin en eruit, en dan kunnen we de rest van haar spullen inpakken. Maandag over een week komt er een nieuwe patiënt.'

De deurkruk gaat naar beneden. Ik weet het stukje papier nog net in de mouw van mijn sweatshirt te frommelen voordat de deur opengaat.

Met bonzend hart krabbel ik overeind.

'Oké. Even kijken of... Hannah. Wat doe jij hier?'

Dokter Roberts schakelt onmiddellijk terug naar zijn gebruikelijke, lome manier van spreken en ik vraag me af of dat Bridget Ashworth, de vrouw die hem vergezelt, ook opvalt.

Bridget heeft een strak, donkerbruin kapsel met grijze uitgroei aan weerskanten van de scheiding. Ze draagt een bril met een paars montuur en een donker wollen jasje met één dikke, witte kattenhaar op de schouder. Ze houdt haar sleutelkoord in haar vuist geklemd en knippert achter de brillenglazen met haar ogen alsof ze in haar keuken op een wilde vos is gestuit die met zijn neus in haar afvalemmer zit. Ik wip van mijn ene voet op de andere.

Wie zou geloven dat ik ooit presentaties gaf aan zalen vol mensen en mijn blik door de zaal liet gaan om bewust oogcontact te maken met volslagen onbekenden?

Nu houd ik mijn ogen op de vloer gericht, maar als ik iets mompel over dat ik dicht bij Charlie wilde zijn, voel ik Bridgets misprijzende blik over me heen kruipen. Zelfs als ik veilig en wel terug ben op mijn eigen kamer, blijf ik krabben om die blik van me af te krijgen.

2

Corinne

'Ik vond dat ze er goed uitzag. Jij?'

'Hm-mm.'

Corinne besloot dat op te vatten als een bevestiging.

'Een stuk beter dan ik had verwacht. Vond jij ook niet?'

'Hm-mm.'

Corinne wist dat ze beter niets kon zeggen. Na een bezoek was Danny nooit in de stemming om te praten. Maar de woorden bleven komen, ze kon ze niet tegenhouden. Toen ze voor de rotonde wachtten, trok hij de handrem aan. Corinne bekeek hem tersluiks. Hij was afgevallen. Danny was een knappe man, altijd geweest. Toen Hannah voor het eerst met hem was thuisgekomen, had Corinne zich bezorgd afgevraagd of hij misschien niet té knap was. Zijzelf zou het moeilijk hebben met een man die zo veel aandacht trok. Maar Hannah was altijd erg zelfverzekerd geweest. En eigenzinnig. Daarom waren deze nieuwe ontwikkelingen ook zo'n schok.

'Wat is er toch met haar?'

De vraag kwam zomaar uit de lucht vallen en had op Corinne het effect alsof ze een ijsblokje had ingeslikt.

'Ze is gewoon moe. Emotioneel uitgeput. De baby...'

'Dit heeft niets met de baby te maken. Deze obsessie met moord.'

'Nou ja, het is logisch dat ze van streek is. Die vrouwen waren vriendinnen van haar.'

'Het was bekend dat die vrouwen zelfmoordneigingen hadden. Ze hadden eerdere pogingen gedaan en zijn er ditmaal helaas in geslaagd. Het is logisch dat ze van streek is, maar dat ze zo hardnekkig weigert naar rede te luisteren, is een heel ander verhaal.'

Corinne wilde niet weten wat voor verhaal dat dan was.

'Het is een normale reactie, Danny. Zij maakte die vrouwen elke dag mee. Ze kan zich niet voorstellen dat zij dit zichzelf hebben aangedaan. Ik zou net zo reageren.'

'Welnee. Jij zou niet zo halsstarrig tegen de feiten ingaan. Niet als het zo overduidelijk is. We moeten op symptomen van paranoia letten. Dat zei dokter Roberts toch?'

'Ja, maar dit is geen paranoia. Het is echt.'

'Denk je?'

Ze reden langs Alexandra Palace, het grootse victoriaanse complex dat zich uitstrekte over een van de hoogste punten van Noord-Londen. Links van hen rees het majestueuze gebouw op naar de loodgrijze hemel, rechts verdween het park zacht glooiend in de duisternis, terwijl in de diepte de duizenden lichtjes van de stad flonkerden.

Toen Danny voor haar deur stopte, kuste Corinne hem vluchtig op de wang.

'Ik hoop dat ze daar snel weg kan,' zei ze. 'Dan wordt alles weer normaal.'

Danny zei niets. Hij vroeg niet wat ze onder 'normaal' verstond. Corinne wilde iets aardigs zeggen om hem uit zijn stijve, afstandelijke stemming te halen. Hij had er moeite mee Hannah te vergeven. Daar had ze begrip voor. Nadat hij zich al vader had gevoeld, had hij nu weer de status van niet-vader. Hij voelde zich tekortgedaan, alsof hem iets was afgenomen. Had ze er zelf niet net zo veel moeite mee dat ze geen grootmoeder was? Maar Hannah was geestelijk niet in orde geweest. Dat hadden de artsen hun uitgelegd. Dissociatieve stoornis, hadden ze het genoemd. Corinne had het notitieboekje bewaard waarin ze dat had opgeschreven, onderstreept en met een dik uitroepteken erachter.

Met één been al buiten de auto treuzelde ze nog, zoekend naar woorden om de spanning te doorbreken, maar er kwam niets in haar op. Ze klapte vaak dicht tegenover te knappe mannen zoals Danny.

Toen ze de sleutel in het slot stak, verwachtte ze het opgewonden geblaf van Madge te horen achter de deur van haar kleine huis aan de voet van het Alexandra Park, maar toen herinnerde ze zich met een ijskoude schok dat de kleine jack russell die ze als pup uit de vijver had gevist en die haar bijna zeventien jaar gezelschap had gehouden, er niet meer was. Het was bijna drie maanden geleden dat Madges hart het had begeven, maar Corinne kon er nog niet aan wennen niet meer begroet te worden door die opgewonden wit-zwarte pluizenbol, die haar uit pure dankbaarheid meestal een pantoffel bracht, alsof ze niet een paar uur maar een hele week van huis was geweest.

Die avond vond Corinne geen rust. Ze ijsbeerde door de weinige kamertjes van haar huis, pakte dingen op – een boek, een foto – en zette ze weer neer. Ze greep de telefoon en staarde er lange tijd naar. Wie kon ze bellen? Wat zou ze moeten zeggen?

Ik ben bang dat mijn dochter gek aan het worden is.

Ik ben bang dat mijn dochter gek is geworden.

Dat waren de woorden die ze niet hardop kon zeggen.

Wegzinkend in de zachte kussens van de oude, met fluweel beklede bank, waaraan nog steeds witte hondenharen geplakt zaten omdat ze het niet over haar hart kon verkrijgen ze op te zuigen, nam ze haar laptop op schoot om met Megs te skypen, maar vlak voordat ze op het groene gespreksicoon klikte, herinnerde ze zich het tijdsverschil. Kwart over negen 's avonds in Londen was kwart over vijf 's middags in New York. Megs was nog op haar werk, druk bezig in dat eigenaardige kantoor, omgeven door mannen. Haar jongste dochter was altijd apart geweest, en toen ze nog klein was, had Corinne zich vaak afgevraagd wat voor werk ze later zou gaan doen, maar van alle mogelijkheden die ze zich had ingebeeld, was het schrijven van programma's voor telefoonspelletjes, en nog wel helemaal aan de andere kant van de oceaan, nooit in haar opgekomen.

Ze wist dat Megs haar bezigheden onmiddellijk zou onderbreken om met haar te praten, dus ze had zichzelf gedwongen het aantal telefoontjes te beperken. Na die afschuwelijke toestand met de baby had Megs het eerste vliegtuig naar huis willen nemen, en Corinne was er zeker van geweest dat de breuk tussen haar dochters daarmee gelijmd zou worden, maar Hannah was in haar toestand niet in staat geweest bezoek te ontvangen, en tegen de tijd dat ze enigszins was hersteld, had ze gezegd dat ze er nog niet aan toe was haar jongere zus te zien.

Megan had Corinne vanaf de overkant van de oceaan zoveel mogelijk proberen te steunen, maar ze had een druk leven, een baan waar Corinne het fijne niet van begreep, en een vaste vriend die ze nog steeds niet had ontmoet.

Het was zo stil in huis dat Corinne schrok toen haar telefoon ging. Ze griste hem van de tafel, hopend Megs stem te horen, maar het was Duncans naam die op het schermpje stond. Er was een tijd geweest dat ze zijn nummer onder 'Hufter' had opgeslagen, maar dat was jaren geleden, toen het verraad nog vers was. Nu had ze wel andere dingen aan haar hoofd.

'Hoe is het met haar?'

Geen beleefdheden, niet eens een groet. Maar waarom zou hij ook?

'Ja, wel goed. Prima, eigenlijk.'

Corinne wist dat ze de situatie tegenover Hannahs vader niet mooier hoefde te maken dan die was, maar ze kon het niet opbrengen hem over het nieuwe probleem van de zelfmoorden te vertellen. Sinds Duncan als vijftiger een nieuw gezin had gesticht – zijn huidige vrouw, Gigi, had in snel tempo twee baby's ter wereld gebracht – had ze de neiging haar dochters nog meer tegen hem af te schermen, alsof er een stilzwijgende rivaliteit bestond tussen hen en de baby's.

Corinne had zich erbij neergelegd dat haar man haar na een huwelijk van dertig jaar had verlaten voor een vrouw die hij tijdens een wedstrijd van Arsenal had ontmoet. Ze had ook weinig keus gehad, toen Gigi zwanger bleek te zijn en de affaire een fait accompli werd. Wat ze veel moeilijker te verkroppen vond, was dat zij nu de enige was die Hannah en Megs voorop stelde. Duncans liefde voor zijn dochters, die tot dusver onvoorwaardelijk was geweest, was danig in het slop geraakt nu hij twee nieuwe, hulpbehoevende mensjes had om voor te zorgen.

Corinne had zich altijd afgevraagd of latente schuldgevoelens de reden waren dat hij een dochtermaatschappij had opgezet in Edinburgh om een baan voor zijn schoonzoon te creëren. Hannah had het niet leuk gevonden dat haar man drie dagen per week van huis was, maar voor een architect lagen goede banen niet voor het opscheppen.

'Heb je het haar gevraagd?' vroeg Duncan. 'Over de baby? Heb je met haar gepraat? Ben je er al achter hoe het precies zit?'

Typisch Duncan. Ervan overtuigd dat er een reden moest zijn geweest. Dat er een verklaring was, met een begin en een eind.

'Nog niet. Je kunt zoiets niet dwingen.'

'Ze zit daar al acht weken, Corinne. Het gaat niet om het geld...'

'Nee, dat moest er nog eens bij komen. Je weet donders goed dat het grootste deel door de verzekering wordt gedekt.'

Corinne was blij dat ze haar woede ergens op kon afreageren.

'Dat bedoelde ik niet. Jezus, Cor, je weet dat ik er alles voor over heb om Hannah hier doorheen te slepen, maar had ze inmiddels niet wat vooruitgang moeten boeken?'

'Ze gáát vooruit. Stapje voor stapje, zegt dokter Roberts.'

Duncan maakte een snuivend geluid.

'Misschien zou ze sneller vooruitgaan als dokter Roberts meer tijd aan zijn patiënten besteedde en minder aan het organiseren van evenementen om geld in te zamelen.'

'Dat is hij verplicht. Hij moet voortdurend op de voorgrond treden om fondsen te werven voor de kliniek. Anders zou de verzekeringsmaatschappij nóg meer moeten ophoesten,' zei ze snibbig, zodat dit goed tot hem zou doordringen. 'Ze mogen in hun handjes knijpen met iemand als hij. Dokter Chakraborty zegt dat hij de reden is dat ze zulk goed personeel kunnen krijgen.'

'Ik zet hem aan, hoor,' hoorde Corinne een vrouw op de achtergrond zeggen.

Duncan zuchtte.

'Ik moet gaan. We zouden een dvd gaan kijken.'

Een dvd? Corinne voelde al haar spieren aanspannen. Ze deed haar ogen dicht en ademde langzaam door haar neus tot de woede wegtrok.

'Oké,' zei ze.

Maar voordat ze ophing, zei hij: 'Cor?'

'Ja?'

'Je staat er niet alleen voor. Dat wilde ik gewoon even zeggen. Ik hou net zo veel van Hannah als jij en ik ben er voor jullie.'

Tot haar schaamte merkte Corinne dat ze tranen in haar ogen kreeg van zijn onhandige poging om haar te troosten.

'Ja, oké.'

Ze hing op voordat haar trillende stem haar zou verraden.

Nijdig richtte ze de afstandsbediening op de televisie. Die stond, met het volume veel te hoog, op een kookprogramma waarin de nerveuze deelnemers het hoofd moesten bieden aan de druk van een professionele restaurantkeuken. 'Ja, chef! Nee, chef!' Corinne zette de televisie weer uit. Ze had nog stapels werk liggen. Zesendertig essays om na te kijken. Tot een jaar of vijf, zes geleden waren de studenten sociale antropologie allemaal Engels geweest, jonge mensen met gemeenschappelijke culturele opvattingen en een soortgelijke achtergrond. Nu kwam negenentachtig procent uit het buitenland. Hoofdzakelijk uit China. Ze had haar lesmethode moeten aanpassen en een nieuw leerplan moeten opstellen, en ze moest ook nog eens voldoen aan de nieuwe eisen rond research en publicaties, opgelegd door de bureaucraten die tegenwoordig het beheer over de universiteiten voerden om het collegegeld dat ze van de studenten vroegen te rechtvaardigen. Corinne zuchtte en klapte haar laptop open.

De bureaubladachtergrond was een foto van Hannah, Megan en zijzelf, genomen op vakantie in Kreta, tien maanden geleden. Ze waren in het voorseizoen gegaan, half mei, een meidenvakantie, een laatste reisje samen voordat Megs in september aan haar baan in New York zou beginnen.

Ze hadden het fijn gehad tijdens die vakantie. Niet omdat ze op vakantie waren, want vakantie was altijd fijn. Nee, ze hadden echt genoten. Dit was nog voordat Hannah en Megs bonje hadden gekregen, en haar dochters hadden hun gebruikelijke, kinderachtige gekibbel – een gedragspatroon dat zich al in hun jonge jaren had gevormd – de hele vakantie opzijgezet. Hannah ging vaak te ver met haar geplaag en Megs was defensief en snel op haar teentjes getrapt. Op Kreta had Corinne eindelijk het gevoel gehad dat ze weer zichzelf kon zijn, voor het eerst sinds ze dat eigenaardige berichtje op

Duncans telefoon had gezien en hij had bekend dat hij niet alleen een ander had, maar dat zijn minnares ook nog zwanger was.

Ook Hannah had tijdens die vakantie een rustige, tevreden indruk gemaakt. Ze huilde niet meer te pas en te onpas om de miskraam die ze drie jaar eerder had gehad, en om de niet-geslaagde ivf-behandeling die ze daarna had ondergaan. Ze had zich kunnen ontspannen en gezegd dat het tussen haar en Danny veel beter ging nu ze hadden afgesproken het niet meer over kinderen te hebben.

Op Kreta hadden ze de mannen bijna van zich af moeten slaan. Hannah trok altijd aandacht, niet alleen omdat ze zo knap was, maar ook omdat ze zo'n zelfverzekerde indruk maakte. Megans schoonheid was minder voor de hand liggend. Het was Corinne al vaker opgevallen dat mensen in eerste instantie slechts een vluchtige blik wierpen op haar jongste dochter, met haar ernstige, donkerbruine ogen en haar scherpe gelaatstrekken, maar Megan had iets wat hen ertoe aanzette nóg een keer te kijken. Haar scherpe intellect, dat zelfs van een afstand te bespeuren was.

Corinne was met hernieuwd optimisme van die vakantie teruggekeerd. Voor het eerst in jaren was ze weer enthousiast over de toekomst, in plaats van te treuren omdat haar beste jaren achter haar lagen. Ze had het plan opgevat om in het voorjaar naar New York te gaan voor een bezoek aan Megan, en ze had er zelfs mee ingestemd om internetdaten uit te proberen, al was het maar om op feestjes een vruchtbare bron van nieuwe anekdotes te kunnen aanboren. Op de eerste avond na hun terugkeer had ze in haar kleine badkamer haar gebruinde gezicht bekeken, met de waas van sproetjes en de smalle witte lijntjes in haar ooghoeken waar de zon niet had kunnen komen omdat ze zo vaak had gelachen, en wat ze zag, was haar bevallen. Het leven leek weer legio mogelijkheden te hebben.

En toen was Hannah zwanger geworden.

3

Hannah

Charlie was de eerste die ik hier ontmoette. Voor zover ik me kan herinneren, tenminste. De eerste vierentwintig uur waren een zwart gat waarin nieuwe personen samensmolten tot een nietszeggend geheel, maar ook daarna bleef ik in een shocktoestand. Ik voelde me als verdoofd, mijn hersenen afgestompt van ongeloof. Ik deed geen toenaderingspogingen, omdat ik ervan overtuigd was dat ik niet zou blijven. Zodra ze zouden merken dat ik niets mankeerde, kon ik vertrekken. Ik stond mezelf niet toe aan Emily te denken, en aan wat er was gebeurd. In plaats daarvan dacht ik aan Danny, aan hoe hij op het gemeentehuis naar me had gekeken toen hij die zin uitsprak over in ziekte en gezondheid terwijl hij mijn handen in de zijne nam en ik voelde hoe hij stond te trillen. Ik dacht niet aan Megan, ik wilde niet aan haar denken en ik zóú ook niet aan haar denken, of aan wat ze over hem had gezegd. Sommige dingen kun je iemand maar moeilijk vergeven.

Danny heeft bruin haar met een prachtige slag erin. Hij laat het meestal kort knippen, omdat hij dat makkelijk vindt, al vind ik het leuker als het iets langer is en over zijn voorhoofd valt. Hij heeft brede schouders en ik kan zelfs met beide handen zijn biceps niet omvatten. Maar zijn lippen zijn zacht en als hij het kuiltje in zijn kin op mijn hoofd laat rusten, passen we perfect in elkaar.

Danny zou me hier vandaan halen.

Ik had toen geen idee dat Danny degene was die me had willen laten opnemen.

Al met al gedroeg ik me niet erg toeschietelijk toen Charlie op mijn eerste echte dag naar me toe kwam om zich voor te stellen.

'Eerste keer zeker?' vroeg ze. Ik hoefde haar niet te vragen hoe ze dat had geraden.

Ik knikte, maar wilde dat ze wegging. Ik wilde met rust gelaten worden, om de nevelen uit mijn hoofd te verdrijven, zodat ik zou kunnen begrijpen wat er was gebeurd.

'Het valt best mee, hoor.'

Ze had een prachtige, zachte, zangerige stem met een lach die onder de oppervlakte borrelde, alsof ze aldoor aan iets grappigs dacht dat ze met je wilde delen. Ze had krullen in de kleur van omgespitte grond, groene ogen en hoge jukbeenderen die glansden bij een bepaalde lichtinval.

Ik trok een gezicht van 'ja, vast'. Het enige wat op die eerste dag tot me doordrong, was dat op alle deuren, behalve die van de slaapkamers, een slot zat, dat het meubilair ronde hoeken had, dat iemand de veters uit mijn gympen had gehaald waardoor ik schuifelend moest lopen zodat ze niet van mijn voeten zouden vallen, dat ook mijn broekriem was afgepakt waardoor mijn spijkerbroek afzakte, en dat er in de hoek een uitgemergeld meisje een boek zat te lezen terwijl een machine haar voedde via een slangetje in haar neus. Mijn lichaam was in de rouw om de baby die er niet meer was, mijn borsten deden pijn en hormonen raasden door mijn aderen, waardoor ik het ene moment liep te stuiteren en het volgende moment instortte van ellende, zonder me bewust te zijn van de tranen die over mijn wangen stroomden.

Later, toen ik de kliniek wat objectiever kon bekijken, zag ik dat

Charlie gelijk had. Het had veel erger gekund. The Meadows is een privékliniek waarvan elk aspect een afspiegeling is van de hoge kosten om hier te mogen verblijven. Het oorspronkelijke huis is smaakvol ingericht, met tapijten in gedempte kleuren op de eikenhouten vloer en gerieflijke banken in de tv-kamer waar we op vrijdagavond naar een film kijken. Ieder van ons heeft een beige slaapkamer met eigen badkamer. We mogen foto's meebrengen van thuis en posters voor aan de muur, al mag er in de lijst geen echt glas zitten, waardoor er snel vegen op komen.

Maar dat zag ik allemaal nog niet toen Joni me meenam naar beneden, ondanks het feit dat ik haar smeekte in mijn kamer te mogen blijven.

'Niemand dwingt je,' zei ze. 'Maar ik wil je er wel op wijzen dat weigering kán worden aangemerkt als iets wat nader onderzocht moet worden, wat ertoe kán leiden dat je hier langer moet blijven dan anders het geval zou zijn.'

'Ik blijf hier helemáál niet,' zei ik tegen haar. 'Ik hoor hier niet thuis.'

Toch liep ik achter haar aan toen ze me voorging naar de cafetaria.

Ondanks het feit dat ik niet inging op haar toenaderingspogingen, keerde Charlie me niet de rug toe. Ze had eerder met dit bijltje gehakt. En ze oordeelde nooit over anderen. Daarom mocht iedereen haar zo graag. Toen ik aan de beterende hand was, grapte ik een keer dat ik jaloers was op haar populariteit. 'Het is maar goed dat je zelfmoordneigingen hebt, anders zou ik je zelf van kant moeten maken,' zei ik. Daar hebben we nog lang om gelachen.

Nu is het helemaal geen leuk grapje meer.

Odelle was de volgende die me benaderde. In klinieken als deze zijn er mensen zoals Charlie, bij wie alle wonden vanbinnen zitten, zo diep begraven dat je geen idee hebt van het bestaan van die vervormde plekken, bobbelig van littekenweefsel. Bij anderen, zoals bij Stella, zit de schade aan de buitenkant. Bij hen valt het gewoon niet te missen. Odelle was ook zo iemand. Door jarenlange anorexia stond haar hoofd, met het pluizige, muisbruine haar, als een lolly op haar dunne nek. Haar lichaam was gehuld in kleren die haar veel te groot waren, T-shirts en truien die als laagjes oud behang onder de halfopen rits van haar vest zichtbaar waren. Van dichtbij kon je zien dat haar gezicht was bedekt met donzige, abrikooskleurige haartjes, zacht als suède.

'Je hoeft niet bang te zijn,' zei ze. Ik had tot op dat moment geen angst gevoeld, daarvoor had ik te diep in zelfmedelijden gezwolgen, maar prompt voelde ik al mijn zenuwen zinderen.

'We gaan hier erg vriendschappelijk met elkaar om,' vervolgde ze. 'Blijf maar bij mij, ik zal wel op je passen.'

Terwijl Odelle doorpraatte, kwam er een herinnering in me naar boven, van toen we van Londen naar Cambridge waren verhuisd omdat mijn vader van baan was veranderd. Ik moest naar een nieuwe school, waar me op de eerste dag een meisje werd toegewezen dat me wegwijs moest maken. Ik herinnerde me nog precies hoe zelfingenomen ze met me door de gangen liep, alsof ik haar nieuwe puppy was. 'Dit is Hannah. Zij is nieuw,' zei ze steeds, en iedereen keek meelevend naar mij.

Odelle is vijfentwintig, zeven jaar jonger dan ik, dus ik probeer daar rekening mee te houden, maar soms voelt haar gezelschap alsof iemand met schuurpapier over mijn zenuwuiteinden strijkt.

Odelle is een vaste klant in psychiatrische inrichtingen. Als dergelijke klinieken een puntenkaart hadden, zou zij het eerste gratis drankje, het koffiezetapparaat *én* het verwenweekend al binnen hebben. 'Er is niets wat ik niet weet,' verklaarde ze, terwijl ze me van de ene naar de andere ruimte meesleepte. Psychiatrische patiënten zijn geneigd clans te vormen, legde ze uit. Je hebt de emo's, zoals Charlie, voor wie het leven een onpeilbaar, donker gat is; de es'jes, zoals Odelle, die met eetstoornissen worstelen, elkaar tips geven over hoe je zoveel mogelijk water tot je kunt nemen voordat je op de weegschaal moet en met elkaar wedijveren over wie de holste buik en de meeste ruimte tussen haar bovenbenen heeft. Je hebt de verslaafden, op alle denkbare gebieden; de ocs'jes, zoals Sofia, met hun obsessieve rituelen, hun tics en hun eindeloos herhalende dwangmatige gedachten; de bipolairen, zoals Nina, heen en weer geslingerd tussen apathische verdoving en manische paniek in een eeuwigdurende emotionele bungeesprong. En dan heb je nog de rest, die elk op hun eigen manier beschadigd is.

'Waar hoor jij bij?' vroeg Odelle nieuwsgierig.

Ik overwoog haar over Emily te vertellen, maar de woorden stapelden zich op in mijn mond tot ik dacht dat ik zou stikken.

'Dat is een ingewikkeld geval.'

Sofia huilde, met gierende uithalen die van heel diep leken te komen.

Odelle had me op die eerste avond aan haar voorgesteld en verteld dat ze in de kamer naast de mijne sliep. Die nacht lag ik in mijn bed naar haar te luisteren en wenste dat ik terug was in mijn eigen bed, in onze woning in Harringay, Noord-Londen, met Danny's arm om me heen en mijn wang op zijn borst.

Op de dagen dat we allebei naar de binnenstad van Londen moesten – ik werkte op de pr-afdeling van een kinderboekenuitgeverij – moest ik eerder van huis dan hij om mijn trein te halen. Danny lag altijd nog in bed als ik vertrok. Klaarwakker in mijn bed in The Meadows, luisterend naar Sofia in de kamer naast me, dacht ik aan hoe hij er dan uitzag, in zijn eentje in dat grote bed, met zijn arm gestrekt over de lege plek waar ik had gelegen.

Nu is hij bijna een vreemde als hij op bezoek komt.

Toen ik die eerste ochtend in de cafetaria kwam, stond Sofia al bij de buffettafel. Haar ogen waren nog dik. Nadat ze haar dienblad had volgeladen (geen es'je dus) liep ze naar een van de drie ronde, eikenhouten tafels, die waren gedekt als in een eersteklas hotel. Halverwege stopte ze en bleef een paar seconden doodstil staan. Toen liep ze lijdzaam terug naar de buffettafel, zette haar yoghurt terug, legde haar banaan weer op de schaal, keerde het bakje cornflakes om boven de afvalbak, zette haar bord bij de vuile vaat en begon van voren af aan, waarbij ze precies dezelfde dingen koos.

'Ze had een negatieve gedachte,' zei Charlie, toen ze mijn vragende blik zag. 'Waarschijnlijk dat een van haar kinderen iets zou overkomen. Daar gaat het meestal om. Dan moet ze zich ontdoen van alles wat door die gedachte is besmet. Soms zit het in de kleren die ze aanheeft. Dit keer zat het blijkbaar in het eten op haar dienblad.'

Ik deed mijn mond open om 'wat idioot' te zeggen, maar hield me net op tijd in.

Toen ik haar wat beter leerde kennen, vertelde Sofia me dat ik van haar zou walgen als ik wist wat er in haar hoofd omging, gedachten over vreemden, vrienden en familie. Geen fantasieën. Het tegendeel. Misselijkmakende seksuele gedachten die zich aan haar opdrongen. Ik antwoordde dat ik nergens meer van walgde, maar dat was niet wat ik bedoelde. Wat ik bedoelde, was dat ik me nergens meer over verbaasde. In elk geval niet tot mijn vriendinnen begonnen te sterven.

Sofia was achter in de dertig, maar de tijd was haar niet gunstig gezind geweest. Ik had haar op tien jaar ouder geschat. Haarvaten waren als vuurwerk uiteengespat onder de blanke huid van haar gezicht, waardoor haar wangen er rood gevlekt uitzagen, en haar halflange, kroezige haar, dat ze met een fluwelen haarband uit haar gezicht hield, had de kleur van een verschoten oranje ligstoel aan het eind van een lange, hete zomer. Ze was grofgebouwd en breedgeschouderd, en ze droeg slobberige truien en vormloze, halflange rokken.

Ze had twee kinderen – een zoon van negen en een dochter van twaalf – die op zondagmiddag braaf op bezoek kwamen, onder de hoede van Sofia's echtgenoot, Rob, een kleine, tengere man die altijd keek alsof hij in de verkeerde bus was gestapt. Voor hen deed Sofia manhaftige pogingen haar gedrag in bedwang te houden – de herhalingen, het terugkeren op haar schreden, het voortdurend omkleden – maar het was haar aan te zien hoeveel moeite dit haar kostte. Na een paar uur zat ze stijf naar voren geleund op haar stoel en telde geluidloos mee hoe vaak ze met haar hand tegen de zijkant van de stoel tikte.

Als ze weer weg waren, hielden Charlie of ik haar in onze armen terwijl ze huilde tot ons T-shirt helemaal nat was.

Ik weet wat je denkt, maar je hebt het mis. Ze wilde zich niet van kant maken.

Ze wilde beter worden. Voor hen.

4

Laura

Het waren best mooie bloemen. De dikke blaadjes, geel als een eierdooier, staken als een open hand uit de grond. Winterakoniet. Een teken dat de lente in aantocht was.

Gelukkig maar.

Laura stapte over de border die het parkeerterrein begrensde en snoof de koude lucht op, die bij het uitademen als een wolkje rond haar mond bleef hangen. Jammer dat de aardse geur van de ochtendregen op het natte grind werd vermengd met die van de gekookte kool die uit de roosters van de keuken walmde, maar ze wist uit ervaring dat er in institutionele keukens altijd dezelfde goedkope geur hing, ongeacht hoe duur of exclusief een kliniek was.

Ze drukte op het knopje van haar autosleutel en kreeg automatisch een blij gevoel toen ze de lichtjes van haar knalroze Kever zag knipperen alsof ze haar begroetten. Als je zo'n baan had als zij, kon je aan het eind van een emotioneel uitputtende dag wel wat vrolijkheid gebruiken, en Laura werd altijd vrolijk als ze haar trouwe autotje zo geduldig op het parkeerterrein op haar zag staan wachten.

Ze maakte zich zorgen om Hannah.

Ze had gedacht dat Stella zich de dood van Charlie het meest zou aantrekken, maar Hannah leek het absoluut niet te kunnen verwerken. Vandaag had ze de groep gevraagd hun naam op een artistieke manier te tekenen, ieder op een apart vel papier, waar ze dan een boekje van zou maken om aan Charlies ouders te geven. Liever zo'n persoonlijk gebaar dan gekochte rouwkaarten. De meesten hadden zich met hart en ziel op de opdracht gestort. Odelle had een heel teer en ingewikkeld patroon getekend waarin ze de letters van haar naam had vervlochten. Frannies kaart zag eruit als de omslag van een fantasyroman, waarop de F een toren met kantelen was en de twee N'en een besneeuwde bergketen waarvan de top in de wolken verdween. Hannah was de enige die niets had weten te verzinnen. Ze had een flauwe poging gedaan om haar naam op papier te zetten, maar ze was niet verder gekomen dan de eerste drie letters, die ze op verschillende manieren had uitgeprobeerd – krullen en bloemen, een bladertak die zich rond de H wond, maar ze had alles steeds uitgegumd. Uiteindelijk was dat het enige wat er op haar papier stond: die drie letters, grijs en gevlekt.

'Maakt niet uit. Maak het de volgende keer maar af,' had Laura gezegd, maar toen de groep het lokaal had verlaten, had ze nog minutenlang staan staren naar die drie letters, HAN. Reken maar dat Roberts de gelegenheid zou aangrijpen om theorieën te spuien over wat het betekende dat Hannah de helft van zichzelf had weggelaten.

Haar maag verkrampte als ze aan Roberts dacht, met zijn honingzoete stem en zijn harde blauwe ogen. Ze klemde haar handen om het roze leren stuur. Met kracht dwong ze zichzelf ergens anders aan te denken. Dat had ze zichzelf aangeleerd. Je moest je voorstellen dat je schapen hoedde en de kudde in een andere richting wilde drijven. Je gedachten visualiseren. Een nuttige techniek.

Laura was hier de afgelopen jaren al vaak geweest, maar toch werd ze elke keer weer getroffen door de tegenstelling tussen het soort woning dat ze bij Annabel had verwacht en de werkelijkheid. Niet dat er iets mis was met het keurige, kleine, moderne huis in de luxueuze wijk, en het was prettig dat het zich in een deel van Noordwest-Londen bevond waar je nog voor de deur kon parkeren. Maar Annabel was zo intelligent, zo intellectueel. Als je haar voor het eerst ontmoette, stelde je je onmiddellijk voor dat ze in een groot, oud, vrijstaand huis buiten de stad woonde, met stapels boeken op alle tafels en een rij kaplaarzen in de portiek.

Laura stond er zelf verbaasd over hoe blij ze was Annabels opvallend vlakke, vierkante gezicht te zien, met de ver uit elkaar staande, lichtbruine ogen en de kleine neus die zo plat was dat haar profiel van voorhoofd tot kin een vrijwel ononderbroken lijn vormde.

Ze sloeg haar armen om Annabels hals en zei: 'God, wat ben ik blij je te zien.'

Annabel glimlachte en maakte zich voorzichtig los uit haar greep.

'Wil je iets drinken?' vroeg ze, terwijl ze Laura voorging door de smalle gang, waar maar één jas en sjaal aan een eenzaam kapstokhaakje hingen.

'Water, graag,' zei Laura, zoals altijd.

Terwijl Annabel naar de keuken ging, liep Laura door naar de zitkamer. Ze plofte neer op de lichtblauwe bank, gooide haar sleutels op de tafel ernaast, legde haar hoofd tegen de rugleuning en liet de rust over zich heen komen.

'Je ziet er moe uit,' zei Annabel, die in de fauteuil tegenover haar was gaan zitten. Laura kreeg een brok in haar keel. De laatste tijd had ze zich afgevraagd waarom Annabel minder aandacht leek te hebben voor haar gevoelens dan voorheen, en ze was overrompeld door de bezorgdheid die ze nu toonde.

'Ben je weer te veel met je patiënten begaan?'

'Nee. Ja. Ach, je weet hoe ik ben. Ik probeer grenzen te trekken, maar er zijn er altijd wel een paar die deze weten te overschrijden.'

'We hebben het hierover gehad.'

'Ja, ja, ik weet het. En ik doe mijn best, maar er hangt zo'n vreemde sfeer sinds Charlies... overlijden. Een loodzware sfeer. Als je er te lang blijft, krijg je het gevoel dat je zult stikken. En voor hém is het natuurlijk een mooi excuus om zich op te werpen als de sterke leider in tijden van tegenspoed.'

Ze keek naar Annabel om te zien hoe die op deze uitleg reageerde, maar de oudere vrouw bleef volkomen neutraal kijken. Zoals gewoonlijk was het uitblijven van een reactie reden voor Laura om door te gaan.

'Het komt zijn reputatie niet bepaald ten goede. Twee sterfgevallen in evenveel maanden. Eén echtpaar heeft hun dochter al uit de kliniek gehaald, omdat ze vinden dat ze daar niet meer veilig is. En verlies van inkomsten is iets wat dokter Roberts heel serieus opvat.'

Ze glimlachte vluchtig, maar Annabel glimlachte niet terug.

'Misschien is het tijd dat je jezelf eraan herinnert waarom je daar ook alweer werkt, Laura. Denk aan alle gesprekken die we hebben gevoerd toen je besloot over te stappen van de verpleegkunde naar de therapie. Wat de reden was waarom je mensen met psychische aandoeningen wilde gaan helpen in plaats van mensen met lichamelijke problemen.'

Laura woelde met beide handen door haar korte, zwarte haar, zoals ze al sinds haar prille jeugd had gedaan als ze een moeilijke vraag moest beantwoorden. Dat effect had Annabel altijd op haar. Bij haar was ze weer het nerveuze kind van vroeger, hunkerend naar liefde en goedkeuring.

'Omdat ze me nodig hebben,' was uiteindelijk haar antwoord.

Annabel leunde achterover, knipperde met haar ogen en zei niets, op die typerende manier van haar.

5

Corinne

Hannahs eerste zwangerschap was niet gepland geweest. Danny en zij waren pas een jaar getrouwd en bevonden zich nog in die magische tijd waarin ze elkaar aan het ontdekken waren. Het was een schok, maar Danny zei dat hij zou meegaan met wat Hannah wilde. Toen Hannah eenmaal had besloten het kind te houden, zetten ze zich er beiden helemaal voor in. 'Ik weet dat ik me moe, misselijk en beroerd zou moeten voelen, maar ik vind het gewéldig om zwanger te zijn,' zei Hannah tegen Corinne na de twaalfwekenecho. Nog geen veertien dagen later kreeg ze hevige bloedingen. Een nieuwe echo toonde aan dat de baby al een paar dagen dood was.

Het was hard aangekomen bij iedereen, ook bij Corinne. Alhoewel ze er niet op had gerekend zo snel grootmoeder te worden, had ze zich een paar weken lang voorgesteld hoe het zou zijn. In het weekend op de kleine passen, vingerverven aan de keukentafel, haar kleine huisje gevuld met gezellig kabaal. Na Hannahs miskraam had ze die nieuwe ik diep weggestopt, achter in een la. Ze had zich volledig gericht op Hannah, die na terugkeer uit het ziekenhuis leek te zijn verschrompeld, alsof het apparaat dat de 'nasleep van de zwangerschap' (zo noemde de arts het) had weggezogen, een belangrijk deel van haar wezen had meegezogen.

Corinne was ervan uitgegaan dat Hannah zich na een periode van rouw zou herstellen en opnieuw in verwachting zou raken. Het gebeurde immers vaak genoeg dat de eerste zwangerschap misliep. Zijzelf had ook een miskraam gehad voordat Hannah was geboren, dus ze begreep precies hoe verdrietig haar dochter was om het kleine mensje dat er niet meer was. Maar Hannahs relatief late miskraam, waarbij ze daadwerkelijk van de piepkleine foetus had moeten bevallen, had haar geestelijk een enorme opdonder gegeven. De artsen hadden geen bevredigende verklaring voor de miskraam kunnen geven en zeiden dat ze geen reden zagen waarom ze mettertijd niet van een gezonde baby zou kunnen bevallen.

De eerste keer was ze ongepland zwanger geworden, maar nu raakte Hannah totaal gefixeerd op een nieuwe zwangerschap. De zo vurig gewenste tweede baby kwam echter niet. In de daaropvolgende drie jaar zwakte Hannahs heftige verdriet af tot een stille, sluimerende droefheid, die nog dieper werd door een mislukte ivf-poging.

'Ik heb nog nooit ergens in gefaald, mam,' zei ze tegen Corinne. 'Ik haalde altijd goede cijfers, ben de eerste keer voor mijn rijexamen geslaagd. Weet je nog? Ik ben met Danny getrouwd, ook al vonden sommige mensen dat hij boven mijn stand was. Om nu te falen in iets wat de meeste vrouwen moeiteloos lukt... Het voelt alsof iemand een grap met me uithaalt.'

Dergelijke opmerkingen maakten Corinne erg verdrietig, en ze was dan ook opgelucht toen Hannah uiteindelijk ophield met praten over baby's en langzaam maar zeker weer de vrolijke jonge vrouw werd die ze altijd was geweest. Hun telefoongesprekken gingen weer over feestjes waar ze was geweest, signeersessies die ze had georganiseerd, films die ze had gezien.

Toen Corinne in haar Fiat het parkeerterrein van The Meadows opreed, twee dagen nadat ze er voor het laatst met Danny was geweest, hoopte ze dat haar schoonzoon er niet zou zijn. Voorheen hadden ze goed met elkaar overweg gekund, en Corinne had altijd geweigerd partij te kiezen bij de vele ruzies die tussen hem en Hannah waren opgelaaid. Dat was maar goed ook, gezien wat er was gebeurd toen Megs één keer haar mond had opengedaan. Maar sinds Hannah was ingestort, werd Corinne moe van Danny's zwijgende aanwezigheid. Hij nam nooit het initiatief voor een gesprek en ze had gemerkt dat er steeds grotere tussenpozen zaten tussen zijn bezoekjes aan zijn vrouw. Aan de ene kant was ze blij dat ze zijn zwijgzame stugheid niet hoefde te verdragen, maar aan de andere kant maakte ze zich zorgen dat zijn afwezigheid Hannahs genezing zou belemmeren.

'Je kunt haar niet de schuld geven van wat er is gebeurd,' wilde ze tegen hem zeggen. 'Ze was ziek. Beschouw het als een koortsaanval.'

Alleen was het geen koortsaanval.

Toen ze zich intekende als bezoeker, keek Corinne snel naar de andere namen. Danny Lovell stond er niet bij. Dat zou Hannah verdriet doen.

Corinne keek geïrriteerd bij het zien van de namen Justin Carter en Drew Abbott. Toen Hannah haar had verteld dat er in de kliniek een documentaire werd gefilmd, was Corinne danig geschrokken. Ze had alles in het werk gesteld om haar dochter erbuiten te houden, maar ze had niet geweten hoe overtuigend dokter Roberts kon zijn, noch dat Hannah zich stierlijk verveelde. 'Het brengt tenminste wat leven in de brouwerij,' had ze bits gezegd, alsof het Corinnes schuld was dat ze hier zat. 'En we kunnen altijd naderhand nog nee zeggen, als het ons niet bevalt.' Zelfs Duncan had zich over zijn aanvankelijke twijfels heen gezet, toen hij hoorde dat Roberts de deelneemsters korting gaf op hun verblijfskosten, ter compensatie van het 'ongemak'.

De jonge receptioniste vertelde haar dat Hannah buiten was. Corinne liep om de uitbouw heen en bleef even staan om het fluwelen gazon te bewonderen dat afliep naar het grote meer, waarin volgens de verhalen een roestend wrak lag van een auto die er door een dronken feestganger in was gereden in de tijd dat dit nog een privéwoning was.

Alhoewel het aardig koud was en loodgrijze wolken zich onheilspellend boven hun hoofd samenpakten, trof Corinne haar dochter samen met Stella aan op het bankje in de rozentuin. Corinne keek bedenkelijk toen ze de sigaret in Hannahs hand zag. Hannah had niet gerookt toen ze hier kwam, maar zat nu urenlang buiten, ineengedoken tegen de kou, samen met andere rokers.

'Iedereen doet het hier, mam,' had ze gezegd toen Corinne er de eerste keer over begonnen was. 'Het is de enige zonde die ons is toegestaan. Ik zou gek zijn als ik daar geen gebruik van maakte.'

'Dag, Hannah. Dag, Stella,' riep Corinne terwijl ze naar hen toe liep.

Hannah stond op om haar te omhelzen, maar Stella, die met haar rug tegen de armleuning van de bank zat, trok haar knieën op en klemde ze tegen haar borst.

'Hallo, Corinne,' zei ze met haar eigenaardige, ijle stem.

Ze droeg een nauwsluitende, knielange rode jurk, die haar smalle taille accentueerde, en hoge, rode schoenen met plateauzolen die glinsterden toen ze begon te wiegen. Haar lange blonde haar had ze in een hoge paardenstaart gebonden.

Corinne keek naar dat mooie gezichtje – de huid die zo strak over de prominente jukbeenderen was gespannen, het kleine rode mondje, het puntige kinnetje en de grote blauwe ogen – en voelde de tegenstrijdige emoties die Stella altijd in haar opriep: afkerige fascinatie vermengd met een sterke drang om haar te beschermen.

De eerste keer dat ze naar de inrichting waren gekomen – en die hele, afgrijselijke eerste week, toen Hannah voortdurend had gehuild en 'het spijt me, het spijt me' had gezegd tot Danny was opgestaan en weggegaan en Corinne hem later in de auto had aangetroffen met zijn hoofd op het stuur – was ze niet in staat geweest haar ogen van Stella af te houden. Bloedmooi, maar een beetje vreemd. De ogen iets te groot. De gelaatstrekken iets te symmetrisch.

Later had ze het gewaagd Hannah naar het eigenaardige blonde meisje te vragen, en ze was beduusd geweest van de nonchalante manier waarop Hannah had geantwoord: 'O, Stella. Die is verslaafd aan plastische chirurgie.' Alsof het niets bijzonders was, gewoon een interesse zoals trainen voor de marathon of Mandarijn leren. Weer later was ze erachter gekomen dat Stella's rijke moeder in Amerika haar in The Meadows had laten opnemen nadat medische deskundigen hadden gewaarschuwd dat nog meer operaties haar fataal konden worden.

Corinne had zich geen houding weten te geven. Dit soort dingen gebeurden niet met mensen als zij. Met gezinnen als het hare.

Met vrouwen als Hannah.

'Ze heeft het niet gedaan.'

Corinne begreep best waarom Hannah weigerde te geloven dat Charlie zelfmoord had gepleegd. De dood komt altijd als een schok, maar in sommige gevallen is die schok veel groter dan in andere. Dat was het geval bij de dood van Charlie.

'Ik weet dat het erg moeilijk te bevatten is, maar Charlie vocht tegen demonen, net als wij allemaal.'

'Jullie.'

Corinne begreep niet wat ze bedoelde.

'Dat wilde je eigenlijk zeggen. Net als júllie allemaal.'

Corinne vond het vreselijk als Hannah zo deed. Als ze de troef van geestesziekte uitspeelde. Als ze deed alsof het ging om 'wij tegen zij'.

'Ik geloof niet dat je moeder er iets mee bedoelde,' zei Stella kalmpjes. Corinne kon haar wel zoenen. Voor zover ze erover kon oordelen, waren Stella's eigen ouders emotioneel even ver van haar verwijderd als geografisch en overlaadden ze haar liever met geld dan met liefde.

Corinne sloeg een sussende toon aan. 'Waarom?' vroeg ze haar dochter. 'Waarom zou iemand Charlie... iets willen aandoen?'

Ze was niet in staat 'vermoorden' te zeggen. Ze kreeg het woord gewoon niet over haar lippen.

Hannah haalde haar schouders op. 'Misschien had ze iemand kwaad gemaakt. De mensen hier zijn snel op hun teentjes getrapt. Iedereen verbergt iets. Wij allemaal. Dat heeft Charlie zelf gezegd.'

Hannah klonk paranoïde en Corinne werd er een beetje misselijk van. Steeds als ze zichzelf ervan had overtuigd dat het beter ging met haar dochter, gebeurde er iets wat haar deed inzien dat ze nog een lange weg te gaan had...

'Kijk dit eens.' Hannah haalde een stukje papier uit de zak van haar spijkerbroek en gaf het aan Corinne.

Corinne staarde ernaar.

1. Andere telefoonprovider nemen
2. Dagboek bijwerken voor dokter Chakraborty
3. WK googelen
4. Vliegtickets voor Kroatië boeken (!)

'Ik begrijp het niet. Dit ziet eruit als een takenlijstje.'

'Dat is het ook. Van Charlie. Van de dag waarop ze is gestorven.'

Nu begreep Corinne het.

'Maar lieverd, dit bewijst niets. Misschien heeft ze dit geschreven in een poging zichzelf te dwingen om vooruit te kijken. Misschien probeerde ze zich ervan te overtuigen dat als ze normale dingen deed, ze zich ook normaal zou voelen. *Fake it till you make it*, of hoe ze dat ook zeggen.'

Corinne zag de huid op haar dochters neusbrug rimpelen als een papieren waaier en begreep dat ze iets verkeerds had gezegd.

'Kroatië, mam!' riep Hannah uit. 'Volgend jaar zomer. Waarom zou ze een smak geld uitgeven aan vliegtickets als ze wist dat ze helemaal niet zou gaan?'

Corinne wist dat ze hier beter niet verder op door kon gaan, maar de macht der gewoonte was te sterk.

'Als ze zich wanhopig voelde, kan ze die vlucht hebben geboekt in een poging zichzelf aan het leven te verankeren. Dat begrijp je toch wel, Hannah?'

Maar Hannah had zich voor haar afgesloten, had tussen hen een gordijn dichtgetrokken.

'Op de dag van mijn eerste zelfmoordpoging heb ik bij Asos een nieuwe jurk besteld,' zei Stella dromerig, alsof ze dit verhaal uit de lucht greep, in plaats van iets te vertellen wat echt was gebeurd.

'Ik denk dat ik op zoek was naar een teken,' ging ze door. 'Als ze precies mijn maat hadden, of als ze hem binnen één dag gratis afleverden, zou ik het niet doen. Maar ik deed het toch. Het enige teken dat volgens mij verschil zou hebben gemaakt, was als ik mijn huid had kunnen openritsen en eronder een heel nieuwe persoon had aangetroffen. Maar dat gebeurde niet.'

Stella zei dat soort dingen vaak. Alsof het normaal was om te praten over het openritsen van je huid.

'Zie je nou wel?' zei Corinne tegen Hannah, om haar gelijk te halen. 'Charlie stelde zichzelf op de proef. Ze zocht naar een teken. Daarom moet je niet al te veel achter dit briefje zoeken.'

Hannah staarde haar uitdrukkingsloos aan. Corinne wist dat ze haar kwijt was en voelde spijt opwellen.

Toen Hannah hier net was opgenomen en Corinne de afgrijselijke waarheid over wat haar dochter had gedaan onder ogen moest zien, was ze bijna bezweken onder de druk van het zelfverwijt. Wat was zij voor moeder als ze niet eens had gezien wat er aan de hand was? Als haar nog een tweede kans was gegund, zou ze alles anders doen. Maar nu zat ze hier en glipte Hannah opnieuw door haar vingers. Ze had blijkbaar niets geleerd.

6

Hannah

3. WK googelen

Hoe langer ik naar het derde punt op Charlies takenlijstje kijk, hoe meer ik ervan overtuigd raak dat dit de sleutel is tot wat er met mijn vriendin is gebeurd. Mam is vertrokken en ik zit opgekruld in een zachte, eivormige stoel in de meditatieruimte, een kleine beschutte kamer dicht bij de ingang van het nieuwe gebouw. Ik denk terug aan hoe Charlie keek toen ze zei dat iedereen hier iets verborgen houdt. Ik had geprobeerd haar daarover uit te horen, maar ze had haar hoofd geschud met zo'n irritante blik van 'dat kun je maar beter niet weten'.

Ik houd het papier in mijn hand en doe mijn ogen dicht, alsof ik Charlies gedachten in me kan opnemen via haar spichtige handschrift op dit kladje.

Soms herken ik mezelf niet.

Ik probeer terug te denken aan vijf dagen geleden, de dag waarop Charlie is gestorven. Ik had altijd zo'n goed geheugen. Gebeurtenissen uit het verleden speelden zich haarscherp af voor mijn geestesoog. Maar door al het verdriet, en de slaappil die ik elke avond slik, zijn mijn hersenen afgestompt. Als ik nu een herinnering probeer op te roepen, is het alsof ik een dwarrelend stofje uit de lucht probeer te grijpen. Ik blijf altijd met lege handen staan.

Ik weet nog dat ik haar bij het ontbijt had gezien en dat ze net zo was als altijd. Haar haar zat aan één kant plat, omdat ze erop had geslapen en het nog niet had geborsteld. Ze droeg geruite pantoffels, een blauwe joggingbroek en een blauwe trui. Niet het blijmaakvest. Niet die dag. Zou dat iets hebben uitgemaakt, vraag ik me af?

We zaten bij elkaar, maar tijdens het ontbijt zei Charlie nooit veel. Ze had 's ochtends altijd wat tijd nodig om op gang te komen. Dat geldt voor de meesten van ons. We eten zwijgend onze sneetjes toast en croissants (of spelen er alleen mee, in het geval van Odelle), terwijl we wachten tot de diazepam-mist optrekt.

Tijdens de groepssessie van die ochtend moeten we onze doelen voor die dag hebben vastgesteld, zoals we elke dag doen. Ik pijnig mijn hersenen om me te herinneren wat Charlies doelen waren, maar ik weet het niet meer. Waarschijnlijk dat ze haar moeder zou bellen. Dat was bijna altijd een van haar doelstellingen. Ik herinner me dat Nina die dag enorm aan het stuiteren was. Ze had het hoogste woord en liet haar stoel zo ver achteroverhellen dat het een wonder was dat de poten niet braken. Roberts heeft al haar medicatie stopgezet om te zien hoe ze zich zónder gedraagt, en wij tellen de dagen tot ze weer onder de chemische deken zal verdwijnen en haar stemmingswisselingen verleden tijd zullen zijn. Haar doel was het boek af te maken dat ze aan het schrijven is. Ze zei dat ze er de hele nacht aan had gewerkt en dat het een gegarandeerde bestseller was. 'Het gaat over mijn persoonlijke filosofie,' zei ze. 'Het zal vele levens veranderen.'

Na de sessie gingen Charlie en ik naar de keuken voor kooktherapie, wat gewoon koken is, maar hier noemen ze alles therapie. Daar maakten Charlie en ik de gekaramelliseerde suiker, en die van haar was zo dik en hard uitgevallen dat ik zei dat ze haar vingers er nog aan zou openhalen, waar we hartelijk om moesten lachen. Joni hield die dag toezicht. De verpleegkundigen mogen hun telefoon niet bij zich hebben als ze aan het werk zijn, maar Joni staat er altijd bij alsof ze in gedachten bezig is berichtjes en Facebookupdates te schrijven. Ze is nooit volledig aanwezig. Alleen toen Charlie haar naar haar nieuwe vriend vroeg, leefde ze op en vertelde ze ons dat ze al een zomervakantie naar Mallorca hadden geboekt. All-inclusive, in een luxe hotel, zei ze. 'Je moet je ergens op kunnen verheugen, waar of niet?' Ik herinner me dat Charlie glimlachte en zei: 'Inderdaad.' Misschien had dat haar op het idee gebracht die reis naar Kroatië te boeken.

Mensen die van plan zijn zich van kant te maken, maken geen plannen om zich op te verheugen.

We bakten een chocoladetaart en versierden die met de gekaramelliseerde suiker. Heeft Charlie echt een stuk afgebroken en in haar sok of broekband verstopt toen ik met mijn gedachten elders zat, bij andere keukens, andere taarten, andere levens?

Op dit punt wordt alles wazig en beginnen de herinneringen te lubberen langs de randjes.

Ik weet nog dat ik op een gegeven moment naar de afgewerkte taart keek met een gevoel van voldoening, grenzend aan genoegen. En dat ik doodmisselijk werd toen ik dat gevoel herkende. Omdat ik mezelf bijna had toegestaan gelukkig te zijn. Na alles wat ik had gedaan. Ik wilde mezelf onmiddellijk straffen en Charlie moet dat aan mijn gezicht hebben gezien, want ze legde haar hand op mijn arm en zei: 'Het is maar een taart, Hannah.' Joni keek naar ons, haar blik opeens scherp, omdat ze niet begreep wat er aan de hand was en dat niet kon uitstaan. 'Het is een taart, ja,' zei ze. 'Wat dacht je dan?'

Hierna hadden we individuele therapie. Ik zat bij dokter Chakraborty en Charlie moet bij dokter Roberts hebben gezeten. Tenzij hij elders was – naar een inzamelingslunch in Mayfair, of naar Palm Springs om een lezing te geven voor belangrijke personen uit de gezondheidszorg. Ik mag dokter Chakraborty graag, zoals hij zijn vingertoppen tegen elkaar zet en me aankijkt met zijn trieste bruine ogen.

'Hannah, Hannah, Hannah,' zegt hij. 'Hoe is het met je zussen?' Dan glimlachen we allebei. We vinden zijn afgezaagde verwijzing naar de oude Woody Allen-film geen van beiden nog amusant, maar deze begroeting is vaste prik geworden. Steno voor 'tja, daar zitten we weer, wij tweeën, en daar valt weinig aan te doen'.

Daarna was het alweer lunchtijd. We aten altijd aan dezelfde tafel – Charlie, Stella en ik, en Sofia toen ze nog leefde. Sinds Charlies dood verspreiden Stella en ik onze borden over de tafel en leggen truien op de andere stoelen zodat er niemand bij ons komt zitten. Maar het is een kleine kliniek en er komt elke week wel een nieuwe patiënt bij, dus we weten dat dit slechts een kwestie van tijd is.

Ik probeer me te herinneren waar we die dag over hebben gepraat, maar de tussenliggende uren en dagen hebben zich als een cocon rond de herinnering gesponnen, waardoor die volledig aan het oog is onttrokken. Ik kan ervan uitgaan dat we, toen we de laatste druppel van ons lauwe kopje decaf op hadden, naar onze kamers zijn gegaan, want dat deden we meestal. Voordat ik hier kwam, sliep ik overdag nooit, maar nu grijp ik elke gelegenheid aan om een dutje te doen. Door de slaappillen die de meesten van ons elke avond plechtig innemen als ware het de heilige hostie, houden we de hele dag een duf gevoel, een plakkerige mond en een wazig hoofd.

Was Charlie toen met haar rug tegen de radiator gaan zitten om haar lijstje te maken? En voelde ze de scherpe scherf van de plak gekristalliseerde suiker in haar kuit prikken?

De kuipstoel waarin ik zit, heeft een organische vorm, met een hoge, gebogen rug die over mijn hoofd heen koepelt en een zacht kussen op de halvemaanvormige zitting. Je voelt je veilig. Afgeschermd. Niemand maakt trouwens ooit gebruik van de meditatieruimte. Het is meer een statussymbool voor dokter Roberts. Het is een van zijn favoriete stops als hij groepjes investeerders, buitenlandse hoogwaardigheidsbekleders of vertegenwoordigers van de media een rondleiding geeft door het gebouw.

Hier kunnen onze inwoners in alle rust tot zichzelf komen. Wij geloven in de voordelen van mindfulness en we bieden onze inwoners hier een veilige, rustige, gerieflijke plek om even nergens meer aan te denken behalve het hier en nu. Dat is voor ons allemaal heel belangrijk.

Charlies takenlijstje is nogal verkreukeld nu ik het zo vaak heb open- en dichtgevouwen en in mijn broekzak gefrommeld. Ik lees het voor de zoveelste keer en opeens schiet me de bekende spreuk van Einstein te binnen over de definitie van waanzin: steeds hetzelfde doen en steeds een ander resultaat verwachten. Dat vind ik grappig, op een ironische manier. Gezien waar ik me bevind.

WK googelen.

Ik heb al Charlies vrienden en kennissen de revue laten passeren – voor zover ik ze ken – maar geen van hen heeft deze initialen. Ik heb naar combinaties gezocht van woorden die beginnen met een W en een K, maar dat heeft ook niets opgeleverd. Toch blijf ik ervan overtuigd dat deze twee letters de sleutel zijn tot hoe ze zich die laatste dag voelde, en hoe en waarom ze is gestorven.

Dan krijg ik een inval, in die zachte kuipstoel met de baarmoederkleurige bekleding. Charlies laptop. Als ik haar zoekgeschiedenis bekijk, kan ik zien wat ze die laatste dag heeft gegoogeld. De kliniek staat in geen van de kamers wifi toe, waarschijnlijk om de es'jes ervan te weerhouden zich te verdiepen in pro-anorexiawebsites, en om te voorkomen dat de rest van ons ideeën opdoet van www.101manierenomjezelfvankanttemaken.com. Om dezelfde reden mogen we onze telefoon niet meenemen. *Het scherm kan op zichzelf een verslaving worden*, is een van dokter Roberts' favoriete argumenten. Als we iemand willen bellen, moeten we in de rij gaan staan voor een van de vaste telefoons op de administratie, waar de anderen dan doen alsof ze niet luisteren naar wat je zegt, terwijl je donders goed weet dat ze elk woord in zich opnemen.

Charlie moet dus op haar beurt hebben gewacht voor een van de wifisessies in de dagzaal. We dienen ons afzijdig te houden van sociale media. De druk om normaal over te komen of onszelf te vergelijken met onze prestatiegerichte vrienden en kennissen is niet gezond, zegt Roberts. Hij vindt ook dat wij niet sterk genoeg zijn om de glanzende façades te kunnen doorzien waarachter de meeste mensen op sociale media zich verschuilen, en dat we te gevoelig zijn om ons te kunnen weren tegen alle liefdadigheidsverzoeken, kinderen met kanker, verweesde puppy's en de vele andere manieren waarop mensen op ons gemoed proberen te werken. Maar googelen was toegestaan.

Charlie had een MacBook. Zo'n lichtgewicht exemplaar, waarvan je vreest dat je hem al breekt als je hem oppakt. Ik had hem niet gezien toen ik drie dagen geleden in haar kamer was, maar hij moet daar nog ergens liggen. In een la misschien.

Ik sta op, een beetje beduusd van mijn eigen plan, en probeer niet te denken aan de laatste keer dat ik in haar kamer was en hoe mijn hart begon te bonzen toen Bridget Ashworths kille blik als een vangnet over me heen gleed. Ik houd voor ogen dat Charlie zelf heeft gezegd dat ik altijd bij haar mocht binnenlopen en negeer het stemmetje dat hieraan toevoegt: *Maar Charlie is dood.*

Ik loop langs mijn eigen deur naar het einde van de gang en wapen me tegen de verraderlijke opleving van hoop dat ik Charlie 'Binnen!' zal horen roepen en haar languit op haar bed zal aantreffen, of zittend tegen de verwarming, met haar zwartgerande bril halverwege haar neus.

Ik kijk op naar het oog van de beveiligingscamera, dat vanaf het plafond naar me staart. Ik heb een kurkdroge mond en als ik slik, lijkt dat een oorverdovend lawaai te maken. Ik doe de deur open en loop rechtstreeks naar het bureau. Ik doe dit voor haar, houd ik mezelf voor.

In de bovenste la ligt alleen een pakje gekleurde pennen en een stapeltje papier. Schrijfgerei is hier een verhaal apart. Je mag geen schaar hebben, en ook geen paperclips. Zelfs potloden zijn verboden sinds een vrouw, maanden voor mijn tijd, zichzelf met een vlijmscherp geslepen 5H-potlood in de nek had gestoken en daarbij op het nippertje een slagader had gemist. Het spiraalschrift dat mam voor me had gekocht om als dagboek te gebruiken, werd bij de receptie in beslag genomen. 'Een patiënt kan het ijzerdraad eruit halen en zich ermee verwonden,' had Joni gezegd.

In de tweede la ligt een stapeltje foto's in een transparant plastic hoesje en ik raak bijna de kluts kwijt door de bovenste foto, waarop een jonge Charlie van misschien dertien of veertien jaar glimlachend naar de camera kijkt vanuit een gestreepte ligstoel in een keurig onderhouden, typisch Engelse tuin. Ze draagt een spijkerbroek en een lichtblauw vest, en haar ogen stralen zo van het leven dat nog voor haar in het verschiet ligt, dat mijn hart ervan breekt. Ze heeft me verteld dat ze zestien was toen ze voor het eerst een depressie kreeg, en dat daarna alles veranderde: dat haar horizon steeds smaller werd naarmate de depressieve perioden heviger en langduriger werden, de medicijnen zich opstapelden, de deskundigen elkaar opvolgden en de stralende blik langzaam maar zeker uit haar ogen verdween.

Impulsief haal ik de foto uit het hoesje en steek hem in de achterzak van mijn spijkerbroek.

Mijn hart slaat een slag over als ik een geluid hoor op de gang. Dan gaat er verderop een deur open en dicht. Ik zucht van opluchting. De onderste la klemt een beetje. Ik moet er flink aan trekken om hem open te krijgen. Erin ligt Charlies gekraste, gedeukte laptop. Ze was erg slordig met haar spullen. Sofia keek altijd alsof ze op het punt stond in tranen uit te barsten als Charlie haar laptop op een tafel smeet alsof hij van rubber was. 'Het is maar een ding,' zei Charlie dan.

Ik word overspoeld door herinneringen als ik hem uit de la haal. Hoe Charlie en ik beneden in de recreatiezaal op deze laptop naar *Orange is the New Black* keken, tot Odelle het in de gaten kreeg en Darren waarschuwde. 'Ik doe het voor hun eigen bestwil. Het is heel belangrijk dat we gezonde keuzes maken,' zei ze tegen hem. Hoe Charlie, gebogen over de laptop, een e-mail aan haar moeder probeerde te schrijven. 'Ik wil opgewekt overkomen, maar ik wil niet tegen haar liegen. Tot nu toe heb ik alleen *Hallo.*'

Als het scherm aangaat, word ik geconfronteerd met het verzoek het wachtwoord in te tikken, een probleem dat ik willens en wetens voor me uit heb geschoven. Ik probeer wat in het wilde weg. Haar tweede voornaam. Theresa? LeicesterCity, de naam van haar favoriete voetbalclub. Ook niet. Ik voel de paniek al opborrelen. *Concentreer je. Concentreer je.*

Vanuit het niets komt er nog een herinnering boven. We hebben groepstherapie en ginnegappen over heimelijke genoegens. Frannie heeft al verlegen bekend dat ze vroeger verslaafd was aan *Made in Chelsea* en zelfs een kalender van de cast in haar slaapkamer had hangen. Nina is verliefd op Paul Hollywood, en Charlie vertelt dat ze naar Taylor Swift luistert als ze gestrest is. 'Ik zet de muziek zo hard mogelijk. Daar word ik vrolijk van.' Als iemand meesmuilend reageert, zegt ze nog: 'Echt. Ik ben dol op haar. Ik gebruik haar zelfs als wachtwoord.'

Mijn vingers trillen als ik de naam intik. Dit is mijn derde en dus laatste poging. Het lukt. Halleluja. Ik kan wel juichen als de donkerblauwe inlogpagina plaatsmaakt voor Charlies bureaubladachtergrond, een foto van een strand in Thailand waar ze ooit is geweest.

Op de gang klinken weer geluiden – stemmen in het trappenhuis.

Ik blijf roerloos zitten tot er beneden een deur dichtvalt en het weer stil wordt.

Ik dubbelklik op Chrome en moet akelig lang wachten terwijl het cirkeltje ronddraait. Dan verschijnt eindelijk de startpagina. Omdat er geen wifi is, kan ik niets openen, maar ik heb wel toegang tot de zoekgeschiedenis. Een snelle blik op de datums van de bovenste sites vertelt me dat die allemaal van vijf dagen geleden zijn – de dag waarop Charlie is gestorven. De meest recente gaan allemaal over Kroatië. Vakantiewebsites en prijsvergelijkingen van vliegtickets. Heel even gloei ik triomfantelijk. 'Zie je nou wel, mam,' wil ik zeggen. Dit bewijst dat ze zich niet alleen maar wilde verankeren. Ze was echt van plan op vakantie te gaan.

Ik scrol verder door de zoekgeschiedenis en mijn vinger verstijft als de cursor op 'eenzaamheid overwinnen' stuit. Charlie? Eenzaam? Waarom is ze niet naar mij gekomen? Ik sta op het punt op de link te klikken als ik de liftdeur aan het eind van de gang hoor opengaan. Niemand neemt ooit de lift. Die is klein en claustrofobisch en je doet er twee keer zo lang over om boven te komen als wanneer je de trap neemt. Het is vast een van de schoonmakers. Die wil natuurlijk niet met een zware stofzuiger de trap op. Toch steekt de paniek weer de kop op terwijl ik verder scrol. Ik hoor voetstappen in de gang. Ze komen dichterbij. *Rustig blijven. Rustig blijven.*

Ik scrol weer door, maar mijn vinger trilt zo erg dat ik er bijna voorbijschiet. Ik scrol snel terug. Ja. Daar. *William Kingsley. WK.*

Maar nu hoor ik duidelijk een geluid voor de deur van Charlies kamer. Met bonzend hart klik ik op 'Afsluiten'. Veel te traag verdwijnen de icoontjes een voor een van het scherm. Als ik nog eens klik – *waarom sluit je niet af?* – gaat de deurkruk naar beneden en komt Bridget Ashworth binnen, samen met een ouder echtpaar dat ik onmiddellijk als Charlies ouders herken van de foto die bij haar bed stond. Snel klap ik de laptop dicht.

'Sorry,' zeg ik. 'Ik wilde Charlies laptop even lenen. De mijne heeft kuren.'

Bridget fronst en een diepe blos verspreidt zich over haar bleke gezicht. 'Vind je dat gepast, Hannah? Onder deze omstandigheden? Charlies ouders willen graag in alle rust Charlies spulletjes uitzoeken, dus als je ons nu wilt excuseren...'

'Ja, natuurlijk.'

Ik loop naar de deur, maar Charlies vader doet een stap naar voren en verspert me de weg. Hij is een lange, breedgebouwde man met grijs stekeltjeshaar en een bril met een donker montuur en sterke glazen waarachter zijn bruine ogen er vergroot uitzien. Hij draagt een donkerblauw pak met een stropdas, en ik herinner me dat Charlie had gezegd dat haar vader geen flauw idee had hoe hij zichzelf moest zijn en alleen kon zijn zoals andere mensen hem zagen, een man die in een pak naar zijn werk ging en beslissingen nam en bevelen gaf. Het was doodvermoeiend, zei ze, de inspanning die het kostte om iemand anders te zijn.

'Jij bent Hannah?'

Het is meer een vaststelling dan een vraag, dus ik geef geen antwoord. Ik glimlach ook niet, omdat zijn gezicht in beton lijkt te zijn gegoten.

'Ik ben Trevor Chadwick. Dit is mijn vrouw, Sandra. Charlotte heeft ons over jou verteld. Ze zei dat je een vriendin van haar was.'

Ik knik en kijk naar Charlies moeder, die het gezicht van haar dochter heeft, maar dan verschoten, als op een foto die iemand op de vensterbank heeft laten liggen. Ze legt haar hand op de arm van haar man alsof ze hem wil sussen, maar hij schudt haar van zich af alsof ze een vlieg of een horzel is.

'Als jij haar vriendín was...' Hij legt nadruk op het woord alsof hij het idee op zich volkomen belachelijk vindt. '... had je dan niet iets kunnen doen? Je moet hebben geweten hoe ze eraan toe was.

Waarom heb je het aan niemand verteld? Of gaat dit altijd zo bij jullie? Zitten jullie elkaar allemaal op te hitsen?'

Jullie. Het klinkt beschamend.

'Trevor! Doe dat nou niet!' De ogen van Charlies moeder, die de ogen van Charlie zijn, maar dan ouder en bedroefder, vullen zich met tranen.

Haar man doet een stap naar achteren en maakt een gebaar alsof hij niets meer met de hele zaak te maken wil hebben. Ik zeg nogmaals dat het me spijt en haast me de kamer uit.

7

Corinne

Corinne zat met gebogen hoofd in de lage, blauwfluwelen fauteuil. Ze hield een klein, wit rompertje bedrukt met lichtblauwe konijntjes tegen haar neus en snoof de geur op. Maar de geur was niet die van pasgeboren baby's, niet die van talk en zoete melk. Met weloverwogen bewegingen legde ze het rompertje op haar schoot, streek het glad, vouwde eerst de mouwtjes naar binnen en toen het lijfje in drieën, en legde het op het stapeltje op de vloer.

Ze zat hier nu al een uur en had nog maar zeven van de piepkleine kleertjes uit de witte ladekast gehaald en op de stapel gelegd. Het probleem was dat aan elk van de kleertjes een verhaal kleefde, waardoor de taak almaar deprimerender werd. De herinneringen bleven in haar keel steken als kruimels droog brood.

Ze dacht aan Hannahs gezicht toen ze haar was komen vertellen dat ze in verwachting was, met zo'n brede glimlach dat Corinne bang was dat haar mondhoeken zouden inscheuren. 'Ik heb zelfs al iets voor de baby gekocht, mam.' Corinnes bijgelovige angst voor het voortijdig vieren van een zwangerschap was naar de achtergrond verdreven omdat Hannah er zo intens gelukkig had uitgezien. En toen had Hannah haar een piepklein rompertje in luipaardmotief laten zien, met een capuchon met oortjes. 'Is het niet schattig? Ik weet zeker dat ik een meisje krijg.'

Al dat geluk lag nu opgevouwen op een stapel op de vloer. Zo dadelijk zou ze alles in twee grote plastic tassen doen. Corinne staarde naar de kleertjes, overmand door verdriet.

Danny had gezegd dat hij niet in staat was de spulletjes in te pakken. Toen hij Corinne de vorige avond had opgebeld, had ze tot haar eigen schrik een lichte wrevel gevoeld bij het zien van zijn naam op het schermpje. Ze stonden de laatste tijd op enigszins gespannen voet met elkaar. Theoretisch begreep hij wel waarom Hannah had gedaan wat ze had gedaan, maar hij kon het haar niet echt vergeven, en dat zat Corinne dwars. Hij hoorde onvoorwaardelijk achter haar te staan.

Ze stond op en tikte tegen het onderste diertje van de pastelkleurige mobile die vroeger van Danny was geweest en die nog boven de lege plek hing waar de wieg had gestaan. Het diertje begon langzaam om zijn eigen as te draaien, terwijl het schaap, de koe, het paard en het varkentje meedeinden aan de ongelijke koordjes.

Danny was zo blij als een kind geweest toen hij er na een bezoek aan zijn ouders in St Albans mee thuis was gekomen en had het vol trots in de kinderkamer opgehangen. 'Weet je dat ik me deze diertjes nog kan herinneren?' had hij gezegd. Hannah zei dat hij niet moest overdrijven, maar hij had volgehouden dat het waar was. 'Echt! In mijn onderbewustzijn herinner ik me deze vormen nog.'

Corinne had het knap gevonden van Danny's moeder dat ze de mobile al die jaren zo netjes had bewaard dat hij er nog als nieuw uitzag.

Ze staarde ernaar en zuchtte. Die moest ze ook nog weghalen.

Opeens drong ten volle tot haar door wat ze aan het doen was en wat het betekende. Dat ze bezig was alles wat voor Emily bestemd was geweest, weg te doen. En daarmee ook Hannahs dromen.

En de hare.

Ze stond op en liep naar het raam. Danny en Hannah woonden

op de bovenste verdieping van een klein victoriaans rijtjeshuis in een stille straat die deel uitmaakte van een wijk die de 'Ladder' werd genoemd, omdat de straten aan beide kanten uitkwamen op drukke, doorgaande wegen waar het op alle uren van de dag filerijden was. Het was een huurwoning. De kosten van levensonderhoud in Londen waren zo hoog dat ze nog niet voldoende hadden kunnen sparen om een aanbetaling te doen op een eigen huis. Bovendien had Hannah willen blijven sparen voor nieuwe ivf-behandelingen in een privékliniek.

Het was voor Corinne een hele opluchting geweest toen Hannah haar was komen vertellen dat ze van verdere behandelingen afzagen. En daarna was ze spontaan zwanger geworden. Het leek wel een wonder.

De deur naar de slaapkamer van Hannah en Danny stond open. Corinne ging naar binnen. De kamer was witgeschilderd, had een hoog plafond en twee schuiframen met uitzicht op de tuin. Aan een van de muren hingen uitvergrote foto's van hun bruiloft. Een zwart-witcollage van vrienden, confetti en lachende gezichten. Geluk.

Hannah en Danny hadden een groot bed met wit beddengoed. Op het kussen aan de kant van de deur was de indruk van Danny's hoofd nog zichtbaar. Op het nachtkastje, een laag ladekastje met afbladderende witte verf, dat je eerder shabby dan chic zou noemen, lagen spullen waaraan je meteen kon zien dat Danny aan deze kant sliep. Een dik boek dat volgens de ondertitel de sociale geschiedenis van het volledige mensdom bevatte, opengeslagen met de kaft omhoog, de rug geknakt; een bierflesje, nog voor de helft gevuld met de amberkleurige vloeistof; kleingeld, alsof hij zijn zakken boven het kastje had geleegd; en een telefoonoplader waarvan het witte snoer over de andere spulletjes heen kronkelde.

Corinne liep om het voeteneinde van het bed heen. Aan Hannahs kant was het bed nog strak opgemaakt, met de rand van het dekbed op het kussen, wat erop leek te wijzen dat Danny strikt op zijn eigen helft bleef, ongeacht hoe lang zijn vrouw nu al weg was. Hannahs nachtkastje lag net zo vol als dat van haar man. Make-upartikelen, twee elastiekjes (er ging een steek door Corinnes hart toen ze in een ervan een paar lange blonde haren zag zitten), een boek dat Corinne haar had geleend. Ze wisselden vaak boeken uit en stuurden elkaar dan berichtjes om te vragen hoe ver de ander al was.

Ze ging op het witte dekbed zitten, pakte het boek en sloeg het open op de plek waar de rechterbovenhoek van een pagina was omgevouwen. Wat had ze zich altijd kwaad gemaakt als Hannah een geleend boek teruggaf met al die ezelsoren erin. Hoe onbelangrijk leek dat nu.

Toen ze het boek dichtklapte, zag ze een wit puntje tussen twee pagina's uitsteken.

Ze pakte het vast en trok eraan. Het was een foto.

'O!'

Ze schrok van haar eigen stem, die zo schel klonk in de stille woning. Het was een foto van een jonge vrouw die Corinne niet kende. Ze zat op een bank en keek op alsof iemand haar net had geroepen, een beetje verrast, met een aarzelende glimlach, waardoor er in één wang een kuiltje zichtbaar was. Ze had een grote bos donkere krullen die ze achter haar oren had gestreken, droeg een wit vest en een verschoten afgeknipte spijkerbroek, en ze had haar blote voeten op de lage tafel voor de bank gelegd.

Maar het waren haar ogen die Corinnes aandacht trokken en die een kreet aan haar hadden ontlokt. Of liever gezegd, het ontbreken ervan. Boven de neus van de vrouw, op de plek waar de ogen hadden moeten zitten, had iemand met een rode balpen zo hard over het papier gekrast dat er bijna een gat was ontstaan.

Corinne was geschokt door de agressie van de daad, en draaide de foto aarzelend om. Er stond maar één woord, meerdere malen overgeschreven met dezelfde rode balpen, waardoor het diep in het stevige papier was gedrukt.

BITCH.

8

Transcript

Achtste filmdag. Interview met dokter Oliver Roberts, directeur van The Meadows, een kleine psychiatrische inrichting waar uitsluitend vrouwelijke patiënten worden behandeld. Opnamen op het terrein van The Meadows. Dokter Roberts zit aan een picknicktafel.

JUSTIN (buiten beeld): Dokter Roberts, uw kliniek biedt plaats aan slechts vijftien patiënten. In zes weken tijd hebben twee van hen zelfmoord gepleegd. Dit komt de reputatie van de kliniek vast niet ten goede.

ROBERTS: Een sterfgeval in de kliniek raakt ons allen uiteraard erg diep. Zoals je zelf al zegt, is dit een kleine kliniek, waardoor we ons bijna als een familie voelen en het verlies van twee leden van die familie is hard aangekomen. Maar weet je, Justin, dit is een kliniek voor risicogevallen. Het merendeel van de vrouwen die zich hier laten behandelen, heeft al eens een zelfmoordpoging gedaan of gedreigd dit te zullen doen, waardoor de kans daarop altijd aanwezig is. Maar als je wat verder terugkijkt in onze geschiedenis, zul je zien dat er de afgelopen vier jaar geen andere zelfmoorden zijn geweest. Elk geval is er uiteraard een te veel, maar het is belangrijk om dit in het juiste perspectief te plaatsen.

JUSTIN: Vindt u het niet verontrustend dat juist na zo'n lange incidentvrije periode twee vrouwen zich binnen een tijdsbestek van zes weken van het leven hebben beroofd?

ROBERTS: Natuurlijk is dat zorgwekkend, en we stellen een diepgaand onderzoek in naar de omstandigheden rond deze twee tragische incidenten, maar ik moet daarbij aantekenen dat copycatgedrag niet ongebruikelijk is in klinieken als de onze, waar sommige patiënten zich makkelijk laten beïnvloeden en waar tussen de patiënten soms hechte banden worden gesmeed.

JUSTIN: Denkt u dat Charlotte Chadwick zich van het leven heeft beroofd omdat ze Sofia Redding wilde nadoen?

ROBERTS: Ik zeg alleen dat dit een van de mogelijkheden is. Maar zoals gezegd, doen we diepgaand onderzoek naar de omstandigheden die aan beide sterfgevallen voorafgingen en zullen we rapport uitbrengen aan de betreffende overheidsinstanties.

JUSTIN: Wat zou u willen zeggen ter geruststelling van de familieleden van de andere patiënten, die zich nu bezorgd afvragen of hun geliefden hier nog wel veilig zijn?

ROBERTS: Alhoewel wij er begrip voor hebben dat sommige familieleden zich ongerust maken, bestaat er geen enkele aanwijzing dat hier sprake is van iets anders dan twee tragische, maar geheel los van elkaar staande incidenten. Beide vrouwen hadden al eerder zelfmoordpogingen gedaan, beide hadden zichzelf al eerder letsel toegebracht. Hun dood, hoe betreurenswaardig ook, is het uitvloeisel van een gedragspatroon dat reeds bestond voordat de vrouwen zich in onze kliniek hadden laten opnemen.

JUSTIN: Maar hoort een kliniek als deze zulke kwetsbare patiënten niet juist goed in de gaten te houden om ze tegen zichzelf te beschermen? Daarin hebt u binnen twee maanden tijd tweemaal gefaald.

ROBERTS: Dat is niet helemaal juist, Justin. Het is waar dat Charlotte Chadwick hier in de kliniek is overleden, maar laten we niet vergeten dat Sofia Redding met dagverlof was toen ze zichzelf van het leven beroofde. Na lang beraad met Sofia en haar familie waren we tot de slotsom gekomen dat ze geestelijk stabiel genoeg was om in het kader van resocialisatie en re-integratie van tijd tot tijd een dagje naar huis te gaan. Ze had dit al een paar keer eerder gedaan. Helaas moest haar echtgenoot bij haar laatste bezoek met een van hun kinderen naar de tandarts, waardoor hij haar niet naar de kliniek kon terugbrengen. Hij geloofde haar toen ze zei dat ze best met de trein kon gaan en heeft daar nu uiteraard bitter spijt van.

JUSTIN: Voor wie niet op de hoogte is van deze zaak: Sofia Redding was op het station van Harrow on the Hill afgezet om per trein naar de kliniek terug te keren, maar ze is daar nooit aangekomen. Ze werd enkele uren later gevonden op een braakliggend terrein achter een parkeergarage in de buurt van het station. Ze was van de vijfde etage gesprongen.

ROBERTS: Sofia had tijdens haar verblijf hier goede vooruitgang geboekt. Ze had iedereen, inclusief haar familie, ervan overtuigd dat ze niet langer een gevaar voor zichzelf vormde. We hadden zelfs al besproken dat ze de kliniek binnen afzienbare tijd zou kunnen verlaten. Haar zelfmoord lijkt een opportunistische beslissing van haar kant te zijn geweest, iets wat niemand redelijkerwijs had kunnen voorzien. Dit onderwerp wordt trouwens gedetailleerd besproken in mijn boek *Vrouwen op de rand van een zenuwinstorting*. Voor mensen die de wereld van de suïcidale obsessie eenmaal betreden, geldt de vuistregel dat er geen regels zijn.

JUSTIN: Is dat een citaat?

ROBERTS: Pardon?

JUSTIN: Uit uw boek?

ROBERTS: Ik zeg inderdaad iets soortgelijks in het boek, maar ik weet de precieze bewoording niet uit mijn hoofd. Kunnen we het hierbij laten? Ik heb vandaag een erg volle agenda.

JUSTIN: O, maar ik had nog een paar…

ROBERTS: Dat zal tot de volgende keer moeten wachten. Maak maar een afspraak met mijn secretaresse.

9

Hannah

Als ik nog één kleurboek voor volwassenen onder ogen krijg, ontplof ik. Ze zullen overal stukken van me terugvinden – verstopt tussen de kussens van de bank, vastgekleefd in de richels van de ramen, die maar tien centimeter open kunnen waardoor je op zonnige dagen het gevoel krijgt dat je opzwelt als een brood in de oven. Ik wist al wat een rage die kleurboeken waren voordat ik hier kwam. Ik werk voor een uitgeverij en die dingen vormen al een paar jaar een aardige bron van inkomsten, maar ik had er nog nooit eentje bekeken, laat staan er iets mee gedaan.

Toen ik hier net was, bracht mijn moeder me een stapel romans die ze uitnodigend op mijn nachtkastje legde, maar ik heb er nog steeds geen woord in gelezen. Het is alsof mijn hersenen niet meer werken, alsof ze onklaar zijn gemaakt. Kort daarna stuurde Becks, van mijn werk, een grote envelop met drie kleurboeken voor volwassenen.

'Ik dacht dat je misschien wel behoefte had aan iets waar je niet bij hoeft na te denken,' schreef ze. Het was een schot in de roos.

Wie met psychische problemen kampt, wordt een vreemdeling in eigen land. Vrienden en familie praten opeens langzaam en luid, alsof je hen dan beter kunt begrijpen. Ze beseffen niet dat je niet zozeer problemen hebt met begrijpen, maar met toepassen. Als er niets meer over is van wat jou definieerde, kun je dingen op een abstract niveau begrijpen zonder ook maar enig idee te hebben in welk opzicht ze voor jou relevant kunnen zijn.

De eerste drie dagen hier verstreken in een dichte mist. Ik herinner me er nog steeds bijzonder weinig van, afgezien van korte momenten die door mijn hoofd flitsen als subliminale beelden in een film. Danny op een stoel in de recreatiezaal met zijn hoofd in zijn handen en zijn vingers in zijn haar, en ik ernaast, starend naar zijn gespleten haarpunten. Mam, die te opgewekt praatte en deed alsof mijn kamer de presidentiële suite in het Ritz was – 'kijk eens wat een aparte douche'. Haar gezicht toen tot haar doordrong dat de aparte, verzonken douchekop geen ultramodern ontwerp was, maar moest voorkomen dat een patiënt zich eraan zou ophangen.

Op de vierde dag van mijn verblijf pakte een van de verpleegkundigen – waarschijnlijk Darren, want hij is de enige hier die echt op dingen let – een van de kleurboeken die Becks had gestuurd, legde het samen met een mapje viltstiften op de tafel in de recreatiezaal en zette mij in een stoel ervoor. Ik weet niet of het kwam doordat ik tegen die tijd al voldoende murw was om domweg te doen wat me werd opgedragen, of omdat ik werkelijk dacht dat binnen de lijntjes kleuren een coole manier was om je tijd door te brengen, maar ik pakte een viltstift en begon eraan.

Inmiddels ben ik erachter dat het, cool of niet, in elk geval een aangename manier is om de tijd te doden. Stapels van die boeken heb ik inmiddels afgewerkt, duizenden kleine vakjes heb ik ingekleurd, zorgvuldig binnen de lijntjes blijvend. Ik weet dat Danny zich erover opwindt. 'Hiervoor las ze Hilary Mantel en keek ze naar Franse films zonder ondertiteling. Nu zit ze goddomme te kleuren!' hoorde ik hem een keer tegen mam zeggen toen ze de recreatiezaal verlieten en dachten dat ik het niet kon horen.

Maar ik ben eraan verslaafd geraakt. Becks laat haar assistent steeds nieuwe sturen. Om de paar dagen wordt er een grote, bruine envelop voor me bezorgd, al geneer ik me daar nu een beetje voor.

Als de deur van de recreatiezaal openvliegt en Trevor en Sandra Chadwick op hoge poten binnenkomen, sla ik het boek met zo'n klap dicht dat Stella, die tegenover me aan de ovale tafel haar dagboek voor dokter Chakraborty bijwerkt, verschrikt opkijkt.

Charlies vader blijft vlak naast me staan. Hij neemt bijna al het daglicht weg.

'Ik wil weten wat ze je heeft verteld,' zegt hij. Zijn stem klinkt niet vriendelijk. 'Ze heeft geen briefje achtergelaten. Ze moet met iemand hebben gepraat. Iemand in vertrouwen hebben genomen. Wat heeft ze gezegd?'

Sandra Chadwick staat achter haar man.

'Wat Trevor bedoelt, is...'

'Wat ik bedoel, is dat we willen weten waarom. Waarom heeft ze het gedaan? Ze leek juist zo goed vooruit te gaan.'

'Ik geloof niet dat ze het heeft gedaan,' flap ik eruit.

Stella maakt het geluid dat ze altijd maakt als ze nerveus wordt. Een gespannen piepje, achter in haar keel, dat klinkt zoals wanneer je een hond per ongeluk op zijn poot trapt. Ik zie hoe Trevor Chadwick reageert als hij Stella voor het eerst ziet: een ogenblik van schrik in zijn door de brillenglazen vergrote ogen, gevolgd door een blik van 'jij weet iets' die ik veel akeliger vind dan de schrik. Ik wil vóór haar gaan staan. Om haar tegen hem te beschermen. In plaats daarvan zeg ik: 'Dit is Stella. Zij was ook een vriendin van Charlie.'

'Ja,' zegt Charlies vader. Hij glimlacht niet. 'We hebben veel over Stella gehoord.' Dan kijkt hij weer naar mij.

'Wat bedoelde je toen je zei dat je niet gelooft dat ze het heeft gedaan? Geloof je niet dat ze zelfmoord heeft gepleegd?'

'Inderdaad. We waren de hele ochtend samen. Ze was net als altijd. Aan niets was te merken dat...'

'Daar weet jij niks van.'

Het is alsof Sandra Chadwicks stem, opeens luid en kil, aan iemand anders toebehoort. Ik verstijf. Haar dunne nek staat zo strakgespannen als staaldraad en haar ogen puilen uit alsof ze te groot zijn voor haar gezicht.

'Wist je dat Charlotte en ik op dezelfde dag jarig zijn?' vraagt ze, slechts een fractie minder luid en kil dan daarnet.

Ik schud mijn hoofd.

'Nee? Nou, er is nog veel meer dat jij niet weet over mijn dochter. Dingen die niemand mocht weten. Toen zij dertig werd en ik vijfenvijftig, zijn mijn man en ik samen met haar naar Cornwall gegaan. We logeerden in een prachtig hotel met uitzicht op zee. Op de dag zelf scheen de zon, alsof iemand hem speciaal voor ons had besteld. We zijn gaan lunchen in een restaurant aan het strand. Gegrilde vis met champagne. Charlotte zei dat ze zich geen mooiere verjaardag had kunnen wensen. Toen we teruggingen naar het hotel om ons op te frissen voor het feestje dat we die avond zouden houden voor vrienden die speciaal zouden komen – vrienden van haar en van mij – en ik via de tussendeur haar kamer binnenging om te zien wat ze zou aantrekken, had ze een plastic zak over haar hoofd en stond ze op het punt een gasfles open te draaien die ze in een kampeerwinkel in de stad had gekocht.'

'Een *exit bag*,' zegt Stella met haar typische, ijle stem.

'Wat?'

'Zo heten die dingen. Als je een plastic zak over je hoofd doet en hem dan met gas vult.'

Trevor Chadwick kijkt haar vernietigend aan.

'We hebben van jou echt geen uitleg nodig. Wat mijn vrouw hiermee wil zeggen, is dat niemand ooit wist wat er in Charlottes hoofd omging. Ze had zich die hele dag gedragen alsof alles in orde was, maar was evengoed naar de kampeerwinkel gegaan om een gasfles te kopen. Ze had het gepland.'

'Toch denk ik...'

Ik word onderbroken door de komst van Bridget Ashworth, verhit en buiten adem, met haar sleutelkoord over haar linkerschouder. Pal achter haar zie ik de blauwe schijfjes van dokter Roberts' ogen.

'Hier zijn jullie. Ik heb jullie overal gezocht.'

Bridget zwijgt abrupt, alsof ze zich opeens herinnert dat ze het niet tegen obstinate patiënten heeft, maar tegen bedroefde ouders. Een flauwe glimlach verspreidt zich over haar gezicht, alsof ze het laatste restje uit een pot met glimlachjes heeft geschraapt en er nog maar net genoeg was.

'Ik ben blij dat jullie twee van Charlottes beste vriendinnen hebben gevonden om samen herinneringen op te halen. Ik hoop dat ze jullie hebben verteld over een paar van de bijzondere momenten die wij hier met Charlie hebben mogen beleven.'

Trevor Chadwick richt zijn vergrote ogen op mij, en ik zie tot mijn schrik dat ze zijn gevuld met afkeer. Het gezicht van zijn vrouw, dat zo veel op dat van Charlie lijkt, drukt hetzelfde uit. De onuitgesproken vraag die ze niet in staat zijn te verhullen: *Waarom zij, en niet jij?*

'Ik ben blij dat ik jullie nog tref,' zegt Roberts. 'Ik wil jullie een update geven over de stappen die we ondernemen in ons onderzoek naar wat er is gebeurd. Gaan jullie even mee naar mijn kantoor?'

De Chadwicks draaien zich gelijktijdig om naar de directeur van de kliniek, maar maken geen aanstalten gehoor te geven aan het verzoek dat hij met een uitnodigend gestrekte arm benadrukt.

'Ik hou u hier persoonlijk voor verantwoordelijk.' Trevor verheft zijn stem niet. Hij spreekt op vlakke toon, alsof hij meedeelt dat het regent.

Bridget snuift verschrikt en begint haastig te praten.

'Het is begrijpelijk dat mensen in uw positie naar een zondebok zoeken, maar…'

'Ze was hier om tegen zichzelf beschermd te worden. Het was úw taak om haar te beschermen.'

Trevor richt zijn woorden tot dokter Roberts, alsof Bridget en de rest van ons niet bestaan.

'Een taak waarvoor u een vorstelijk salaris krijgt. Ik vraag me af of de familieleden van de rest van uw patiënten…'

'Wij noemen hen liever cliënten,' mompelt Bridget, maar Charlies vader praat er gewoon doorheen.

'… bereid zijn uw exorbitante tarieven te blijven betalen, nu we weten dat u en uw staf niet in staat zijn de vrouwen voor wie u verantwoordelijk bent te beschermen.'

Dokter Roberts trekt het gezicht dat ik herken van zijn inzamelingsdiners en mediaoptredens. Beleefd, geïnteresseerd, meelevend. Maar dat is slechts schijn.

'Meneer en mevrouw Chadwick, het is logisch dat u zich zorgen maakt, maar ik verzeker u dat wij ons uiterste best doen om de veiligheid van onze cliënten te waarborgen. In het kader van het genezingsproces moeten wij onze cliënten echter ook voorbereiden op hun re-integratie in de samenleving, en daarvoor is een zekere mate van vertrouwen vereist. Wij kunnen onze cliënten niet vierentwintig uur per dag in de gaten houden, en dat zou ook niet wenselijk zijn.'

'Maar dat is juist de reden waarom ze hier was,' zegt Sandra Chadwick. 'Zodat u haar in de gaten kon houden.'

Dokter Roberts doet zijn ogen even dicht en knikt op die speciale manier van hem, die betekent dat hij het oneens is met wat je net zei. Maar voordat hij iets terug kan zeggen, grijpt Trevor Chadwick zijn vrouw bij de elleboog en duwt haar voor zich uit naar de deur. Daarbij loopt hij rakelings langs Roberts in zijn dure designerkostuum en negeert Bridget alsof zij deel uitmaakt van het meubilair.

'Wij gaan nu. We moeten de begrafenis regelen. U hoort nog van ons, dokter Roberts. Dat verzeker ik u. We gaan ervoor zorgen dat u en uw kliniek zeer onaangename publiciteit krijgen. Als ik u was, zou ik snel een noodplan opzetten, want zodra bekend wordt dat hier onder uw leiding twee vrouwen zijn gestorven, zullen er magere jaren voor u aanbreken. Wij gaan alles in het werk stellen om ervoor te zorgen dat dit niemand anders zal overkomen.'

Bij de deur blijft Sandra Chadwick staan. Ze draait zich om naar Roberts. Haar gezicht, Charlies gezicht, is vertrokken van verdriet.

'Hebt u kinderen?' vraagt ze hem.

Hij knippert een paar keer met zijn ogen. Bridget doet een stap naar voren alsof ze hem wil beschermen. Het licht dat door de grote schuiframen naar binnen komt, wordt weerkaatst door de glazen van haar bril, waardoor je haar ogen niet kunt zien.

'Dit lijkt me niet...' begint ze, maar mevrouw Chadwick is al weg.

Roberts en Bridget kijken elkaar een paar ogenblikken aan, en even zie ik iets in zijn ogen wat verdacht veel op angst lijkt. Dan kijkt hij met een kort, triest glimlachje naar Stella en mij.

'Meneer en mevrouw Chadwick hebben het zwaar. En wie het zwaar heeft, wil het anderen ook zwaar maken.'

Het is een van zijn favoriete mantra's.

Als Bridget en Roberts weg zijn, kijken Stella en ik elkaar sprakeloos aan. Ik zie dat haar handen trillen, dus ik pak er een vast en knijp er zachtjes in. Ik ben erg aangedaan door de onaangename confrontatie tussen Roberts en de Chadwicks, maar als de adrenaline zakt, denk ik aan wat eraan vooraf is gegaan, aan wat Sandra Chadwick over Charlies zelfmoordpoging vertelde, en ik voel me als een langzaam leeglopende ballon.

Hoe heb ik zo dom kunnen zijn? Charlie had zelfmoordneigingen. Daarom was ze hier. Ze hield zich dan misschien wel groot om iedereen om haar heen te beschermen, maar ze moet dit of iets soortgelijks al een tijdje hebben gepland, en ze had alleen maar gewacht op een geschikt moment om haar plan uit te voeren. En dat moment deed zich vijf dagen geleden voor.

Zoals zo vaak lijkt Stella's gedachtegang parallel te lopen aan de mijne, want ze zegt: 'Ze heeft het niet gedaan, hè, Hannah?'

Ik voel de verwachtingsvolle blik in haar blauwe ogen, maar ik kan me er niet toe brengen haar aan te kijken.

10

Corinne

'Dus jij vindt dat ik Danny er niet naar moet vragen?'

'Nee, Corinne. Dan verdenkt hij je er alleen maar van dat jij in hun slaapkamer aan het snuffelen bent geweest. Wat je in feite ook hebt gedaan.'

'Ik was niet aan het snuffelen. Ik wilde alleen...'

Ja, wat had ze eigenlijk gewild? Corinne probeerde zich te herinneren waarom ze twee dagen geleden de slaapkamer van Danny en Hannah was binnengegaan, maar de redenen leken vaag en onduidelijk.

Ze beëindigde het gesprek met Duncan, legde haar telefoon neer en pakte de foto van de lage tafel.

De in woede bekraste ogen van de vrouw leken haar aan te staren. Alhoewel ze de foto nu al talloze keren had bestudeerd om aanwijzingen te vinden, shockeerde de agressie van die woeste balpenstrepen haar elke keer opnieuw.

Hoe woedend moest je zijn om zoiets te kunnen doen?

En waartoe was iemand die zoiets deed nog meer in staat?

Haastig draaide ze de foto om. Het woord BITCH raakte haar opnieuw als een klap in het gezicht.

Wie was deze vrouw, met die donkere krullen en dat kuiltje in haar wang dat naar je leek te knipogen?

En kende ze haar eigen dochter nog wel?

Corinne zat op de antracietkleurige bank in de lobby van de uitgeverij waar Hannah had gewerkt – nee, waar ze nog steeds werkte, verbeterde ze zichzelf – en voelde een diep verdriet om de Hannah die zich thuis had gevoeld in dit bedrijvige kantoor met de mannelijke receptionist die aan bergbeklimmen deed en marathons liep voor het goede doel verkleed als kip of hamburger, en de jonge meisjes met hun hoge, zwiepende paardenstaarten en hun zachte, roze wangen die af en aan liepen met stapels boeken.

Hoe vaak had ze de afgelopen jaren niet op deze ongemakkelijke bank gezeten, leunend tegen de oranje kussens terwijl ze bladerde in een van de boeken die smaakvol op de lage tafel lagen uitgestald – boeken waar Hannah verliefd op was geworden, waar ze flitsende promotiecampagnes voor had ontworpen en waar ze tranen van trots om had vergoten als ze op de bestsellerlijst kwamen of een prijs toegekend kregen – wachtend tot Hannah klaar was met werken, zodat ze samen uit eten konden gaan, of naar de bioscoop, of naar een boekpresentatie? Als Danny in Edinburgh was, had Corinne met plezier zijn plaats ingenomen als haar dochter een date nodig had.

'Corinne. Leuk je weer eens te zien.'

Hannahs vriendin, Becks, kwam binnengezeild en sloeg haar armen om Corinne heen voordat ze de gelegenheid kreeg iets terug te zeggen. Ze rook naar handzeep en nicotinekauwgum met kaneelsmaak.

'Ik denk dat we allebei wel aan koffie toe zijn. Of misschien een borrel. Zullen we?'

De spiegelwand van de lift gaf Corinne de gelegenheid Becks' outfit te bekijken. Een wijdvallend, zwart geheel. Becks droeg altijd zwart. 'Niet omdat het mooi afkleedt, want dat doet het niet,' had ze een keer tegen haar gezegd. 'Ik zie er altijd uit als een klein dikkerdje dat naar een begrafenis moet, maar met zwart hoef je je nooit te sappel te maken of dit of dat wel bij elkaar past.'

Vandaag droeg ze een lange, fluwelen tuniek op een lange rok, motorlaarzen en een grove halsketting die Corinne aan de ambtsketen van een burgemeester deed denken. Haar bruine kroeshaar waaierde uit rond haar gezicht, waardoor haar hoofd een beetje op een kokosnoot leek, en haar bleke blauwe ogen keken ter hoogte van Corinnes schouder kalmpjes de wereld in van achter een bril met een zwart montuur.

Ze gingen naar het café naast het kantoorgebouw, waar ze werden bediend door een man met een ingewikkelde knot boven op zijn hoofd.

Corinne haalde de foto uit haar tas en legde hem op het bekraste tafelblad van de pseudoantieke tafel. In de twee dagen sinds ze de foto in Hannahs slaapkamer had gevonden, had ze hem zo vaak tevoorschijn gehaald dat de randjes helemaal zacht waren geworden. De donkerharige vrouw glimlachte naar hen boven haar glanzende, gebruinde, blote knie.

Becks zoog tussen haar tanden lucht naar binnen toen ze de woeste rode balpenstrepen zag.

'Ik begrijp hieruit dat deze vrouw niet bij iedereen geliefd is.'

Zwijgend draaide Corinne de foto om. Het woord BITCH was bijna godslasterlijk in dit hippe café, waar een zwak maarts zonnetje naar binnen scheen.

'Weet jij wie dit is?' Maar ze zag al aan Becks' gezicht dat het antwoord op die vraag 'nee' was.

'Ik heb haar nog nooit gezien. En ik zou die ogen overal herkennen.'

Corinne herinnerde zich dat Hannah wel eens had verzucht dat Becks humor gebruikte als verdedigingsmechanisme om al te sterke emoties de kop in te drukken. *Dat is waarschijnlijk de reden waarom ze nog nooit langer dan een jaar een vaste relatie heeft gehad.* Was er niet een narcistische, dominante moeder in Becks' verleden, of vergiste Corinne zich nu?

Ach, kreeg de moeder uiteindelijk niet altijd de schuld?

'Nou ja, het was te proberen.'

Corinne hoorde zelf hoe mat haar stem klonk.

'Ik zou een gokje kunnen wagen, maar dat is dan ook echt niet meer dan een gokje.'

Becks keek wat benepen, alsof ze vond dat ze buiten haar boekje ging.

'Ik oordeel niet graag over andermans relaties. Daar ben ik niet de aangewezen persoon voor.'

'Maar?'

Corinne voelde zich alsof haar ongeduld door haar hele lichaam bruiste en zich via haar poriën naar buiten perste. Daarom duurde het een paar seconden voordat haar hersenen Becks' woorden hadden verwerkt. *Relaties?* Had dit dan iets met Danny te maken? Ze had weliswaar zelf ook aan deze mogelijkheid gedacht, maar had die meteen terzijde geschoven vanwege de breuk tussen Hannah en haar zus, die was ontstaan toen Megan iets soortgelijks had gesuggereerd.

Het gebeurde twee of drie maanden na hun terugkeer uit Kreta. Hannah en Danny hadden hooglopende ruzie gekregen – Corinne was nooit te weten gekomen waar het precies om ging – en Hannah had Danny het huis uitgezet. Na een paar weken had ze hem echter weer teruggenomen, en Megan had niet onder stoelen of banken gestoken wat ze daarvan vond. Toen Corinne besefte hoe ernstig dit de band tussen haar dochters had beschadigd, had ze niet meer durven vragen wat er mis was tussen Hannah en Danny. En de twijfels díé ze had, had ze diep weggestopt, zodat ze net kon doen alsof ze niet bestonden.

'Hannah dacht dat Danny een ander had, in Edinburgh,' gaf Becks nu toe.

'Waarom? Waarom dacht ze dat?'

Becks leek zich ongemakkelijk te voelen en speelde met de halsketting, waarvan de zware schakels met een dof geluid tegen elkaar tikten. Ze haalde een nieuw stuk kauwgum uit haar tas, wikkelde het papiertje eraf en stak het in haar mond. De geur van kaneel dreef over de tafel.

'Corinne, nogmaals, ik raad er alleen maar naar. Ik weet niet wie de vrouw op die foto is. Ik weet alleen dat Hannah Danny er een tijdlang van heeft verdacht een ander te hebben.'

Becks zette haar bril af en poetste de glazen met een punt van haar tuniek. Toen ze Corinne zonder bril aankeek, zagen haar bleke ogen er naakt en kwetsbaar uit.

Corinne wist hoe onredelijk Hannah zich had gedragen in de tijd dat ze met ivf bezig waren. Al die medicijnen. Al die injecties. Maar toen ze hadden besloten ervan af te zien, leek het stukken beter met haar te gaan.

'Het ging om kleine dingetjes. Bijvoorbeeld dat hij altijd zijn telefoon uitzette, en dat hij een keer met een nieuw overhemd uit Edinburgh terugkwam. Ze zei dat Danny nooit van zijn leven een overhemd voor zichzelf zou kopen. Dat hij, als zij niet af en toe iets voor hem kocht, in dezelfde kleren zou blijven lopen tot ze totaal versleten waren. Ik weet dat ze daar ruzie over hadden gekregen. Weet je nog die keer dat ze hem een paar weken het huis uit heeft gezet? Maar toen werd ze zwanger en leek alles weer in orde te zijn...'

Corinne draaide de foto om en om, alsof ze verwachtte opeens iets nieuws te ontdekken. Maar nee. Dezelfde vrouw. Hetzelfde kuiltje in haar wang. Dezelfde uitgekraste ogen. Had haar schoonzoon er echt een ander op nagehouden? Kon hij deze vrouw met haar magere blote benen boven haar dochter hebben gesteld? Er ging een onverwachte steek van woede door haar heen.

'Maar zou ze het jou niet hebben verteld als hij het had toegegeven? Zou ze jou deze foto niet hebben laten zien?'

Becks haalde haar schouders op.

'Vanaf het moment dat Hannah in verwachting was, sloot ze zich een beetje van ons af,' zei ze bedrukt. 'Ik bedoel...'

Opeens sloeg ze boos met haar vuist op tafel. 'Ik kan er nog steeds niet bij dat ze dit heeft gedaan. Hoe lang ik er ook over nadenk, ik begrijp het gewoon niet. Hoe heeft ze zoiets kunnen doen?'

Corinne stopte de foto in haar tas en stond op, waarbij ze haar stoel zo onbeheerst achteruitschoof dat hij tegen een jonge vrouw met grijs geverfd haar botste.

'Ik moet gaan. Hannah vraagt zich vast af waar ik blijf.'

Becks keek haar onthutst aan.

'Ik bedoelde er niks mee...'

'Dat weet ik.'

Becks stond ook op en sloeg haar armen om Corinne heen.

'Zeg je tegen haar dat ik haar mis?' vroeg ze. 'Ik mis de oude Hannah.'

In Corinnes hoofd fluisterde een stemmetje waar ze geen controle over had: 'Ik ook.'

11

Hannah

Vannacht heb ik van Emily gedroomd. Eerst lag ze thuis in haar wiegje, het wiegje dat ik samen met Danny had uitgezocht op de zaterdag na de twintigwekenecho. Hij had een beetje tegengestribbeld, had het te vroeg gevonden om al spulletjes te gaan kopen. 'We hebben alle tijd.' Maar ik had voet bij stuk gehouden.

In de droom huilde Emily. Ze keek tussen de spijlen door en haar gezichtje was helemaal vertrokken. 'Ik kom al,' zei ik, maar ondanks het feit dat ik me naar haar toe haastte, kwam ik geen stap dichterbij. Hoe hard ik ook liep, ze bleef altijd even ver bij me vandaan en keek me verwijtend aan. *Waarom kom je niet bij me?*

Toen waren we opeens hier in de kliniek. Charlie had Emily op haar arm en liep over het gazon naar het meer, en ik dacht: o, fijn, nu is ze in goede handen, maar toen zag ik dat Charlies polsen bloedden en een spoor van bloed op het gras achterlieten, en dat Emily's witte rompertje steeds roder werd. Ik wilde Charlie tegenhouden, maar ik kon me niet bewegen en niet spreken, en Charlies ouders waren bij me en maakten zich gereed om uit eten te gaan. *Je weet nooit wat er in het hoofd van een ander omgaat.*

Met bonzend hart en een gezicht nat van de tranen schrok ik wakker.

Ik ben in bed blijven liggen. Ik wil niet opstaan. Joni komt binnen om te vragen waarom ik niet ben komen ontbijten.

'Ik probeer je echt niet op te jagen, maar als je hier weg wilt, moet je het spel meespelen. Snap je? Als je niet komt ontbijten, gaan ze er iets van denken. Dan zeggen ze: "Hoe denkt ze het normale leven aan te kunnen, als ze hier niet eens uit bed kan komen?"'

Ik draai me om en blijf met mijn gezicht naar de muur liggen tot ik de deur hoor piepen en Joni's gezucht door de gang hoor wegsterven. Dan komt Stella binnen. Zoals altijd gaat ze dwars over het voeteneinde van mijn bed liggen. Ik weet dat zij het is, omdat Stella een heel eigen geur heeft – een mengeling van sigarettenrook en de kokosshampoo die ze gebruikt.

'Wat dacht je van Judith?' vraagt ze na een poosje.

Dat doet Stella soms – een vraag uit de lucht laten vallen.

'Hoe bedoel je?'

'Zij heeft toch münchhausen? Ze maakt zichzelf toch steeds ziek om in het middelpunt van de belangstelling te staan? Weet je nog die keer dat ze waskrijt had gegeten? Stel dat ze niet meer alleen zichzelf iets aandoet, maar dat ze een stapje verder is gegaan en Sofia en Charlie iets heeft aangedaan omdat ze vindt dat het leven zich op de spoedeisende hulp moet afspelen, net als in die televisieseries. Wie weet? Het zou best kunnen.'

Ik draai me om. Het is niets voor Stella om ergens zo diep over na te denken, en ook niet om een oordeel over anderen te vellen. Ze is de laatste paar dagen veranderd, maar ik weet niet precies hoe.

'Doe niet zo raar,' zeg ik, scherper dan mijn bedoeling was. 'Sofia en Charlie zijn dóód. Dat is heel iets anders dan wasco eten om over te geven.'

Stella haalt haar schouders op. Ze draagt een zachte, nauwsluitende trui met een luipaardpatroon, en haar smalle schouders bewegen als de heupen van dat roofdier.

'Odelle denkt in elk geval dat zij er iets mee te maken had.'

'Odelle is niet goed bij haar hoofd.'

Maar nu Stella me op dit idee heeft gebracht, laat het me niet meer los. Het is een week geleden dat Charlie is gestorven, maar haar dood is nog steeds het enige waar ik aan kan denken. Die middag betrap ik mezelf erop dat ik naar Judiths achterhoofd zit te staren bij kunsttherapie. Hoe kun je weten of iemand gevaarlijk is? Hoe kun je in een kliniek als deze, waar iedereen een beetje gevaarlijk is, weten of een van ons een bedreiging vormt voor de anderen? *Kun jij het gedaan hebben? Waar ben jij toe in staat?*

Ik kijk naar Odelle, Frannie en Nina, wier schouders afhangen alsof ze het gewicht van haar hoofd niet kunnen dragen.

Ik kan het niet geloven. Van geen van hen. Maar neem mij nou. Als je bedenkt wat ík heb gedaan…

Vandaag moeten we van Laura met houtskool werken. Mijn vingers zijn al helemaal zwart. Mijn tekening is ook zwart. Het lukt me maar niet die droom van me af te zetten, waardoor alles besmeurd is met verdriet.

We moeten een portret tekenen van Frannie, die midden in de zaal zit en strak voor zich uit kijkt. Af en toe heft ze een hand op naar haar haar, maar ze laat hem snel weer zakken als tot haar doordringt wat ze doet. Ze voelt zich zo ongelukkig dat haar gezicht helemaal verstijfd is, en ik voel met haar mee.

'Jullie hoeven haar gezicht niet in detail te tekenen,' zegt Laura. 'Concentreer je op de lijnen – de ronding van haar wang, de mooie vorm van haar hals.'

Laura strijkt met haar vingertoppen over Frannies keel om het te demonstreren en Frannie begint prompt te blozen.

'Probeer de essentie van Frannie vast te leggen. Dat wat haar zo bijzonder maakt. Is het de manier waarop ze haar schouders optrekt omdat ze nerveus is, of zijn het haar kleine, tere handen?'

'Of de kale plekken op haar hoofd?' mompelt Judith.

Frannie laat niet merken dat ze het heeft gehoord, maar ik zie tranen in haar ooghoeken glinsteren.

'Wees lief voor elkaar, dames. Vergeet nooit hoe gezegend we zijn,' zegt Laura zonder naar iemand in het bijzonder te kijken, en heel even meen ik ook tranen in haar ogen te zien, maar dan begint ze tegen Odelle over perspectief, dus ik zal me wel vergist hebben.

Om zes uur hebben we onze groepssessie. Ik voel me alsof ik in olie zwem, en waar ik ook kijk, alles is donker. Zo voelde ik me ook toen ik hier pas was, en ik vind het verontrustend dat ik na negen weken hier eerder achteruit dan vooruit lijk te gaan. Het komt natuurlijk door die droom van vannacht, gecombineerd met Sandra Chadwicks beschrijving van hoe Charlie van een heerlijke lunch had genoten en vervolgens in haar hotelkamer een zelfmoordpoging had gedaan met een plastic zak en een gasfles. Het is alsof ik niets weet, en alles wat ik dácht te weten, is onjuist.

Maar alhoewel de onverwachte ontmoeting met Charlies ouders me heeft beroofd van de drang me verder te verdiepen in de betekenis van haar takenlijstje en de naam William Kingsley, slaag ik er niet in mijn twijfels helemaal van me af te zetten. Ergens blijf ik ervan overtuigd dat ik het zou hebben aangevoeld als ze van plan was geweest zelfmoord te plegen, alhoewel ik ook haar stem in mijn oor hoor, die met zachte spot zegt: *De wereld draait niet alleen om jou, Hannah.*

Bij het groepsgesprek is de filmploeg er weer bij. Ze hebben ons wel verzekerd dat ze ons bij het redigeren nog uit de film kunnen knippen als we dat willen, maar hun aanwezigheid maakt me nerveus. Zij zijn het bewijs van de link die nog steeds bestaat tussen ons en de rest van de wereld. Wij zijn buitenbeentjes. Rariteiten. Monsters op sterk water.

Justin, de regisseur, valt nog wel mee, ook al vind ik zijn kapsel met de lange, nonchalant opzij gestreken pony erg puberachtig voor een man van in de dertig en zit hij in egotisme ondergedompeld als in goedkope eau de cologne. Maar Drew, de cameraman, vind ik een griezel. Zoals hij constant naar ons zit te kijken met die donkere ogen die zo dicht bij elkaar staan in zijn pafferige gezicht dat ze elkaar bijna raken. Hij zegt nooit iets, hij staart alleen of volgt je met de lens van zijn camera.

De recreatiezaal bestaat uit twee delen. Achterin, dicht bij de ramen, staat de ovale tafel waaraan we zitten als we ons dagboek bijwerken of op internet gaan. Dichter bij de deur staan een bank en een paar makkelijke stoelen. Als we groepstherapie hebben, duwen we de bank naar achteren en zetten we de stoelen in een kring. We halen er altijd een paar van de witte klapstoeltjes bij die tegen de achterwand staan, naast de open vakkenkast voorzien van labels met onze namen waarin we onze boeken en schrijfgerei opbergen. Vandaag leidt Roberts het gesprek, maar hij ziet eruit alsof hij liever ergens anders zou zijn.

Judith steekt haar hand op. Ze is een plompe, breedgebouwde vrouw met lang, wild haar, en ze heeft de gewoonte haar eigen bovenarmen kruiselings te omvatten, alsof ze zichzelf knuffelt.

'Er wordt geroddeld,' zegt ze zonder inleiding.

Roberts onderdrukt een zucht, kijkt steels naar de camera, en trekt dan een bemoedigend gezicht.

'Wat wordt er gezegd?'

'Dat het door mij komt dat Sofia en Charlie zich van kant hebben gemaakt. Dat is niet zo, en ik vind die aantijgingen erg kwetsend.'

Judiths stem trilt van verontwaardiging en ze werpt een blik om zich heen om te zien of iedereen wel naar haar kijkt.

'Waarom denk je dat ze het juist op jou hebben gemunt, Judith?'

'Vanwege mijn achtergrond.'

Ze klinkt trots en ik zweer dat ik haar even naar de camera zie kijken, alsof ze benieuwd is hoe ze overkomt.

'Kun je dat uitleggen, Judith?'

'Ik heb mezelf in het verleden wel eens met opzet iets aangedaan, om een behandeling te krijgen.'

'Een medische behandeling, bedoel je?'

'Ja. Maar ik heb anderen nooit iets aangedaan. Dat zou ik nooit doen.'

'Wil iemand hier iets over zeggen? Hebben jullie deze geruchten ook gehoord of misschien doorverteld?'

Iedereen kijkt naar de vloer of naar het plafond. Vanuit mijn ooghoek zie ik Frannies hand heimelijk omhoog gaan. Ze rukt een plukje haar uit. Links van mij zakt Nina nog iets verder onderuit op haar stoel, alsof ze de kracht niet heeft rechtop te blijven zitten.

Tot nu toe zat dokter Roberts achterovergeleund met de enkel van zijn linkerbeen op de knie van zijn rechterbeen. Nu verandert hij opeens van houding. Hij zet zijn linkervoet op de vloer en zijn ellebogen op zijn knieën, zet zijn vingertoppen tegen elkaar en haalt diep adem.

'Ik ben blij dat je dit onderwerp hebt aangesneden, Judith.'

Judith krijgt een kleur van genoegen.

'Het stelt mij in de gelegenheid er iets over te zeggen. Ik weet dat we allemaal in de rouw zijn. Dat zullen we nog wel een tijd blijven. Wie in de rouw is, zoekt naar antwoorden, ook als die niet bestaan. We zouden allemaal graag willen dat we de klok konden terugdraaien, maar ook dan hadden we geen van allen iets kunnen doen.'

Hij kijkt langzaam de kring rond en laat zijn blik een paar ogenblikken op ieder van ons rusten. Als hij bij mij is beland, komen de haartjes op mijn armen overeind. Ik wend mijn blik af, maar kijk daardoor recht in het oog van de camera waarmee Drew om de kring heen is gelopen. De lens staat op mijn gezicht gericht alsof hij een gat in me probeert te boren om mijn ziel naar buiten te zuigen.

12

Corinne

Corinne wist niet wat ze hier deed. Ze doelde niet op dit specifieke café. Ze was hier wel vaker geweest – het was een van die aanstellerige fijnproeverscafés in Noord-Londen, met een hoog plafond, een houten vloer, een stapel bont geschilderde stoelen in de hoek en grote ramen die uitzicht boden op de brede, lommerrijke straat. Nee, ze wist niet wat ze hier vanávond deed, samen met een groep vrienden van Hannah, om Danny's verjaardag te vieren.

Zonder haar dochter.

Ze was min of meer bij toeval uitgenodigd. Bij een bezoek aan de kliniek was ze Danny tegen het lijf gelopen. 'Ben jij niet binnenkort jarig?' had ze hem gevraagd, om maar iets te zeggen te hebben. 'Ga je dat nog vieren?' Danny bekende dat hij wat mensen had uitgenodigd om een borreltje te komen drinken in Chalk Farm. 'Niks uitbundigs.' En nu zat ze hier.

Danny zat aan het hoofd van de lange houten tafel. Hij zat er ontspannen bij en wekte de indruk – ze kon het net zo goed gewoon zeggen – gelukkig te zijn. Aan weerskanten zaten vrienden van Hannah en Danny, een paar van Danny's collega's van Duncans bedrijf, het homostel van beneden en nog wat mensen die Corinne nog niet eerder had ontmoet. De vrouw van de foto was er gelukkig niet bij.

Corinne nipte van een groot glas Merlot en bleef glimlachen om er in elk geval aanspreekbaar uit te zien. 'U bent toch Hannahs moeder?' Het was een van de benedenburen van Hannah en Danny. Marco. Ze had hem ooit ontmoet toen Danny in Edinburgh was en Hannah en zij hadden gevraagd of hij hen kon helpen een ladekastje van Ikea in elkaar te zetten.

'Ik ben zo benieuwd hoe het nu met haar gaat. We maken ons veel zorgen om haar.'

'Dat had je toch ook aan Danny kunnen vragen?'

Ze had het niet zo snibbig bedoeld, maar hij overviel haar met zijn vraag. In dit gezelschap, met haar beleefde glimlach op haar gezicht, had ze niet verwacht een serieus gesprek te hoeven voeren. Marco keek gegeneerd. Hij was een kleine, brede man met enorme biceps waar de mouwen van zijn T-shirt omheen spanden. Zijn kaalgeschoren hoofd zou hem een angstaanjagend voorkomen hebben gegeven als hij niet van die grote, expressieve bruine ogen had gehad. Ogen waar nu een zachte, meelevende blik in lag.

'Dat heb ik ook gedaan, maar hij heeft ons duidelijk gemaakt dat hij er niet over wil praten, en wij willen hem uiteraard niet van streek maken. Na alles wat hij al heeft moeten doorstaan.'

En hoe zit het met wat Hannah moet doorstaan? Ze slikte de woorden in en knikte.

'Natuurlijk. Je hebt gelijk. Het gaat goed met Hannah. Erg goed.'

'We voelden ons zo schuldig. Het idee dat we méér hadden kunnen doen. Er waren aanwijzingen genoeg, maar we hebben ze allemaal naast ons neergelegd.'

'Aanwijzingen?'

Opeens vervaagde het café met de luidruchtige gesprekken die met de achtergrondmuziek wedijverden en zag ze alleen Marco nog maar. Hij keek haar aan.

'Ja. Ik geloof dat het na de twintigwekenecho begon. Danny was daar niet bij geweest, hij was in Edinburgh, maar Hannah had een kaart voor hem gemaakt. Ze had de print van de echo uitgeknipt en op de voorkant van de kaart geplakt, met van die plakplaatjes van bloemetjes met glitters eromheen en onderaan de tekst: 'Het is een meisje!' Beetje kitsch, maar toch leuk. Danny was er dolblij mee. Hij liet de kaart vol trots aan Phil en mij zien toen we bij hen thuis op de borrel waren, maar toen kregen Hannah en hij ruzie omdat Hannah de foto van de echo niet naar Danny's ouders wilde sturen. Je weet zeker wel dat ze niet erg goed met hen overweg kan? Ze zei dat het iets persoonlijks was. Toen wij weg waren, zijn ze vreselijk tegen elkaar tekeergegaan.' Schaapachtig voegde hij er bij wijze van uitleg aan toe: 'De muren zijn nogal dun.'

'En een andere keer, toen ze bij ons op de borrel waren, pakte Hannah opeens Danny's hand, legde hem op haar buik en zei: 'Hier. Voel je het nu?' Toen Danny nee schudde, werd ze woedend. Ze ging echt helemaal over de rooie. Ze zei dat hij zich met opzet afzijdig hield van de zwangerschap, dat hij de baby niet wilde. Ze ontplofte zowat, zomaar opeens. Zo veel woede. Later heeft ze tig keer haar excuses aangeboden. Ze heeft zelfs een chocoladecake voor ons gebakken. Ze zei dat ze zich dood schaamde. Dat het aan de hormonen lag.' Marco sprak het woord 'hormonen' uit alsof het iets vies was dat aan zijn schoenzool was blijven kleven. 'We nemen het onszelf erg kwalijk dat we al die aanwijzingen niet serieus hebben genomen. De alarmbellen klonken nog luider dan de klokken van de Big Ben.'

Corinne bleef met een verstarde glimlach zitten toen Marco door iemand aan de andere kant van de tafel werd weggeroepen. Als er íémand was die de alarmbellen had moeten horen, was zíj het wel.

'Ik ben blij dat je kon komen.' Danny nam de plaats in die Marco zojuist had verlaten.

Corinne keek naar hem. Hij zag er verhit en een beetje aangeschoten uit. Geanimeerd. Heel anders dan de gespannen Danny die ze meestal zag als hij bij Hannah op bezoek ging.

'Mooie armband.' Ze wees naar zijn smalle zilveren armband.

Snel trok hij de manchet van zijn overhemd eroverheen. 'Ik probeer een beetje in contact te komen met mijn vrouwelijke kant,' zei hij luchthartig, maar aan zijn schouders was te zien hoe gespannen hij opeens weer was.

'Ik maak me zorgen om Hannah,' zei Corinne. 'Ze weigert te accepteren dat de twee sterfgevallen in de kliniek zelfmoord waren. Ze denkt dat iemand het op de patiënten heeft voorzien.'

'Dat komt doordat ze niet goed bij haar hoofd is, Corinne.'

Het was alsof ze een klap in haar gezicht kreeg.

Danny ging op verzoenende toon door.

'Sorry. Dat had ik niet moeten zeggen. Maar je weet dat ze niet vooruitgaat. Al die onzin die ze uitkraamt. Op zich niet zo vreemd, trouwens, als je de mensen ziet met wie ze daar omgaat, zoals die vrouw die haar gezicht bijna niet kan bewegen.'

'Stella. Ze heet Stella.'

'Ja, oké. Maar dat mens is niet normaal. En nu haalt Hannah zich van alles in haar hoofd. Ze denkt dat ze daar binnenkort weg mag. Ze denkt dat ze naar huis mag.'

'Dat is ook zo. Zodra dokter Roberts aangeeft dat het kan.'

'Dat dacht je maar.'

'Wat?'

'Ik heb met Roberts gepraat. Hij zegt dat ze nog amper iets heeft losgelaten over wat er is gebeurd. En als ik heel eerlijk ben, weet ik niet of ik Hannah nog wel terug wil.'

'Zoals ze nu is, bedoel je?'

Danny keek haar aan. Toen wendde hij zijn blik af. Hij tastte afwezig naar de zilveren armband en draaide die om en om rond zijn pols, alsof hij een schroef aandraaide.

Bij haar volgende bezoek aan de kliniek, op de dag na Danny's verjaardagsborrel, trof Corinne Laura in het kunsttherapielokaal, waar ze bezig was vellen papier te verzamelen die waren volgekrast alsof ze hier een peuterklas had gehad.

'Ik heb ze laten tekenen met een stukje houtskool aan een bamboestok,' legde Laura uit. 'Daarbij gaat het meer om intuïtie en interpretatie dan om vaardigheid. Het gaat om het loslaten van de controle.'

Laura droeg een lange, felblauwe tuniek met een bijpassende wijde broek en een sjaal die ze losjes om haar hals had gewikkeld. Corinne betrapte zichzelf erop dat ze jaloers naar het kortgeknipte zwarte haar van de jongere vrouw keek. Zoals veel vrouwen die ze kende, speelde ze af en toe met het idee ook zo'n jeugdig kapsel te nemen, maar ze was zich er terdege van bewust dat je daarvoor net zo'n jeugdig gezicht als Laura moest hebben.

'Ik wilde je even spreken over Hannah,' zei Corinne. 'Ze leek zo goed vooruit te gaan, maar ik ben bang dat die toestand met Charlie...'

'Ik begrijp het.' Tot Corinnes schrik kwam Laura naar haar toe en pakte haar hand. 'Ik maak me ook zorgen over haar. Voorheen was haar werk altijd zo netjes en precies, maar de laatste paar dagen lijken haar tekeningen te wijzen op een turbulente gemoedstoestand, en van de laatste opdracht die ik de groep heb gegeven, heeft ze helemaal niets terechtgebracht, en dat is niets voor haar.'

Corinne voelde haar maag verkrampen van angst.

'Heb je dokter Roberts verteld dat je je zorgen maakt?' Laura sprak op kalme, luchtige toon, maar Corinne meende een stembuiging te bespeuren toen ze de naam van de arts uitsprak, een klemtoon waar die niet hoorde.

'Nee. Ik wilde niet... Ik bedoel, Hannah wil dolgraag naar huis, en wij hopen uiteraard ook dat ze snel weer naar huis kan, dus ik wil dokter Roberts geen reden geven om te denken dat ze hier langer moet blijven dan noodzakelijk is.'

'Ik begrijp het.'

Corinne was blij toen Laura haar hand losliet en door het lokaal liep om de schildersezels in te klappen en tegen de muur te zetten.

Corinne had nooit van lichamelijk contact gehouden. Zelfs onder vriendinnen voelde ze zich er niet prettig bij. Ze had ooit een vriendin gehad die altijd gearmd met haar wilde lopen als ze ergens naartoe gingen, en Corinne had haar nooit durven vertellen hoe opgelaten ze zich dan voelde. Ze kende ook geen enkele andere vrouw die gespannen werd tijdens een massage. Al die handen die aan je zaten.

Ze begon Laura te helpen met opruimen. Een paar ogenblikken zeiden ze geen van beiden iets en werd de stilte alleen verbroken door de geluiden van de schildersezels die tegen elkaar werden gezet.

'Tekent Hannah Danny wel eens?'

Laura keek verbaasd door deze plotselinge wending van het gesprek.

'Haar man. Danny. Ik vroeg me af of ze hem wel eens afbeeldt.'

'Ik vrees dat ik de inhoud van Hannahs werk niet met je mag bespreken,' zei Laura. 'Kunsttherapie is ook een vorm van therapie, net als alle andere, en er moet een volledig vertrouwen bestaan tussen mij en mijn cliënten. Daar heb je vast begrip voor.'

'Ja, natuurlijk. Sorry dat ik het vroeg.'

'Is Hannahs relatie met haar man iets waar je je zorgen over maakt?' vroeg Laura.

Nu voelde Corinne zich op haar beurt alsof de ander een grens had overschreden.

'Nee! Hannah en Danny zijn nog steeds echte tortelduifjes.'

Toen ze het lokaal verliet, bleef haar eigen stem in haar oren nagalmen. *Tortelduifjes*. Waar haalde ze dat idiote woord opeens vandaan?

Op weg naar de recreatiezaal werd ze aangesproken door de twee mannen die de documentaire over de kliniek maakten. Corinnes nekharen kwamen meteen overeind. Ze hadden de patiënten en hun familie overgehaald in te stemmen met het maken van de documentaire, onder het mom dat het nodig was psychische stoornissen van hun stigma te ontdoen. Als de mensen thuis konden zien hoe 'gewoon' de patiënten waren, zou dat de hardnekkige misvattingen over 'zij en wij' langzaam maar zeker wegnemen en konden mensen die in stilte aan een aandoening leden wellicht overgehaald worden zich te laten behandelen. Bovendien had Roberts een aanzienlijke reductie van het tarief geboden zolang er werd gefilmd, 'ter compensatie van het ongemak'.

Hannah wilde graag meedoen, maar Corinne had er nu spijt van dat ze niet meer druk op haar had uitgeoefend om ervan af te zien. Door alle toestanden rond de dood van Charlie, en al eerder die van Sofia, leek het nu net alsof de filmmakers een soap aan het draaien waren in plaats van een serieuze documentaire.

'Mogen we je een paar vragen stellen? Corinne, toch?'

De man met de microfoon heette Justin. De naam van de cameraman met de doodse, donkere ogen kon ze zich niet meer herinneren.

'Niet nu,' zei ze kortaf, en ze liep langs hem heen zonder hem aan te kijken. Die techniek gebruikte ze ook voor straatcollectanten.

'Hoe denk je over de tragische dood van Charlie Chadwick?' vroeg Justin alsof ze niets had gezegd. 'Maak je je nu meer zorgen over de veiligheid van je dochter?'

'Mijn dochter maakt het uitstekend, dank je. We denken dat ze zeer binnenkort in staat zal zijn naar huis te gaan.' Ze zweeg even en zei toen: 'Zou je dat ding alsjeblieft niet op mij willen richten?'

De cameraman liet zijn camera zakken, maar zijn onverstoorbare blik had bijna net zo'n opdringerig effect als de lens.

Trillend van de zenuwen deed Corinne de deur van de recreatiezaal open. Justins woorden hadden doel getroffen. Hoe veilig was Hannah hier eigenlijk? In een flits zag ze weer de foto voor zich van de vrouw met de donkere krullen, wier ogen waren uitgekrast met een rode balpen, en ze bleef stokstijf staan.

Misschien was Hannah hier inderdaad niet veilig. Maar stel dat het thuis ook niet veilig was?

13

Laura

Laura was van slag door het gesprek met Hannahs moeder.

Die avond dwaalde ze doelloos van de ene naar de andere kamer in haar benedenwoning. Normaal gesproken kwam ze hier snel tot rust. Het was haar toevluchtsoord. Ondanks het feit dat het een huurwoning was, had ze alles helemaal geschilderd toen ze er zes jaar geleden was ingetrokken. Het is belangrijk je stempel op je woning te drukken, zodat je je er helemaal thuis voelt en weet dat dit jouw eigen plek is.

Laura wist hoe het voelde om geen eigen plek te hebben.

De smalle keuken was warm geel, haar slaapkamer koel, rustgevend groen, en de woonkamer, met het hoge plafond en de openslaande deuren naar de tuin, was dieprood, waardoor ze soms het gevoel had een kloppend hart binnen te gaan.

Ze rolde haar yogamat uit, legde hem op de vloer voor de zwarte gietijzeren kachel, nam plaats in kleermakerszit, boog haar hoofd opzij en probeerde haar geest helemaal leeg te maken. Ze boog haar hoofd naar de andere kant en deed hetzelfde.

Ze wist waarom het gesprek met Corinne haar zo dwarszat.

Dat kwam door de manier waarop Corinne had gekeken toen ze het over haar dochter had. Die onverholen, bijna gretige behoefte er zeker van te kunnen zijn dat Hannah beschermd werd. Dat ze veilig was.

Laura was bijna in tranen uitgebarsten toen ze dat had gezien. Ze was snel de schildersezels gaan opruimen, om zichzelf weer onder controle te krijgen. Laura was nog steeds bezig zichzelf te leren accepteren, wat inhield dat ze voortdurend moest analyseren wat er aan haar gedrag ten grondslag lag en dat ze zichzelf daar niet om moest afstraffen. Je zou denken dat ze zichzelf inmiddels door en door kende. De stap van verpleging naar ergotherapie, waarna ze zich had gespecialiseerd in kunsttherapie en recentelijk in hypnotherapie, had een grote hoeveelheid verplichte zelfanalyse met zich meegebracht, waarbij haar gedachten en beweegredenen werden blootgelegd en besproken. Ze was echter lang geleden al tot het besef gekomen dat de menselijke geest een doorlopend project is, een bonk klei die eindeloos op het pottenbakkerswiel blijft draaien en voortdurend van vorm verandert, maar nooit af is. Niemand leert zichzelf ooit helemaal kennen. Het beste waar je op kunt hopen, is dat je jezelf kunt accepteren.

Ze pakte haar telefoon, belde het nummer en wachtte ongeduldig tot er zou worden opgenomen. Ze kreeg de voicemail. Annabel klonk kalm, als altijd. Sussend. Het was kwart over zes. Misschien stond ze in haar piepkleine keukentje iets voor zichzelf te koken. Misschien had ze haar kleinkind op bezoek. Annabel liet heel weinig over zichzelf los, maar op de schoorsteenmantel stond een kleine, ingelijste foto van een baby en Annabel was niet iemand die zomaar dingen neerzette. Er ging een steek door Laura heen bij de gedachte aan die twee, hun hoofden dicht bij elkaar, aan de kleine ronde tafel. Haastig sprak ze haar bericht in: een gedetailleerde beschrijving van het gesprek met Corinne en de gevoelens die het in haar had losgemaakt. Ze geneerde zich toen ze daarbij opnieuw volschoot, maar toen ze was uitverteld, voelde ze zich tot haar verbazing toch een stuk beter.

Ze knielde weer op de yogamat en nam de kindhouding aan, voorovergebogen en met haar armen voor zich uitgestrekt. Ze genoot van het gevoel dat deze rekoefening haar gaf en beeldde zich in dat alle spanning uit haar wegsijpelde, alsof iemand de ontluchtingsknop van een radiator had opengedraaid.

Terwijl ze in deze positie zat, draaide ze haar hoofd opzij. Haar aandacht werd getrokken door een beweging. Er kroop iets zwarts over de houten vloer. Laura ging rechtop zitten. Belangstellend volgde ze de spin. Wat deed die hier? Was het niet nog veel te koud voor spinnen?

Ze liep naar de keuken om een glas te pakken en zocht naar iets waarmee ze de spin daarin kon vangen. Ze zag een ansichtkaart van een van de bloemenschilderijen van Georgia O'Keeffe die ze vorig jaar in het Tate had gekocht. Een vrolijke prent.

De spin zat nog op dezelfde plek.

Laura hield het glas voorzichtig boven het insect en nam een ogenblik de tijd om zijn poten te bekijken, zwart met korte uitsteeksels, als de hechtingen van een wond. Maar wacht even. Nu ze hem van zo dichtbij bekeek, zag ze dat een van de poten beschadigd was en als een sleeptouw aan zijn lichaam hing. Wat zielig. Laura aarzelde, met de rand van het glas boven het ineengedoken insect en het puntje van haar tong tussen haar lippen. Toen liet ze het glas snel neerkomen. De spin zat gevangen.

Behoedzaam schoof ze de ansichtkaart onder het glas, terwijl ze met haar andere hand zorgde dat het niet te ver omhoogkwam. Langzaam kwam ze overeind en liep de kamer uit, terwijl ze het glas met de gevangen spin ver voor zich uit hield. Ze werd vervuld van medelijden toen ze zag dat een deel van de gebroken poot buiten het glas hing. Ze liep door de gang en passeerde de voordeur. Omdat haar woning op de begane grond was, had ze een privéingang, maar ze ging niet naar buiten. In plaats daarvan liep ze naar de keuken. Bij de gootsteen aarzelde ze. De spin was in elkaar gedoken, waardoor hij nog maar half zo groot leek als voorheen. Met een behendige beweging draaide Laura het glas ondersteboven, waardoor de spin op de bodem viel.

Langzaam haalde ze de bloemenkaart weg en zette het glas toen voorzichtig, zonder abrupte bewegingen te maken, onder de kraan. Met haar vrije hand draaide ze de kraan een klein stukje open. Ze wachtte tot het glas helemaal vol was en draaide de kraan weer dicht.

Pas toen ze er zeker van was dat de spin was verdronken, zette ze het glas naast de gootsteen en keerde terug naar de woonkamer om haar yogaoefeningen af te maken.

14

Hannah

'Hoe is je relatie met je man, Hannah?'

Relatie? Getver. Geen enkel woord heeft zo'n dubbele betekenis als 'relatie'. Ik zit op de gestoffeerde stoel tegenover dokter Roberts, die achter zijn indrukwekkende bureau troont. Ik druk mijn nagels in mijn benen en probeer kalm te reageren.

'Prima. Uitstekend. Danny steunt me enorm.'

Roberts leunt achterover en begint, met de tenen van zijn rechtervoet op de vloer, langzaam heen en weer te draaien, tot ik zin krijg zijn stoel onder hem vandaan te schoppen, zodat hij op het hoogpolige tapijt van zijn mooie hoekkantoor op de eerste verdieping van het oude huis zal vallen.

'Heeft hij je verteld dat hij met me is komen praten?'

Nu heb ík het gevoel dat mijn stoel onder me vandaan wordt geschopt. Waarom is Danny met Roberts gaan praten? Ik heb mijn man de afgelopen dagen nauwelijks gezien. Hij beweert dat hij moet werken. 'Je bent bij háár geweest. Geef maar toe.' Dat had ik de laatste keer tegen hem gekrijst. Ik had tegen mezelf gezegd dat ik het niet zou doen, maar de woorden glipten eruit voordat ik ze kon tegenhouden. 'Er valt gewoon niet met jou te praten,' zei hij, terwijl hij was opgestaan.

Toen hij weg was, drong tot me door dat hij al naar een smoes had gezocht om weer te kunnen vertrekken vanaf het moment dat hij was binnengekomen.

Roberts kijkt me aan met die blauwe ogen waar een bepaald type televisiekijker van zou zwijmelen. Charlie en ik hebben een keer opgezocht wat er over hem werd getwitterd, toen hij was geïnterviewd voor een documentaire over de behandeling van eetstoornissen.

Ik weet dat het ongepast is bij zo'n tragisch onderwerp, maar dr. Roberts? Die zou ik wel doen. #KanNietEtenWilNietEten

Zijn alle psychs zo sexy? Kan ik me in zijn kliniek laten opnemen? LOL #DrRoberts #KanNietEtenWilNietEten

We hadden gelachen om de dingen die mensen twitterden, maar ik had er een onzeker gevoel aan overgehouden, alsof ik van de wereld vervreemd was. 'Waar wilde hij met u over praten?'

Roberts zit nog steeds achterovergeleund. Hij heeft een pen in zijn hand en strijkt daarmee over zijn onderlip.

'Waar denk jíj dat hij met me over wilde praten?'

Met mijn mond stijf dicht klem ik mijn kiezen op elkaar en staar naar de pen. Heen en weer. Heen en weer. Als ik het niet meer kan aanzien, draai ik mijn hoofd naar links en kijk uit het grote raam. Mijn blik volgt het glooiende gazon naar de dofgrijze oppervlakte van het meer.

Uiteindelijk haal ik mijn schouders op.

'Geen idee,' zeg ik. 'Wilde hij weten hoeveel vooruitgang ik boek?'

'Dat ook. Danny wilde weten hoe het met je ging. Hij zei dat je tegen hem had gezegd dat je hier binnenkort weggaat.'

De schok van het verraad komt verrassend hard aan.

'Ja, ik voel me een stuk beter,' lieg ik. 'En ik denk dat ik thuis sneller volledig zal herstellen.'

'Daar is Danny het niet mee eens. En ik ook niet, moet ik zeggen. Hannah, we hebben hard gewerkt om de aanleiding voor wat er is gebeurd te analyseren, maar totdat jij bereid bent bepaalde dingen onder ogen te zien, vrees ik dat we niet erg ver zullen komen.'

'Wat moet ik onder ogen zien?'

'Je gedrag. Je manier van denken. De onderliggende oorzaken.'

Ik krijg een flashback naar een kaart die ik aan het maken was. Ik plakte de echofoto op de kaart. Volgde met mijn vinger de contouren van Emily's hoofdje.

'Ik weet dat ik niet rationeel handelde. Dat begrijp ik nu. Ik kampte toen met enorm veel stress. Ik heb de boel uit de hand laten lopen.'

Ik ben me ervan bewust dat mijn tong droog en donzig aanvoelt, als vilt. *Ik wil niet over Emily praten. Dwing me niet over Emily te praten.*

'Wat heb je uit de hand laten lopen, Hannah?'

'Alles.'

Ik herinner me dat ik in bad lag, over mijn dikke buik streek, tegen haar praatte. Dat ik haar vertelde over oma Corinne en opa Duncan. Toen ik opkeek, zag ik Danny op de drempel staan, met een ondoorgrondelijke uitdrukking op zijn gezicht. 'Kom binnen, dan kun je haar gedag zeggen,' zei ik tegen hem.

'Zo dadelijk. Ik moet eerst een e-mail versturen.'

'Altijd druk, die papa van je,' fluisterde ik nadat hij weg was, en ik goot warm water over mijn bolle buik.

Ik voel een ijzige steek van verdriet.

'Waar ik me vooral zorgen om maak, Hannah, is of dit een gedragspatroon is, deze onwil om zelf te bepalen wat er met je zal gebeuren, de onwil om de verantwoordelijkheid voor je daden op je te nemen. Neem bijvoorbeeld je gesprek met meneer en mevrouw Chadwick. Deze mensen zijn in de rouw, ze hebben zojuist hun dochter verloren, maar in plaats van medeleven te tonen, probeer jij jouw versie van de gebeurtenissen aan hen op te dringen – dat iemand haar met opzet iets zou hebben aangedaan – ook al weet je dat dit niet overeenstemt met de feiten, en ook al had je kunnen weten welk effect dit op hen zou hebben.'

'Ik wilde hen er alleen maar van bewustmaken.'

'Waarvan?'

'Dat niet iedereen gelooft dat Charlie zelfmoord heeft gepleegd.'

'En dat leek jou wel geruststellend?'

'Nee, niet geruststellend. Maar wel eerlijk.'

'Hannah, je bent een intelligente vrouw. Je hebt een liefhebbende familie, een man die je steunt, een goede baan. Je hebt zo veel om naar terug te keren. Maar er zijn grenzen aan wat wij hier voor je kunnen doen. Je moet nu eerst proberen jezelf te helpen. Concentreer je op de problemen die van invloed zijn op jouzelf, op jouw leven. Op de reden dat je hier bent. Dit gaat om jouw leven. Jouw familie. Jouw toekomst. Jouw keuze.'

Pas als ik zijn kantoor heb verlaten en terugloop naar de recreatiezaal, bedenk ik dat dit klonk als een dreigement.

Het blijft me de hele dag dwarszitten dat Danny achter mijn rug naar Roberts is gegaan om te zeggen dat hij niet wil dat ik naar huis kom. Eerst voel ik me alleen gekwetst, maar dat verandert al snel in woede.

Het is allemaal Danny's schuld.

Als hij er meer bij betrokken was geweest. Als hij er vaker bij was geweest. Al die afspraken die hij heeft gemist. Al die echo's. Waarom nam hij er genoegen mee de nieuwtjes achteraf te horen? Een ander soort echtgenoot zou gemerkt hebben dat ik mezelf niet was. Zelfs Marco, onze benedenbuurman, had het in de gaten. Ik zag het aan de manier waarop hij naar me keek. Ik hoorde het aan zijn stem als hij vroeg: 'Alles in orde?'

Danny niet. Die zat met zijn gedachten ergens anders.

Bij haar.

Niet bij zijn vrouw en dochter.

En nu voert hij achter mijn rug om gesprekken met dokter Roberts.

Ik ben woedend en begin daarvan te genieten. Het is een welkome afwisseling van de schuldgevoelens waarin ik me had ondergedompeld. Ik ben boos op iedereen. Op mijn moeder, omdat ze dit niet kon voorkomen. Op Roberts, omdat hij denkt mij te kennen, terwijl hij geen idee heeft wie ik ben. Op Charlie, omdat ze me heeft verlaten.

'Je moet het loslaten,' zei mam toen ze hier gisteren was. 'Je moet niet boos blijven op Charlie. Ze was ziek. Net als jij. Daarom ben je hier. Om beter te worden.' Maar dat is niet de reden waarom ik boos ben. Ik ben boos omdat ik niet kan geloven dat ze zelfmoord heeft gepleegd, ongeacht wat Roberts zegt.

'Weet je, er was een tijd dat ik absoluut niet vooruit kon kijken. Niet eens een uur. De toekomst was zo angstaanjagend dat ik van minuut tot minuut moest leven. Nu ben ik een vakantie aan het boeken voor volgend jaar zomer. Is dat geen vooruitgang?' Dat zei Charlie tegen me op de ochtend van haar dood.

Door niet te geloven dat ze het heeft gedaan, heb ik me afgezonderd van alle anderen. Voorheen zou ik me daar niets van hebben aangetrokken, maar nu weet ik dat het gevaarlijk is afgezonderd te zijn, niet synchroon te lopen. De ruimte tussen jou en de heersende opvatting is een kloof waarin je spoorloos kunt verdwijnen, een put waarin je kunt verdrinken zonder dat iemand de plons hoort.

Later die middag heeft Darren de supervisie over de 'internetsessie' aan de ovale tafel in de recreatiezaal. We krijgen daar meestal een uur voor, vóór het avondeten en de groepstherapie. We plagen hem een beetje met zijn paarse trui. Normaal gesproken kleedt Darren zich heel behoudend – een geruit overhemd met daarover een donkerblauwe of bruine v-halstrui op een corduroy broek. Maar sinds hij een nieuwe vriendin heeft, draagt hij gewaagdere kleding. Vorige week kwam hij op zijn werk in een zwarte skinny jeans waarin hij rondliep alsof hij zich geen raad wist met zichzelf. En nu een paarse trui.

'Ik had gewoon zin in iets anders. Het heeft niets met Jolene te maken.'

Hij spreekt de naam uit als Jo-lin, met de klemtoon op de eerste lettergreep, maar een dergelijke naam laat zich moeilijk vermommen.

Als we uit zijn gedold, klap ik mijn laptop open. Bepaalde internetsites worden hier afgeraden. Facebook. Twitter. Alles wat ons herinnert aan ons andere leven. Het leven dat ons hierheen heeft gedreven. Ik ben er blij om. Ik wil niet weten of alles op kantoor ook zonder mij op rolletjes loopt, en hoeveel pret mijn vrienden hebben – feestjes, vakanties, zondagse lunches in de pub. Ik wil geen foto's zien van hun bruiloften en hun katten.

Of van hun baby's.

Ik ga naar Google en typ *William Kingsley* in de zoekregel. Er zijn meer dan vijf miljoen hits, onder andere van een hele reeks makelaars in Missouri en een negentiende-eeuwse politicus. Ik ben op pagina vier als ik me ervan bewust word dat er iemand achter me staat. Ik ruik een vleugje kokosshampoo. De haartjes in mijn nek komen overeind.

Ik klik Google weg en draai mijn hoofd zo snel om dat ik een spiertje in mijn nek verrek.

'Wat ben je aan het doen?'

Vanwege het tegenlicht is Stella's gezicht in schaduwen gehuld en heeft ze een vreemde lichtkrans rond haar hoofd.

'Niks. Ik zit zomaar wat te surfen.'

Met mijn handen tegen mijn slapen duw ik mijn hoofd voorzichtig heen en weer om het spiertje los te maken.

Stella trekt een stoel bij en gaat naast me zitten. Ze is voor haar doen erg eenvoudig gekleed in een zwartfluwelen topje en een zwarte legging. Darren kijkt naar haar, bloost en wendt zijn blik af. Stella is een raadsel. Soms zo kinderlijk en soms alsof ze veel meer weet dan ze loslaat. Zo vol geheimen. Ze bevindt zich al vijf maanden in de kliniek en nog steeds weet niemand precies waar ze vandaan komt, wie ze is. Ze heeft mij verteld dat haar stiefvader in het leger zat en dat hij en haar moeder in landen over de hele wereld hebben gewoond voordat ze zich uiteindelijk in Washington vestigden, waar hij nu iets voor de inlichtingendienst doet. Stella heeft in Devon, Northumberland en Sussex op kostschool gezeten. Ze komt uit een welgestelde familie. Een rijke grootvader aan moederskant. En nieuwe halfbroertjes en –zusjes die het rode haar van haar stiefvader hebben geërfd. Alcoholisme loopt als een rode draad door de generaties.

Stella krijgt zelden bezoek. Haar moeder betaalt voor haar behandeling en belt eens in de veertien dagen naar de openbare telefoon van de kliniek. Ik weet altijd dat zij het is, omdat Stella dan vrijwel zwijgend aan de telefoon zit en de hele tijd van voren naar achteren wiegt. Ze is een patiënt van dokter Chakraborty, die regelmatig een rapport naar haar moeder mailt met details over haar behandeling en hoe ze erop reageert.

'Ons optimale resultaat zou zijn als Stella een toestand van zelfaanvaarding bereikt,' stond er in een van die rapporten. Stella weet dit omdat haar moeder die zin tijdens een van hun telefoongesprekken heeft geciteerd. We hebben daar nog een tijdje grapjes over gemaakt. 'Het optimale resultaat van deze waterkoker zou een kopje thee zijn'.

Alhoewel Stella's familie rijk is, hadden ze hun financiële steun stopgezet toen ze beseften dat de cosmetische operaties een verslaving waren geworden in plaats van eenvoudige correcties. Chirurgen in de Verenigde Staten en Groot-Brittannië weigerden haar nog langer te behandelen, waarna ze naar Brazilië of Zuid-Korea was uitgeweken, zonder zich te bekommeren om de kwalificaties van de artsen die haar opensneden. Toen ze zich voor negenenveertigduizend pond in de schulden had gestoken, moest ze een spoedoperatie ondergaan om een embolie te laten verwijderen die zich in haar long had gevormd na een mislukte liposuctie in Turkije. Toen ze uit het ziekenhuis werd ontslagen, was ze werkloos, dakloos en zo blut dat ze het ultimatum van haar ouders wel moest accepteren. Ze zouden haar schulden aflossen als ze zich onder behandeling liet stellen.

Vandaar dat ze nu hier zit.

Ik weet dat sommige mensen Stella een beetje griezelig vinden. Vanwege haar grote blauwe ogen die bijna nooit lijken te knipperen. Vanwege haar scherp afgetekende jukbeenderen. De overdreven rondingen en de onnatuurlijke gladheid. En omdat je nooit te weten lijkt te komen wie ze nu eigenlijk precies is.

Danny krijgt de zenuwen van haar. 'Vind je haar niet eng?' vroeg hij toen ze elkaar voor het eerst hadden ontmoet. Hij ziet niet wat ik zie. Het kind, opgesloten in die strakgespannen huid, als een worstje in zijn vel.

Na het avondeten nemen we weer plaats in onze veilige kring in het zitgedeelte van de recreatiezaal, waar dokter Chakraborty vanavond de groepstherapie leidt. Hij zit er altijd ineengedoken en verontschuldigend bij als hij de leiding heeft, alsof hij zich ervoor geneert hier te zijn.

Hij is niet de enige.

Ik was gewend presentaties te houden voor het voltallige personeel van de uitgeverij. Ik vergezelde belangrijke auteurs op signeersessies door het hele land, organiseerde galafeesten waar ik een avond lang mensen aan elkaar voorstelde en gesprekken aanknoopte met volslagen vreemden.

Nu zit ik in een kring, met afgekloven nagels en haar dat nodig gewassen moet worden, in een joggingbroek die ik dag en nacht draag omdat, nou gewoon, omdat het kan, en ik herken mezelf niet. Echt niet.

Dokter Chakraborty's huid heeft de kleur van vloeibare honing en zijn bruine ogen lijken op kleine poelen van droefenis. Vergeleken bij zijn weelderige witte haar lijkt zijn gladde gezicht bijna jongensachtig. Hij kan je aankijken op een samenzweerderige manier, alsof hij en jij in hetzelfde, nogal verrassende, schuitje zitten. 'Niet te geloven,' lijkt hij te zeggen. 'Jij en ik. Hier. Wie had dat ooit kunnen denken?'

Charlie heeft me verteld dat hij gescheiden is, en dat hij dat absoluut niet had zien aankomen. 'Zijn vrouw had geen enkele indicatie gegeven. Op een dag kwam hij na zijn werk thuis en was ze weg.' Ik heb niet gevraagd hoe zij dat wist. Zo was Charlie. Iemand aan wie je dingen toevertrouwde.

Hij wendt zich tot mij: 'Hannah, de vorige keer hebben we het gehad over de aanleiding voor je opname.'

Hij zegt opname, maar hij bedoelt zenuwinzinking, en ik zou van hem kunnen houden om zijn fijngevoeligheid en de manier waarop hij even zijn ogen neerslaat, uit respect voor mijn gevoelens, in tegenstelling tot de ijzige blauwe ogen van Roberts, die je opensnijden als scalpels om je lillende, kloppende ingewanden bloot te leggen.

Dokter Chakraborty raadpleegt zijn aantekeningen.

'Zoals je waarschijnlijk nog wel weet, heb je ons verteld over de miskraam, de ivf, hoe het voelde dat je vriendinnen wel zwanger werden, sommigen ogenschijnlijk per ongeluk, en dat je elke maand in zak en as zat als je ongesteld werd.'

Iedereen kijkt naar me. Ik probeer te slikken, maar het is net alsof er een golfbal in mijn keel zit.

'Kun je ons nu verder bijpraten? Kunnen we het hebben over...' Er valt een korte stilte als dokter Chakraborty weer naar het notitieboekje kijkt dat open op zijn schoot ligt. 'Steffie? Kun je ons iets over Steffie vertellen?'

Het is een naam die ik nooit hardop uitspreek. Ik probeer hem zelfs niet te dénken, alsof het geluid van die twee lettergrepen achter elkaar een zekere toverkracht heeft. Het is een enorme schok om ze nu twee keer te moeten horen. Ik voel mijn hart bonzen en krijg een blikkerige smaak in mijn mond.

'Ik praat niet graag over haar.'

Het voelt alsof de woorden als schuurpapier over mijn tong wrijven.

Dokter Chakraborty knikt begrijpend.

'Natuurlijk. Dat is logisch. Maar toch.'

Maar toch. We zitten hier nu eenmaal en het is de bedoeling dat ik genees. Genezen wil zeggen dat ik erover moet praten. En het begint bij haar.

Steffie.

Krullen, dik als tentakels, glanzend zwart. Een blote, bruine knie die haar huid spande als een knokkel. Een glimlach die zich rond mijn hals leek te winden en kneep tot ik stikte. Donkere ogen die een dansje uitvoerden met de lens. Het was maar een foto die uit een boek viel dat Danny in het vliegtuig had gelezen en dat in het binnenvak van de koffer zat die hij altijd meenam naar Edinburgh. Ik kwam nooit aan die koffer, maar mijn moeder moest ergens naartoe voor haar werk en het handvat van haar weekendtas was kapot, dus ze had gevraagd of ze er eentje kon lenen, en ik had geen zin om de mijne helemaal van zolder te halen. Het was een donkerblauwe koffer, gemaakt van een soort glanzende nylon. Ik herinner me het geluid dat de rits van dat vak maakte. Ik weet nog dat ik me afvroeg of dit het boek was dat ik jaren geleden van Megan had gekregen en al een tijdje nergens had kunnen vinden. Ik herinner me de witte achterkant van de foto toen die op het tapijt viel. Hoe ik hem omdraaide en die zwarte krullen zag. Die glimlach. En ik wist het meteen.

'Danny is doordeweeks in Edinburgh,' vertel ik de groep. 'Dat moet voor zijn werk en dat wisten we van tevoren. In het begin vond hij het vreselijk en was hij op de avond voor zijn vertrek niet te genieten. Maar opeens was het precies andersom. Hij kwam chagrijnig thuis en trok pas bij als het tijd was om weer naar Schotland te gaan. Ik wist dat er iets aan de hand was. En toen ik die foto vond...'

Ik stop. Ik slik. Meer valt er niet te zeggen.

'Mannen zijn zwijnen,' zegt Judith tegen niemand in het bijzonder.

'Ik hoop dat je het hem heel moeilijk hebt gemaakt,' zegt Frannie timide.

'Eerst beweerde hij haar slechts oppervlakkig te kennen. Toen ik aandrong, gaf hij toe dat ze als freelancer voor dezelfde firma werkte. Het bedrijf van mijn vader. Uiteindelijk, rond vier uur 's nachts, gaf hij toe dat hij haar tijdens een avondje uit had gekust. "Maar meer niet."'

Dokter Chakraborty kijkt me aan met zijn glanzende ogen en zucht. Ik vraag me af of hij aan zijn vrouw denkt en hoop dat hij zich niet al te rot voelt. Dan vraag ik me af waarom ik me zorgen maak om hém, terwijl ik zelf misselijk ben van ellende en een steek voel in mijn zij, vlak onder mijn hart.

'En toen, Hannah?'

Ik wil het hem niet vertellen. Ik wil er niet aan denken. Dat Danny uiteindelijk in slaap was gevallen en ik naar hem had zitten kijken en vond dat hij eruitzag als iemand die ik niet kende. Dat ik uit bed was gestapt en de foto uit mijn ondergoedla had gehaald, waar ik hem had verstopt om te voorkomen dat Danny hem in stukjes zou scheuren, zoals hij had gedreigd te zullen doen. Dat ik een rode balpen uit de keukenla had gehaald en over die dansende ogen had gekrast tot ik bijna door het papier heen ging. Dat ik op de achterkant BITCH had geschreven.

'Toen werd alles weer normaal.'

Alleen was dat niet zo. Het was alsof iemand ons leven van voorheen een paar graden had gedraaid, waardoor het er vrijwel hetzelfde uitzag, maar toch net niet helemaal klopte.

'Maar wat is normaal? Wie bepaalt dat?' vraagt Odelle, en ze werpt een blik over haar schouder naar Drews alleszionde camera, alsof ze er zeker van wil zijn dat het erop staat.

'Ik dacht dat Steffie exit was.' Ik krijg de naam bijna niet uit mijn strot. 'Danny zei dat ze niet meer voor het bedrijf werkte. Hij stemde zelfs in met een tweede ivf-behandeling, ook al had hij gezegd dat hij het niet meer wilde, en we zouden het dit keer in een privékliniek doen om niet op de wachtlijst te hoeven staan.'

'En toen?' dringt dokter Chakraborty zachtjes aan.

'En toen,' zeg ik knikkend, alsof het geen vraag is, maar een conclusie.

We hadden afgesproken er een streep onder te zetten. Het was verleden tijd. Daarna ging het een stuk beter met ons. Ik had het wachtwoord van zijn telefoon en zijn mail. Danny was altijd iemand geweest die het hoogste woord had en die je midden in een zin in de rede viel om zijn eigen mening te geven. Maar nu nam hij de tijd om te luisteren. Hij laste pauzes in zodat ik kon zeggen wat ik kwijt wilde. We hadden afgesproken dat we het B-woord drie maanden niet zouden noemen en dat werkte heel bevrijdend. Nu we rustig konden praten zonder in een gespannen babygesprek verzeild te raken, veranderde onze dynamiek. Op een zaterdagochtend zaten we in de auto, op weg ergens naartoe, waarschijnlijk naar Tesco. Ik herinner me dat ik naar Danny keek en vond dat hij er anders uitzag. Ik vroeg me af of hij iets met zijn haar had gedaan, of iets nieuws aanhad, of gewoon ouder was geworden zonder dat ik er erg in had gehad. Opeens drong tot me door dat het kwam doordat hij lachte. Ik had hem al heel lang niet meer zien lachen.

'En toen, Hannah?' Dokter Chakraborty kijkt me doordringend aan met zijn bedroefde 'Wat doe je eraan?'-gezicht. Frannie, die naast hem zit, glimlacht naar me, een nerveuze glimlach die van haar gezicht springt en verdwijnt, alsof iemand hem heeft weggejaagd. Ik weet dat ik erover moet vertellen. Omdat ik moet genezen. Omdat ik naar huis wil.

'Het was weekend. Danny liep te stressen omdat hij iets kwijt was. Een visitekaartje van een nieuwe klant, geloof ik. Ik hielp hem zoeken. Ik was naar de slaapkamer gegaan om in de zakken van zijn jasjes te kijken. En toen vond ik die telefoon.'

Een klein, zwart, plastic geval. Prepaid. En omdat ik zo onnozel ben, duurde het even voordat ik het doorhad. Lacherig draaide ik het ding om en om. Ik vond het zo'n ouderwets model. Toen zette ik hem aan, nieuwsgierig maar niet verontrust. Ik ging naar zijn contacten. Er stond maar één nummer in. Eén nummer.

Ik stond daar, in onze slaapkamer, en hoorde Danny in de keuken rommelen en zachtjes foeteren: 'Ik weet zeker dat ik het hier had neergelegd. Waarom blijft ze er niet van af? Waarom moet ze zich altijd overal mee bemoeien?' Kinderstemmen in de tuin. Marco had blijkbaar zijn neefjes weer op bezoek. De geur van brandend houtskool. Het barbecueseizoen was vroeg begonnen. En ik stond midden in onze slaapkamer te staren naar een telefoonnummer in de contactlijst van een goedkoop mobieltje.

Ik wist het toen al, maar onderwierp mezelf evengoed aan de marteling, alsof ik het verdiende te lijden. Ik drukte op de toets. De telefoon ging drie keer over. Haar stem was zwoel, met een lach die vlak onder de oppervlakte bruiste.

'Babe! Wat een heerlijke verrassing! Ga me niet vertellen dat je alwéér een pak melk bent gaan halen. Jullie moeten wel een erg grote koelkast hebben.'

'Babe?' zeg ik nu tegen de groep. 'Een volwassen vrouw die "babe" zegt?'

Ik liep naar de keuken met het zwarte, plastic mobieltje voor me uit gestoken. 'Heb je het gevo...' Danny's stem stokte toen hij zag wat ik in mijn hand had.

Babe, dacht ik, hem aankijkend. Daarop volgde een verschrikkelijke tijd. Tranen, beschuldigingen, verdediging, ontkenning. Ultimatums gevolgd door schaamteloos smeken. Ik wilde hem het huis uit hebben. Nee, ik kon niet zonder hem. Ik haatte hem. Ik hield van hem. Ik was gek. Gek. Gek. En al die tijd werd Danny heen en weer geslingerd tussen haar en mij. 'Jij bent mijn rots in de branding,' zei hij tegen mij, 'maar zij is mijn kloppend hart.'

'Zij was zijn kloppend hart,' zeg ik tegen de groep. Nina, die er tot nu toe stilletjes bij zat, heft haar hoofd op en ik hoor Frannies adem stokken. Dokter Chakraborty wendt discreet zijn blik af.

Uiteindelijk nam Danny een besluit. Hij wilde mij. Hij was tot alles bereid om me terug te krijgen. Hij deed beloften. Ivf. Adoptie. Hij zou ontslag nemen. Hij gaf me de wachtwoorden van alles wat hij online deed. Belde me wel tien keer per dag.

Ik ging overstag. Ik hield van hem. Megan verklaarde me voor gek. Maar wat wist zij over liefde? Hij kon echter geen ontslag nemen, omdat we het geld nodig hadden, zeker nu we voor meer ivf-behandelingen spaarden. Bovendien mocht mijn vader niet weten dat we problemen hadden. Als Danny in Edinburgh was, belde hij me 's ochtends, 's middags en 's avonds, en we hadden als regel dat hij altijd zou opnemen als ik hém belde, al zat hij midden in een vergadering.

Regels. We dachten dat we afgunst en liefde met regels konden beheersen. En hartzeer. Want Danny rouwde.

Hij rouwde om het verlies van zijn 'kloppend hart'.

Maar we konden weer voort.

'Jij moet wel een erg lage dunk van jezelf hebben,' zegt Judith.

Ik vang Stella's blik en we glimlachen naar elkaar. Een lage dunk. Is dat niet de reden waarom ieder van ons hier is?

Weer bouwden Danny en ik een 'normaal' leven op, op de puinhopen van het vorige. En als er een paar gaten in zaten, omdat er bouwstenen waren weggerold of verpulverd, dan negeerden we dat beleefd.

Ik ging met mijn moeder en mijn zus op vakantie naar Kreta. Ik dacht dat ik gelukkig was.

Toen kwam de klop op de deur.

'Een klop op de deur? Hebben jullie geen bel?'

De vraag komt van een jonge vrouw die hier gisteren pas is aangekomen en van wie ik niet kan onthouden hoe ze heet. Caroline? Catherine? Caitlin? Ze zal wel ocs hebben. Dat komt hier het meeste voor.

'Ze had voor de buitendeur gestaan,' zeg ik. 'Een van de benedenburen had haar binnengelaten. Ze zei dat ze een kennis van Danny was. Dat ze hem wilde verrassen.'

Het was vrijdagavond. We zouden uitgaan. Ik had een nieuw topje gekocht. Ik weet nog hoe het voelde toen ik het uit het tasje haalde. Het geritsel van het vloeipapier. De fluistering van de oesterkleurige zijde. Ik had mijn favoriete zwarte spijkerbroek aan en was van plan de outfit compleet te maken met een paar zwartsuède, hooggehakte laarzen, maar daar was ik nog niet aan toegekomen toen er op de deur werd geklopt. Zo kwam het dat ik op mijn blote voeten opendeed. Later moest ik daar steeds aan denken, dat ze me de kans niet had gegund mijn laarzen aan te trekken.

Ik dacht dat het Marco was, of Phil, van beneden.

Ik zag zwarte krullen onder een witte muts met een grote pompon. Een leren jack met de rits open. Een legging. Motorlaarzen.

Een zwangere buik.

Ik leun achterover op mijn stoel.

'Ik wil niet meer praten.'

15

Corinne

Half zeven 's avonds in Londen was half een 's middags in New York, maar Megan zag er nu al moe uit. Dat was het eerste wat Corinne opviel. Terwijl haar jongste dochter op die typisch chaotische manier van haar praatte en van de hak op de tak sprong, waardoor je je voelde als een passagier tijdens een stormachtige vlucht, bestudeerde Corinne haar gezicht op het computerscherm. Megan was altijd erg mager geweest, maar nu hadden haar wangen holle schaduwen en zag haar bleke voorhoofd eruit als een eierschaal die elk moment kon breken.

Corinne wilde dat ze door het scherm heen in de huiskamer van haar dochters flat in Brooklyn kon stappen, waar de vloer schuilging onder stapels boeken, videospelletjes, jassen en schoenen, alsof ze gisteren pas was verhuisd en er niet al een half jaar woonde. Ze zou op de sjofele bank gaan zitten, haar armen om Megs' magere schouders slaan en zeggen dat ze zich niet zo druk moest maken.

'Rustig ademen,' zou ze zeggen. 'Trek je alles niet zo aan.'

'Ik begrijp niet waarom ze daar nog steeds zit,' zei Megan, en omdat de verbinding niet geweldig was en omdat Megan zich altijd warrig en als in staccato uitte, schoten de woorden uit haar mond alsof iemand ze op een ouderwetse typemachine tikte.

'Ze wil beter worden, lieverd. Ze wil zo goed mogelijk genezen voordat ze naar huis gaat, terug naar Danny.'

Megan bracht een hand naar haar mond, beet op de nagelriem van haar duim en begon er een velletje vanaf te trekken. Corinne hield met moeite een moederlijke vermaning in.

Megan mompelde iets, maar omdat ze haar duim voor haar mond hield, verstond Corinne het niet.

'Ik zei dat ik niet begrijp waarom ze naar hem teruggaat. Hij is haar niet waard.'

'Megan!'

Corinnes stem had een waarschuwende klonk. Vlak voor Megans vertrek naar New York hadden Hannah en Megs ruzie gekregen om Hannahs relatie met Danny, en dat had een diepe schaduw over Corinnes leven geworpen. Ze waren altijd zo'n hecht team geweest. De breuk tussen haar dochters, die ondanks alle recente ontwikkelingen nog steeds niet was gedicht, bezorgde haar enorm veel stress.

Op het scherm speelde Megan nu met haar haar. Ze draaide een lok rond haar vinger, zoals ze als kind had gedaan, en Corinne kreeg opeens koude rillingen, alsof iemand een stroompje ijswater over haar rug liet lopen.

'Jij weet iets,' zei ze. Verwijtend.

'Wat? Ik weet niets. Waar heb je het over?'

'Jij houdt iets voor me achter over Hannah en Danny.'

Megan keek opzij, naar beneden, overal naar, behalve naar haar moeder.

'Moment. Blijf zitten waar je zit.' Een band klemde zich steeds strakker rond Corinnes borst toen ze door de kamer naar haar tas liep en erin rommelde tot ze vond wat ze zocht. 'Wie is dit?'

Ze hield de foto vlak voor de camera, waardoor het hele scherm werd gevuld. BITCH zeiden de nijdige rode letters op de achterkant, en het was alsof de vrouw op de foto het tegen háár zei, ook al wist Corinne dat Hannah het had geschreven.

'Wie is dit, Megan?'

Eén ding was zeker. Megan kon niet liegen.

'Ik heb haar beloofd dat ik het je niet zou vertellen.'

'Dat je me wát niet zou vertellen, Megs? Heeft dit iets met Danny te maken? Heeft hij iets met deze vrouw?'

Megan keek naar boven. Naar beneden. Toen knikte ze.

Alhoewel dit slechts bevestigde wat ze al vermoedde, kreeg Corinne het opeens vreselijk benauwd.

'Je moet het je niet persoonlijk aantrekken, mam.' Megan wist precies wat er nu in het hoofd van haar moeder omging. 'Ze wilde gewoon niet dat je Danny zou veroordelen. Ze wilde dat je net zo over hem bleef denken als altijd. Daarom is ze zo kwaad op mij. Omdat ik niet kon blijven doen alsof Danny een geweldige vent is.'

'Wat moet ze daar kapot van zijn geweest. Ze houdt zo veel van hem. Wanneer is dit gebeurd?'

Megan haalde haar schouders op. 'Vorig jaar.'

Weer meed ze haar moeders blik.

'Er is nog iets. Wat hou je nog meer voor me achter, Megan?'

Megan begon weer op haar nagelriem te bijten en trok er zo wild een velletje af dat er een druppeltje bloed verscheen.

Nu was Corinne degene die ergens anders naar probeerde te kijken. Ze richtte haar blik op het raam achter Megan, op het grijze daglicht dat haar herinnerde aan het tijdsverschil tussen hen beiden. Zelf had ze de gordijnen al dichtgedaan om de sombere Londense duisternis buiten te sluiten. Haar maag verkrampte bij de gedachte aan de dingen die ze niet had geweten. De dingen die haar dochters haar niet hadden verteld. En ze had het sterke vermoeden dat er nog meer was, en dat ze nu alles te weten moest komen.

'Ze was in verwachting, mam.'

Corinne schrok zo dat ze dom reageerde: 'Hannah? Ja, dat weet ik...'

Megan snoof geïrriteerd.

'Zíj was zwanger, mam. Dat wijf. Steffie Garitson.'

Een nieuwe steek in haar maag. Het feit dat die vrouw een naam had, en dat Megan die kende, voelde als een belediging.

'Waarom mocht ik dat niet weten?' jammerde ze. 'Ik had kunnen helpen.'

'O ja? Hoe dan? Had je ervoor kunnen zorgen dat de gesplitste cellen van de foetus zich weer samenvoegden? Dat het sperma terugkeerde naar waar het vandaan was gekomen?'

'Dat is niet grappig, Megan.'

'Sorry.'

Nu was alles duidelijk. Alle dingen die haar uit haar slaap hadden gehouden. Alle 'waaroms'. Waarom Hannah Danny het huis uit had gezet. Waarom ze zo'n ruzie had met Megan. Opeens werd Corinne woedend, rázend, en ze besefte hoe krampachtig ze haar emoties al die tijd had onderdrukt. Ze had het gewoon niet aangedurfd ze toe te laten. Ze was bang geweest voor hoe diep die gevoelens reikten.

Danny. Wat had ze haar best gedaan hem een hart onder de riem te steken sinds Hannah was opgenomen. Wat had ze een medelijden met hem gehad om wat Hannah had gedaan. Wat had ze vaak haar verontschuldigingen aangeboden. Haar dochter tegenover hem verdedigd. Terwijl hij al die tijd...

En nu herinnerde ze zich nog iets anders.

'Ik was er laatst nog,' hakkelde ze. 'Een paar dagen geleden. Om alle spullen uit Emily's kamer te halen. Zodat hij dat niet zelf hoefde te doen.'

Nu was het Megans beurt om kwaad te kijken.

'Jezus, mam. Hoe moet Hannah ooit beter worden als je dat blijft doen?'

‘Als ik wat blijf doen?’

‘Dat weet je best. Of hoor je soms niet wat je zelf zegt? “Emily’s kamer”?’

Corinne sloot haar ogen. De wereld begon te draaien terwijl haar eigen woorden door haar hoofd bleven galmen.

16

Hannah

'Ik begrijp dat dit pijnlijk voor je is, Hannah, maar je doet het uitstekend en ik had graag dat je doorging, als je daartoe in staat bent.'

Dokter Chakraborty heft zijn hand op in een aanmoedigend gebaar, waardoor zijn mouw iets omhoogschuift en ik een zilveren horloge rond zijn gladde, bruine pols zie. Ik concentreer me op het horloge, om me af te leiden van de dingen die hij me dwingt te herinneren. Emily roept me vanuit een verre kamer. Ik probeer het geluid in mijn hoofd vast te houden, maar het valt steeds weg.

'Ja, je doet het heel goed, Hannah,' zegt Odelle, weer met een blik op de camera.

Dat maakt me opeens razend.

'Kunnen ze dat rotding niet een poosje uitzetten?' snauw ik.

Dokter Chakraborty richt zijn blik op de mannen achter in de zaal. 'Heren? Als u zo goed wilt zijn?'

'No problemo,' zegt Justin.

Drew laat de camera zakken en staart voor zich uit, totdat Justin hem toebijt: 'Uít, Drew.'

Als de deur achter hen is dichtgegaan, kan ik mijn zenuwen nergens anders meer op richten dan op mezelf. Ze gieren in mijn oor als waanzinnige muggen.

‘Waar waren we gebleven, Hannah?’ De kalme, trage stem van dokter Chakraborty.

Ik probeer hem te negeren, zodat ik Emily kan terugvinden, maar ze is er niet.

‘Die vrouw, Danny’s “minnares”.’ Hij maakt aanhalingstekens met zijn vingers, maar het woord is gezegd. ‘Ze stond opeens voor de deur. Zwanger. Dat moet een enorme schok zijn geweest.’

En niet alleen voor mij. Toen hij haar zag, trok alle kleur uit Danny’s gezicht weg, alsof het op de bleek had gelegen. Ik begon te hyperventileren. Ik dacht dat ik zou gaan overgeven. Ik boog voorover met mijn handen op mijn knieën.

‘Ik wist het niet,’ bleef hij zeggen. ‘Ik wist niet dat ze zou komen.’

En zij stond in mijn woonkamer, met haar schattige witte muts en haar krullen en haar mond die sorry zei, terwijl haar ogen op mijn graf dansten. En dan die buik. Niet enorm. Maar groot genoeg.

‘Zoals ze er de hele tijd overheen streek,’ zeg ik. ‘Alsof ze hem zelf had gemaakt bij een cursus pottenbakken.’

Het nieuwe meisje, van wie ik me opeens herinner dat ze Katy heet, knikt nadrukkelijk, alsof ze wil zeggen dat ze het begrijpt. Ik vang Stella’s blik. Ze glimlacht. *Het optimale resultaat van dit verhaal zou zijn… dat het nooit was gebeurd.*

‘Hoe voelde je je, Hannah? Toen je besefte wie ze was, en in welke omstandigheid ze verkeerde?’

Daarmee bedoelt hij dat ze zwanger was.

Ik denk dat ik van hem zou kunnen houden.

‘Ik voelde me… verdoofd.’

Maar dat is niet helemaal waar. Ik voelde alle emoties zo sterk dat ze elkaar neutraliseerden. Net zoals wit niet het ontbreken van kleur is, maar juist alle kleuren samen, waardoor de illusie wordt gewekt dat er geen kleur is.

'En toen ze je vertelde dat Danny en zij hun relatie helemaal niet hadden beëindigd? Hoe dacht je toen over haar?'

'Ze stond niet erg hoog op mijn NBF-lijst.'

Ik heb spijt van die opmerking als ik dokter Chakraborty's bedroefde, niet-begrijpende gezicht zie.

'NBF betekent *new best friend*,' vertaalt Odelle voor hem.

'Ik haatte haar uiteraard,' zeg ik, bij gebrek aan een betere beschrijving. 'Ze had iets angstaanjagends.'

'Je projecteerde je eigen angsten op haar,' zegt Judith, die hier al voor de vijfde keer is en daarom denkt dat ze er heel wat van af weet. 'Ze vormde een bedreiging voor jou, waardoor je haar bedreigend vond.'

Het is een goede theorie, maar het is niet de waarheid. Ondanks het schattige mutsje en de stoere laarzen was ik ervan overtuigd dat Steffie onder die uiterlijke schijn iets gevaarlijks had.

'Heb je met haar gepraat? Om meer te weten te komen?'

'Ik wilde niet meer te weten komen. Ik wilde dat ze wegging.'

Ik zat op de bank, met gebogen hoofd en mijn handen op mijn oren, als een kind. *Als ik je niet kan zien en horen, ben je er niet.* 'Ga weg, ga weg, ga weg.' Herhaal, herhaal, herhaal.

'En daarna?'

'Ik heb Danny er ook uit geschopt. En toen ben ik ingestort.'

Letterlijk. Ik viel uit elkaar. Mijn haar viel uit. Mijn huid werd droog en schilferig. Ik liet overal een spoor van stof achter. Ik belde naar mijn werk en zei dat ik ziek was, zei hetzelfde tegen mijn moeder. Ik schaamde me kapot. De vrouw die niet genoeg was voor haar man. De vrouw die geen baby kon maken.

Danny kwam naar huis en huilde toen hij me zag. Hij probeerde het uit te leggen. Hij wilde een leven met mij, maar paradoxaal genoeg was zij degene bij wie hij zich levend voelde. *Zijn kloppend hart.* Ik ben tegen hem tekeergegaan. Ik haatte hem. Smeekte hem.

En toen heb ik hem geneukt. Ik wilde elke centimeter van hem opnieuw voor mezelf opeisen.

Ik was de vrouw geworden die ik nooit had willen zijn. De vrouw die ik verachtte. De vrouw die zich in allerlei bochten wrong om zich aan een man aan te passen, die zichzelf in hem liet opgaan tot er niets over was, op een laagje poeder na als bewijs dat ze had bestaan.

'Kun je ons nu over de zwangerschap vertellen, Hannah?' vraagt dokter Chakraborty vriendelijk. 'De jouwe, bedoel ik.'

Ik voel een verschrikkelijke pijn bij het horen van dat woord. Waarom moet hij het zeggen? Waarom kon hij het niet bij 'omstandigheid' houden? Ik doe mijn ogen dicht en span me in om Emily te horen, maar ze is er niet. Haar plaats wordt ingenomen door een donker, steeds van gedaante veranderend verdriet terwijl ik mezelf ertoe dwing me te herinneren dat ik liep te tollen van vermoeidheid en toch 's nachts de slaap niet kon vatten. Dat ik aldoor zo misselijk was. Becks maakte zich zorgen. Ze wilde dat ik me liet onderzoeken. Ze belde Megan, die dreigde mam te bellen.

Ik ging naar de dokter om te vragen of hij me er iets voor kon geven. 'Is het mogelijk dat je zwanger bent?' Dat lachte ik weg. Maar daarna kon ik die gedachte niet meer van me afzetten. Het was mogelijk. De artsen hadden altijd gezegd dat er geen reden was waarom ik niet zwanger zou kunnen worden. Ik bleef misselijk, vooral 's ochtends. Mijn borsten werden groter. Ik deed een zwangerschapstest. Negatief. Maar tegen die tijd was ik 's werelds grootste expert in foutmarges en percentages van zwangerschapstesten die een foutieve uitkomst lieten zien.

Elke ochtend bespeurde ik nieuwe veranderingen in mijn lichaam. Een trekkerig gevoel onder in mijn buik, alsof dingen zich aan het verplaatsen waren. Een onnatuurlijke vermoeidheid en een plotselinge afkeer van etenswaren waar ik voorheen geen enkele moeite mee had gehad. Olijven die in oranje olie dreven, de geur van koffie, waar ik juist altijd zo van had gehouden.

Mijn buik zwol op. Mijn borsten deden pijn.

'Wanneer heb je het aan anderen verteld, Hannah?'

'Dat was niet nodig. Ze zagen het zelf.'

Toen Megan een keertje langskwam, kort voordat we die vreselijke ruzie kregen, liep ik nog in het dunne T-shirt waarin ik altijd slaap, en zodra ze me zag, zei ze het. 'Jezus, je bent in verwachting.' Het was pas de tweede maand, maar mijn buik was al gezwollen. Mijn borsten waren een cupmaat groter. En toen ze het eenmaal had gezegd, begreep mam niet waarom zíj het niet had gezien.

'Danny hád het zeker niet meer,' zegt Judith voldaan. 'Twee zwangere vrouwen tegelijk. Da's niet zo best.'

'Och, ik weet het niet,' zegt Katy. 'Er zijn mannen die daarop kicken. Dan voelen ze zich viriel.'

'Hij trok wit weg toen ik het vertelde. Zoals wanneer je bruin bent van de zon en op je huid drukt en die even helemaal wit wordt.'

Ik demonstreerde het op de rug van mijn hand.

'En toen?' vraagt dokter Chakraborty, me zachtjes weer aansporend.

'Toen is Danny weer thuis komen wonen.'

Maar zo eenvoudig was het niet geweest. Ik heb lang getwijfeld. Soms wilde ik hem terug. Maar dan kon ik hem opeens weer niet luchten of zien.

Hij ging een paar dagen naar zijn ouders en toen hij terugkwam, was hij veranderd. Berouwvol. Hij had een fout gemaakt. Hij wilde het goedmaken. Zijn moeder had hem doen inzien dat hij bij mij hoorde. Ik had niet gedacht dat ik de nuffige Victoria Lovell ooit ergens dankbaar voor zou zijn, maar de zwangerschap deed haar eindelijk beseffen dat ik erbij hoorde, en dat gaf me hoop op een harmonieuzere toekomst.

Zij – kloppend hart Steffie – was teruggekeerd naar haar ouders in Tunbridge Wells. Niet lang daarna liet ze Danny weten dat ze een miskraam had gehad. Ik had toen toch wel medelijden met haar. Eventjes. Omdat ik wist hoeveel verdriet je daarvan had.

Ik had hem toen nog steeds niet teruggenomen. 's Avonds in bed streek ik over mijn dikker wordende buik en vertelde de baby – vertelde háár, want ik wist al dat het een meisje was – dat we het in ons eentje best zouden redden. Soms geloofde ik dat zelfs. Maar uiteindelijk nam ik Danny terug. Ik hield van hem. Hij kwam weer thuis wonen en als ik hem een lul noemde, zei hij dat ik gelijk had, en als ik zei dat ik hem haatte, antwoordde hij dat hij daar begrip voor had, en als ik huilde, troostte hij me in zijn armen.

Meg verklaarde me voor gek. De laatste keer dat ik haar zag, kregen we hooglopende ruzie. Ze is naar New York vertrokken zonder dat we het hebben bijgelegd. Sindsdien hebben we elkaar niet meer gesproken.

Ik mis mijn zus.

Maar ik heb voor mijn man gekozen.

Mijn buik groeide. Alles werd rustiger. De baby, Emily, maakte het Danny en mij mogelijk ons leven een nieuw glanslaagje te geven.

Op sommige dagen waren we zelfs gelukkig.

We schilderden de logeerkamer, kochten een wiegje en zetten de lage blauwe stoel uit de woonkamer erbij. Danny had van thuis alvast die lelijke mobile met boerderijdieren meegebracht die nog van hemzelf was geweest, en ik maakte geen bezwaar toen hij die ophing.

Mam voelde zich hier ongemakkelijk bij. Zij vond dat we het lot tartten. Maar we moesten het doen. Zij wist niet dat we soms zelfs via ons ongeboren kind met elkaar praatten.

Zeg even tegen papa dat hij zijn tanden moet poetsen. Ik ruik de kip met knoflook van gisteren nog.

Kun je ervoor zorgen dat mama ook na je geboorte zulke mooie borsten houdt?

Danny ging nog steeds naar Edinburgh voor zijn werk, maar discrete navraag had uitgewezen dat Steffie Schotland voorgoed had verlaten. En hij belde me vaak en nam steeds de eerste vlucht naar huis, ook als hij dan de halve nacht onderweg was.

'En al die tijd bleven de testen negatief?'

Katy's gezicht lijkt op een munt van vijftig pence, breed van boven en spits toelopend naar de kin. Ze is vastberaden alle feiten op een rijtje te krijgen.

'Ik deed geen testen meer. Ik had artikelen gelezen over vrouwen die het op een zuipen hadden gezet omdat de test een verkeerde uitslag had gegeven, waardoor ze dachten dat ze niet zwanger waren.' Luister naar je lichaam, stond er in die artikelen. Ik luisterde naar mijn lichaam. Het vertelde me dat ik zwanger was.

Ik ga plotseling rechtop zitten en luister of ik Emily hoor, maar het blijft stil.

'Wanneer heeft iemand voor het eerst de mogelijkheid van pseudocyesis geopperd, Hannah?' vraagt dokter Chakraborty.

Odelle buigt zich naar Katy.

'Dat betekent schijnzwangerschap.'

Alles wordt donker.

17

Corinne

Op het computerscherm keek Megan haar nog steeds boos aan. Corinne schaamde zich. Na alles wat er was gebeurd, bleef ze 'Emily' zeggen, alsof het om een echt kind ging. Een levend wezen, een massa zich vermenigvuldigende cellen die steeds groter was geworden in de beschutting van Hannahs groeiende buik.

Een kleindochter.

Zelfs nu, na de rapporten van de psychiaters, de medische uitleg en de slapeloze nachten die ze aan googelen had besteed, kon Corinne nog steeds niet helemaal geloven dat het allemaal echt was gebeurd.

'Was het mijn schuld?' vroeg ze aan Megan, ook al hadden ze dit onderwerp al helemaal uitgemolken.

'Doe niet zo raar, mam.'

'Maar waarom was het me niet opgevallen dat er iets niet goed zat? Dat de doktersafspraken en de echo's altijd op dagen vielen dat Danny er niet was? Dat ze de echofoto's uitknipte en op kaarten plakte in plaats van ons de hele print te laten zien?'

Achteraf was duidelijk geworden dat Hannah die foto's van het internet had gehaald en zelf had geprint. Zo kon ze het deel waarop 'baby Jenkins' of 'baby Cooper' stond eraf knippen.

'Ze vertoonde alle kenmerken van een zwangerschap,' zei Megan. 'Ze zag er zwanger uit. We hebben zelf haar buik gezien, en haar tieten. Jezus, mam, hoe hadden we het moeten weten?'

De eerste psychiater met wie ze hadden gesproken, een vrouw met blonde highlights die er zo sympathiek uitzag dat Corinne spontaan in tranen uitbarstte zodra ze tegenover haar waren gaan zitten, had uitgelegd dat het lichaam van sommige vrouwen deed alsof het zwanger was door de hormonen van de zwangerschap te imiteren. Ze zouden verbaasd staan als ze wisten hoe vaak dat voorkwam, zei ze.

Maar Duncan had doorgevraagd naar het opzettelijke bedrog. De zogenaamde afspraken bij de dokter, de echo's die Hannah nooit had gehad. Had ze daar ook een verklaring voor? De psychiater kon het niet met zekerheid zeggen, maar hield het op een vorm van dissociatieve stoornis. Had Hannah recentelijk een traumatische gebeurtenis meegemaakt? Trauma kon leiden tot grillig gedrag en het afstand nemen van de werkelijkheid. Het rationele deel van Hannah was in staat de leugens in een doosje te stoppen en dat op zo'n diepe, donkere plek op te bergen dat ze zich niet eens bewust was van het bestaan ervan.

'Als je bezeten bent van zo'n intense, door emoties gedreven wens, kun je je afscheiden van het deel van jezelf dat weet dat de wens niet de realiteit is,' zei de arts.

Corinne kon geen voorbeelden van traumatische ervaringen geven, omdat Megan haar toen nog niets over Danny en zijn minnares had verteld.

'Wat weet je nog meer over haar, over die Steffie?' Corinne sprak het woord uit alsof het een leugen was en dat wisten ze allebei.

Ze keek weer naar de foto die naast haar op de bank lag. De blote, bruine benen in de afgeknipte spijkerbroek. Het witte truitje over een perfect platte buik.

Megan haalde haar schouders op. 'Hannah zei dat haar ouders in Tunbridge Wells wonen. Misschien woont ze daar nu weer. Misschien maakt ze daar nu misbruik van nietsvermoedende mannen, om haar bekwaamheden als echtgenoot-stelende femme fatale aan te scherpen. Mam...'

Een korte pauze.

'Mam, ik wil Hannah zo graag zien. Heb je het er met haar over gehad?'

Corinne knikte. 'Ze voelt zich nog steeds erg gekwetst, Megs. Vanwege de dingen die jij over Danny hebt gezegd.'

'Iémand moest haar de waarheid vertellen.'

'Lieverd, ik vrees dat je nog moet leren dat de waarheid wel het laatste is wat de meesten van ons willen horen. Hannah zal uiteindelijk wel bijtrekken. Zodra ze uit de kliniek is ontslagen en weer gewoon thuis is.'

Megan beëindigde het gesprek met een abrupt 'Nou, daag.' Het ene moment keek Corinne nog naar haar gezicht en maakte ze zich opnieuw zorgen omdat ze er zo moe uitzag, en het volgende moment staarde ze naar de bureaubladfoto van hun vakantie op Kreta.

Dat leek in een ander leven te zijn geweest.

Impulsief klikte ze op Google en typte *Steffie Garitson, Tunbridge Wells* in. Dat leverde niet veel op. Een Facebookprofiel met een link naar een pagina met een profielfoto, de foto die Corinne al kende – nu mét ogen – maar de rest was niet toegankelijk.

Ze probeerde *Stephanie Garitson* en kreeg iets meer hits. Eén ervan was van een website waar je naar mensen en bedrijven kon zoeken, maar daar stond het adres niet bij. Wel werden de andere bewoners van het huis genoemd. Jeremy Garitson. Patricia Garitson. Jacob Garitson.

Corinne googelde *Jeremy Garitson, Tunbridge Wells.* Ze vond een LinkedIn-profiel, maar had er geen toegang toe. Verder was er een artikel uit een plaatselijke krant, waarin hij samen met een heleboel andere mensen werd geciteerd over de reden waarom hij vóór Brexit had gestemd.

Daar schoot ze weinig mee op.

Met *Patricia Garitson*, daarentegen, kwam ze iets verder. Zij had een cateringbedrijf en het adres dat stond vermeld, zag eruit als een huisadres. Eindelijk!

Corinne noteerde het onder STEFFIE GARITSON op een vel papier en onderstreepte het een paar keer.

Ze klikte Google weg en bleef zitten staren naar de vrolijke vakantiefoto van haarzelf met haar dochters.

Toen keek ze naar de naam en het adres dat ze in haar spichtige, schuine handschrift had genoteerd.

Haat nestelde zich in haar borst, compact, hard en solide als een kogel.

18

Hannah

Na de groepstherapie loop ik terug naar mijn kamer, nog flink van slag.

Dokter Chakraborty zei dat het een doorbraak was, omdat ik eindelijk had toegegeven dat er geen baby was geweest, en dat ik het uitstekend had gedaan, maar ik voel me leeg en ontmaskerd.

Schijnzwangerschap. Wat een beschamend etiket. Ze kunnen net zo goed het woord GEK op mijn voorhoofd tatoeëren.

Toch had het helemaal niet als 'schijn' gevoeld. En zeker niet 'hysterisch', een ander charmant label voor wat mij was overkomen.

Schijn. Hysterisch.

Krankzinnig.

Ik kan nog steeds niet echt geloven dat mijn lichaam me zo heeft bedrogen. De gewichtstoename, het trekkende gevoel in mijn buik, de misselijkheid. Had de biologie van mijn lichaam mij echt zo in de maling genomen?

Dat aspect zal ik moeten accepteren. Wat ik níét kan accepteren, is mijn eigen rol in de zaak. De manier waarop ik met mijn leugenachtige lichaam onder één hoedje heb gespeeld om mijzelf, Danny en alle anderen voor de gek te houden. De verzonnen afspraken. De echo's die nooit hadden plaatsgevonden. Hoe heb ik dat kunnen doen?

'Is dit jouw wraak?' beet Danny me toe tijdens die afgrijselijke nacht in het ziekenhuis. De arts had hem even apart genomen om uit te leggen dat het lichaam soms bedrogen kan worden, als de geest iets heel erg graag wil. Dat mijn baarmoeder vergroot was, alsof ik inderdaad zwanger was. Hij kalmeerde pas toen de arts tegen hem zei dat ik precies hetzelfde verdriet voelde als wanneer er echt een baby was geweest.

Ik duw de deur open tussen het oude en het nieuwe gebouw. Nog altijd schrik ik een beetje van de overgang van de gedempt verlichte georgiaanse pracht naar de helder verlichte gang met de strakke, symmetrische lijnen. Ik sla links af naar het trappenhuis, loop de twee korte trappen op en duw de deur naar de gang open. Ik ga naar mijn kamer en druk op de lichtschakelaar. De lamp maakt een zacht zoemend geluid. In het begin kon ik daar niet van slapen, maar nu vind ik het bijna kalmerend. Ik ga voor mijn kaptafel zitten. De foto van Charlie als tiener, die ik uit haar bureautje heb gestolen, heb ik tussen de lijst van de spiegel gestoken. Ze glimlacht naar me vanuit haar ligstoel, met alle vriendelijkheid van de oudere Charlie, en niets van haar verdriet. Ik kijk naar mijn spiegelbeeld in de onbreekbare spiegel en zie dat ik er tien jaar ouder uitzie met die wallen onder mijn ogen. Ik pak mijn haarborstel en begin met lange, ritmische bewegingen mijn haar te borstelen. De herhaalde gebaren geven rust, en eventjes vergeet ik de groepstherapie, en hoe het woord 'schijnzwangerschap' minieme elektrische schokjes door mijn hersenen liet gaan, en dat iemand een arm rond mijn schouders sloeg. Even dacht ik dat het Charlie was, maar het was Stella, en dokter Chakraborty glimlachte naar me alsof ik een tien voor scheikunde had gehaald.

Ik kijk naar mijn gezicht en denk nergens anders meer aan dan dat ik mijn tanden moet poetsen en hoe vervelend ik het nog steeds vind dat we hier niet mogen flossen, tot mijn aandacht wordt getrokken door iets op het bed achter me. Een klein, lichtblauw voorwerp. Ik tuur in de onscherpe spiegel en mijn maag verkrampt van angst.

Ik draai me om en begin te gillen.

19

Laura

In de smalle gang voor de flat van haar moeder ademde Laura in, telde tot zeven, hield haar adem vier tellen vast en blies die toen in acht tellen uit. Terwijl ze zich op deze ademhalingsoefening concentreerde, probeerde ze helemaal nergens aan te denken, maar haar gedachten dwaalden evengoed af naar dingen om haar heen: de deurmat voor de flat van haar moeders buurvrouw met het vrolijke WELKOM dat verhulde dat mevrouw Papadakis, voor zover Laura wist, nooit bezoek kreeg; de flikkerende tl-buizen die een ziekelijk geel licht verspreidden; de verschoten mededelingen in de afgesloten glazen kast: IN GEVAL VAN BRAND, HUISREGELS, NOODNUMMER BEHEERDER. In dit gebouw veranderde nooit iets. Niet de blauwe vinylvloertegels, niet de metalen huisnummers en niet de allesoverheersende geur van Cup-a-Soup.

Toen Laura naar binnen stapte en hoorde dat de televisie in de woonkamer keihard aanstond, wist ze dat Katya er was. De jonge vrouw zat onderuitgezakt in de leren fauteuil, met haar voeten, gestoken in pantoffels met konijnenoren, op het bijbehorende bankje. Ze hield een verfrommelde tissue tegen haar gezicht gedrukt. Haar wangen waren nat van tranen.

'Is *Long Lost Family*,' zei Katya, terwijl ze vluchtig opkeek van het scherm. 'Davina heeft familie gevonden. Vijfendertig jaar zoeken. Is erg zielig.'

Laura wierp een blik op het scherm, waar een gezette vrouw met geblondeerd haar en wenkbrauwen die als smalle vleugels hoog op haar voorhoofd leken te zijn getekend, zat te snikken alsof ze niet voor Katya wilde onderdoen.

'Ik ga haar even gedag zeggen,' zei Laura. Katya knikte zonder op te kijken.

Haar moeders kamer lag tegenover de woonkamer. Iemand – Laura vermoedde dat het Femi was geweest – had ooit een naambordje gemaakt van een foto van Laura's moeder als jonge vrouw, die ze op een roze kaart had geplakt, met daaromheen uit tijdschriften geknipte bloemen. De kaart en de foto waren nu verschoten en een deel van de bloemen was eraf gevallen, waardoor je het vergeelde residu van het plakband kon zien dat op de kaart was achtergebleven.

Laura voelde een loden gewicht door haar lichaam zakken. Niettemin trok ze een gezicht dat voor opgewekt moest doorgaan toen ze naar binnen ging.

'Ik ben het. Ik kom even kijken hoe het met je is, mam. Wat zie je er mooi uit. Heeft Katya je haar weer gedaan?'

Laura's moeder lag tegen de kussens in de oranje pyjama die Laura had gekocht om haar op te vrolijken. Haar dunne bruine haar was vastgezet met twee speldjes in de vorm van roze strikjes. Haar hoofd hing opzij en er liep een draadje kwijl uit haar mondhoek. Laura veegde het weg met het doekje dat op de bedtafel lag.

'Zo, dat is beter.'

Laura ging op de rand van het bed zitten en pakte haar moeders hand, die zo zacht voelde als watten. Je zou niet zeggen dat er nog botjes in zaten. Het was alsof ze een van die zachte broodjes vasthad die je in ouderwetse bakkerijen nog wel zag.

‘Weet je die cliënt nog over wie ik je vertelde? Hannah? Ik maak me nog steeds zorgen. Ik heb je verteld over de twee meisjes die zelfmoord hadden gepleegd. Hoe tragisch dat was. Weet je dat nog? Nou, Hannah is niet in staat dat te accepteren. Ze weigert het pertinent. Ze wil er gewoon niet aan. En dat leidt nu tot zorgwekkend obsessief gedrag.’

Haar moeder maakte een geluid dat leek op een zacht gekreun. Laura boog zich naar voren om haar mond nogmaals af te vegen. Toen ze zich weer oprichtte en het resultaat bekeek, zuchtte ze.

‘Je hebt gelijk, mam. Ik moet meer afstand houden, me er niet zo bij laten betrekken. Dat is niet goed voor me. Annabel zegt dat ik moet leren accepteren dat er dingen zijn waaraan ik niets kan veranderen.

Die arme meisjes in de kliniek. Ze zijn zo de weg kwijt. Ze vinden de wereld zo angstaanjagend.

Gelukkig heb ik jou. En jij hebt mij. Wat zijn wij toch gezegend.’

20

Hannah

Ik blijf gillen en in de spiegel naar dat ding staren. Ik heb het uiteraard meteen herkend.

Dat kan ook moeilijk anders. Ik heb het zelf gekocht.

Ik was tussen de middag een broodje gaan eten. Vijf maanden niet-zwanger. *Brie mag ik niet. Mayonaise? Daar zit toch rauwe ei in?* Geen koffie. Geen alcohol. Sufferd.

Hij lag in de etalage van een speelgoedwinkel waar ik al honderd keer langs was gekomen zonder er acht op te slaan. Lichtblauw fluweel en ondeugende zwarte oogjes, die keken alsof hij je een goeie mop ging vertellen. En van die lange, zachte oren. Ik was naar binnen gegaan en had hem gekocht, ook al had Danny me laten beloven dat ik geen babyspulletjes meer zou kopen. 'Je tart het lot,' had hij gezegd. Die avond liet ik het snoezige konijn toch aan hem zien. Ik kon het gewoon niet laten. Hij trok zijn wenkbrauwen op en schudde zijn hoofd, maar zei niets. Later zag ik dat hij het konijn in Emily's kamer oppakte en er een hele tijd naar bleef kijken.

En nu ligt het hier op mijn bed, om me te herinneren aan alles waar ik eens op had gehoopt.

Maar op de plek van zijn lange, zachte oren zitten alleen nog maar twee kleine, blauwe stompjes waar wit vulmateriaal uit puilt.

Ik stop met gillen en draai me om. Mijn hand beeft als ik hem uitsteek om het verminkte konijn te pakken. Ik heb sinds die nacht in het ziekenhuis geen babyspulletjes meer aangeraakt. Ik word overspoeld door een vloedgolf van verdriet die uit het knuffeldier lijkt op te trekken en zich via mijn vingers door mijn lijf verspreid. Ik ga op het bed liggen en kruip in elkaar alsof ik mezelf klein genoeg kan maken om te verdwijnen.

Darren komt binnen, gealarmeerd door mijn gegil. Hij heeft deze week nachtdienst en de zware uren geven zijn gezicht een ongezond bleke, glanzende tint.

'Wat is er aan de hand?' vraagt hij hijgend.

Zachtjes jammerend houd ik bij wijze van antwoord het knuffeldier omhoog.

'Het is een boodschap,' brabbel ik verward. 'Van haar. Mijn baby.'

Als ik ben gekalmeerd, sta ik Darren toe het konijn nader te bekijken. Ik houd zijn gezicht in de gaten, om te zien of hij het soms een goeie grap vindt, maar ik kan daar geen bewijs van vinden.

'Iemand heeft hem hier neergelegd,' zeg ik, nu weer helemaal nuchter. 'Om me van streek te maken.'

Geen geheime boodschap dus van de baby die ik had verzonnen, zoals ik aanvankelijk dacht.

'Kan het geen cadeautje zijn?' vraagt Darren. 'Misschien wilde iemand je opvrolijken?'

'Door zijn oren eraf te snijden?'

Nu ik het konijn wat nauwkeuriger bekijk, zie ik dat het niet precies dezelfde is als die ik had gekocht. Om te beginnen is deze groter, en niet van fluweel, maar van nepbont, dat iets ruller is. Toch lijken ze zo veel op elkaar dat het geen toeval kan zijn. Ik wil weten hoe hij op mijn kamer terecht is gekomen. Inmiddels is een van de nachtzusters er ook bij gekomen. Janice. Een vrouw van middelbare leeftijd met dikke polsen en een vriendelijk gezicht. Volgens de regels hadden ze eigenlijk met z'n tweeën tegelijk moeten komen, maar Janice heeft een slechte conditie en komt daarom nu pas aanzetten, buiten adem en met een verhit gezicht.

'Och, zijn arme oren,' zegt ze.

Janice heeft geen idee hoe het oorloze konijn op mijn bed terecht kan zijn gekomen, maar ze heeft pas een paar uur dienst. Ze vindt het doodzonde dat iemand een gloednieuw knuffeldier zo heeft verminkt. Kinderen genoeg in het ziekenhuis die blij zouden zijn met zo'n knuffel, zegt ze.

Ze vertrekken weer. Darren belooft me dat hij zal proberen uit te zoeken wie het konijn in mijn kamer heeft gelegd zodra de dagploeg arriveert. Hij praat geruststellend en respectvol, maar ik weet wat hij denkt. Dat het maar een pluchen beest is.

Ze nemen het konijn mee. Janice drukt hem tegen haar borst alsof het een levend dier is.

Ik luister naar hun zachte voetstappen op de gang en ik hoor de deur van het trappenhuis dichtvallen. Dan ga ik op de uiterste rand van mijn bed liggen, zonder het deel in het midden aan te raken, waar het konijn lag.

21

Corinne

Corinne reed in de file door een smalle straat aan de rand van Tunbridge Wells en begon eraan te twijfelen of ze er goed aan had gedaan hierheen te komen.

Bruisend van energie was ze vanochtend van huis gegaan. Na weken van hulpeloosheid was het een verademing geweest om een plan te hebben, maar nu ze hier stapvoets voortsukkelde, starend naar de remlichten van de auto vóór haar, sijpelde de energie langzaam maar zeker uit haar weg, tot ze zich bijna niet meer kon herinneren waarom dit eigenlijk zo'n goed idee had geleken.

Ter afleiding keek ze naar haar omgeving. Zulke prachtige huizen. Zo veel antiekwinkels en gezellige tearooms.

Zo veel verkeer.

Ze verdwaalde in de eenrichtingsstraten, stopte ergens om tot groot plezier van een voorbijrijdende fietser tegen Google Maps tekeer te gaan, maar wist het adres uiteindelijk toch te vinden. Het was in een brede straat waar de huizen allemaal een ruime voortuin hadden. Ze parkeerde voor een grote, georgiaanse twee-onder-een-kapwoning met een keurig onderhouden voortuin die bijna aan het zicht werd onttrokken door een reusachtige plataan die een donkere schaduw op de voorkant van het huis wierp, in contrast met de naburige huizen die baadden in het winterzonnetje. Toen ze over het pad liep, staarde het grote raam aan de voorkant naar haar als een gigantisch oog. Ze voelde haar huid tintelen.

Haar besluit om hierheen te komen, was genomen uit woede, omdat Steffie Garitson, met haar weelderige zwarte krullen en blote bruine knie, haar gezin kapot had gemaakt. Ze had zich ingebeeld hoe Steffies glimlach omsloeg in een geschokte en beschaamde uitdrukking als ze haar vertelde wat voor gevolgen haar daden hadden gehad. Ze had zich ingebeeld hoe Steffies moeder, Patricia Garitson, uit de keuken kwam en haar met bloem bestoven cateraarshanden aan haar schort afveegde. Haar vader, die ook thuis zou zijn omdat het weekend was, zou de krant zitten lezen. De ouders hadden waarschijnlijk geen flauw benul van wat hun dochter had uitgespookt en hoeveel verderf ze had gezaaid, maar Corinne zou hen snel op de hoogte brengen.

Nu ze hier eenmaal was, was ze echter niet meer zo zeker van haar zaak. Stel dat Steffie alles ontkende? Zouden haar ouders niet haar kant kiezen? Zoiets kon makkelijk uitlopen op een platvloerse scheldpartij. Zoals in een goedkope realityshow.

Op weg naar de voordeur, over het tuinpad van eenvoudige vierkante stoeptegels in een deprimerend strak patroon, ging ze steeds langzamer lopen. Ze overwoog zelfs er maar helemaal van af te zien, of in elk geval terug te keren naar haar auto om eerst te bellen, maar voordat ze daar de kans toe kreeg, ging de brede voordeur open en kwam er een tengere vrouw naar buiten. Ze droeg een zachtgrijze jurk en had een grote bos rode rozen op haar arm.

'Kan ik u ergens mee helpen?' De glimlach was dezelfde als die van het meisje op de foto, maar de bruine ogen waren alert.

Corinne haalde diep adem.

'Is Stephanie… Steffie… thuis?'

De vrouw nam de bos bloemen iets hoger op haar arm, alsof ze anders zouden vallen. Corinne zag nu dat ze in haar andere hand een grote roestvrijstalen schaar had.

'Sorry,' zei de vrouw, gebarend met de schaar. 'Ik was bezig deze af te knippen.' Ze had net zo'n kuiltje in haar wang als haar dochter en Corinne zag een flits van goud achter in haar mond toen ze sprak.

'Steffie is er niet. Ze is al maanden niet thuis geweest.'

'Wie is daar?'

Een mannenstem riep vanuit het huis.

'Een vriendin van Steffie.'

'Nee. Geen vriendin. Mag ik even binnenkomen? Dan kunt u meteen die rozen in water zetten.'

De vrouw bekeek haar aandachtig. Corinne had achterdocht of zelfs vijandigheid verwacht na de snelle ontkenning dat ze een vriendin van haar dochter was, maar Patricia gaf van geen van beide blijk. 'Ik moet u en uw man spreken over Steffie.'

Corinne was niet bereid haar familiegeheimen hier op de stoep uit de doeken te doen, en als Jeremy Garitson thuis was, wilde ze hen beiden tegelijk spreken. Ergens in haar achterhoofd sluimerde de hoop dat ze, door de hulp van Steffies ouders in te roepen, zou kunnen zorgen dat het meisje voortaan bij haar dochter, en bij de echtgenoot van haar dochter, vandaan bleef.

Patricia Garitson keek haar nog een paar ogenblikken aan en glimlachte toen weer. 'Komt u binnen.' Ze draaide zich om en liep door een gang waarvan de indrukwekkende afmetingen werden benadrukt door smaakvol roomwit hout en originele ornamenten aan het plafond. Verderop zag Corinne een witte lijst met een grote foto van het gezin die duidelijk in een studio was gemaakt. Steffie was op de foto nog een tiener en droeg een ouderwetse nauwsluitende halsketting rond haar slanke hals, maar zelfs van deze afstand was ze meteen herkenbaar aan haar zwarte krullen, die Corinnes adem even deden stokken. Alle Garitsons – een jongere Patricia, Steffie, een man van wie Corinne aannam dat het Jeremy was en een jonge jongen met donker haar en lichte ogen – waren in het wit gekleed, alsof ze leden van een koor waren die hun kleding op elkaar hadden afgestemd. Alhoewel ze glimlachten, leek hun houding een beetje gemaakt, en nogal stijfjes. Pas toen ze dichterbij kwam, besefte Corinne dat wat ze had aangezien voor een nauwsluitende halsketting in werkelijkheid een flauw zilveren streepje was, maar ze had geen tijd om dat nader te bekijken.

Ze volgde haar gastvrouw langs een formele, witte zitkamer, waar twee ivoorkleurige banken tegenover elkaar stonden met een glazen koffietafel ertussenin.

Hoe houd je zo'n kamer in hemelsnaam zo schoon, vroeg Corinne zich af. Bij haar thuis zou zo'n bank binnen een mum van tijd vol rode wijnvlekken zitten en zouden modderige hondenpootjes dat mooie, hoogpolige witte vloerkleed snel hebben ontsierd.

Patricia opende een deur naar een grote, moderne keuken met glanzend witte kastjes zonder handgrepen en een witte tafel met witte leren stoelen. Vier chromen barkrukken met een witte plastic zitting stonden in het gelid aan de eetbar in het verlengde van een groot kookeiland. Op de laatste zat een man met een zorgvuldig getrimd spierwit baardje, alsof ook dat op het decor was afgestemd. Hij droeg een bril met een metalen montuur en toetste geconcentreerd op de knoppen van zijn telefoon.

Nu keek hij op en zei: 'Een vriendin van Steffie? Wat leuk!'

Hierdoor zag Corinne zich gedwongen dat opnieuw te ontkennen, alhoewel ze het op een minder scherpe toon deed dan daarnet tegen zijn vrouw.

De man sprong van de kruk, waardoor ze zag dat hij kleiner was dan ze had gedacht. Hij gaf haar een hand en liet een waarderende blik over haar lichaam gaan. Zijn greep was verrassend ferm en Corinne hoopte dat ze niet bloosde. 'Ik ben Patricia Garitson,' zei Steffies moeder. Ze legde de bos rozen op het aanrecht. Een blaadje raakte los, dwarrelde neer en bleef als een rode smet op de glanzend witte vloer liggen. 'En dit is mijn man, Jeremy.'

Eindelijk liet Jeremy haar hand los. Corinnes handpalm brandde van zijn stevige greep.

'Heeft Steffie iets misdaan?' vroeg Patricia. Ze draaide zich om naar de rozen.

Corinne begreep er niets van. Waarom bleven ze zo onverstoorbaar? Ze hadden elkaar niet eens aangekeken. Geen wenkbrauw was opgetrokken vanwege haar komst, geen blik van 'Wie is deze vrouw?' was gewisseld.

'Tot mijn spijt moet ik u vertellen dat uw dochter... ik neem tenminste aan dat ze uw dochter is...'

Corinne keek van de een naar de ander, wachtend op een bevestiging. Die bleef uit.

'Steffie heeft het met mijn schoonzoon aangelegd. Ze hebben een verhouding gehad. Mijn dochter is daar zo van overstuur geraakt dat ze nu onder psychiatrische behandeling staat.'

'Het spijt me erg dat te horen,' zei Jeremy Garitson, bijna voordat Corinne was uitgesproken. 'Steffie is een hartstochtelijk type. Ze doet wat haar hart haar ingeeft. Ook al is dat niet altijd raadzaam.'

Hij haalde zijn schouders op met een gebaar van: *Wat doe je eraan?* Corinne beet op haar lip.

'Wat een zorgelijke tijd moet dit voor u zijn,' voegde zijn vrouw eraan toe. Ze draaide zich weer om en bekeek Corinne peinzend. Het licht van een van de ingebouwde spotjes werd in haar linkeroog weerkaatst.

Corinne had een geschokte reactie verwacht. Misschien ongeloof. Maar de Garitsons keken nog steeds niet naar elkaar. Ze keken alleen naar Corinne, die zich onder hun blik steeds ongemakkelijker ging voelen. Haar mond was kurkdroog. Ze kuchte.

'Maar ziet u,' ging Jeremy vriendelijk door, terwijl hij weer op de kruk ging zitten en Corinne met een gebaar uitnodigde ook plaats te nemen. 'Stephanie is een volwassen vrouw die haar eigen keuzes maakt.'

Hij glimlachte, en Corinne zag nu dat zijn hoektanden een stuk langer waren dan zijn voortanden.

'En hoe zelfzuchtig die keuzes ook mogen zijn, wij kunnen er weinig aan doen,' voegde zijn vrouw eraan toe.

'Niet zelfzuchtig. Eerder eigenzinnig.' Jeremy Garitson bleef glimlachen, maar zijn toon was krachtig.

'Ik dacht alleen dat u... Ze was zwanger, ziet u,' flapte Corinne eruit.

Ze was niet van plan geweest dit te zeggen, omdat het een te grote vertrouwensbreuk zou zijn, maar ze móést tot dit echtpaar zien door te dringen, ze moest hen laten inzien hoeveel er op het spel stond.

'Ja, dat weten we,' zei meneer Garitson. Zijn glimlach was abrupt verdwenen, alsof iemand een schakelaar had omgedraaid. Zijn diepliggende ogen waren nu kleine, grijze holtes.

Corinnes zelfvertrouwen begon te wankelen.

'Ik had gedacht dat het voor iedereen het beste zou zijn, in het bijzonder voor Steffie, als...'

'Wat Stephanie doet, is over het algemeen vooral voor haarzelf het beste.'

Patricia Garitsons stem verloor geen moment het aangename, zangerige timbre dat het vanaf het begin had gehad. Corinne raakte helemaal van de wijs. Ze had nog nooit een moeder op zo'n eigenaardig neutrale manier over haar eigen kind horen praten.

'Misschien is het beter als ik zelf met Steffie ga praten. Kunt u mij haar e-mailadres of telefoonnummer geven?'

'Dat lijkt me niet zo'n goed idee,' zei Jeremy Garitson. 'Wat Steffie ook mag hebben gedaan, ze is en blijft onze dochter en we houden van haar. Daar hebt u vast begrip voor.'

Patricia pakte haar donkere lokken bijeen en bond ze boven op haar hoofd vast met een elastiekje dat ze rond haar pols had gedragen. Het maakte een knappend geluid toen ze het losliet.

'Misschien kunt u dan in elk geval aan haar doorgeven dat ik haar dringend verzoek mijn schoonzoon met rust te laten.'

'Natuurlijk,' zei Jeremy met een glimlach die aangaf dat de audientie voorbij was. 'Al kan ik niets garanderen. Mijn dochter heeft een eigen willetje.'

De manier waarop hij dat zei, had verdacht veel weg van bewondering.

Corinne besloot te vertrekken, maar toen ze bij de deur van de keuken aankwam, riep Patricia Garitson haar na. Ze draaide zich om. Patricia stond midden in de keuken, nog steeds met de schaar in haar ene hand en een roos, met de bloem naar beneden, in haar andere. Ze hield haar hoofd een beetje schuin.

'Hoor eens, u lijkt me een aardige vrouw. Als moeder heb ik er begrip voor dat u uw kind wilt beschermen. Steffie kampt met problemen en daarom voel ik me geroepen u te vertellen – Hannah te vertellen – dat ze in Londen is en...'

'Pat.' Jeremy Garitson legde een niet mis te verstane waarschuwing in dat ene woordje.

Patricia Garitson klemde haar lippen even op elkaar. 'We zullen uw bericht aan haar doorgeven,' zei ze. Met een flits van het staal knipte ze een stukje van de steel.

Corinne hoorde de deur achter zich dichtvallen toen ze het tuinpad afliep. Ze begreep niets van de Garitsons. Zo'n mooi huis, zo'n vriendelijk en aantrekkelijk echtpaar. Maar ondertussen.

Haar ogen vulden zich met tranen. Machteloosheid had haar ertoe gedreven naar Tunbridge Wells te gaan. Ze had gehoopt Steffies ouders te kunnen overhalen haar te helpen Steffie bij Danny vandaan te houden. Nu had ze het gevoel dat ze het juist erger had gemaakt.

Toen ze bij haar auto stond en in haar tas naar haar sleutels zocht, hoorde ze iemand aankomen. Ze wachtte tot die persoon voorbij zou lopen, maar ze verstijfde toen de voetstappen achter haar tot stilstand kwamen en ze iemand zwaar hoorde ademen.

Met bonzend hart draaide ze zich om.

Vóór haar stond een zwaargebouwde jongeman. Hij had een pafferig gezicht met een gelige tint, alsof het lang geleden was dat hij in de buitenlucht was geweest. Geschokt herkende ze hem als de oudere versie van de jongen op de ingelijste foto die bij de Garitsons in de gang hing.

'Ik ben Jacob Garitson, Steffies broer.'

Hij sprak zacht. Corinne moest zich zo ver naar voren buigen om te kunnen verstaan wat hij zei dat ze zijn ademhaling op haar gezicht voelde.

'Ik was boven. Ik heb gehoord wie u bent. Wat u wilt.'

'Ik had niet moeten komen. Het was onverstandig van me.'

'U kent haar niet. Ze doet mensen kwaad.'

Corinne voelde een rilling van angst over haar rug lopen.

'Weet je waar ze is? Alsjeblieft, het is belangrijk. Ik wil er alleen maar zeker van zijn dat ze zich niet nogmaals in het leven van mijn dochter mengt. Hannah is nog zo kwetsbaar.'

Corinne legde haar hand op de arm van de jongen, maar begreep meteen dat ze daarmee een fout had gemaakt, want hij sprong achteruit alsof ze hem had gebrand.

'Sorry. Ik...'

Ze werd onderbroken door Patricia Garitson die plotsklaps achter haar zoon stond, alsof ze uit het niets was opgedoken.

'Deze mevrouw wil nu graag naar huis, Jake,' zei ze. Ze sloeg haar arm teder om hem heen.

Jacob zakte tegen haar aan.

'Hij voelt zich de laatste tijd niet zo goed,' zei ze tegen Corinne, die prompt medeleven voelde met deze vrouw die, net als zij, haar kind wilde beschermen.

Maar toen ze wegreed en het huis van de Garitsons met dat grote glazen oog steeds kleiner zag worden in de achteruitkijkspiegel, was het de zachte stem van Jacob Garitson die in haar hoofd naklonk. *Ze doet mensen kwaad.*

Corinne zette de verwarming op de hoogste stand, maar slaagde er niet in warm te worden.

Steffie Garitson was in Londen. En ze was gevaarlijk.

En Corinne was bereid iedereen te vermoorden die het waagde Hannah nog eens te kwetsen.

22

Hannah

Niemand weet hoe het konijn in mijn kamer terecht is gekomen. Gisterenmiddag had een uitzendkracht dienst en we vragen ons af of zij er meer van weet. Misschien was het konijn per koerier bezorgd of door iemand anders afgegeven en had zij hem in mijn kamer gelegd, in de veronderstelling dat hij sentimentele waarde voor me had, met die ontbrekende oren. Maar van het uitzendbureau hoorden we dat ze inmiddels ergens anders werkt en niemand doet nog moeite erachteraan te gaan.

Wat risicomanagement aangaat staan knuffeldieren niet hoog op de gevarenlijst.

'Is het mogelijk dat je hem zelf op je bed hebt gelegd, Hannah?' vraagt dokter Roberts me vanochtend tijdens onze privésessie.

'Ik? Waarom zou ik? Denkt u dat ik niet goed bij mijn hoofd ben?'

Hij geeft geen antwoord op mijn vraag. Hij kijkt me alleen maar aan. Ik kijk om me heen, naar waar ik me bevind en in wiens gezelschap, en ik besef dat hij dat inderdaad suggereert. We zijn hier allemaal niet goed bij ons hoofd.

'Wat je moet onthouden, Hannah, is dat je al eerder tot compartimentalisatie in staat bent geweest. Het deel van jou dat loog over de doktersafspraken en de echo's? Je was zo goed in staat dat deel van jezelf te scheiden van de rest, dat je lichaam, alle intellectuele uitvluchten ten spijt, koppig bleef geloven dat het zwanger was.'

'En u denkt dat ik hierdoor ook in staat ben een knuffeldier van thuis te laten brengen, voor de lol de oren eraf te knippen en het verminkte dier op mijn bed te leggen om mezelf de stuipen op het lijf te jagen?'

Hij geeft geen antwoord. Misschien vindt hij dit wel een stuk redelijker klinken dan het verzinnen van een niet-bestaande baby.

Later, bij kunsttherapie, kan ik me niet concentreren. Ik blijf me afvragen of het mogelijk is dat ik zoiets voor mezelf verborgen houd.

'Zit je ergens mee, Hannah?'

Laura leunt tegen de tafel waaraan ik een abstracte impressie van een schaal met fruit schilder. 'Probeer ze niet te zien als bananen en citroenen, concentreer je op de kleur, de textuur, de werking van licht en schaduw,' had ze gezegd. 'Je wilt niet alleen dat iemand ernaar kijkt en denkt: dat lijkt echt op een perzik, maar dat diegene ook het idee heeft dat hij hem kan proeven door er alleen maar naar te kijken. Dat hij zich voorstelt dat hij erin bijt en het sap in zijn mond voelt stromen. Het gaat om de essentie, niet om de vorm.'

Ik meng een druivenkleur op mijn palet om haar vriendelijke ogen te mijden, want ik weet dat ik zal breken als ik haar aankijk. Ik wil niet huilen. Laura duwt mijn kin zachtjes omhoog met haar hand zodat ik haar toch moet aankijken.

'Gaat het nog steeds om Charlie?'

'Nee.'

Maar nu ze het zegt, besef ik dat het wél nog steeds om Charlie gaat. Als Charlie er nog was geweest, zou ik bij groepstherapie niet zijn ingestort toen Odelle 'schijnzwangerschap' zei, en niet overstuur zijn geraakt om een pluchen knuffelbeest. 'Ik mis haar,' zeg ik, terwijl ik de punt van mijn penseel paarsrode rondjes laat draaien op het papier.

'Ik weet het. We missen haar allemaal. Ze was het kloppend hart van onze groep.'

Opeens heb ik er behoefte aan iemand in vertrouwen te nemen.

'Charlie wist iets, over iets,' zeg ik warrig. 'Over íémand. Ze deed op internet onderzoek naar iets. Het was...'

Dan klinkt er een gegil, en laat ik geschrokken mijn penseel vallen. De verf druipt over het papier.

De nieuwe, Katy, staat bij haar tafel met haar handen tegen haar oren gedrukt.

'Dat had ze niet moeten doen,' zegt ze, met een schorre, haperende stem. Naast haar blijft Judith geconcentreerd schilderen, alsof ze zich niet eens bewust is van de commotie.

'Judith, heb jij Katy van streek gemaakt?'

Laura praat even zacht en lief als altijd, maar ik hoor dat ze een brok in haar keel heeft en besef nu pas dat de stafleden ook iemand hebben verloren die ze graag mochten. Zij zijn ook in de rouw.

'Het was per ongeluk. Er sprong wat verf van mijn penseel op haar papier. Ik had er te veel aan zitten. Het is maar een klein vlekje.'

Laura slaat haar arm om Katy heen. Ze vraagt Odelle het verpeste werk weg te halen en een nieuw vel papier ervoor in de plaats te leggen.

Ik kijk naar mijn eigen schilderij, naar de paarsrode vlek in het midden.

Laura's woorden galmen door mijn hoofd.

Het kloppend hart.

23

Corinne

Wat Corinne het eerst opviel toen ze de doos met oude familiekiekjes bekeek, was dat iedereen er zo blij en gelukkig uitzag. Als ze objectief terugkeek op de tijd dat de kinderen klein waren, herinnerde ze zich hoofdzakelijk het chronische slaapgebrek en dat de meisjes altijd aan het ruziën of huilen waren. De foto's lieten een heel ander beeld zien. Stralende, bolle kleutersnoetjes en idyllische taferelen – een verkreukeld, met speeltjes bezaaid tweepersoonsbed op een zondagochtend, met een onduidelijk waas van bewogen armen en benen; emmertjes, schepjes en plakkerige waterijsmondjes op het strand; een opblaasbadje in de schitterende tuin van Duncans ouders in Sussex.

Geen spoor van de angst die Corinne nooit zou vergeten. Alle nachten dat ze met de door koliek geteisterde Megs door hun kleine flat heen en weer had gelopen, terwijl de klok de uren wegtikte tot Hannah wakker zou worden, blakend van energie om aan de nieuwe dag te beginnen. De waterpokkenweken, toen ze dag in, dag uit binnen had gezeten met twee landerige kinderen die met hun neus tegen de ruit gedrukt konden zien dat het leven voor de rest van de wereld gewoon doorging.

Wat Corinne verder opviel, was dat zijzelf maar zo zelden op de foto's stond. Er waren talloze kiekjes van de meisjes en veel van Duncan, in zijn eentje of met een of twee dochters over hem heen gedrapeerd, maar Corinne zelf was bijna altijd afwezig, behalve als een schaduw op het gras of een wazige reflectie in een spiegel achter de anderen.

Waarom stond zij er niet vaker op?

Waarom had Duncan niet vaker foto's gemaakt? Zij was zo verliefd op hem geweest dat ze hem voortdurend op de foto had willen zetten. Blijkbaar was dat niet wederzijds. Snuffelend in de dozen voelde Corinne zich als een geest in haar eigen gezin.

Sinds ze gisteren bij de Garitsons in Tunbridge Wells was geweest, kon ze alleen nog maar denken aan hoe een gezin een kind kon verpesten. De ouders waren heel beleefd geweest, maar ze hadden niet één keer naar elkaar gekeken. En was het niet vreemd dat Jacob Garitson zo schrok toen Corinne hem aanraakte? Als je zo'n gestoorde dochter had als Steffie, kwam blijkbaar het hele gezin onder druk te staan.

Corinne zocht naar een foto om mee te nemen naar de kliniek. Ze had in een kringloopwinkel een mooi antiek zilveren lijstje gekocht en wilde Hannah een aandenken geven aan een minder ingewikkelde periode in haar leven, iets wat haar zou herinneren aan wie ze was.

Uiteindelijk koos ze een foto van Megan en Hannah, toen die ongeveer vijf en zeven waren, met hun armen om elkaar heen, beschut onder een badlaken op een winderig strand. Cornwall, vermoedelijk, al wist ze dat niet zeker.

Ze wikkelde de foto in vloeipapier, maar plakte het niet vast. Ze had haar lesje wel geleerd toen de receptioniste van de kliniek bij de inspectie van haar spullen het papier van een vorig cadeautje had gescheurd. 'We doen het bij iedereen, voor het geval dat iemand iets meebrengt wat de cliënten kunnen gebruiken om zichzelf iets aan te doen.' Corinne was woedend geweest. 'Maar Hannah heeft geen zelfmoordneigingen.' Een blik. Meer niet. Maar die blik zei alles: *Hoe weet jij dat? Je dacht dat je dochter zes maanden zwanger was. Waarom denk jij haar zo goed te kennen?*

Corinne had met Duncan op de parkeerplaats afgesproken voor een gezamenlijk bezoekje aan Hannah, iets wat ze zelden deden. Dokter Roberts had gezegd dat Hannah zich misschien meer gesteund zou voelen als haar naasten een gesloten front vormden, zonder gaten waar ze doorheen zou kunnen vallen. Duncan had deze theorie 'je reinste onzin' genoemd toen Corinne hem erover had gebeld, maar had met opmerkelijk weinig tegenstand gezegd dat hij zou komen.

Hij was er al toen ze aankwam en tuurde naar zijn telefoon. Zoals altijd voelde ze een schokje van verbazing dat deze man, nu bijna een vreemde, de vader van haar kinderen was, en dat ze bijna dertig jaar met hem getrouwd was geweest. Hij had zijn haar kort, wat ze nooit mooi had gevonden, en zag er daardoor ouder uit dan hij was.

Nog voordat ze was uitgestapt, voelde Corinne hoe ongeduldig hij was.

'Je bent laat.'

'Vijf minuten maar.'

'Zeven. Ik ben hiervoor vroeg van mijn werk weggegaan.'

Dit miste ze in elk geval niet. Het ingebouwde verwijt in zijn stem als hij tegen haar sprak.

Bij de receptie gaf Duncan stuurs zijn dikke, donkerblauwe wollen jas en leren attachékoffer af. Corinne betrapte zich erop dat ze, ter compensatie van het norse gedrag van haar ex, overdreven vriendelijk deed. Met een glimlach overhandigde ze het meisje van de receptie haar met nepbont gevoerde jack en de grote, leren schoudertas die ze altijd met zich meezeulde, tot vermaak van haar dochters. ‘O, momentje!’ Ze zou de foto bijna vergeten. De receptioniste liep welwillend terug om hem uit haar tas te halen.

‘Altijd hetzelfde liedje,’ mompelde Duncan.

Hannah was in het kunsttherapielokaal. Corinne was blij dat haar dochter hier een hobby had gevonden die losstond van de dagelijkse gang van zaken in de kliniek, een manier om te ontsnappen aan het eindeloze analyseren van gevoelens en gedrag, aan het ‘waarom waarom waarom’ dat hier als een rode draad overal doorheen liep.

‘O jee,’ zei Hannah toen ze haar ouders samen zag binnenkomen. ‘Jullie komen met grof geschut. Wat is er aan de hand?’

Laura stond in de hoek van de zaal en hielp een vrouw die Corinne nog niet eerder had gezien iets te maken uit een grote bonk klei. ‘Het moet een buste van haarzelf worden,’ fluisterde Hannah, ‘maar Katy durft niet eens te beginnen, uit angst dat het mislukt. Ze zit daar al anderhalf uur.’

‘Hoe is het met je, lieverd?’ Duncan legde zijn hand op die van zijn dochter. Corinne wendde haar blik af.

‘Best,’ antwoordde Hannah kortaf.

Corinne richtte haar blik weer op Hannah.

‘Weet je het zeker? Je lijkt...’

‘Ik voel me prima, pap. Echt. Ik wou alleen dat ik hier weg kon.’

‘Dat weet ik, lieverd, maar je hebt het Danny beloofd.’

En hoe zit het met zijn beloften aan háár, wilde Corinne zeggen, maar ze slikte de opmerking in.

‘Dat weet ik, maar ik voel me hier niet veilig.’

‘Kom, kom, meisje. Dit is waarschijnlijk de veiligste plek voor jou.’ Duncan zette zijn overdreven redelijke stem op. Corinne kon hem wel schieten.

‘We hebben hier twee sterfgevallen gehad, pap.’

‘Die vrouwen waren ziek, Hannah. Ze hadden al eerdere zelfmoordpogingen gedaan. Daarom waren ze hier.’

Duncan wierp een blik op Laura, en Corinne vroeg zich af of hij de aantrekkelijke kunsttherapielerares probeerde te imponeren met zijn kalme, gezaghebbende uitstraling.

'Ik moet aldoor aan die naam denken, mam, die Charlie had gegoogeld op de dag dat ze is gestorven. William Kingsley. Daar stonden de initialen WK voor. Het moet er iets mee te maken hebben. Ik weet het zeker.'

'Lukt het een beetje, Hannah? Dag, vader en moeder van Hannah.'

Laura was naar hen toe gekomen, bleef achter Hannah staan en legde een hand op haar schouder terwijl ze Hannahs werkstuk bekeek, een pastelkleurig schilderij van een Nike-sportschoen, die op een krukje voor haar schildersezel stond. Corinne staarde naar de hand op de schouder van haar dochter. Het gebaar was voor haar een verontrustend teken dat Hannah hier steeds meer ingeburgerd raakte. Dat ze banden smeedde. Dat ze hier niet voor korte duur was.

'Maar speel je niet een beetje vals?' vroeg Duncan. 'Zonder veters is zo'n schoen veel makkelijker te schilderen.'

'Veters zijn hier niet toegestaan, meneer Lovell,' zei Laura.

'Lovell is de achternaam van mijn dochters echtgenoot,' zei Duncan, iets te scherp, omdat hij zich geneerde dat hij zo had geblunderd met de veters. 'Mijn achternaam en die van mijn ex-vrouw is Harris.'

Ex-vrouw. Het deed nog steeds pijn.

'Uw dochter heeft talent,' zei Laura. 'U mag trots op haar zijn.'

'Dat zijn we ook,' antwoordde Duncan. Corinne zag dat hij in Hannahs hand kneep.

Maar toen ze terugliepen naar hun auto's, keek Duncan bezorgd. 'Vond jij ook dat Hannah een beetje paranoïde klonk? Weet je nog dat dokter Roberts bij haar intake heeft gezegd dat we moesten letten op tekenen van paranoia? Verdorie, Cor, ik dacht juist dat ze aan de beterende hand was.'

'Dat is ze ook. Dat weet ik zeker.'

Maar toen ze het terrein afreed, bleef Corinne denken aan de uitdrukking op Hannahs gezicht toen ze had gezegd dat ze zich niet veilig voelde.

Het leed geen twijfel dat haar dochter zich echt bedreigd voelde.

Maar stel dat de ware dreiging in haar eigen hoofd zat?

24

Hannah

Ik heb mijn ouders niets verteld over het verminkte konijn. Wat had ik moeten zeggen? Ze denken nu al dat ik mijn verstand aan het verliezen ben. Ik heb gezien hoe pap keek toen ik zei dat ik me niet veilig voelde. Een verminkt knuffeldier zou voor hen misschien de laatste druppel zijn geweest.

Maar als Danny op bezoek komt, kan ik de verleiding niet weerstaan hem ernaar te vragen. We zitten op het bankje in de rozentuin. Uit de dansstudio komt het geluid van flamencomuziek, handgeklap en de stem van Grace die roept: 'Flink stampen, harder, goed zo, laat je helemaal gaan!'

'Ik heb geen flauw idee waar dat stomme konijn is,' zegt Danny. 'Ik neem aan dat je moeder hem heeft weggedaan, samen met de rest van de spullen.'

'Heeft ze alles weggedaan?'

Mam had me verteld dat ze Danny had geholpen 'de spulletjes op te ruimen'. Ik wist dat ze bedoelde in Em... in de logeerkamer, maar het doet evengoed pijn. Aan de ene kant wil ik vragen wat ze ermee hebben gedaan, aan de andere kant zou ik het niet kunnen verdragen als ik te horen kreeg dat ze alles naar een kringloopwinkel hebben gebracht. Dat de baby van iemand anders nu al die schattige kleertjes draagt. 'Dus je kon de babykamer niet zelf ontruimen?'

Danny kijkt me kil aan van onder zijn donkere wimpers. Ik zou willen dat ik de woorden kon terugnemen, ze naar me toe kon trekken als een dobber aan een vislijn.

'Jezus, Hannah, wat denk je nou eigenlijk? Dat ik op mijn knieën op het vloerkleed tranen met tuiten zou huilen bij het zien van de schoentjes en de rompertjes? Alsof ze een echte baby was? Je hebt haar verzonnen, Hannah. Verzonnen. Wat maakt het uit wie de spullen heeft weggehaald? Je moeder, of de vuilnisman, voor mijn part. Ik wilde er alleen maar van af zijn, zodat ik weer kon ademen.'

Dit is de eerste keer sinds ik hier ben dat Danny zo veel achter elkaar heeft gezegd. We kijken elkaar beduusd aan. Ik zit te roken, ook al weet ik dat Danny daar een hekel aan heeft.

Houd ik nog van je?

Die gedachte komt uit het niets en zuigt de lucht uit mijn longen.

De afgelopen zes jaar is mijn liefde voor Danny een van de dingen geweest die mij karakteriseerden. Als een onbekende mij had gevraagd wie ik was, zou ik zeggen: 'Ik ben Hannah, ik ben tweeëndertig en ik ben getrouwd met Danny.' Mijn liefde voor hem is een van de drie pilaren waar mijn leven op rust.

Wat zou er gebeuren als iemand die wegnam?

Gelukkig zie ik alles weer scherp als Danny achteroverleunt en zijn lange vingers door zijn haar haalt. Ik herken hem weer. Ik weet weer wie hij is.

Natuurlijk houd ik van hem. Ik zou alles voor hem doen.

Misschien gaat er iets soortgelijks door zijn hoofd, want als hij me weer aankijkt, lijkt er iets in hem te zijn verzacht. Harde lijnen vervagen terwijl er ook in mij iets wegsmelt.

'Weet je, Han, er gaat geen dag voorbij dat ik me niet schuldig voel om wat ik heb gedaan. Daar is alles mee begonnen. Dat weet ik, en ik moet ermee leren leven. Maar we moeten hier nu een streep onder zetten. Anders is er geen hoop meer voor ons.'

Die laatste zin blijft tussen ons zinderen als een luchtspiegeling.

'Ik héb er een streep onder gezet,' zeg ik. 'Ik vind dat ik de afgelopen dagen een echte doorbraak heb beleefd. Vraag maar aan dokter Chakraborty.'

'Ik heb al met dokter Roberts gesproken.'

Mijn hart mist een slag.

'En?'

'Volgens hem is er nog veel werk aan de winkel.'

'Ik zou naar huis kunnen komen en me verder poliklinisch laten behandelen.'

Danny schudt zijn hoofd nog voordat ik ben uitgesproken.

'We hebben iets afgesproken, Han. Je hebt het beloofd. Je zou hier blijven tot de artsen vinden dat je voldoende bent genezen om naar huis te kunnen gaan.'

'Ja, maar ik geloof niet dat dit voor mij een goede plek is, Danny. Er is hier iets mis. Er gaan steeds mensen dood.'

Danny heft zijn handen op en gooit zijn hoofd naar achteren.

'Begin nou niet weer. Alsjeblieft. Niet dat gedoe over Charlie. Heb je enig idee hoe krankzinnig dat allemaal klinkt? Hoe paranoide?'

Wanhoop wakkert mijn woede aan.

'Ja, nou, misschien zou jij ook wel paranoïde zijn als je man maandenlang iets met een ander had en glashard tegen je stond te liegen. Ik ben niet verplicht hier te blijven, weet je. Niet wettelijk. Ik kan mezelf uit de kliniek laten ontslaan en naar huis gaan wanneer ik wil.'

'Als je maar niet denkt dat ik daar dan op je zal wachten.'

We kijken elkaar woedend aan. Opeens is het net alsof hij niet langer míjn Danny is, maar zomaar een knappe man van midden dertig. Dan betrekt zijn gezicht weer.

'Ik moet er zeker van zijn dat je weer in orde bent, Hannah. Ik wil zoiets geen tweede keer doormaken. Heb je enig idee hoe het was? Ik dacht dat ik vader zou worden.'

Ik overweeg hem eraan te herinneren dat ík dacht dat ik moeder zou worden, maar de woorden blijven in mijn keel steken.

Als hij weg is, komt Stella bij me zitten. Het is een zonnige dag, maar er staat een gemene wind die de warmte wegneemt. Stella heeft haar jas met de bontkraag aan, waardoor ze eruitziet als Greta Garbo.

'Heb je staan wachten tot Danny wegging?'

Ze haalt haar schouders op. Het stoort me dat ze elkaar niet mogen. Ze schijnen allebei te denken dat de ander mij voor zich opeist. Ik kan het niet uitstaan als mensen van wie ik houd niet van elkaar houden. Daardoor ga ik twijfelen aan mijn beoordelingsvermogen.

'Waarom mag je Danny niet?'

'Hij heeft je bedrogen. Ik hou niet van bedriegers.'

'Maar ik heb hem vergeven. En als ik dat kan, kan iedereen het. Bovendien is wat ik hém heb aangedaan veel erger.'

Ze kijkt me aan met een blik van 'doe niet zo idioot' en steekt haar handen diep in haar jaszakken. In het muzieklokaal achter ons speelt iemand op de piano, drie noten die steeds worden herhaald. En in een van de slaapkamers boven ons zit iemand zachtjes te huilen.

'Waarom heb jij eigenlijk niemand?' vraag ik haar. 'Je bent zo mooi. Waarom staan de mannen niet voor je in de rij? En waar is je familie? Je vader? Je moeder?'

'Ik heb het niet zo op mensen,' zegt Stella.

Ze glimlacht, maar haar wangen kleuren roze, al kan dat ook van de koude wind zijn. Ze brengt haar hand naar haar hals om onder de bontkraag met haar kattenkettinkje te spelen.

'Heb je wel eens een vaste relatie gehad?' Ik geef het niet zo snel op.

'Ik heb vanaf mijn vijftiende vijf jaar een vriend gehad, maar mijn moeder en mijn stiefvader mochten hem niet.'

'Waarom niet? Had hij een slechte invloed op je?'

'Nee. Ze mochten hem niet omdat hij achtendertig was.'

'Achtendertig! Maar jij was nog minderjarig!'

'Hij was een schrijver die op school over zijn boeken kwam vertellen. Ik heb hem daarna een mail gestuurd en zo is het begonnen. Hij belde me 's avonds en zei dan wat ik de volgende dag naar school moest aantrekken. Ik had een webcam, dus ik kon hem mijn hele garderobe laten zien.'

Stella vertelt dit heel gewoontjes, met haar ijle stem, alsof het iets volkomen normaals is, en dat is nog griezeliger dan de feiten op zich.

'Maar Stella, dat is misbruik. Dat weet je toch wel?'

Stella glimlacht.

'Maar wie maakte misbruik van wie?' zegt ze. 'Ik had het initiatief genomen. En ik hield het in stand, ook toen hij het wilde uitmaken.'

'Waarom?'

Ze haalt haar schouders op.

'Als ik dat wist, zou ik hier niet zijn. Is dat niet de reden waarom we hier allemaal zijn? Om antwoord te krijgen op de vraag "waarom"? Is dat niet het optimale resultaat waar we op hopen?'

'Maar je hebt er in de groep nog nooit iets over gezegd. Bespreek je het wel in de privésessies?'

'Het is niet relevant, Hannah. Ik ben dat meisje niet meer. Ze is weg. Ik ben nu iemand anders. Ik heb zelfs een andere naam.'

'O ja? Wat...'

'Hebben jullie het niet koud? Wat een gemene wind. Waar hebben jullie het over?'

Odelle staat te bibberen, ondanks het dikke donsjack waar ze in verzuipt en de enorme, gebreide sjaal waar haar hoofd bovenuit steekt als de kop van een schildpad.

'O, niks bijzonders,' zegt Stella.

Odelle snuft. Haar neus is nu al rood van de kou.

'Oké. Goed. Dan niet. Dokter Zee wil je spreken, Stella.'

Ik pijnig mijn warrige hersenen om me te herinneren welke arts met deze bijnaam wordt aangesproken, tot ik besef dat ze gewoon dokter C zegt. Echt iets voor Odelle.

Stella staat op, maar als we achter Odelles opgetrokken schouders aan over het pad rond de achterkant van de kliniek naar de ingang bij het parkeerterrein lopen, leg ik een hand op haar arm.

'Wat is er met hem gebeurd? Met de schrijver? Hij is toch wel gestraft?'

Stella lacht haar kleine, volmaakt witte tanden bloot.

'Nee. Maar ik wel bijna.'

'Jij? Waarom?'

'Wegens stalken. Maar zoals ik al zei: ik was toen een heel ander iemand.'

Als ik weer alleen ben, merk ik dat ik huiver. Maar volgens mij is dat niet van de kou.

25

Corinne

Corinne was graag in haar werkkamer op de universiteit.

Het was een bescheiden kamer in een van de overvolle faculteitsgebouwen, een sombere monoliet van rode baksteen met krakende vloeren en een antiek verwarmingssysteem dat hen 's zomers liet stikken van de hitte omdat geen van de radiators een nulstand had, terwijl het 's winters tochtte door de kieren van de houten raamkozijnen. Maar haar kamer had een hoog plafond en een groot raam waardoor ze kon zien wat er zoal gebeurde in de luxueuze torenflat aan de overkant van de straat. Drie van de wanden werden in beslag genomen door boekenkasten, waarin de boeken twee en soms zelfs drie rijen diep stonden. Veel van de schrijvers van die boeken kende Corinne persoonlijk.

Haar naam stond op de deur, en hoeveel stress de dag ook met zich meebracht – en doceren op een universiteit bracht steeds meer stress met zich mee – zodra ze die deur opendeed, voelde het alsof ze thuiskwam. Niet dat ze niet van haar nieuwe huis hield, maar haar werkkamer was de plek waar ze zich het meest zichzelf voelde.

Ze zeeg neer op haar gestoffeerde bureaustoel en zuchtte toen ze het dambord van roze en gele plakbriefjes op haar bureau zag. De nieuwe afdelingssecretaresse, die eruitzag als een twaalfjarige en het ronde handschrift van een kind had, had de gewoonte elk bericht en elk telefoonnummer met een smiley te versieren, waardoor Corinne zich oud voelde.

De stapel 'Dringend' leek twee keer zo hoog te zijn geworden sinds ze hier voor het laatst was geweest. Ze pakte het bovenste document, een drukproef van een hoofdstuk dat ze had geschreven voor een boek over de vraag of het internet de popcultuur had vernietigd. Ze had het geschreven in die euforische weken nadat Hannah had verteld dat ze zwanger was en voordat de eerste tekenen van vreemd gedrag zich hadden aangediend, toen de wereld haar had toegelachen en de toekomst gevuld leek met beloften.

Toen ze de eerste alinea van de vrij droge, typisch academische introductie herlas, was het alsof ze werd teruggevoerd naar die tijd, toen ze zich alleen druk had gemaakt over het op tijd inleveren van dit hoofdstuk zodat ze weer een hokje op haar persoonlijke assessmentlijst kon aanvinken. Vroeger, toen ze hier pas was aangesteld, ging het om lesgeven, interactie met studenten en het uitwisselen van ideeën. Nu had iedereen het zo druk met het rechtvaardigen van zijn bestaan dat er voor die dingen geen tijd meer leek te zijn. Waar was de hartstocht gebleven? Waar was de bijna hoorbare 'klik' als een student iets eindelijk begreep? Tegenwoordig draaide alles om 'waar voor je geld'. De studenten wilden precies zien waar ze voor betaalden. Spreadsheetonderwijs, zo noemde Corinne het.

Ze werd in haar gepeins gestoord door een klop op de deur.

De man die binnenkwam, was lang en breedgebouwd, met kort grijzend haar en een brede glimlach.

'Ik ben Paddy,' zei hij toen hij haar wezenloos zag kijken. 'Ik doe een master in sociologie en antropologie. U bent zo vriendelijk geweest zich als mentor voor mijn proefschrift aan te bieden?'

'O, god, dat is vandaag! Het is me helemaal ontschoten. Natuurlijk. Kom binnen.'

Ze wierp een blik op haar kalender en daar stond het: *Paddy Collins, student. 11.30 uur.*

Corinne geneerde zich zo om haar blunder dat ze pas na tien minuten – toen Paddy de lijst doornam van de researchdocumenten die hij wilde gebruiken – zag hoe knap hij eigenlijk was. Niet fotomodel-knap zoals Danny, maar knap op een manier die langzaam tot je doordringt, waardoor je het gevoel krijgt dat je het zelf hebt ontdekt, als een schat die andere mensen over het hoofd hebben gezien, en die dubbel zo veel waard is omdat hij zo zeldzaam is.

'Zou je me iets meer over jezelf willen vertellen?' vroeg ze toen hij klaar was. 'Je bent iets ouder dan de meeste van mijn studenten.'

'Ik heb een desemstarter die ouder is dan de meesten van je studenten.'

Corinne trok blijkbaar een erg verward gezicht, want hij zei:

'Je bakt niet? Een desemstarter is een van de natuurlijke rijsmiddelen die je kunt gebruiken om bepaalde broodsoorten te bakken. Ze kunnen jaren meegaan. Maar nu ik het grapje heb moeten uitleggen, voel ik me wel een beetje voor paal staan.'

Paddy glimlachte en Corinne kreeg het vreemde gevoel dat ze hem ergens van kende. Nadat ze zijn proefschrift hadden besproken, leek Paddy geen haast te hebben om te vertrekken, en hij gaf grif antwoord op haar vragen over zijn achtergrond. Hij was brandweerman geweest totdat hij vijf jaar geleden op non-actief was gesteld. Inmiddels had hij zijn bachelor gehaald en nu werkte hij aan zijn master. Hij wilde een boek schrijven, iets doen waar zijn kinderen trots op konden zijn. Zo kwamen ze op het onderwerp kinderen en echtscheiding. Zijn kinderen waren tieners en konden het nog steeds niet verkroppen dat hun ouders uit elkaar waren. 'Daar komen ze wel overheen,' zei Corinne, maar tegelijkertijd vroeg ze zich af of dat wel waar was. Ze zaten zo ongedwongen te praten dat Corinne in de verleiding kwam hem over Hannah te vertellen. Het lag op het puntje van haar tong, maar ze hield zich nog net in. *Mijn dochter zit in een psychiatrische inrichting* was niet iets wat je vertelde aan iemand die je nog maar net had ontmoet. Bovendien was Paddy haar student. Ze moest een professionele afstand bewaren.

Toen hij weg was, had Corinne moeite de draad van haar werk op te pakken. Ze staarde uit het raam. In de flat recht tegenover haar kamer woonde een echtpaar van middelbare leeftijd. Als Corinne tot laat in de middag werkte, zag ze soms de vrouw, met een wolk blond haar en donkere kantoorkleding. Maar meestal was alleen de man er. Hij werkte vast vanuit huis, want hij zat vele uren per dag achter een computer, die voor een van de ramen van de flat stond. Door de jaren heen had Corinne allerlei carrières voor hem verzonnen. Hij was een beroemd dichter, die een nieuwe dichtbundel aan het schrijven was. Of hij was een designer of iemand met een soortgelijk creatief beroep. Een tijdlang was ze er zelfs van overtuigd geweest dat hij een politicus was, die ze wel eens bij *Question Time* zag.

Vandaag had hij zijn laptop opzijgeschoven en las iets wat op zijn bureau lag, maar blijkbaar kon het hem niet boeien, want hij keek vaak op. Ook nu staarde hij uit het raam alsof hij inspiratie zocht, en voordat ze kon wegduiken, kruiste zijn blik de hare en zwaaide hij. Ze wuifde slapjes terug, pakte toen met een overdreven nadrukkelijk gebaar haar rode pen en boog zich over de drukproef.

Maar de woorden dansten over het papier.

Sinds het telefoontje van tien weken geleden, toen ze aan de afgemeten manier waarop Danny sprak meteen had gehoord dat hij dingen voor haar achterhield, stond Corinnes hele wereld op zijn kop.

'Niet in paniek raken, maar we zijn in het ziekenhuis. Hannah is thuis van de trap gevallen. Ze heeft haar pols bezeerd.'

'En de baby?' Corinne had zichzelf gedwongen kalm te spreken, maar ze kneep zo hard in de rand van de tafel dat ze later zag dat al haar nagels waren afgebroken.

'We wachten op de echo. Hannah is helemaal over haar toeren. Ze is bang dat er iets mis is.'

Dat was het. Het ding dat hij had achtergehouden. De angst die op zijn stem had gedrukt tot die was gebroken.

Toen: 'Ik moet ophangen. Ze roepen ons. Ik bel je straks.'

Ze had gewacht. Tien minuten. Twintig. Een half uur. Terwijl er allerlei scenario's door haar hoofd waren gegaan.

Op één na.

Met piekeren over wat er was gebeurd, schoot ze niets op. Wanhopig omdat ze íéts wilde doen, wat dan ook, bukte ze zich om een blanco vel papier uit de printerlade te halen.

HANNAH schreef ze met haar rode pen in hoofdletters boven aan de pagina. Ze leunde achterover om het woord te bekijken. Toen schreef ze er GEVAREN naast en onderstreepte beide woorden.

Eronder schreef ze: *1) Steffie Garitson* en onderstreepte dat ook. Daaronder: *2) The Meadows*. Ook dat werd onderstreept. Ze staarde lange tijd naar het papier en voegde er toen een derde gevaar aan toe: *3) Hannahs eigen gedachten.*

Meteen wilde ze dat weer uitgummen, want het voelde alsof ze haar dochter afviel door dit te hebben opgeschreven.

Steffie Garitson was een kleine worm van angst die in Corinnes maag rond kronkelde. Het tripje naar Tunbridge Wells was erg eigenaardig verlopen, en de waarschuwing van Steffies broer was ronduit onheilspellend geweest. Steffie was als een kwaadaardige zwarte schaduw die hun leven verduisterde. Maar daar kon Corinne weinig aan doen, afgezien van hopen dat ze nu voorgoed was verdwenen. Ze concentreerde zich op het tweede punt van haar lijstje. The Meadows.

Objectief gezien wist Corinne dat The Meadows de beste plek was voor Hannah. Toen Hannah na haar opname in het ziekenhuis geestelijk was ingestort, hadden Corinne en Duncan zich verdiept in

Hannahs aandoening en gezocht naar instellingen op rijafstand van huis die waren gespecialiseerd in het behandelen van waanideeën zoals die waar hun dochter aan leed.

Uiteindelijk was Corinne degene die The Meadows had gevonden. Zodra ze de keurig ingerichte kamers en de schitterende tuin had gezien, wist ze dat Hannah zich daar op haar gemak zou kunnen voelen. Het zag er niet uit als een psychiatrische inrichting. Het had een klein, exclusief vijfsterrenhotel kunnen zijn, genesteld in de groenzone van Barnet aan de rand van Noord-Londen. Aan een verblijf hier kleefde geen stigma.

'Een stigma voor wie, Cor?' had Duncan gevraagd toen ze hem de brochure had gestuurd. 'Voor jou of voor Hannah?'

Toch had hij niet moeilijk gedaan over zijn aandeel in de astronomische kosten, al wist ze zeker dat Gigi daar het hare over te zeggen had.

Bovendien moest ze toegeven dat Duncan gelijk had toen hij impliceerde dat het een groot pluspunt was dat The Meadows zo veel weg had van plaatsen waar ze aan gewend waren – een hotel, een countryclub, iets wat in hun belevingswereld paste. Door Hannahs ziekte waren ze in een voor hen vreemde wereld beland, en ze klampten zich nu vast aan dingen die hen herinnerden aan de mensen die ze voorheen waren geweest.

Corinne zette haar werkcomputer aan, negeerde de 234 ongelezen e-mails in haar inbox en typte *The Meadows* in de zoekregel van Google. Ze herkende de sites die ze had bekeken voordat ze Hannah in de kliniek had laten opnemen. De inspecties op het gebied van zorgkwaliteit waar de instelling elke keer met vlag en wimpel doorheen was gekomen. De lovende getuigenissen van voormalige cliënten, die weliswaar niet met naam genoemd werden, maar erg overtuigend klonken.

Vervolgens typte ze *The Meadows gevaar* in. Met een knoop in haar maag van de zenuwen wachtte ze op de resultaten, maar er kwam helemaal niets. Alleen een link naar een speech van dokter Chakraborty waarin hij had gesproken over 'het gevaar van veronderstellingen over psychische aandoeningen'.

Ze besloot dokter Roberts onder de loep te nemen. Als boegbeeld en charismatische woordvoerder van de kliniek was hij degene die het imago van The Meadows had vormgegeven.

Haar zoekopdracht leverde talloze pagina's op. Eindeloos veel links naar artikelen die hij had geschreven, toespraken die hij had gehouden, door beroemdheden bezochte benefietavonden die hij had georganiseerd. Stukje bij beetje kreeg ze zicht op het verloop van zijn carrière in de afgelopen vijftien jaar, van een ondergeschikte positie in een exclusieve Londense kliniek via een eigen, succesvolle praktijk naar The Meadows, de kliniek die hij vijf jaar geleden had geopend ter vervulling van een behoefte aan 'deskundige psychiatrische hulp van de hoogste kwaliteit in een veilige, discrete, luxueuze, huiselijke omgeving.' Er was echter verrassend weinig bekend over het allereerste begin van zijn loopbaan.

Wat was begonnen als een lukrake zoektocht om het gevoel te hebben zich nuttig te maken, veranderde nu in een dringende behoefte aan informatie. Dit was de man die verantwoordelijk was voor de zorg voor Hannah. Het was opeens van het grootste belang dat ze alles over hem te weten kwam, vanaf het prille begin van zijn carrière tot nu, zodat ze er zeker van kon zijn dat hij de aangewezen man voor de taak was. Hoe kon ze haar dochter anders overhalen te blijven waar ze was?

De ene na de andere link verwees naar de oudere, gevestigde Roberts, maar zijn eerste stappen in de psychiatrie bleven omhuld door geheimzinnigheid. Uiteindelijk vond ze een artikel dat hij had gepubliceerd in een onbekend medisch blad over een controversiële nieuwe behandeling voor boulimia, waarbij hij refereerde aan een geval dat hij had geobserveerd toen hij in een kleine privékliniek in Oxfordshire werkte. De naam van de kliniek werd niet vermeld, maar het artikel bevatte voldoende details om de keuzemogelijkheden te minimaliseren tot twee instellingen, die Corinne moeiteloos op Google wist te vinden.

Ze pakte haar telefoon, aarzelde, en legde hem terug op haar bureau. Toen pakte ze hem weer en toetste het eerste nummer in. Ze had geen idee wat ze moest zeggen, maar toen er werd opgenomen, kwam er als vanzelf een leugentje over haar lippen.

'Ik ben journalist bij het *British Medical Journal* en ik schrijf een profielartikel over dokter Oliver Roberts. Als ik me niet vergis, heeft hij in het begin van zijn loopbaan bij jullie gewerkt.' Als Roberts nu achter in de vijftig was, moest dat in de tweede helft van de jaren tachtig zijn geweest. Het was geen geweldige smoes, maar het kon ermee door. Vooral voor Corinne, die, net zoals haar jongste dochter, sinds haar prille jeugd behept was met een aangeboren onvermogen om te liegen. Helaas had ze bij de eerste kliniek geen geluk. 'Wij zijn pas in 1998 geopend,' vertelde de receptioniste haar kortaf.

Bij de tweede kliniek, Westbridge House, werd de telefoon opgenomen door een man met een sterk Oost-Europees accent, die beduusd leek over haar uitvoerige uitleg. 'Ik iemand halen,' zei hij uiteindelijk.

Hoe langer Corinne wachtte, hoe meer haar vastberadenheid begon te wankelen. Ze wilde net ophangen toen er een vrouw aan de lijn kwam.

'U spreekt met Christine Holmes, administratief manager van Westbridge House. Waar kan ik u mee van dienst zijn?'

Ze haalde diep adem.

'Mijn naam is Corinne Harris. Mijn dochter Hannah wordt behandeld in een psychiatrische kliniek in Barnet en ik maak me zo veel zorgen dat ik er bijna in stik.'

Waar kwam dat opeens vandaan? Deze ongeplande oprechtheid? Nu moest ze wel doorgaan.

'Een van haar huidige fixaties, ik geloof dat u het zo noemt, is dat ze denkt dat ze daar in gevaar verkeert. Ik probeer iets meer te weten te komen over de stafleden die voor haar verantwoordelijk zijn, zodat ik haar gerust kan stellen.'

In haar eigen oren klonk ze lichtelijk absurd, maar Christine Holmes toonde zich verrassend meelevend.

'Ik weet hoe dat voelt,' zei ze, 'als je wilt helpen, maar dat niet kunt.'

Het probleem was, dat dokter Roberts daar ver voor haar tijd had gewerkt en dat de kliniek nu onder een nieuw management opereerde. Er waren bepaalde onregelmatigheden geweest onder het vorige beheer.

'Onregelmatigheden?'

'O, niets illegaals. Ik geloof dat de toenmalige directeur de voorkeur gaf aan bepaalde onconventionele theorieën, die de kliniek in opspraak brachten. Maar, zoals gezegd, ik werk hier nu twaalf jaar en dit was ver voor mijn tijd. Er werkt hier niemand meer uit die periode en we hebben nu een smetteloze reputatie.'

'Maar er moeten toch wel dossiers zijn over de voormalige personeelsleden? Ik heb alleen maar wat algemene biografische informatie nodig, die ik aan mijn dochter kan doorgeven om haar gerust te stellen.'

Christine Holmes maakte een geluid waarvan Corinne zou hebben gezworen, als de ander zich niet in het kantoor van een medische kliniek had bevonden, dat het een trek aan een sigaret was. Waarschijnlijk zoog ze alleen lucht tussen haar tanden naar binnen.

'Het hele computersysteem is vervangen toen de kliniek een nieuw management kreeg.'

'Zijn er geen papieren dossiers?'

Een aarzeling.

'Eerlijk gezegd ontbreken alle dossiers van vóór 2004. Er was een misnoegde medewerker. Mijn voorgangster, om precies te zijn. Zij had vanaf het begin voor de kliniek gewerkt, sinds halverwege de jaren tachtig, maar ze had een drankprobleem en werd ontslagen toen ze voor de zoveelste keer aangeschoten op haar werk verscheen. Naar verluidt heeft ze bij haar vertrek uit wraak alle dossiers vernietigd, al is dat nooit bewezen. Een betreurenswaardige zaak.'

'Weet u toevallig hoe ze heet?'

Corinne probeerde ontspannen te klinken, maar bezorgdheid kleurde de klank van haar stem, en toen Christine Holmes antwoord gaf, besefte Corinne dat ze haar wanhoop had opgemerkt.

'Dat kan ik u helaas niet vertellen.' Ze klonk weer neutraal en professioneel. 'Uit respect voor het personeelslid in kwestie.'

Inwendig vloekend hing Corinne op. Ze nam weer plaats achter haar computer, klikte op de zoekmachine en typte *Westbridge House Clinic* en *administratief manager* in. Het leverde onmiddellijk een reeks hits over Christine Holmes op.

Ze voegde het jaar 2003 aan de zoektermen toe, omdat Christine had gezegd dat zij er sinds 2004 werkte. Ditmaal kreeg ze een link naar een eendaagse conferentie die in februari 2003 in de kliniek was gehouden. Er stond een telefoonnummer bij dat men kon bellen voor details, en de naam van een contactpersoon. Manager van de kliniek, Geraldine Buckley.

Het was niet veel. Maar het was beter dan niets.

26

Hannah

Sinds Stella me heeft verteld over de oudere man die haar kleren voor haar uitkoos, zit ik me kwaad te maken over de vele manieren waarop een man je leven kan verpesten.

Ik probeer mijn gedachten bij Stella te houden, maar ze dwalen steeds af naar Danny en wat hij met Steffie heeft gedaan, en daar mag ik niet aan denken, want daar loert de waanzin.

'Waarom maak je je zo druk over wat Stella je heeft verteld?' vraagt Laura. Het is drie uur 's middags, ruim twee weken na Charlies dood. Ik heb mijn toevlucht gezocht tot Laura's kantoortje achter in het kunsttherapielokaal, terwijl de anderen in de dansstudio een combinatie van yoga en fitness uitoefenen, iets wat Grace zelf heeft verzonnen. Zij noemt het *stretchercise*. Ik noem het een vorm van marteling. Laura's kantoortje lijkt eigenlijk meer op een grote kast. Er staat een bureau dat volledig schuilgaat onder schilderingen, tekeningen en boeken over kunst, waar ze, gezien de vele ezelsoren, blijkbaar vaak in bladert; een gerieflijke fauteuil, waarin ik zit met een zachte, geruite plaid over mijn benen; en een draaistoel waarop Laura zit. Ze bekijkt me peinzend over de rand van haar bril met schildpadmontuur. Het zachte geraas van de blaaskachel overstemt alle geluiden van buiten, waardoor het hier nog knusser is.

Geen raam, alleen het oranje schijnsel van de lamp op Laura's tafel die eruitziet als een gekristalliseerde steen. Een brandende geurkaars verspreidt een verrukkelijke geur van jasmijn, waar je in deze kleine ruimte bijna duizelig van wordt.

'Misschien omdat het me deed beseffen hoe slecht ik iedereen hier ken. Ik ben hier nu twee maanden en het voelt alsof we één grote familie zijn, omdat we elkaars geheimen kennen, maar we vertellen elkaar alleen wat we bereid zijn te onthullen.'

Laura knikt en duwt haar bril omhoog, waardoor haar ogen er vergroot uitzien. Ze kijkt me begrijpend aan.

'Ik dacht dat ik Charlie kende,' ga ik door. Nu ik ben begonnen aan dit korstje te krabben, kan ik er niet meer van afblijven. 'Maar ik kende haar niet. Ik heb de ochtend vóór haar dood samen met haar doorgebracht en toch had ik geen flauw idee wat ze van plan was.'

'Wil dit zeggen dat je nu accepteert dat het zelfmoord was?'

Ik haal mijn schouders op.

'Aan de ene kant weet ik dat ze het heeft gedaan, maar tegelijkertijd blijf ik ervan overtuigd dat ze het niet kan hebben gedaan. Ik kan mijn gedachten hierover niet op een rij krijgen. Ze vliegen alle kanten op.'

'Je moeder zegt dat je bang bent het volgende slachtoffer te worden.'

Ik kijk haar aan. Dan sla ik mijn ogen weer neer. Nu zij het zegt, klinkt het belachelijk.

'Ik zal wel paranoïde zijn. Daarom zijn we hier, of niet soms?'

Het klinkt klaaglijk en verdedigend. Zo had ik het niet bedoeld.

'Zou hypnotherapie helpen? Ik kan je niet beloven dat de paranoia zal verdwijnen, maar ik kan je in elk geval helpen wat rustiger te worden.'

Ik denk erover na. Ik weet dat anderen ermee geholpen zijn, maar ik maak me zorgen over het verlies van zelfcontrole.

Ik schud mijn hoofd.

'Laat me je dan in elk geval een massage geven.'

Laura staat op, gaat achter me staan en legt haar handen op mijn schouders. De onverwachte lichamelijke intimiteit wordt me bijna te veel. Het is zo lang geleden dat ik écht lichamelijk contact met iemand had. Tot mijn ergernis springen er tranen in mijn ogen.

Ik ben opgelucht als Laura weer gaat zitten. Misschien heeft ze aangevoeld wat het in me teweegbracht.

'Je moeder vroeg me of jij je man ooit schildert,' zegt Laura.

Ik krijg een steek in mijn maag als ze zomaar opeens over Danny begint.

'Ik hoef hem niet te schilderen. Ik denk de hele tijd aan hem.'

Ze kijkt me langdurig aan, zonder te knipperen, tot ik mijn ogen neersla.

'Wil je me over die avond vertellen? Toen iedereen erachter kwam dat er geen baby was? Soms helpt het om over de nare dingen te praten, jezelf ermee te confronteren. Dat maakt ze minder heftig.'

Ik wil het haar niet vertellen, maar nu de herinnering naar de voorgrond is gekomen, zwelt hij aan tot ik nergens anders meer aan kan denken.

'Ik was op een reclamefolder gestapt en uitgegleden. Eentje van Domino's Pizza' zeg ik, alsof die toevoeging het verhaal grappiger maakt, makkelijker te vertellen. 'Ik wilde niet naar het ziekenhuis gaan, maar het moest per se van Danny. Hij was zo zorgzaam voor mij en Em...'

Ik vertel haar niet dat ik zijn zorgzaamheid mis. Want dan zou ik zwak en zielig klinken, en dat ben ik niet. Was ik niet.

Ik vertel haar ook niet over de ruzie die we vlak voor mijn val hadden. Over háár. Wie anders? Ik had Danny verboden haar naam te noemen, maar zelf kon ik het niet laten. Steffie was voor mij als een vorm van Tourette. Ze dook op de meest onverwachte momenten op. We konden bijvoorbeeld aan tafel zitten en kalm en beschaafd over iets op het nieuws praten, nieuwe verkiezingen in Italië of zo, wat me er dan aan deed denken hoe graag ik eens naar Italië zou willen – Toscane, Florence, alle plaatsen waar ik nog nooit was geweest – en opeens werd ik razend en kwam zij tevoorschijn. 'Stéffie is vast dol op Italië.' Danny knipperde dan verward met zijn ogen.

Ze zat namelijk continu in mijn hoofd, ze schaatste over de oppervlakte van mijn gedachten. Ze was de schaduw die me het zonlicht benam, en waar ik ook zat of stond, wat ik ook deed om aan haar te ontsnappen, ze bleef in mijn zon staan. En omdat ik dat nooit aan Danny had verteld – want die overwinning gunde ik haar niet – was het voor hem elke keer een schok als ik het niet langer kon verdragen en haar plotsklaps als een handgranaat naar hem toe gooide.

We zaten bijvoorbeeld televisie te kijken. Vroeger waren we gek op Amerikaanse series, maar die waren nu een mijnenveld met hun achteloze overspel en gebroken gezinnen, dus we kozen alleen nog programma's die onmogelijk gevaarlijke triggers konden bevatten, wat inhield dat we de meeste series aan ons voorbij moesten laten gaan en alleen suffe programma's keken waar we geen van beiden iets aan vonden. Kookprogramma's. Doe-het-zelfprogramma's waarin mensen een eigen huis bouwden. Maar zelfs dan wist Steffie zich, als stof, in alle hoekjes en gaatjes te nestelen. Zij was als het vetlaagje dat op plassen drijft. Waar we ook naar keken, zij lag als dat vetlaagje over het beeld.

Op de avond in kwestie keken we naar een programma over een zangkoor van ex-gedetineerden. Danny noemde het een commerciele tranentrekker, maar ik zag dat zelfs hij stiekem een traantje wegpinkte. Een van de deelnemers was een korzelige man van middelbare leeftijd die nog nooit van zijn leven een hechte band met iemand had kunnen vormen en zich afvroeg of dat kwam doordat zijn moeder hem bij zijn geboorte had afgestaan. 'Zoiets laat je nooit los. Als je verstoten wordt. Het is net een onzichtbare tatoeage waarvan je niet eens weet dat je hem hebt.'

'Heb ik die?' vroeg ik aan Danny, die het verband niet legde en me niet-begrijpend aankeek. 'Een onzichtbare tatoeage omdat ik ben verstoten?'

Danny slaakte zijn 'niet weer'-zucht, die me in het verkeerde keelgat schoot. 'Hoe vaak heb ik het nou al gezegd,' zei hij. 'Het lag niet aan jou. Het ging niet om jou.'

Ik heb gehoord dat ze dit vaak zeggen. Het staat blijkbaar in het *Handboek voor overspeligen*. 'Het had niets met jou te maken. Het lag aan mij, het was een fase waar ik doorheen moest.' Alsof wij ons beter voelen als we weten dat wij helemaal niet in het verhaal voorkomen.

Ik stormde nogal dramatisch het huis uit, ook al was ik alleen maar van plan even naar Marco te gaan. Op de overloop lag een stapeltje folders. Soms bekijk ik de post die ik bij de voordeur meepak alvast op weg naar boven en leg ik de dingen die ik niet wil hebben op de overloop, om later in de papierbak te gooien. De bovenste folder was zo'n glanzende van Domino's Pizza. Mijn voet, in mijn Marokkaanse slipper met gladde zool, schoof eroverheen, en daar ging ik.

Danny kwam de deur uit gerend en was bijna nog eerder beneden dan ik. We wisten allebei meteen dat ik mijn pols had bezeerd. Hij stond niet recht en ik gilde toen Danny hem aanraakte.

'Hoe voelde je je op weg naar het ziekenhuis?' vraagt Laura. 'Besefte je ergens diep vanbinnen dat alles nu zou uitkomen?'

Ik probeer me die jachtige autorit te herinneren. Ik neem aan dat ik een vermoeden moet hebben gehad dat mijn fantasiewereld op het punt stond in te storten, alleen was het voor mij geen fantasiewereld. Het was echt. Emily was echt. De rest – de doktersafspraken, de echo's – stond daar los van. Die dingen had ik weggestopt in een hoekje van mijn brein waar ik ze niet kon terugvinden. Ik herinner me dat ik in paniek was toen ik naast Danny in de auto zat. Maar mijn paniek had betrekking op haar. Niet op mezelf. Ik vreesde voor háár veiligheid, niet de mijne.

'Eerst werd er een röntgenfoto van mijn pols gemaakt. Die bleek alleen gekneusd te zijn. Toen drong Danny erop aan dat de arts zou controleren of alles in orde was met de baby. "Voor alle zekerheid."'

'En toen?' vraagt Laura.

Hoe moet ik het beschrijven? De arts, jong en met paarse kringen rond haar ogen als de bril van een cartoonfiguurtje, vertelde ons dat ze al dertien uur aan één stuk dienst had en vroeg hoeveel weken ik zwanger was. Haar gezicht betrok toen Danny 'vierentwintig' zei. Ze wist dat het niet klopte, maar deed evengoed de stethoscoop in haar oren en zette het koude metalen plaatje op mijn buik. Ik klaagde lacherig dat het zo koud was, maar niet zo koud als die keer dat ik een uitstrijkje moest laten maken en elke spier in mijn lichaam zich had aangespannen toen de verpleegkundige 'ontspan je' zei. Maar toen had de jonge arts de kamer abrupt verlaten en had ik geweten dat ik Danny moest waarschuwen, ook al kon ik zelfs toen niet zeggen waarvoor dan precies. In plaats daarvan ging ik maar door over dat uitstrijkje, waardoor Danny vast en zeker dacht dat ik nu echt helemaal hysterisch was. De jonge arts met de paarse kringen rond haar ogen was teruggekomen met een oudere arts die zich aan me voorstelde en zei dat zij me ook even wilde onderzoeken. Tegen die tijd voelde Danny wel aan dat er iets mis was. Hij keek mij in opperste verwarring aan, en toen voelde ik het. Het was alsof de energie uit mijn wezen werd weggezogen. Toen wist ik het.

Het kwam in etappes. 'Ik vrees dat er geen baby is.' En na een tweede onderzoek: 'Er is nooit een baby geweest.'

Danny's verdriet sloeg om in verbijstering terwijl de gel van de echo over mijn buik droop en ik mijn ogen sloot zodat ik niet hoefde te kijken naar hem en het leugenachtige scherm dat zei dat Emily nooit had bestaan.

'Heb je alles verzonnen? De echo's? De doktersafspraken?'

'Die had ik niet nodig,' zei ik tegen hem. 'Ik wist wat ik voelde. Ik wist wat mijn lichaam me vertelde.'

Nu kijk ik Laura aan en zeg: 'Ik had geen idee dat mijn lichaam een gemene leugenaar was.'

We lachen samen, alsof het een mop is.

Er wordt geklopt. Voordat Laura de kans krijgt iets te zeggen, steekt Bridget Ashworth haar hoofd om de hoek van de deur en laat een vlaag kou naar binnen. Haar ogen flitsen heen en weer achter haar paarse bril alsof ze een inventaris opmaakt van het rommelige bureau, de tekeningen aan de muren, en wij tweeën in onze stoelen, als in een biechthokje. Ze kijkt bedenkelijk.

'Ik wist niet dat je bezoek had, Laura. Sorry dat ik stoor.' Ze klinkt niet alsof ze daar spijt van heeft. 'Oliver... dokter Roberts... zou je graag even willen spreken.'

Laura blijft glimlachen, maar er verschijnen vier lijkwitte knokkelplekjes op de hand waarmee ze haar mok vasthoudt.

We volgen Bridget naar de gang. Ze draagt het zwarte jasje dat ze ook aanhad toen ze mij de eerste keer in Charlies kamer betrapte, maar ik zie dat de witte kattenhaar er niet meer aan kleeft.

'Het is overal een chaos vandaag,' zegt ze over haar schouder. 'De filmploeg is bezig met opnamen op de administratie.' Aan de manier waarop ze het zegt, kan ik horen dat de administratief manager van de kliniek graag met woorden als 'filmploeg' en 'opnamen' schermt. Ze geniet van hoe dat klinkt in haar eigen hoofd en wat voor soort persoon ze daardoor wordt. Ik bibber een beetje, nu ik het zonder blaaskacheltje en plaid moet stellen.

Terwijl Laura achter de klakkende hakken van Bridget aan de trap op loopt naar dokter Roberts' kantoor en de kleinere spreekkamers, loop ik door de hal naar de recreatiezaal. Nu mijn sessie met Laura zo ruw is onderbroken, juist op het moment dat ik mezelf zover had gekregen de aller pijnlijkste herinneringen naar boven te halen, voel ik me kriebelig, alsof er een kolonne mieren over mijn borst kruipt. Ik loop naar de opbergkast achter in de zaal, waar ieder van ons een vakje heeft. Hier bewaren we spullen die we niet elke keer willen meenemen naar onze kamer. Ik bewaar er de kleurboeken die me met betrouwbare regelmaat per post worden gestuurd.

Het boek waar ik momenteel mee bezig ben, bevat ingewikkelde patronen van met elkaar verstrengelde bloemen en bladeren. Ik pak het van de stapel, samen met mijn viltstiften die ik in een etui bewaar, en ga aan de grote ovale tafel bij het raam zitten. Ines, de Franse vrouw met het luie oog die tweemaal per week komt om horticultuurtherapie te geven, duwt buiten een kruiwagen vol gebroken takken en twijgen over de oprijlaan, en haar kaplaarzen maken zachte, knerpende geluiden op het grind. Ik zie aan het wolkje zwarte rook in de lucht dat ze ergens op veilige afstand van de bewoners van deze instelling de vuilverbrandingsoven heeft aangestoken.

Darren zit in een leunstoel aan de andere kant van de zaal met een open map op zijn knie. Hij kijkt op en glimlacht als zijn blik de mijne kruist. Ik voel de nerveuze spanning geleidelijk afnemen.

Ik sla het kleurboek open. Het is een nieuw exemplaar, waarin ik nog maar één pagina heb gedaan. De plaat die ik heb ingekleurd, springt van de pagina in felroze en paars. 'Nu zit ze te kleuren,' echoot Danny's stem in mijn hoofd. Als ik de pagina omsla, wordt mijn aandacht getrokken door een flits van kleur verderop in het boek. Nieuwsgierig blader ik verder tot ik op ongeveer driekwart een pagina tegenkom die al lijkt te zijn gedaan.

'Nee!'

Darren kijkt op en schrikt als hij ziet dat ik overeind ben gesprongen en mijn hand voor mijn mond heb geslagen. Hij haast zich naar me toe om te zien waar ik naar kijk.

'Wat is dat nou?' zegt hij. Hij pakt het boek op en kijkt naar de pagina met weelderige camelia's en bosjes teer gipskruid waarover iemand met een huidskleurachtige viltstift nauwgezet en gedetailleerd een mollige baby heeft getekend.

27

Corinne

Als Corinne aan Oxford dacht, zag ze honingkleurige natuursteen, oude, vrijstaande huizen die voor de helft schuilgingen onder klimop, en omafietsen met rieten manden die nonchalant tegen de muur leunden.

Het Oxford waar Geraldine Buckley woonde, leek daar in de verste verte niet op.

Geraldine woonde op bijna acht kilometer van het centrum van de stad in een wijk met saaie flatgebouwen aan een ringweg, waar het enige groen te zien was op het uithangbord van het plaatselijke bookmakerskantoor. Als iemand hier een fiets tegen de muur zette, zou die in een mum verdwenen zijn, wat werd bewezen door de eenzame voorwielen die hier en daar nog aan de lantaarnpalen hingen.

Als je Corinne had gevraagd wat ze hier deed, zou ze je dat niet hebben kunnen vertellen. Hooguit dat ze, net zoals bij haar bezoek aan de Garitsons in Tunbridge Wells, liever íéts deed dan niets.

Juist toen ze had gedacht dat Hannah aan de beterende hand was, had haar dochter een terugval gekregen. De dood van Charlie leek een diepliggende, zorgwekkende paranoia in haar te hebben opgewekt. Toen Corinne haar gisteren had opgezocht, was Hannah helemaal in de war geweest. Ze had zitten dazen over een pluchen konijn met afgeknipte oren en dat er iets mis was met die ellendige kleurboeken van haar, en ze wantrouwde opeens iedereen, van dokter Roberts tot en met de vrouw die haar kamer schoonmaakte (vanwege het konijn dat plotseling op haar bed had gelegen). Maar toen Corinne had gezegd: 'Je hoeft hier niet te blijven. We kunnen een andere kliniek voor je zoeken als je je hier niet veilig voelt,' was Hannah tegen haar uitgevallen. 'Dat gaat niet. Als ik hier wegga, ben ik Danny kwijt. Ja, ik weet dat jij dat wilt. Jij hebt hem nooit gemogen. Je kunt het niet uitstaan mij gelukkig te zien. Je wilt dat ik eenzaam en ongelukkig word, net als jij.'

Na die uitbarsting hadden ze elkaar geschrokken aangekeken.

Corinne kon niets over Steffie zeggen, omdat ze dan zou moeten bekennen dat ze in Hannahs slaapkamer had gesnuffeld, dus ze kon geen aannemelijke verklaring geven voor haar recente antipathie voor haar schoonzoon, die Hannah zo haarfijn had aangevoeld. In plaats daarvan had ze geprobeerd haar gerust te stellen door haar te beloven onderzoek te doen naar de achtergrond van de kliniek en het personeel, zodat ze er zeker van konden zijn dat Hannah hier veilig was.

Pas toen ze naar huis was gereden, naar een buurvrouw had gezwaaid en naar binnen was gegaan, had ze zich laten gaan. Ze was met haar rug tegen de voordeur op de grond gezakt en had haar handen voor haar gezicht geslagen.

Het verbaasde haar hoe wanhopig ze zich opeens had gevoeld. Zo radeloos was ze zelfs niet geweest toen de waarheid over de schijnzwangerschap aan het licht was gekomen. Hoe groot die schok ook was geweest, ze had toen onmiddellijk het besluit genomen naar de redenen te zoeken en een oplossing te vinden. Als ze maar goed zocht, als ze maar grondig te werk ging, zou ze de sleutel vinden waarmee de deur naar Hannahs oude leven weer ontsloten kon worden. De diagnose was traumatisch, maar het bood in elk geval hoop op genezing. Zodra je erachter was wat er mis was, kon je uitzoeken hoe het hersteld kon worden.

Uitgeput van het huilen was ze uiteindelijk met krakende knieën overeind genomen en had ze een nieuw besluit genomen.

Ze had het telefoonnummer van Geraldine Buckley niet kunnen vinden, maar had haar een berichtje gestuurd via Facebook en twee uur later een berichtje teruggekregen. En nu stond ze hier, in deze treurige straat ver van het centrum van Oxford, en deed muntjes in een parkeermeter terwijl ze zich verbijsterd afvroeg waarom je in godsnaam moest betalen voor het voorrecht te mogen parkeren voor de deur van een slijterij en een shoarmatent.

Geraldine Buckley woonde in een modern flatgebouw dat een stukje van de straat af stond en beschermd werd door een metalen hek naast een muur met een bordje VERBODEN TE STORTEN, waar een grapjas VERBODEN TE SPORTEN van had gemaakt.

Toen ze was binnengelaten via de intercom, zag Corinne opgelucht dat het gebouw goed leek te worden onderhouden. In de hal rook het naar bleekwater.

Geraldine Buckley was ook anders dan Corinne zich had voorgesteld. Ze had een vrouw met een verwarde haardos, een door drank getekend gezicht, bevende handen en een smoezelig T-shirt verwacht, maar de voormalige manager van de kliniek was een keurig geklede vrouw van achter in de vijftig, wier goed geknipte bruine haar een perfecte omlijsting vormde voor haar aangename, hoekige gezicht.

'Ik heb al drie jaar geen druppel gedronken,' zei Geraldine nadat ze thee had gezet en ze in de kleine, maar lichte woonkamer met open keuken waren gaan zitten. 'Drie jaar, vijf maanden en twee weken, om precies te zijn.'

'Knap van u.'

'Ja, maar het blijft een dagtaak. Om van de drank af te blijven.'

'Hebt u niet meer gewerkt nadat u bij Westbridge House was ontslagen?'

'Jawel. Ik heb nog een paar baantjes gehad. Bij een countryclub en bij een tandarts. Maar die waren niet van lange duur. Klanten vinden het niet prettig als ze te woord worden gestaan door een receptioniste wier adem ruikt naar de drank van de avond ervoor.'

In het Facebookbericht dat ze had gestuurd, was Corinne teruggevallen op het smoesje dat ze voor het *British Medical Journal* werkte, in de veronderstelling dat Geraldine Buckley sneller informatie zou delen met een journalist dan met een bezorgde moeder die ze verder helemaal niet kende. Ze had gehoopt op wat achtergrondinformatie en had er niet op gerekend dat Geraldine haar zou voorstellen bij haar langs te komen.

'U vraagt zich natuurlijk af waarom ik u heb verzocht helemaal hierheen te komen,' zei Geraldine, haar gedachten lezend. 'Ik wilde er zeker van zijn dat u bent wie u zegt te zijn. Ik kan in een heel kwetsbare positie verkeren als bepaalde dingen ooit aan het licht zouden komen, maar ik ben blij dat iemand eindelijk probeert na te gaan wat er in Westbridge House gaande was. Er zijn daar levens kapotgemaakt en tot nu toe heeft niemand daarvoor geboet.'

Corinne wist niet hoe ze op deze onthulling moest reageren. Ze was er een beetje door overdonderd. Ze had alleen een bevestiging gewild dat dokter Roberts was wie hij zei te zijn, en dat Hannah zich in goede handen bevond. Er liep opeens een koude rilling over haar rug.

'Ik heb de dossiers.'

Corinne snapte niet meteen wat Geraldine bedoelde.

'De dossierkast met alle dossiers van de kliniek – de personeelsdossiers en de aantekeningen over de patiënten. Die heb ik meegenomen.'

Er waren blosjes op Geraldines wangen verschenen. Corinne kreeg sterk de indruk dat dit de eerste keer was dat de voormalige manager van de kliniek aan iemand bekende wat ze had gedaan.

'Ik was zo kwaad dat ze me hadden ontslagen. Ik had toen nog niet aanvaard dat ik een drankprobleem had, ziet u. Om dan van die lui te moeten horen dat ik alcoholiste zou zijn... Ik ging helemaal over de rooie. Ik had weliswaar al twee officiële waarschuwingen gehad, maar ik had me er elke keer uit weten te kletsen. Welnee, ik was die middag niet dronken geweest. Als ik een beetje onduidelijk sprak, kwam dat omdat ik antidepressiva had geslikt. Welnee, ik had bij de lunch niets gedronken. Als ik naar drank rook, kwam dat omdat ik de avond ervoor op een afscheidsfeestje van een kennis was geweest. In mijn hoofd wist ik altijd alles recht te praten, dus toen ik mijn ontslag kreeg, was ik woedend. Ik had de sleutels van de kliniek, omdat ik vaak in het weekend werkte, als het er rustig was.

Ik ben er met mijn broer naartoe gegaan. Samen hebben we de dossierkast in de kofferbak van mijn Golf geladen. God, dat ding was zo zwaar dat ik er bijna van door mijn rug ben gegaan.'

Corinne hoorde de woorden, maar begreep niet wat ze betekenden. Waarom had Geraldine Buckley een dossierkast gestolen? 'Ik vrees dat ik u niet kan volgen.'

'Sorry. Ik ben niet meer gewend aan bezoek. Ik ben al mijn vrienden kwijtgeraakt aan de drank en ben het verleerd om een normaal gesprek te voeren.

De dossierkast was mijn garantie. Ik had het plan opgevat om de kliniek aan te klagen wegens onrechtmatig ontslag. Daarom wilde ik de dossiers hebben. Ik dacht het management ervan te kunnen beschuldigen dat ze zich van mij hadden willen ontdoen omdat ik te veel wist over wat er in de kliniek gebeurde. De advocaat die ik wilde huren, wierp één blik op mij, rook mijn adem en zei dat hij niets voor me kon doen. Arrogante kwast. Hij zei dat de kliniek zich stipt aan de ontslagprocedure had gehouden. Sindsdien staat die ellendige dossierkast me hier in de weg.'

'Hebt u hem dan nog steeds?'

'Natuurlijk. Ik zou het niet wagen hem weg te doen. Tussen haakjes, dit is toch wel off the record, hè?'

Corinne stond in dubio. Ze mocht Geraldine Buckley wel, met haar hoekige kin en haar ordentelijke flat. Ze was dankbaar dat ze zelf geen type was dat snel ergens aan verslaafd raakte, want ze had geen idee of ze in staat zou zijn de verleiding van de koude fles wijn in de koelkast te weerstaan op dagen dat alles tegenzat. Herstellende verslaafden leverden elke dag strijd en bij Geraldine was dat aan elk rimpeltje in haar gezicht te zien.

Maar als ze Geraldine de waarheid vertelde, zou ze misschien nooit te weten komen wat er in Westbridge House was gebeurd. Als de directeur van The Meadows geheimen had die hem ongeschikt maakten om haar dochter te behandelen, wilde Corinne weten wat die geheimen waren.

Na een korte aarzeling zei ze: 'Natuurlijk is dit off the record. Maar wat is er dan zo geheim?'

Geraldine beet op haar onderlip alsof ze met zichzelf overlegde. Toen begon ze:

'De eerste directeur van Westbridge House was professor Dunmore, een bijzonder dominante figuur die de kliniek beheerde als een soort Svengali. Uitermate intelligent en ambitieus, maar er werd geen tegenspraak geduld.'

'En Oliver Roberts? Die werkte er toch ook?'

Geraldine knikte.

'Hij was de protegé van de professor. Ik geloof dat hij toen al midden dertig was.'

Midden dertig, dacht Corinne verbaasd.

'Hebben we het dan niet over eind jaren tachtig?'

Geraldine schudde haar hoofd.

'Sorry. U zit er ongeveer tien jaar naast. Dokter Roberts was vrij laat in de psychiatrie terechtgekomen. Ik meen me te herinneren dat hij in een andere tak van medicijnen was begonnen en later is overgestapt. Maar dat moet u toch al weten, als u een profielartikel over hem aan het schrijven bent?'

Geraldine keek verbaasd en Corinne probeerde het gesprek snel weer in veilige banen te leiden.

'Natuurlijk. Dus professor Dunmore mocht dokter Roberts graag?'

'Dat kun je wel zeggen. Twee handen op één buik. Roberts vormde zichzelf tot een miniversie van de professor, en de arrogante professor Dunmore speelde daar mooi op in.'

'Wat is er dan misgegaan?'

'We hebben het hier over de tijd vlak nadat het *false memory syndrome*-schandaal aan het licht was gekomen.'

'Het false memory syndrome-schandaal?'

Corinne had er wel van gehoord, maar wist niet meer wat het was.

'FMS, herinneringsvervalsing. Daarvan is sprake als een psycholoog of psychiater, vaak iemand die onvoldoende gekwalificeerd is, een kwetsbare patiënt suggestieve vragen stelt, waardoor de patiënt gaat geloven dat zijn problemen het gevolg zijn van misbruik dat hij in het verleden heeft ondergaan en dat zo traumatisch was dat zijn onderbewustzijn het heeft begraven. De psycholoog zegt bijvoorbeeld: "Symptomen als die van u heb ik vaker gezien, en de trigger was altijd misbruik. Is het mogelijk dat dit ook voor u geldt? Probeert u zich te herinneren wie zich in een positie bevond om u zoiets te kunnen hebben aangedaan." U moest eens weten hoe snel herhaalde suggestie een feit wordt.'

Opeens schoot het Corinne te binnen. Een artikel dat ze jaren geleden had gelezen over een vrouw van middelbare leeftijd die haar bejaarde vader ervan had beschuldigd dat hij haar veertig jaar geleden had misbruikt, nadat een psycholoog die herinneringen had 'ontsloten'. Tegen de tijd dat de valse herinneringen waren ontzenuwd – met behulp van oude dagboeken en foto's die bewezen dat de gebeurtenissen die waren beschreven onmogelijk echt konden zijn gebeurd – was de oude man al overleden, radeloos van verdriet en van zijn kinderen vervreemd.

'Professor Dunmore, die een FMS-zaak behandelde van een hecht, liefhebbend gezin dat kapot was gemaakt door een aantijging die achteraf vals bleek te zijn, was ervan overtuigd geraakt dat veel van de gevallen over kindermisbruik die we in de kliniek zagen, in werkelijkheid gevallen van FMS konden zijn, waarbij de herinneringen waren ingegeven door een psycholoog bij wie de patiënt voorheen onder behandeling had gestaan. Halverwege de jaren negentig was dit een erg "sexy"' – Geraldine maakte aanhalingstekens met haar vingers – 'onderwerp. Psychologen werden gerechtelijk vervolgd voor het ingeven van valse herinneringen over seksueel of zelfs satanisch misbruik. Ik denk dat Dunmore, die zoals gezegd een kille, meedogenloze aard had, het aangreep als manier om aandacht van de media te krijgen. En Roberts volgde slaafs in het voetspoor van zijn grote voorbeeld.'

'Maar in sommige gevallen was de oorspronkelijke diagnose juist?'

'Natuurlijk. Ik denk zelfs in alle gevallen. Hebt u enig idee hoe moeilijk het voor een patiënt is om zoiets op te biechten? Geheimen die ze al hun hele leven met zich meedragen? Geheimen waardoor ze zich bezoedeld voelen?'

Iets aan de intense manier waarop Geraldine Buckley sprak, zette Corinne aan het denken. Ze vroeg zich af welke demonen uit Geraldines eigen verleden er de oorzaak van waren dat ze troost had gezocht bij de fles.

'Professor Dunmore werd nogal een autoriteit op het gebied van FMS en de behandeling ervan. Het was dan ook niet vreemd dat er jongere vrouwen, en ook een paar mannen, door hun familieleden werden overgehaald zich in de kliniek te laten behandelen, omdat zij om welke reden dan ook wilden geloven dat de verhalen over misbruik verzonnen waren.'

'En zij werden allemaal door professor Dunmore behandeld?'

'Of door Oliver Roberts.'

'En toen?'

'Toen pleegde een van de vrouwen zelfmoord. Ze liet een briefje achter waarin ze Dunmore expliciet betichtte van het ontkennen van wat haar was aangedaan. Het leidde tot een groot publiek schandaal. Later dreigden een paar van de andere vrouwen die in de kliniek waren behandeld met een collectief rechtsgeding, maar dat is op niets uitgelopen. Uiteindelijk is Dunmore geroyeerd en van de radar verdwenen. Roberts bleef nog een paar maanden, maar hij kon niet overweg met Dunmores opvolger en is toen elders gaan werken. Kort daarna ben ik ontslagen.'

'Is Roberts nooit ergens van beticht?'

'Nee. De General Medical Council kwam tot de conclusie dat Dunmore een zo dominante figuur was dat men het de rest van de staf niet kwalijk kon nemen dat ze volgens de richtlijnen van de kliniek hadden gewerkt. Er werd gefluisterd dat Roberts zich in vraaggesprekken met de onderzoekers tegen zijn mentor had gekeerd en hun, in ruil voor volledige zuivering van zijn naam, de bewijzen had gegeven die ze nodig hadden om de professor tot ontslagneming te dwingen, maar dat heeft hij altijd ontkend.'

'En u hebt de dossiers meegenomen, omdat...'

'Omdat ik zo kwaad en zo verknipt was, dat ik dacht dat ik ze ermee zou kunnen chanteren om mijn baan terug te krijgen, of dat ik ze zou kunnen aanklagen wegens onrechtmatig ontslag en de dossiers daarbij kon gebruiken om aan te tonen wat een waardeloze kliniek het was. En bovendien...'

'Ja...?'

'Ik voelde me verantwoordelijk tegenover die vrouwen die niet meer werden geloofd. Er gingen nog steeds geruchten over een collectief rechtsgeding en ik wilde ervoor zorgen dat niemand met de dossiers zou knoeien.'

Corinne deed haar best alles op een rijtje te zetten. Ze zag geen verband tussen wat er in Westbridge House was gebeurd en de sterfgevallen in The Meadows, maar voelde opnieuw een koude rilling over haar rug lopen, en dat zei haar dat dit iets was om nader te bekijken. Ze haalde diep adem.

'Zou ik die dossiers misschien mogen inzien?'

Ze keek Geraldine recht in de ogen en hoopte dat de ander zou begrijpen dat haar beweegredenen oprecht waren, ook al was ze hier onder valse voorwendselen gekomen.

'Oliver Roberts is nu de directeur van een psychiatrische kliniek waar hij verantwoordelijk is voor de behandeling van vijftien kwetsbare vrouwen. Ik moet zeker weten dat hij geschikt is voor die baan.'

Geraldines fletse ogen versomberden. Corinne hield haar adem in.

'Oké.'

28

Laura

Annabels hoofd en bovenlichaam werden omlijst door het kleine raam op de bovenverdieping van haar huis. Ze zat te werken aan het bureau in haar werkkamer. Haar gezicht werd van onderen belicht door het schijnsel van een bureaulamp, en Laura kon nog net de bovenkant van het scherm van haar opengeklapte laptop zien.

Het was koud. Laura stond te bibberen in haar dunne trui. Ze had haar oranje jas in de auto gelaten, bang dat die zou opvallen in de avondschemering, maar daar had ze nu spijt van.

Verlangend staarde ze naar het verlichte raam. Zou het zo erg zijn als ze aanbelde? Ze kon een smoesje verzinnen. Haar yogaklas was hier niet ver vandaan. Ze kon doen alsof ze op weg naar huis was geweest en spontaan had besloten een omweg te maken. Ze repeteerde het voor zichzelf. 'Ik had opeens hoge nood en ik dacht: hé, ik kan even bij Annabel langsgaan. Dat vind je toch niet erg?'

Maar toen ze er bijna was, had ze het toch niet aangedurfd. Ze herinnerde zich de vorige keer dat ze zoiets had gedaan. Het was op een zondagochtend geweest. Met een zakje verse bagels van de banketbakker was ze naar de witte voordeur van Annabels huis gelopen en had aangebeld. 'Ik had deze gekocht omdat ik bij een vriendin zou gaan ontbijten, maar ze heeft op het laatste moment afgezegd, en toen dacht ik dat ik ze jou wel kon komen brengen en je kon dwíngen ze samen met mij op te eten,' had ze gezegd. Annabel had haar niet eens binnengelaten. 'Ik vrees dat je op een ongelegen moment komt,' zei ze. 'Ik heb gezelschap.' Maar toen Laura, voordat ze was teruggelopen naar haar auto, door de schuine jaloezieën van Annabels woonkamer had gegluurd, had ze niemand gezien.

Met dat in gedachten was ze nu twee straten van Annabels huis gestopt en met draaiende motor besluiteloos blijven zitten, tot een jonge vrouw met een kinderwagen op het raampje had getikt en verontschuldigend had gezegd dat je dat volgens de wet niet meer mocht doen. 'Slecht voor het milieu. Luchtvervuiling.'

Ze had haar knalroze Kever om de hoek geparkeerd en het laatste stukje gelopen. Dat was een van de nadelen van zo'n opvallende auto.

Bij het huis schuin tegenover dat van Annabel stond een boom in de voortuin waarvan de lage takken over het muurtje en de stoep reikten. Laura stond nu in de schaduw van die boom en deed alsof ze naar iets op haar telefoon keek. In werkelijkheid keek ze naar Annabel, die geconcentreerd aan het werk was.

Ze werd overmand door onredelijke jaloezie. Ze wilde met Annabel over Hannah praten. Ze had het gevoel dat ze eindelijk Hannahs vertrouwen begon te winnen. Hun laatste gesprek, waarin Hannah had beschreven hoe Danny haar naar de spoedeisende hulp had gebracht, waar haar fantasiewereld uiteen was gespat en de nachtmerrie was begonnen, was een echte doorbraak geweest. Dat zou Annabel toch wel willen weten? Toch durfde ze het niet aan.

In de verte jankte een sirene. Annabel keek op. Laura hield haar adem in toen de wijd uit elkaar staande ogen van de oudere vrouw in haar richting leken te kijken. *Hier ben ik. Zie me, alsjeblieft.*

Het geluid van de sirene zwakte af en Annabel keek weer naar haar computer. Laura voelde de kou in haar onderrug trekken en kreeg kramp in haar kleine teen. Toch bleef ze staan, in de schaduw van de boom, starend naar de geelverlichte rechthoek aan de overkant van de straat.

29

Hannah

Ik ben bang dat ik mijn verstand aan het verliezen ben.

Het konijn waarvan niemand weet door wie het in mijn kamer is gelegd, de baby waarvan niemand weet door wie hij in mijn kleurboek is getekend.

Dokter Chakraborty heeft iedereen er gisteravond bij de groepstherapie naar gevraagd, maar niemand wist er iets van. Hij ging er zo lang over door dat Frannie op een gegeven moment in huilen uitbarstte. 'U bezorgt me een schuldgevoel, terwijl ik helemaal niks heb gedaan,' snikte ze. Daarna liet hij het onderwerp rusten, maar ik keek de rest van de sessie van de een naar de ander en vroeg me af: 'Was jij het?'

Het wordt steeds moeilijker me te herinneren wat voor iemand ik voorheen was.

Vanochtend leidt dokter Roberts de groepstherapie. Hij wil dat ik doorga over Danny. Hij wil Danny uit mij boren, als een klokhuis uit een appel.

'Hannah is gisteren ook al aan de beurt geweest,' zegt Odelle.

Ze zit te springen om ons over haar familie te vertellen. Dat is haar favoriete onderwerp van gesprek. Haar moeder speelde vroeger viool in een symfonieorkest en was volgens Odelle een bekende schoonheid. Haar vader is wetenschapper. Ze doet niets liever dan ons een opsomming geven van alle manieren waarop haar ouders haar onder druk zetten, en de redenen waarom ze in haar eigen ogen nooit aan hun verwachtingen voldeed. Met de dromerige blik van een connaisseur vertelt ze ons hoeveel kilo ze in haar tienerjaren in totaal is afgevallen.

We hebben het al honderd keer gehoord, maar ik luister liever nóg een keer naar haar verhalen – over haar geslaagde ouders en de broer die voor Cambridge roeit en die haar vroeger La Porcetta noemde, wat 'biggetje' betekent en ook de naam van het plaatselijke Italiaanse restaurant was, maar wat zij onmiddellijk op haar lichamelijke problemen betrok – dan mijn eigen wonden weer open te halen. Dokter Roberts houdt echter voet bij stuk.

'Je kent de gulden regel van groepstherapie, Odelle, namelijk dat er geen regels zijn. Hannah begint vooruitgang te boeken. Als we nu niet doorgaan, belemmeren we het verloop van het proces. Daarom gaan we hiermee door tot het proces op een natuurlijke wijze is afgerond. In deze omgeving kan ze er veilig over praten, en jullie spelen een belangrijke rol in haar herstel, en vice versa.'

Hij kijkt me aan. Zijn rechterenkel ligt op zijn linkerknie, waardoor de pijp van zijn grijze broek een stukje is opgetrokken en we zijn uitdagende rode sok en een stukje van zijn gebruinde kuit kunnen zien. Hoe komt hij aan die bruine kleur in maart, vraag ik me af. Achter me hoor ik een klikje. Drew en Justin zijn begonnen met filmen. Ik weet niet waarom ze nog moeite doen. Ik heb al besloten dat ze de opnamen waarin ik voorkom niet mogen gebruiken. Dat heb ik ook al tegen Justin gezegd. Hij knikte alleen. 'Natuurlijk,' zei hij, op die irritante, puppy-achtige manier van hem. Volgens Joni zijn wij zijn laatste strohalm. Ze zegt dat zijn vorige project een fiasco was en dat de hoge piet van de BBC die hem deze opdracht heeft gegeven, heeft gezegd dat hij er maar beter iets moois van kan maken, omdat hij anders kan opkrassen. Ik heb niet gevraagd hoe ze dat wist. Joni is een meester in afluisteren.

'Oké, Hannah, ik wil het graag hebben over hoe Danny reageerde toen hij over de schijnzwangerschap hoorde. Je was naar het ziekenhuis gegaan omdat je was gevallen, en opeens zei de arts die je onderzocht dat er geen baby was. Dat moet nogal een schok voor hem zijn geweest, na al die weken van doktersafspraken.'

Hoe moet ik het beschrijven? De blik in zijn ogen. Verbijstering, die eerst omsloeg in verdriet en toen in een razernij die we geen van tweeën zagen aankomen.

'Ik dacht dat ik vader zou worden,' schreeuwde hij tegen me, met zijn gezicht zo dicht bij het mijne dat ik er met mijn tong bij had gekund. Ik wist wat er in zijn hoofd omging. Hij dacht dat hij twee vrouwen zwanger had gemaakt, maar hij had mij boven Steffie verkozen, mijn baby boven de hare. En nu had hij niets meer.

De arts legde hem uit dat ik er niets aan kon doen, dat ik net zo goed een slachtoffer van mijn leugenachtige lichaam was als hij. Ze had een glanzende, zwarte vlecht die over haar schouder hing als de band van een schoudertas. Ze was kalm en vriendelijk, en daar was ik haar later dankbaar voor, maar ze had nog nooit een geval als het mijne meegemaakt en ik zag terughoudendheid in haar grote, donkere ogen, alsof ze niet goed wist wat ze ermee aan moest.

'Nadat we naar de psychiatrische afdeling waren verwezen, kwam hij enigszins tot zichzelf. Waarschijnlijk omdat ik tegen die tijd volkomen buiten zinnen was. Het voelde namelijk als een sterfgeval. Het voelde alsof mijn baby was overleden.'

Ik zeg dit voor de anderen, om mijn gedrag te verklaren.

'Ook al had je haar verzonnen?'

Judith weer. Ze denkt van zichzelf dat ze de reputatie heeft altijd te zeggen waar het op staat, maar ze vindt het gewoon leuk om mensen te jennen.

Roberts trekt zijn wenkbrauwen op. 'Daar hebben we het nu al een paar keer over gehad, Judith. De baby was voor Hannah net zo echt als wanneer ze daadwerkelijk zwanger zou zijn geweest. Zij dacht dat er een baby in haar buik groeide. Haar lichaam had haar ervan overtuigd dat ze zwanger was.'

'Maar het was niet haar lichaam dat leugens vertelde over de echo's.'

'Judith!'

De waarschuwende toon spreekt boekdelen. Judith schuift naar achteren op haar stoel, maar kijkt als iemand die een kleine overwinning heeft behaald. Naast Judith, recht tegenover me, trommelt Nina onophoudelijk met haar vingers op een poot van haar stoel, een teken dat ze zich misschien in een vroeg stadium van een manische periode bevindt.

'Toch is het onzin,' zegt ze tegen niemand in het bijzonder. 'Onzin, onzinnige onzin.'

Ze knikt erbij. Haar gele oorhangers trillen als zonnetjes.

'Kom, kom, Nina,' zegt Roberts.

Haar blik flitst door de kring. 'Dat zal me leren,' zegt ze.

'Kun je ons iets vertellen over die eerste avond op de psychiatrische afdeling, Hannah?' vraagt Roberts me. 'Hoe was je eraan toe?'

'Ik was buiten zinnen. Ik denk dat Danny er zelfs bang van werd. Hij keek steeds naar me alsof hij me niet herkende. Inmiddels was mijn moeder gekomen. Zij was ook bang, maar ze deed wat ze altijd doet, proberen een onaangename situatie te beredeneren alsof ze die daardoor kan veranderen. "Oké, Hannah heeft dus een aandoening, waarover ik alles zal opzoeken zodra ik thuis ben, maar laat me eerst even checken of ik het allemaal goed heb begrepen."'

Ik zeg dit met de stem van mijn moeder en dat gaat me blijkbaar aardig goed af, want Stella begint met haar hand voor haar mond te giechelen.

'Zijn de ouders van Danny ook naar het ziekenhuis gekomen?'

Ik schud mijn hoofd.

'Hij heeft hen later op de avond opgebeld om het te vertellen.'

Ik vertel de anderen niet dat hij zo wit als een doek was toen hij terugkwam van dat telefoontje, noch dat hij me had verteld dat zijn moeder had gekrijst als een aangeschoten vos, en ook niet dat zijn ouders sindsdien niet één keer op bezoek zijn geweest, maar alleen een kaart hebben gestuurd om me beterschap te wensen, in zijn vaders keurige, schuine handschrift.

'Hannah, vind jij dat je Danny's vergiffenis hebt verdiend?'

De vraag voelt als een stomp in mijn maag.

'Ik heb tegen hem gelogen.'

'Maar de leugens lagen begraven in een deel van jezelf dat zo goed was verborgen dat je niet eens van het bestaan ervan wist.'

Ik staar naar mijn voeten in mijn afgetrapte, veterloze Conversegympen en vraag me af wat er is gebeurd met de vrouw die ik was toen ik ze twee jaar geleden kocht.

'Een andere vraag dan,' zegt dokter Roberts. Ik zet me schrap.

'Vind je dat Danny jouw vergiffenis verdient?'

'Waarvoor?'

De hele groep houdt de adem in.

'Voor Steffie. Voor alle leugens die hij je heeft verteld.'

'Die twee dingen hebben niets met elkaar te maken.'

Judith lacht snuivend.

'O nee?' zegt ze.

Na de lunch lopen Stella en ik naar het centrum van het dorp. We gaan naar Costa Coffee, waar we cappuccino drinken uit mokken die groter zijn dan mijn hoofd. Ondanks het feit dat dokter Roberts van mening is dat ik nog een lange weg heb te gaan, vindt hij ook dat ik, na bijna elf weken in de kliniek, weer moet gaan wennen aan het leven in de echte wereld. Ik mag dus de stad in, op voorwaarde dat ik me binnen een uur weer op de kliniek meld. Stella, daarentegen, zou het terrein van de kliniek niet moeten verlaten en zich blootstellen aan schadelijke invloeden, zoals het tijdschriftenrek in de plaatselijke supermarkt, met al die rijen volmaakte, gefotoshopte lichamen en gezichten. Maar Stella doet wat Stella wil. Ze staat niet onder curatele. Niemand heeft het recht haar tegen te houden.

'Ik kan het gewoon niet uitstaan dat hij me dwingt het steeds te herbeleven,' zeg ik.

'Misschien krijgt hij er een kick van om jou te zien lijden.'

We klagen allemaal wel eens over Roberts, maar vooral Stella is altijd erg kritisch.

We zitten een poosje somber te zwijgen. Ik voel dat de andere mensen naar ons kijken. Stella draagt vandaag een poezelige, zachtgele trui die haar lichaam omvat als een vacht. Ze heeft haar hoogblonde haar opgestoken en haar volle lippen hebben de kleur van bloed. We zijn een exotisch stel op deze doodgewone dinsdagmiddag in Barnet, Noord-Londen.

'Vertel me eens over die ex. De schrijver die zo veel ouder was dan jij. Waarom heeft die jou uiteindelijk aangeklaagd?'

Stella laat niet merken of ze het vreemd vindt dat ik opeens over iets heel anders begin.

'Ik denk dat hij bang van me werd. Ik was pas achttien en ik wilde niet dat er een einde aan zou komen. Vandaar dat ik hem min of meer stalkte.'

'Min of meer?'

Weer dat ijle, meisjesachtige gegiechel van haar.

'Ja. Hem. En zijn vrouw.'

'Stella!'

'En zijn dochter.'

'Wacht even. Je zei dat hij achter in de dertig was, dus dan was zijn dochter...'

'Die zat nog op de lagere school. Ik geloof dat dat uiteindelijk de reden was dat hij alles aan zijn vrouw heeft opgebiecht. Ik was naar de kerstvoorstelling van zijn dochter gegaan en heb daar naar hem gezwaaid.'

Ik voel het loden gewicht van alle dingen die ik niet weet.

'Mijn stiefvader heeft iets geregeld, waardoor ik niet voor de rechter hoefde te verschijnen. Zo ben ik voor het eerst in een gekkenhuis terechtgekomen.'

'En wanneer heb je je eerste operatie gehad? Daarna?'

'Ben je mal. Dat was op mijn veertiende. In Amerika. Mijn neus. Het was een verjaardagscadeautje van mijn moeder. Toen ik wakker werd uit de narcose, kwam ze op de rand van mijn bed zitten en vroeg: "Ben je nu gelukkig?" Alsof daar niets anders voor nodig was.'

Stella heeft schuim van de cappuccino rond haar lippen, en als ze glimlacht, ziet haar rode mond eruit als een grot waar je spoorloos in zou kunnen verdwijnen.

30

Corinne

De keukentafel was bedolven onder paperassen. Ze had natuurlijk niet alle dossiers meegenomen, maar het relatief kleine aantal dat ze van Geraldine Buckley had mogen lenen, was voldoende om het bekraste tafelblad volledig te bedekken.

Ze had echter nog niets gevonden wat dokter Roberts in een kwaad daglicht stelde.

Weliswaar hadden drie van zijn vrouwelijke patiënten gedreigd mee te doen aan het collectieve rechtsgeding, maar daarbij waren vooral de filosofie en het leiderschap van professor Dunmore aan de kaak gesteld. Roberts en de andere psychiater hadden zich aan de richtlijnen van hun leidinggevende gehouden, meer niet. Na het onderzoek, waaraan Roberts gewillig had meegewerkt, waren hij en zijn collega van alle blaam gezuiverd.

De dossiers die Corinne had meegekregen, waren van deze drie toenmalige patiënten van Roberts, een meisje van twaalf en twee jonge vrouwen van rond de twintig. Corinne had ze zorgvuldig gelezen, op zoek naar bewijs van wanpraktijken, en had zich opgewonden over een transcriptie waarin een jonge vrouw vertelde dat haar oom het misbruik 'lief voor elkaar zijn' had genoemd, waarbij Roberts in de kantlijn *Klinkt gesouffleerd* had geschreven, en elders: *Therapietaal?*

Haar hart ging uit naar deze gebroken meisjes die, nadat ze zo veel hadden moeten doorstaan, niet eens serieus waren genomen door degene die geacht werd hen te helpen met hun herstel.

In de dossiers zaten ook administratieve formulieren, waarop Geraldine Buckley de adressen en telefoonnummers met zwarte viltstift had doorgestreept. De foto's had ze ongemoeid gelaten. Corinne bestudeerde de gezichten van het meisje en de jonge vrouwen, hopend op iets waarmee Hannah geholpen zou kunnen zijn, maar ze zag niets bijzonders. Bij de jongste patiënte, Catherine Pryor, voelde ze heel even iets kriebelen, maar toen ze de foto nader bekeek, kon ze het niet thuisbrengen. Ze had trouwens moeite naar Catherines onschuldige grijze ogen in het ronde, nog kinderlijke gezicht te kijken zonder dat ze zelf tranen in haar ogen kreeg.

In de dossiers uit 1998 zat een krantenartikel waarin professor Dunmore zei op een missie te zijn om gezinnen te verzoenen die uit elkaar waren gereten door de 'torpedo' van herinneringsvervalsing. In een kader bij het artikel stond het verhaal van een vrouw wier gezin kapot was gemaakt toen haar volwassen dochter, na een behandeling wegens depressie, haar vader er valselijk van had beschuldigd haar te hebben misbruikt. De vrouw, wier gezicht op een bijgaande foto onherkenbaar was gemaakt, zag zich gedwongen te kiezen tussen haar man en haar dochter, en was uit het leven van haar dochter verbannen toen ze zich achter haar man had geschaard. Toen ze de hoop al had opgegeven dat er ooit een eind aan de nachtmerrie zou komen, had haar zus iets gelezen over professor Dunmore en haar overgehaald naar de kliniek te gaan voor een consultatie. 'Ik overdrijf niet als ik zeg dat de professor ons heeft gered,' aldus de vrouw in het artikel.

Corinne stond in tweestrijd. Het was duidelijk dat deze vrouw vreselijk had geleden en dat Dunmore haar gezin een transformatie had laten ondergaan door de herinneringsvervalsing aan het licht te brengen, maar ten koste van hoeveel echte slachtoffers van misbruik was dat gegaan?

Even voelde ze een warme gloed van dankbaarheid om het feit dat haar eigen gezin relatief ongeschonden door die woelige tienerjaren van de meisjes heen was gekomen, maar toen herinnerde ze zich waar haar oudste dochter zich bevond en voelde ze zich weer net zo ellendig als voorheen.

31

Hannah

De dag waarop ik dacht te zijn uitgerekend, is over precies vier weken, en ik geloof dat ik eindelijk zover ben dat ik Emily kan loslaten.

We zitten vandaag weer achter de schildersezels en ons model is een stoel waarop Laura een lap stof met een prachtig fleur de lis-patroon in wit-blauw heeft gedrapeerd.

'Kijk hoe de stof hangt, hoe het patroon verandert in de plooien. Bestudeer het contrast tussen de ingetogen kleuren van de stoel en de levendige tinten van de stof. Denk aan de textuur. Het harde, gepolijste hout en het zachte weefsel van de stof. Schakel al je zintuigen in. Ga er helemaal in op. Deze prachtige stof. Deze alledaagse stoel.'

Laura is goed op dreef vandaag. Ze zegt dit vaak. Dat we al onze zintuigen moeten inschakelen. Het is een vorm van mindfulness. Als we ons in het hier en nu verankeren en ons concentreren op wat we kunnen zien, horen, ruiken en aanraken, op alle dingen waarmee we zijn gezegend, blijft er in onze gedachten geen plaats over voor de dingen die ons hierheen hebben gebracht, de donkere schaduwen die aan de rand van onze belevingswereld op de loer liggen.

De beperkingen van het stilleven bevallen me wel. De wereld is dermate toegespitst dat alleen de stoel en de lap stof nog bestaan. Ik ga zo op in mijn werk dat ik pas merk dat Laura achter me staat als ik haar warme adem in mijn nek voel en haar hand op mijn schouder.

'Heel goed, Hannah. Je werk is enorm vooruitgegaan. Je lijkt je veel meer bewust te zijn van de wereld om je heen. Weet je nog hoe donker je palet was toen je hier pas was? Hoe alle kleuren uiteindelijk een mengsel van bruin werden?'

'Het heeft gewoon lang geduurd voordat ik doorhad hoeveel invloed één druppel zwart heeft.'

Ze kijkt me aan en ik weet wat ze gaat zeggen, maar ik ben haar voor: 'Zeg nou niet dat dit een metafoor is voor het menselijk bestaan.'

Ze glimlacht. 'Touché.'

'Laura, kun je even bij me komen? Ik krijg het perspectief niet goed.'

Odelle. Wie anders? Altijd jengelend om aandacht, altijd bezitterig, vooral wat Laura betreft. De eerste keer dat Laura me vroeg of ik in haar kantoortje een praatje kwam maken, zei Charlie: 'Dat zal Odelle niet leuk vinden.' En ze had gelijk. Als het ook maar even kan, komt Odelle storen als ik een onderonsje heb met Laura. Dan heeft ze ineens dringend hulp nodig met een zelfbedacht werkstuk. Eén keer stormde ze in tranen Laura's kantoortje binnen, omdat Joni haar erop had betrapt vlak voor haar ochtendweging water te hebben gedronken uit de kraan in de badkamer.

Ik kijk naar links. Katy kauwt nerveus op de steel van een kwast en staart naar haar nog maagdelijke vel papier. Ze durft niet te beginnen, uit angst dat ze met de eerste penseelstreek een fatale fout zal maken.

Omdat dit een 'sterke dag' is – in tegenstelling tot de dagen dat ik wakker word en tot de ontdekking kom dat ik gedurende de nacht volledig ben ontmanteld en in kleine stukjes over het matras lig verspreid – durf ik aan Charlie te denken.

Hier in het kunsttherapielokaal voel ik me het meest met haar verbonden. Ze kwam hier graag en experimenteerde dan met pastelkrijt of waterverf of wat dan ook. Eén keer trof ik haar aan toen ze over haar papier gebogen met een penseel in haar mond een zelfportret probeerde te schilderen.

'Waarom niet?' was haar antwoord op mijn voor de hand liggende vraag. 'Wat heeft het allemaal voor zin als we niet alles uitproberen?'

Ze heeft geen zelfmoord gepleegd.

Ik blijf ervan overtuigd, maar het is een zware last.

Soms, als ik kwam kijken of ze hier was, trof ik haar diep in gesprek aan met Laura. Soms hadden ze het over kunst of politiek, soms zaten ze alleen maar te roddelen over Joni's meest recente blunder, of de vraag of dokter Chakraborty sexy was of niet. Soms zonderden ze zich af in het kantoortje, Charlie opgekruld in de fauteuil met haar ogen dicht, terwijl Laura zacht en ritmisch tot haar sprak. Dan trok ik me snel weer terug omdat Charlie alleen hypnotherapie wilde als ze echt gespannen was.

Maar toch heeft ze geen zelfmoord gepleegd.

Na kunsttherapie ga ik met mijn laptop naar de recreatiezaal. Darren kijkt op bij het pingeltje als ik hem aanzet. Hij zit in een A4-schrift te schrijven. Ik weet dat hij binnenkort examen moet doen, maar ik weet niet meer waarin. Misschien wordt hij thuis te veel afgeleid door zijn nieuwe vriendin om te kunnen studeren.

Ik bekijk mijn e-mails en delete ongeduldig alle spam. Er is een mailtje van Becks met al het laatste nieuws van kantoor, en eentje van mijn moeder, die schrijft dat ze naar achtergrondinformatie over de kliniek en dokter Roberts blijft zoeken, om mij 'gerust te stellen'.

Gewoontegetrouw zoek ik naar Megs' naam tussen de afzenders, tot ik me herinner dat we gebrouilleerd zijn. Ze wilde hierheen komen nadat het was gebeurd, maar ik heb tegen mam gezegd dat ik dat niet wilde, dat ze eerst haar verontschuldigingen moest aanbieden voor wat ze over Danny heeft gezegd. Maar ik ken mijn zus. Ze zal haar verontschuldigingen niet aanbieden, omdat ze erbij blijft dat ze gelijk heeft.

'Misschien hééft ze ook gelijk,' zegt een stemmetje in mijn hoofd.

Ik klik Hotmail weg en kom even in de verleiding op Facebook te kijken, ook al wordt dat ons sterk afgeraden. Darren is verdiept in zijn studie en ik ben nieuwsgierig naar wat iedereen aan het doen is. Dan herinner ik me de vorige keer dat ik dat heb gedaan, toen ik hier pas een paar dagen was, de schok toen ik besefte dat het leven voor iedereen gewoon doorging, terwijl het mijne onherkenbaar uit elkaar was gespat. In plaats van Facebook klik ik op Google. Ik ben aan Charlie blijven denken sinds ik dat van mezelf tijdens kunsttherapie mocht doen. Ik heb het gevoel dat ik haar in de steek heb gelaten, omdat ik niets meer heb gedaan om uit te zoeken wat er in werkelijkheid met haar is gebeurd.

Ik pak het takenlijstje dat ik altijd bij me draag in mijn achterzak en strijk het glad op mijn been. *Vliegtickets voor Kroatië boeken.*

Dit was niet iemand die zichzelf van kant ging maken.

Ik staar naar het derde punt. *WK googelen.* De vorige keer dat ik William Kingsley had gegoogeld, had ik miljoenen hits gekregen en was ik na een paar pagina's door Stella gestoord. Ik besluit een nieuwe poging te doen.

Ik kijk eerst of Darren nog steeds met zijn neus in zijn boeken zit en tik dan de naam in de zoekmachine. De moed zakt me in de schoenen als ik weer 3.750.000 hits krijg, maar ik begin evengoed te scrollen. De sites over de negentiende-eeuwse politicus en de makelaars in Missouri kan ik in elk geval meteen overslaan.

Pas op pagina vijf vind ik iets interessants. Een link naar een artikel in de *Daily Mail* over onjuiste medische diagnoses. Er worden geruchtmakende zaken aangehaald over artsen die catastrofale fouten hebben gemaakt. Helemaal onderaan staat, bijna als een voetnoot: 'Zoals het geval was met de inmiddels in opspraak geraakte getuigenis van dokter William Kingsley in twee verkeerd beoordeelde gevallen van shakenbabysyndroom'.

Shakenbabysyndroom? Ik dreg in mijn door diazepam afgestompte hersenen naar de informatie waarvan ik weet dat die erin ligt opgeslagen en diep een herinnering op aan een blonde vrouw op de trappen van een gerechtsgebouw die net uit de gevangenis was ontslagen nadat bewijsmateriaal had uitgewezen dat haar baby hoogstwaarschijnlijk door natuurlijke oorzaken was gestorven en niet omdat zij haar zelfbeheersing had verloren en het kindje had geschud.

Ik voeg in de zoekregel *shakenbabysyndroom* toe aan *William Kingsley* en krijg een aantal pagina's met resultaten. De eerste links verwijzen naar krantenberichten uit het midden van de jaren negentig, met schreeuwerige koppen als VRIJ! of ONSCHULDIG! Het blijkt om twee afzonderlijke gevallen te gaan en bij elk ervan staat een foto van een verdwaasd kijkende vrouw. Volgens de artikelen waren deze vrouwen schuldig bevonden aan het doodschudden van hun eigen baby. Het vonnis was nu tenietgedaan, en daardoor was twijfel ontstaan over de kwaliteit van het bewijsmateriaal van vooraanstaande medische deskundigen, zoals de neuroloog William Kingsley.

Op deze berichten volgen oudere krantenartikelen uit de tijd dat de processen gaande waren, en een uitgebreid achtergrondverhaal over een van de vrouwen, geïllustreerd met een familiekiekje van een gelukkig gezin – vader, moeder en baby – met de ondertitel 'Ze was een zorgzame moeder – tot ze door het lint ging'. Aan het eind van het artikel staat een foto van dezelfde vrouw, twee jaar later genomen, nadat ze was veroordeeld voor de moord op haar eigen kind. Op die foto staart ze met openhangende mond en lege ogen naar de camera.

Als ik die foto nader bekijk, word ik helemaal koud. De uitdrukking op het gezicht van deze vrouw is wat ik zag toen ik vlak na mijn komst hier in de spiegel keek. Het is de geschokte blik van iemand wiens wereld is ingestort.

Tot slot zijn er een paar links naar websites van de families van deze vrouwen en van andere vrouwen die zich in dezelfde situatie bevinden en beweren onschuldig te zijn, naar een website van mensen die de doodstraf willen invoeren voor vrouwen die hun eigen kinderen vermoorden, en naar een blog dat 'Baby-Killers' heet.

Ik weet nog steeds niet zeker of dit de William Kingsley is naar wie Charlie onderzoek deed op de ochtend dat ze is gestorven, maar de artikelen komen in elk geval uit de juiste periode en het juiste land. Ik scrol ongeduldig verder, hopend op sites die meer informatie over dokter William Kingsley bevatten, en vind onder aan pagina zes een link die er veelbelovend uitziet: 'De artsen die voor God spelen', maar voordat ik die kan aanklikken, legt iemand een hand op mijn schouder. Mijn adem stokt.

'Waarom schrik je zo?'

Stella houdt haar hoofd schuin, waardoor haar haar, dat ze boven op haar hoofd in een paardenstaart heeft gebonden, langs haar oor valt. Ze kijkt me onderzoekend aan.

'Zomaar. Ik had je niet horen aankomen.'

Ik klik op het rode cirkeltje op het scherm waardoor de Google-pagina wordt vervangen door mijn screensaver, een foto van Danny en mij tijdens onze huwelijksreis, gezeten onder een palmboom op een wit strand in Costa Rica. De foto is genomen door iemand van het hotel die ons cocktails had gebracht, en we lachen alsof we ons geluk niet op kunnen. Of misschien geldt dat alleen voor mij. Misschien lacht Danny om andere redenen. Misschien wil zijn glimlach alleen maar zeggen: *dit is beter dan werken*. Of: *niet gek, voor nu*.

'Waar was je zo geconcentreerd mee bezig, dat je me niet eens hoorde aankomen?'

'O, ik las gewoon de kranten.'

'Nou, zet dat ding dan maar uit en kom lekker kletsen. Ik moet gered worden. Judith zegt dat ze me wil leren schaken. Ik wil niet met Judith schaken. Ze vat alles veel te serieus op. Soms kijkt ze naar me alsof ze me binnenstebuiten wil keren om te zien hoe ik werk.'

Stella reikt voor me langs en klikt op 'Slaapstand', waardoor het scherm zwart wordt. Ik weet niet waarom, maar ik krijg het gevoel dat ze Danny niet wil zien.

Als we opstaan, imiteer ik Judiths dodelijke blik en begint Stella te giechelen, maar vanbinnen worstel ik met een vraag.

Waarom vertrouw ik Stella niet?

32

Corinne

Corinne stond onder de douche in de kleine badkamer met het schuine dak op de bovenetage van haar huis toen er iemand aanbelde.

Eerst besloot ze zich er niets van aan te trekken. Het zou wel weer iemand zijn die geld inzamelde voor een goed doel, of een somber gekleed groepje mensen dat haar mening wilde horen over de komst van de Messias.

Maar toen de bel nog een keer ging, werd ze ongerust. Haar telefoon lag beneden aan de oplader. Stel dat de kliniek had geprobeerd haar te bereiken. Stel dat Oliver Roberts beneden op de stoep stond omdat er iets met Hannah was.

Ze draaide de kraan dicht en wikkelde een handdoek om zich heen. Water drupte uit haar haar op de traptreden toen ze zich naar beneden haastte, maar toen ze de voordeur opendeed, zag ze niemand.

Ze tuurde naar rechts, waar de bovenleidingen van Alexandra Palace Station als zilveren lijnen door de waterige, winterse lucht liepen. Niemand. Ook links was haar lommerrijke straat verstoken van leven.

'Hè, verdorie.'

Ze stond op het punt de deur dicht te doen toen ze iets roods zag liggen. Ze bukte zich en reikte naar het voorwerp dat als een offerande bij haar op de stoep leek te zijn neergelegd. Eerst besefte ze niet wat het was, maar toen ze het doorhad, kromp haar hart ineen van verdriet.

Een klein gebreid mutsje.

Precies de juiste maat voor een pasgeboren baby.

33

Hannah

'Hoe vind je dat het gaat, Hannah?'

Dit doet dokter Roberts vaak. Proberen mij zover te krijgen dat ik mijn voortgang zelf beoordeel. Ik denk dat hij mij daarmee het gevoel wil geven dat ik de baas over mezelf ben.

'Zegt u het maar. Het is uw vak.'

'Ik vind dat je steeds sterker wordt. Toen je twaalf weken geleden bij ons kwam, was je een schim van jezelf. Het is alsof we een schilderij restaureren. Elke dag zien we een klein stukje meer van de oude Hannah, en dat is geweldig.'

'Maar?'

'Interessant dat je in mijn woorden een "maar" denkt te bespeuren.' Roberts zit achterovergeleund, met de enkel van zijn ene been op de knie van zijn andere been, zoals we van hem gewend zijn. Met de voet die op de vloer staat, laat hij de stoel wippen, waardoor zijn achterovergekamde haar zachtjes trilt.

'Dus er is geen maar?'

Hij glimlacht, maar zijn ijsblauwe ogen kijken niet geamuseerd.

'Jawel. Je hebt gelijk. Er is een maar. Ik ben een beetje ongerust over berichten die mij ter ore zijn gekomen. Ik heb gehoord dat je nogal overstuur was vanwege een pluchen knuffelbeest en een tekening van een baby in een van je kleurboeken.'

Zoals hij het zegt, klinkt het alsof ik niet goed snik ben.

'Domme grapjes van iemand die leuk dacht te zijn.'

Maar het waren geen grapjes. Het was bedoeld om me eraan te herinneren dat ik totaal in de vernieling zit. En ik weet wie het heeft gedaan. Steffie. Wie anders? De kleurboeken worden door Becks' secretaresse opgestuurd in doodgewone witte A4-enveloppen. Die bekijk ik verder nooit. Steffie kan het boek met die tekening van de baby hebben opgestuurd. Dat zou me helemaal niet zijn opgevallen.

Dokter Roberts zit zwijgend naar me te kijken. De stilte wordt steeds drukkender. Hij strijkt over zijn baard met de vingers van zijn rechterhand. Het valt me opeens op dat hij mooie nagels heeft, perfect van vorm. Uiteindelijk neemt hij het woord weer.

'Het is mogelijk dat iemand leuk dacht te zijn,' zegt hij. 'Maar het kan ook zijn dat jij een vriendelijk gebaar verkeerd hebt uitgelegd. Het konijn zat niet in een verpakking. Misschien is het bijgaande briefje weggeraakt. Kan het je niet zijn toegestuurd door iemand die je een hart onder de riem wilde steken?'

'En de oren dan?'

'Als je iets per post stuurt, loop je altijd het risico dat het beschadigt.'

'En het kleurboek? Hoe verklaart u dat?'

Hij maakt een gebaar alsof hij dat muggenzifterij vindt.

'Ik zeg alleen dat er altijd alternatieven zijn. En dat het beter voor je is als je die allemaal in overweging neemt, voordat je tot een conclusie komt die nadelig voor je is.'

'Wanneer mag ik naar huis?'

Ik vraag het een beetje ademloos, waardoor ik zelfs in mijn eigen oren klink als een angstig kind op haar eerste schooldag.

'We zijn geen gevangenbewaarders, Hannah. Als je wilt gaan, kunnen wij je niet tegenhouden.'

'Wilt u dan tegen Danny zeggen dat ik er klaar voor ben? Ik voel me stukken beter.'

Roberts laat zijn stoel steeds sneller wippen. Ik word er een beetje onpasselijk van.

'Ik weet het goed gemaakt,' zegt hij en hij stopt opeens met zijn gewip. 'Zodra jij een paar dagen achter elkaar geen enkel "incident" hebt gehad, zal ik het met je man bespreken.'

Ik hoef hem niet te vragen wat hij daarmee bedoelt.

Als ik wil opstaan, houdt hij me tegen door een hand op mijn arm te leggen. Ik kijk naar de perfecte nagels op de mouw van mijn oude trui met mottengaatjes.

'Ik weet dat je erg graag de draad van je leven weer wilt oppakken, Hannah, maar misschien moet je je eens afvragen of het leven zoals je het kende nog wel bestaat. En zo niet, waarmee ga je het dan vervangen?'

Na mijn sessie met dokter Roberts ga ik naar beneden, maar niet naar de recreatiezaal, want daar zit Stella natuurlijk op me te wachten en ik heb geen zin om met haar te praten. Alles aan me voelt zwaar. Ik heb al moeite genoeg om mijn ene voet voor de andere te zetten, alsof ik door water waad, en mijn gedachten zijn traag en sloom. Ik voel me terugglijden naar hoe ik hier de eerste dagen was, toen ik alles zwart zag. Toen ik de persoon was die Charlie heeft helpen redden.

De deur van het muzieklokaal is dicht, maar ik hoor hoe Graham, de parttime muziektherapeut, iemand aanmoedigt die op de piano een mineurladder speelt. 'Ja, nu heb je het te pakken,' zegt hij. 'Dát is de trieste noot.' Soms legt Graham yogamatten op het eikenhouten parket en gaan we allemaal liggen en doen onze ogen dicht terwijl hij Schumann of Händel voor ons speelt. Aan het eind van het stuk huilen we dan allemaal. Er wordt hier veel gehuild. Overal staan dozen tissues.

Ik denk erover om naar de meditatieruimte te gaan, me in de kuipstoel te nestelen en een poosje alleen te zijn, maar als ik langs de deur van het kunsttherapielokaal loop en Laura in haar eentje in haar kantoortje achterin zie zitten, verander ik van gedachten.

'Kopje thee?' vraagt ze. Ze ziet blijkbaar aan mijn gezicht hoe ik eraan toe ben.

'Zolang het geen kruidenthee is. Of een andere soort die goed voor me is. Doe maar iets met een flinke stoot cafeïne.'

'Komt voor elkaar.'

Bijna automatisch ga ik met opgetrokken benen in de gerieflijke fauteuil zitten en wikkel de plaid om me heen. Het is inmiddels vanzelfsprekend geworden om hier zo te zitten. De enige plek in de kliniek waar ik niet het gevoel heb voortdurend geanalyseerd te worden.

'Zware dag?'

Laura buigt zich naar me toe, legt haar hand op mijn knie en kijkt me aan met zo veel warmte in haar ogen dat ik het bijna niet kan verdragen.

'Zware dagen bestaan niet in The Meadows,' zeg ik schertsend. 'Het is hier elke dag vakantie.'

'Je hoeft echt niet altijd grapjes te maken, Hannah.' Haar hand ligt nog op mijn knie, haar bruine ogen bevinden zich heel dicht bij de mijne. 'Je mag best af en toe een saaie piet zijn, zoals wij allemaal.' Ze gaat weer rechtop zitten. Er trilt een glimlach rond haar lippen.

'Ja, maar...' Ik stop. Ja, maar wat? 'Het is net alsof mijn hersenen de verbindingen niet meer weten te leggen. Steeds als er iets gebeurt, trek ik de verkeerde conclusies, of helemaal geen conclusies. Ik word er zo moe van. Ik ben duf van de slaappillen, maar ik slaap nauwelijks. En ik blijf het hardnekkige voorgevoel houden dat er iets afschuwelijks gaat gebeuren.' Ik hoor mijn eigen woorden en slaak een zucht. 'Ik bedoel iets wat nog erger is dan in een gekkenhuis terechtkomen en degene met wie je je daar het meest verbonden voelde opeens verliezen.'

Laura houdt haar heldere ogen op me gericht.

'Mag ik proberen je te helpen?'

Ik neem aan dat ze bedoelt via hypnose. Daar heb ik me altijd tegen verzet, maar ik heb nu een stadium bereikt waarin ik bereid ben zelfs dit te proberen.

Het gekke is dat ik er niets van merk. We hebben een keer gepraat over plaatsen die voor ons een speciale betekenis hebben, en toen heb ik haar verteld waar ik altijd ging wandelen met onze hond Madge. Ze vraagt me nu te denken aan hoe Hampstead Heath eruitziet in de herfst, als de grond bedekt is met een dik bladertapijt, waar Madge zo graag in speelde, en hoe de skyline van Londen eruitziet vanaf de pagode bij Kenwood House, en hoe het is als je de top van de heuvel bereikt en de meertjes in de verte ziet glinsteren. Voor mijn gevoel zitten we zomaar wat te praten, alleen lijk ik op een heel aangename manier af en toe een beetje weg te dromen, en opeens merk ik dat het loden gewicht aan alles wat ik deed en zei, is verdwenen. Ik ben in Laura's kantoortje, maar ik treed ook buiten mezelf en zie hoe nietig ik ben ten opzichte van de rest van de wereld, en hoe onbeduidend mijn problemen eigenlijk zijn.

'Hannah?'

'Ja?'

Met moeite richt ik me op Laura's gezicht.

'Sorry, maar ik heb over een paar minuten een andere afspraak. Odelle wilde een gesprek.'

Ik kijk door de open deur naar de ouderwetse klok die in het kunsttherapielokaal aan de muur hangt en zie tot mijn verbazing dat ik hier al bijna een half uur ben.

'Bedankt.' Ik sta op.

Ik weet niet of het de kracht van de suggestie is, maar ik voel me lichter.

'De eerstkomende dagen geen zware dingen tillen,' zegt ze glimlachend.

Ik glimlach terug, nog steeds verbaasd dat we zomaar opeens een half uur verder zijn.

Odelle zit aan een van de tafels in het kunsttherapielokaal te wachten. Haar ogen volgen me door de ruimte alsof ze dwars door me heen wil kijken, maar haar intense blik stoort me niet. Ik voel me goed, niet euforisch, dat zou te ver gaan, maar vredig. Dit nieuwe gevoel van welzijn blijft me bij als ik het lokaal verlaat en de trap op loop naar mijn kamer, waar iemand mijn post – twee enveloppen – onder de deur door heeft geschoven.

Een is van mijn werk. Ik herken Becks' handschrift. De uitgeverij stuurt me regelmatig catalogussen en informatie over aangekochte titels. Op de tweede envelop zit een adressticker en een poststempel uit het centrum van Londen.

Ik scheur hem open met mijn duimnagel en vouw het enkele velletje papier open.

De kamer begint om me heen te draaien.

34

Corinne

Ze zaten in een bruin café in een van de zijstraten rond Charing Cross Station. Het was er druk en Corinne kreeg er een beetje spijt van dat ze deze plek had gekozen toen ze zag dat Patricia Garitson de kraag van haar poederblauwe wollen jas angstvallig dichthield.

'Dank u wel dat u bent gekomen. Ik had half verwacht dat u verstek zou laten gaan,' zei Corinne. Ze zette het dienblad op de tafel en schoof de mok met groene thee voorzichtig naar Patricia. 'Ik ben zo vrij geweest er een gebakje bij te doen.'

Ze keken allebei naar de grote punt chocoladetaart alsof het een kunstwerk was.

'Ik wil graag helpen. Ik voel me verantwoordelijk.'

'Dat is nergens voor nodig. Uw dochter is een volwassen vrouw, en dat zijn mijn dochters ook. Wij zijn niet verantwoordelijk voor de keuzes die zij maken.'

'Ja, maar evengoed. Ik vind dat ik meer had kunnen doen om Steffie te beschermen, en – hoe erg ik het ook vind om het te moeten zeggen – om anderen tegen haar te beschermen.'

Angst sijpelde als ijswater door Corinnes aderen toen ze zich herinnerde wat Jacob Garitson had gezegd. *Ze doet mensen kwaad.* Waar was Steffie toe in staat?

'Het punt is dat er vreemde dingen gebeuren in de kliniek waar Hannah... waar mijn dochter verblijft.'

'Waar ze behandeld wordt, bedoelt u. Als u zegt "verblijft", klinkt het alsof ze een paar dagen in een hotel zit.' Patricia gooide lachend haar hoofd in haar nek. Weer die flits van goud achter in haar mond.

'Ja, oké. Hoe dan ook, Hannah zegt dat iemand iets in haar kamer heeft neergelegd om haar te herinneren aan wat er is gebeurd.'

'Aan de ingebeelde baby, bedoelt u.'

Patricia Garitson zei het heel neutraal, maar haar woorden bezorgden Corinne zo'n steek van verdriet dat ze besloot niets over het kleurboek en het rode mutsje te zeggen.

'Ik wil gewoon weten waarmee we hier te maken hebben. Ik weet dat uw man het verleden van uw dochter niet met een wildvreemde wenst te bespreken en daar heb ik begrip voor.'

Patricia mompelde *puh* en bewoog haar hand alsof ze wat stof wegveegde.

'Met hém hoef je niet over Steffie te praten. Die kan bij hem geen kwaad doen.'

Corinne slikte. Wat klonk dat bitter.

'Ik wil alleen maar weten of Hannah gevaar loopt.'

Het klonk erg melodramatisch, maar Patricia wees het idee niet meteen af, zoals Corinne had gehoopt. Ze pakte een vorkje en begon met afwezige gebaren in het onder de warme lampen langzaam smeltende fondant van de chocoladetaart te prikken.

'Mag ik vrijuit spreken?'

Corinne knikte.

'U bent zelf moeder, u weet dat je kinderen je soms... teleurstellen.'

'Dat is heel iets anders. De vraag is of Steffie een gevaar vormt voor Hannah.'

Patricia bleef in de taart prikken.

'Weet u dat ik cateraar ben?'

Corinne knipperde met haar ogen, uit balans gebracht door deze onverwachte wending van het gesprek.

'Oké, Steffie was een keer boos op me. Ik weet niet meer waarom. Misschien had ik haar huisarrest gegeven of zo. Ze zal een jaar of veertien zijn geweest. Ik verzorgde de catering voor een klein diner bij een van onze buren, met zes miniappeltaartjes. Maar in een ervan zat een heel apart ingrediënt.'

'Hoe bedoelt u?'

'Het mesje uit het stanleymes dat ik had gebruikt om de bladervormen uit te snijden. U weet wel, bedoeld als versiering voor op de taartjes.'

Corinne sloeg haar hand voor haar mond. 'Ga me niet vertellen dat ze dat met opzet had gedaan.'

Patricia likte aan haar vinger om een kruimel op te pikken die op het tafelblad was gevallen.

'Ze wilde wraak nemen. En het maakte haar niet uit hoe.'

'Met andere woorden: we moeten ons wél zorgen maken.'

Patricia Garitson bracht haar vinger naar haar mond. Het puntje van haar tong kwam naar buiten om het kruimeltje eraf te likken. 'Laat ik het zo zeggen: toen de kinderen nog jong waren, schoof Jacob elke avond zijn ladekast voor de deur van zijn slaapkamer voordat hij ging slapen.'

Corinne dacht aan de foto met de woeste, rode balpenstrepen over de ogen en sloot haar eigen ogen toen een huivering van angst door haar lichaam trok.

Hoe kan ik Hannah beschermen?

Toen ze haar ogen weer opende, zag ze dat Patricia Garitson naar haar toe leunde en haar gezicht aandachtig bestudeerde, alsof ze niets wilde missen.

Toen ze uren later thuiskwam, voelde Corinne zich nog steeds gespannen door het gesprek met Patricia Garitson. Althans, ze maakte zichzelf wijs dat het aan Patricia Garitson lag en niet aan het feit dat ze gedurende het laatste uur van haar werkdag met haar volwassen student, Paddy, zijn proefschrift had besproken.

Normaliter zou ze hem pas na een week of twee terug verwachten, en ze was boos op zichzelf dat ze een verraderlijke vonk van opwinding had gevoeld toen ze zijn e-mail had gelezen waarin hij vroeg of ze tijd had voor een kort gesprek. Hij was negen jaar jonger dan zij. Ze had hem opgezocht in de administratie van de faculteit Sociale Wetenschappen. Corinne kende diverse mannelijke collega's die tijdens een midlifecrisis waren bezweken voor de charmes van een jonge studente. Paddy was weliswaar geen onervaren negentienjarige schoolverlater, maar Corinne wenste niet zo'n cliché te worden.

Toch kon ze niet negeren dat ze kriebels in haar buik kreeg toen hij haar werkkamer binnenkwam en dat er vonkjes tussen hen overvlogen, waardoor het gesprek meer op een spel dan een conversatie had geleken, met als bal de ideeën die ze elkaar toespeelden. Ze had gedacht dat ze er tijdens het gesprek in was geslaagd haar zorgen tijdelijk opzij te zetten, en ze had zich zelfs een pluim gegeven om haar professionele houding, maar voordat Paddy was vertrokken, bijna een half uur nadat ze normaal gesproken naar huis zou zijn gegaan, was hij aarzelend bij de deur blijven staan.

'Ik hoop dat je het niet erg vindt dat ik het vraag, Corinne. Ik ken je nauwelijks, dus het is misschien een beetje brutaal van me, maar is alles in orde? Ik weet niet goed hoe ik het moet zeggen, maar ik krijg de indruk dat je een zware last met je meedraagt.'

Dat was haar in het verkeerde keelgat geschoten. 'Dank je, maar alles is in orde.'

Ze had spijt van haar wrevelige toon zodra ze het had gezegd, maar toen was het al te laat.

'Sorry. Ik bemoei me met dingen die me niet aangaan. Neem me niet kwalijk.'

Na zijn vertrek was ze met een verslagen gevoel blijven zitten, maar wat had ze anders kunnen zeggen? Dat haar dochter in een psychiatrische inrichting zat en dat de kans groot was dat de voormalige minnares van haar schoonzoon hen beiden stalkte en pluchen knuffelbeesten en babymutsjes stuurde om hen te sarren? Even stond ze zichzelf toe te fantaseren hoe het zou zijn om haar hart bij Paddy uit te storten. Hoe het zou zijn als hij zijn sterke armen om haar heen sloeg en zij eindelijk niet meer de sterkste hoefde te zijn.

Zwelgend in zelfmedelijden schonk ze een glas rode wijn in. Ze wist niet meer wanneer ze deze fles had geopend en vertrok haar gezicht bij de eerste zure slok, maar algauw raakten haar smaakpapillen eraan gewend. De fles had vermoedelijk iets te lang gestaan, maar het was een goed merk en ze had bovendien niets anders in huis. Corinne kon zich niet herinneren wanneer ze voor het laatst zo moe was geweest. Ze voelde zich compleet uitgeput. De dossiers uit Westbridge House die ze een week geleden van Geraldine Buckley had geleend, lagen nog op de tafel. Ze keek naar de foto's van de drie meisjes die – zonder succes – door dokter Roberts waren behandeld.

Zou hij er ooit van wakker liggen, van deze jonge vrouwen die er recht op hadden gehad dat er iemand naar hen luisterde zonder over hen te oordelen, dat iemand hen steunde in plaats van aan hun woord te twijfelen? Ze wist dat Roberts sterk door Dunmore beïnvloed was geweest, en dat hij niet schuldig was bevonden aan wanpraktijken, maar zou hij geen wroeging hebben?

De laatste foto was die van Catherine Pryor, en weer ervoer Corinne een vluchtig gevoel van herkenning. Ze bestudeerde het gezicht, de grijze ogen boven de nog mollige wangen, de brede, prominente neus, maar ze kende het meisje toch echt niet.

Ze nam nog een slok wijn, leunde achterover op haar stoel en bekeek de foto van een afstand. Opeens sloeg ze haar hand voor haar mond.

'O, nee,' zei ze hardop. En toen, terwijl ze zich over de foto boog om nog eens goed te kijken, fluisterde ze nogmaals: 'O, nee.'

35

Hannah

Het vel papier ligt op het bureau tussen ons in. Ik houd mijn blik er angstvallig vandaan.

'Dus je hebt geen idee wie dit heeft gestuurd?'

Dokter Roberts fronst zijn voorhoofd. Ik realiseer me nu pas dat hij dat zelden doet. Bij hem draait alles om uiterlijke schijn. Een perfect gebit en een goede kop met haar. Hij wil niet dat mensen hem bezorgd of geïrriteerd zien kijken, en met die frons ziet hij er vijf jaar ouder uit.

'Ik heb wel een idee,' zeg ik. Ik leun achterover, verder bij het papier vandaan. Het is een kopie van een echofoto. Van het internet geplukt, waarschijnlijk, maar gisteravond dacht ik natuurlijk dat het Emily was. Ik proef de galsmaak nog in mijn mond.

'Maar waarom zou die vrouw dat doen?' vraagt Roberts. 'Wat wil ze van je?'

'Wraak? Danny had mij boven haar verkozen en daarna kreeg zij een miskraam. In elk geval kan niemand nu nog beweren dat ik het allemaal heb verzonnen.'

Ik weet niet waar ik op uit ben. Dat hij zijn verontschuldigingen aanbiedt, misschien. Roberts kijkt me aan met zijn kille, blauwe ogen en blijft zwijgen tot ik het uiteindelijk voor hem zeg.

‘Dat meent u toch niet? Denkt u echt dat ik dit aan mezelf heb gestuurd?’

Roberts heft sussend een gemanicuurde hand op. Het gebaar maakt me razend.

‘Ik beweer helemaal niet dat jij iets gedaan zou hebben, Hannah. Ik zeg alleen dat het niet de eerste keer zou zijn dat een patiënt zich van extreme middelen bedient om bewijsmateriaal te creëren dat haar versie van de werkelijkheid ondersteunt. Zeg eens, Hannah, hoe zeker voel jij je nu in je relatie met Danny?’

Ik staar hem aan. Mijn door medicijnen bedwelmde brein heeft er moeite mee de onverwachte wending in het gesprek te volgen.

‘Wacht even. Denkt u dat ik dit heb gedaan om mijn man terug te krijgen en die voormalige slet van hem zwart te maken?’

‘Dat mag jij me vertellen.’

‘Ik hoef geen moeite te doen om mijn man terug te krijgen, dokter Roberts. Hij heeft zijn keuze gemaakt. Hij heeft míj gekozen. En belangrijker nog, ik heb hém gekozen. Ik heb ervoor gekozen hem nog een tweede kans te geven en daar is hij me verdomd dankbaar voor.’

‘Alleen lijkt hij zich nogal te generen voor het feit dat jij in een kliniek als deze zit. Ben je dat met me eens?’

‘Natuurlijk geneert hij zich daarvoor. Wie zou zich daar niet voor generen? “Hoe maakt je vrouw het, Dan?” “O, die zit in een gesticht, maar bedankt voor je belangstelling.”’

‘Ik geloof dat we wel kunnen stellen dat de situatie thuis de trigger was van jouw schijnzwangerschap. Terwijl jij moeite deed om in verwachting te raken, maakte je man een andere vrouw zwanger. Zolang je niet bereid bent de problemen aan de basis van jullie relatie te onderkennen, zullen we niet volledig kunnen begrijpen wat er met je is gebeurd en herhaling dus niet kunnen voorkomen.’

Nu ben ik kwaad. Ik wil niet te horen krijgen dat we ‘problemen’ hebben in onze relatie. Ik wil er niet aan worden herinnerd dat het huwelijk dat ik onschendbaar achtte zo zwak is als papier.

'Is er sectie verricht?' vraag ik.

De vraag verrast ons beiden.

'Hoe bedoel je?'

'Is er sectie verricht op Charlie? Er zal toch wel een gerechtelijk onderzoek hebben plaatsgevonden?'

Roberts snuift. 'Er is een lijkschouwing verricht. Er zal een gerechtelijk onderzoek worden uitgevoerd, maar daarvoor is nog geen datum vastgesteld. Gezien de bevindingen van de lijkschouwing zal het onderzoek echter geen verrassingen opleveren. Het was zelfmoord, Hannah, en ik vind het hoog tijd dat we uitzoeken waarom jij er zo veel moeite mee hebt dit te accepteren.

Misschien had jij je zo sterk met Charlie vereenzelvigd dat je haar lot nu als onverbrekelijk verbonden met het jouwe beschouwt. Toen je hier kwam, was je een aanstaande moeder wier baby plotseling niet meer bestond. Je lichaam zat nog vol moederlijke hormonen. Misschien probeerde je de verwachte gezinsstructuur na te bootsen. De drie-eenheid waarvan jij de apex vormde, met aan de ene kant de behoeften van een pasgeboren baby en aan de andere kant de wijsheid van je eigen moeder.'

Ik schud mijn hoofd, maar hij gaat door alsof hij dat niet heeft gezien, helemaal in extase over zijn eigen theorie.

'Denk er even over na. Stella is degene die jij koestert als een baby, en Charlie was jouw moederfiguur. Je had je emotioneel sterk aan Charlie gehecht. Geen wonder dat je niet kunt accepteren wat ze heeft gedaan.'

'En Sofia? Was ik aan haar ook zo emotioneel gehecht? Ik weet dat Sofia geen zelfmoord heeft gepleegd. Dat zou ze haar kinderen nooit aandoen. Ik heb nog nooit iemand gekend die zo moedig en vastberaden was als zij.'

'Daar gaat het juist om, Hannah. Mensen zoals Charlie en Sofia moeten die moed en vastberadenheid elke dag opnieuw zien op te brengen. Het is een marathon waar nooit een eind aan komt. Depressie is een meedogenloze vijand. Soms heb je gewoon de kracht niet meer om ertegen te vechten.'

'Sofia was niet depressief.'

'Dat is waar. Sofia had andere problemen die ik niet met jou kan bespreken zonder de vertrouwelijkheid tussen arts en patiënt te schenden. Maar ze had het evengoed niet makkelijk. Leven met langdurige geestelijke problemen is een uitputtingsslag. Niet iedereen bereikt de finish.'

Later ben ik kwaad op mezelf dat ik Roberts ermee heb laten wegkomen. Steeds als ik hem het vuur na aan de schenen probeer te leggen, glipt hij me door de vingers. Ik vouw de echofoto op en stop hem in de zak van mijn spijkerbroek.

Mam en Danny zouden op bezoek komen, maar als ik in de recreatiezaal kom, zie ik dat alleen mam er is. Ze zit op de stoel het dichtst bij de deur en ziet hoe ik kijk.

'Sorry, lieverd, Danny kon niet komen. Kijk nou niet zo, want het komt juist goed uit. Ik moet iets met je bespreken.'

Ik ben zo teleurgesteld dat ik haar toebijt: 'Wat nou weer?'

Mam kijkt om zich heen. Joni zit aan de ovale tafel een van de eindeloze verslagen te schrijven waarover verpleegkundigen zich unaniem beklagen. Judith en Frannie zitten op de bank tijdschriften te lezen. Ik heb Frannie een keer gevraagd wat ze wilde gaan doen als ze hier weg mocht. Ze keek me aan alsof ik haar had gevraagd naakt door de zaal te dansen. 'Dat weet ik niet,' zei ze uiteindelijk. 'Ergens stil zijn?'

Dat was haar enige ambitie. Stil zijn.

'Laten we ergens anders heen gaan. Naar jouw kamer. Of een ommetje maken.'

Nu ik haar beter bekijk, zie ik dat ze niet zichzelf is. Ze heeft haar haar in een knotje gebonden waar allemaal plukken uitsteken, maar niet op een kunstige of artistieke manier, en er zit een sliertje tandpasta op haar spijkerbroek. In haar ooghoek trilt een spiertje.

We trekken onze jassen aan en gaan naar buiten. Het is midden op de ochtend, maar het licht is grijs. Er hangt een laag wolkendek en het is waterkoud.

Mam steekt haar handen in haar zakken, blaast haar adem uit en kijkt naar het wolkje dat blijft hangen. Haar huid heeft normaal gesproken een gezonde glans en is relatief ongerimpeld, maar vandaag is hij net zo grauw als het licht, en ik zie twee diepe verticale lijnen langs haar mondhoeken lopen.

Dat komt door mij, besef ik opeens. Door haar zorgen om mij ziet ze er tien jaar ouder uit.

'Ik vind dat je hier weg moet,' zegt ze uiteindelijk.

'Wat?'

Ik moet het verkeerd hebben verstaan. Of mijn hersenen hebben haar woorden verkeerd geïnterpreteerd. Ik weet dat mam me graag weer thuis wil hebben, maar ze wil ook dat ik beter word.

'Luister naar wat ik te zeggen heb.'

Ze vertelt me een ingewikkeld verhaal over een psychiatrische kliniek, een in opspraak geraakte professor en een jongere dokter Roberts die een slechte mentor had en grote fouten maakte. Ze vertelt me over drie vrouwen. Meisjes. Die vreselijke dingen hadden ondergaan en toen in de steek werden gelaten door de mensen die geacht werden hen te helpen. Over de dreiging van gerechtelijke vervolging waar nooit iets van was gekomen. En over de receptioniste van de kliniek die hun dossiers had gestolen.

'Wacht even, ben jij naar Oxford gereden? Om met een verbolgen alcoholiste te gaan praten? En in patiëntendossiers te snuffelen? Is zoiets niet wettelijk verboden?'

'Een voormalige alcoholiste. En ze heeft de telefoonnummers en adressen onzichtbaar gemaakt.'

'O, dan is het goed.'

'Ik wilde er zeker van zijn dat jij hier nog steeds veilig bent.'

'En nu denk je van niet.'

Ze zwijgt lange tijd. Dan: 'Er was iets vreemds aan die dossiers, Hannah. Iets waar ik erg van ben geschrokken.'

IJskoude rillingen glijden over mijn rug. Ik wacht af wat ze gaat zeggen.

'Bij de dossiers zaten foto's van de meisjes. Ik denk dat Geraldine vond dat hun verhalen meer voor me zouden gaan leven als ik de gezichten erbij zag. Dat het me een extra reden zou geven om me te verdiepen in wat er in Westbridge House is gebeurd.'

'Voor je fictieve artikel?'

Mam negeert mijn sarcasme.

'Er was iets met een van die meisjes, de jongste. Ik herkende haar niet, maar ik bleef maar op haar foto terugkomen. Gisteravond zag ik het opeens. En toen begreep ik niet waarom het me niet eerder was opgevallen.'

'Wat dan?'

'Haar halsketting. Ze droeg een halsketting met een poesje. Hannah, dat meisje is Stella.'

36

Corinne

Toen ze de halsketting had herkend, wist Corinne dat zij het was. De gelaatstrekken waren veranderd, de huid was over geïmplanteerde jukbeenderen gespannen, de neus was opzettelijk gebroken en gezet, de kin had een geheel nieuwe vorm gekregen, het haar was gekleurd en aangevuld met extensions, contactlenzen hadden de kleur van de ogen veranderd, en de kinderlijke molligheid was verdwenen, maar ze was het. De Stella van nu had niets meer van de Catherine Pryor van toen, maar ze was nog te herkennen aan de stand van haar hoofd en de wezenloze blik in haar ogen.

Corinne had de afgelopen nacht geen oog dichtgedaan. Ze had haar hersens gepijnigd om uit te zoeken wat er aan dit mysterie ten grondslag moest liggen, maar ze was er niet uitgekomen.

Het was logisch dat Stella haar naam had veranderd. Veel overlevenden van een ongelukkige jeugd kozen er als volwassene voor de bagage van het kind dat ze waren geweest achter te laten, en slachtoffers van misbruik schuwden vaak hun achternaam als die hun was gegeven door degene die hun had misbruikt. Corinne had ooit een vriendin gehad die was getrouwd om van de gehate achternaam van haar vader af te komen, en toen dat huwelijk op de klippen was gelopen, had ze de naam van de straat waar ze woonde als achternaam aangenomen.

Dat Stella zo van zichzelf had gewalgd dat ze mensen had betaald om keer op keer een scalpel in haar gezicht en lichaam te zetten, was ook nog wel te begrijpen. Corinne had studenten gehad die dwangmatig in zichzelf sneden als de pijn van het leven hun te veel werd.

Maar het grootste mysterie was daarmee niet opgelost.

Waarom had Stella ervoor gekozen zich opnieuw te laten behandelen door Oliver Roberts?

'Ik begrijp het niet,' zei Hannah voor de tiende keer sinds Corinne haar ervan had weten te overtuigen dat ze serieus was. 'Denk je dat Roberts weet wie Stella is?'

'Dat betwijfel ik.'

'Waarom dan? Je zou denken dat ze ver uit de buurt zou blijven van de therapeut die haar ervan verdacht dat ze alles had verzonnen. Arme Stella.' Corinne hoorde Hannahs stem haperen. Haar dochter was nog zo kwetsbaar. Kon ze dit wel aan? Wat 'dit' ook mocht zijn.

'Misschien wil ze dit hoofdstuk van haar leven definitief afsluiten. Misschien beschouwt zij wat er in Westbridge House is gebeurd als iets wat afgerond moet worden, iets wat ze eerst volledig moet verwerken voordat ze verder kan met haar leven.'

Hannah zuchtte. 'Nu klink je net als hij.'

'Als wie?'

'Roberts.'

'Er is nog een andere, minder aangename mogelijkheid. Stel dat Stella hier is om wraak te nemen?'

'Wraak? Hoe?'

'Deze kliniek is Roberts' troetelkind, het bewijs van zijn succes. Je hebt me zelf verteld dat het aantal nieuwe patiënten sinds de dood van Sofia en Charlie is teruggelopen, en dat sommige geldschieters zich hebben teruggetrokken. Stel dat dát haar plan is. Dat ze hem failliet wil laten gaan.'

Hannah keek haar aan alsof ze gek was geworden.

'Mam, dat meen je niet. We hebben het over Stella. Dromerige, wazige Stella. Denk je werkelijk dat zij in staat is twee mensen te vermoorden, twee mensen die ze erg graag mocht, uit wraak om iets wat vijftien jaar geleden is gebeurd?'

'Ik weet het niet, Hannah. Nee. Misschien. Ik weet alleen dat ik dokter Roberts niet meer vertrouw, en Stella ook niet, in elk geval niet tot we weten waarom ze hier is.'

'Ik kan het haar vragen.'

'Nee!'

Corinne zei het zo fel dat ze allebei abrupt bleven staan.

'Als je hier met Stella over gaat praten, kom je misschien óók in gevaar. Wie weet wat ze zal doen als ze denkt dat ze op het punt staat ontmaskerd te worden.'

Hannah keek weifelachtig.

'Bovendien weet ik niet welke wetten ik misschien heb overtreden door die vertrouwelijke dossiers in te kijken. En het zou Geraldine ook diep in de problemen brengen. Ik heb tegen haar gelogen, Hannah. Ik heb gezegd dat ik een profielartikel over Roberts aan het schrijven was. Zij denkt dat hij nu eindelijk geroyeerd zal worden.'

'Je hebt gelogen. Je hebt wetten overtreden. God, mam, waar moet dat heen met jou?'

Corinne gaf geen antwoord. Het enige wat ze had kunnen zeggen, was dat ouders tot alles bereid zijn om hun kinderen te beschermen.

'Daarom wil ik dat je hier weggaat, Hannah. Je kunt je in een andere kliniek laten behandelen. Poliklinisch.'

Er gleed een eigenaardige uitdrukking over Hannahs gezicht. Corinne besefte opeens wat het was. Vrees. Haar dappere, eigenzinnige oudste dochter was zo aan The Meadows gewend geraakt, dat ze er niet weg durfde.

'Hannah, ik zal je helpen.' Ze pakte Hannahs hand, voelde hoe koud haar vingers waren, de huid zo strak over de botten gespannen als een latexhandschoen. 'Ik neem vrij van mijn werk. Ik zal voor je zorgen.'

'Mam, je kunt me niet tegen alles en iedereen beschermen. Ik heb mezelf in de nesten gewerkt. Nee, zeg niet dat het niet zo is, want het is zo. Ik heb voor Danny gekozen, ook al wist ik diep in mijn hart dat ik meer van hem hield dan hij van mij. Ik maakte mezelf wijs dat dit bij elk stel zo was. En ik drong aan op verdere ivf-behandelingen, ook al wist ik dat we eraan kapotgingen.

En ik moet er ook voor hebben gekozen om te geloven dat ik zwanger was. Eén test, één echo zou hebben bewezen dat ik het me slechts inbeeldde, maar ik verkoos die niet te doen. Ik ben geen slachtoffer, mam. Ik moet de verantwoordelijkheid dragen voor de keuzes die ik heb gemaakt. Ook voor de slechte. Vooral voor de slechte.'

'Lieverd, als dit om Danny gaat, je bent die man niets verschuldigd...'

'Het gaat niet om Danny. Ik heb met mezelf afgesproken dat ik hier blijf tot ik beter ben en daar moet ik me aan houden. Bovendien wil ik weten wat er met Charlie is gebeurd.'

Corinne werd overmand door zo veel tegenstrijdige emoties dat ze even geen woord kon uitbrengen. Ze vreesde nog steeds voor het leven van haar dochter, maar voor het eerst in maanden klonk Hannah weer zoals ze haar kende.

'Je klinkt stukken beter,' zei ze, tegen beter weten in. 'Zo ken ik je weer.'

'Laura helpt me, via hypnose.'

Toch wilde Corinne nog steeds niet dat Hannah hier zou blijven.

'Hoe kunnen we Roberts jouw behandeling toevertrouwen, nu we weten dat hij tot zulke enorme beoordelingsfouten in staat is?'

'Dat was lang geleden, mam. Hoeveel patiënten denk je dat hier zijn behandeld sinds de kliniek is geopend? Vrouwen die het slachtoffer waren van de meest uiteenlopende vormen van mishandeling. Het is vreselijk wat er in die andere kliniek is gebeurd, maar hij was toen nog een nieuweling in het vak. Het is duidelijk dat hij ervan heeft geleerd.'

'En Stella?'

'Mam, Stella is beschadigd, maar ze is geen moordenares. Ze hield nog meer van Charlie dan ik.'

'Maar waarom laat ze zich juist hier behandelen?'

'Dat weet ik niet. Net zo goed als ik niet weet waarom mijn lichaam had besloten zwangerschapshormonen aan te maken. Weet je, hoe meer ik over de menselijke geest leer, hoe meer ik ga beseffen dat we eigenlijk geen flauw idee hebben wat er allemaal in ons hoofd gebeurt.'

Corinne wist dat Hannah gelijk had, maar toch kon ze het gevoel dat er iets mis was niet van zich afschudden. Heel even overwoog ze Hannah te vertellen over haar uitstapje naar Tunbridge Wells, en dat Patricia Garitson haar voor Steffie had gewaarschuwd. Maar toen ze het voor zichzelf probeerde te formuleren, wist ze dat ze het niet kon doen. Dan had ze Hannah veel eerder moeten opbiechten dat ze Steffies foto in haar slaapkamer had gevonden. Nu zou Hannah dat beschouwen als een schending van haar vertrouwen. Ze dacht aan Jacob Garitsons bleke, schichtige ogen, en aan hoe hij had gezegd: 'Ze doet mensen kwaad.' Zou het niet kunnen, dacht ze toen ze naar haar wederom daadkrachtige dochter keek, dat Hannah hier veiliger was dan in de buitenwereld?

37

Hannah

Op de ochtend na het bezoek van mijn moeder wordt het gesprek tijdens de groepstherapie toegespitst op Stella. Iedereen kijkt naar haar, behalve ik. Ik bespied dokter Roberts.

Hij zit onderuitgezakt op zijn stoel, met zijn benen gestrekt, alsof hij zo diep mogelijk wil doordringen in de cirkel die onze stoelen vormen. Hij houdt zijn handen met ineengestrengelde vingers achter zijn hoofd en glimlacht fijntjes, bijna samenzweerderig.

Ze hebben een gezamenlijk verleden, maar wat wil dat zeggen? En hoe is het mogelijk dat Roberts dit niet beseft? Is de Catherine Pryor van toen echt zo onherkenbaar veranderd?

Stella draagt vandaag een ogenschijnlijk naadloze leren jurk tot op de knie, die haar lichaam omvat als een tweede huid. We mogen hier geen nylons aan, dus ze heeft blote benen, ondanks het feit dat het buiten zo koud is. Aan haar voeten prijken glitterschoenen met plateauzolen. Haar blonde haar valt los rond haar schouders. Op haar perfect opgemaakte gezicht is geen grammetje vet te bespeuren. De huid zit strak over haar beenderen gespannen, als Laura's schildersdoeken.

Hoeveel pijn heeft het gekost om haar dit uiterlijk te geven? Hoeveel uren en dagen heeft ze in behandelkamers en operatiezalen doorgebracht? Hoeveel bloed is er nodig geweest om elk spoor van haar vroegere ik weg te wassen? Hoeveel hechtingen houden deze nieuwe Stella bijeen?

Ze praat over haar kindertijd, toen haar ouders nog bij elkaar waren en ze een keer met haar vader en moeder mee mocht naar het theater en daarna naar een restaurant waar de maître d' haar vader bij zijn voornaam noemde en een tafel in het midden van het restaurant voor hen regelde, en waar ze op hun wenken werden bediend door de serveerster. Dit was in de tijd dat haar moeder nog echt gesteld leek te zijn op de man met wie ze getrouwd was, en zij beiden nog echt gesteld leken te zijn op Stella.

'Ik vind het heel verdrietig dat je het zo bijzonder vindt dat je ouders op je gesteld zijn dat dit moment in je geheugen staat gegrift,' zegt Odelle.

'Mijn ouders mochten mij ook niet erg,' zegt Katy. 'Ik geloof niet dat ik daar iets aan heb overgehouden.'

'Denk je? Je zit anders wel in een gekkenhuis,' zegt Judith.

Nina, die al die tijd op haar stoel heeft zitten wiegen, giert het uit tot dokter Roberts haar met een gebaar tot stilte maant. Hij trekt zijn benen onder zijn stoel en leunt naar voren.

'Stella, we hebben het bij deze sessies al vaak over je vroege jeugd gehad. Ben je eraan toe om een stapje verder te gaan? Naar de tijd dat je bij je stiefvader woonde?'

Bij de groepssessies loopt Stella altijd met een grote boog om dit onderwerp heen, alsof haar stiefvader een verdacht pakketje was. We weten dat hij beroepsmilitair was en een hoge rang had, en dat ze daarom zo vaak moesten verhuizen. Na zijn carrière in het leger is hij als veiligheidsadviseur gaan werken, eerst voor een oliemaatschappij in Irak en later voor de Amerikaanse regering.

We weten dat hij rood haar heeft.

We weten dat Stella bij elke verwijzing naar hem, hoe vluchtig ook, op een hogere toon praat dan normaal, waardoor ze klinkt als een kind.

'Hij mocht me niet erg. Mijn stiefvader. Gordon. Mijn moeder is erg knap en mijn stiefvader zei altijd: "Jammer, hè, Cat, dat schoonheid vaak een generatie overslaat."'

'Waarom noemde hij je Cat?' vraagt Frannie.

Stella bloost zo dat de huid die tussen haar haarwortels zichtbaar is, onaangenaam roze afsteekt bij het blond.

'Zomaar. Een stomme bijnaam.'

Ze tast naar haar halsketting. Ze zit te liegen en ik begrijp niet waarom.

'En wat vond jij van hem?' vraagt Roberts, terwijl hij met zijn vingers op zijn bovenbeen trommelt.

'In het begin haatte ik hem omdat hij mijn moeder van mijn vader had afgepikt en mijn vader daarmee had weggejaagd. Mijn vader had hem zelf aan mijn moeder voorgesteld, en toen het menens werd tussen hen, noemde mijn vader hem een gifslang.'

'En later?'

'Toen mijn vader weg was en het duidelijk werd dat Gordon zou blijven, probeerde ik bij hem in een goed blaadje te komen door erg mijn best te doen op school en mooie cijfers te halen, maar mijn schoolprestaties interesseerden hem niet. Hij gaf alleen om uiterlijke schijn. Dure auto, stijlvol huis, knappe vrouw aan zijn zijde. Ik was een onaantrekkelijk dikkerdje. Ik paste niet bij zijn idealen en hij stak dat niet onder stoelen of banken.'

Odelle schiet overeind op haar stoel en steekt haar vinger op alsof we op school zijn.

'Stella, denk je dat dit de reden is waarom je al die plastische chirurgie hebt laten doen? Omdat je nog steeds bij hem in een goed blaadje wilt komen?'

Judith begint sarcastisch traag te klappen, maar Roberts zegt:

'Dat heb je goed gezien, Odelle. Misschien wil jij hierop reageren, Stella?'

Maar Stella is het praten beu en speelt nu met haar vinger boter-kaas-en-eieren op de rok van haar jurk. En ik denk bij mezelf: ik weet niet wat voor vreselijks Gordon heeft gedaan om je zo in de vernieling te helpen, maar ik wou dat hij dat niet had gedaan.

En: ik vraag me af of hij wel Gordon heet.

En: hij kan niet echt een voormalige militair en topadviseur in veiligheidszaken zijn, anders had Roberts je wel herkend.

En ik denk: wat voor leugens heb je nog meer verteld, Stella?

Danny kijkt naar alles en iedereen, behalve naar mij. 'Zo raar om je in een andere omgeving te zien,' zegt hij uiteindelijk. 'Ik herken je bijna niet.'

We zitten in een bistro in de hoofdstraat, niet ver van het café waar ik een paar dagen geleden met Stella ben geweest. Tegenover me hangt een levensgrote canvasprint van Audrey Hepburn met een lange sigaret tussen haar vingers, en elke keer dat de frons op Danny's gezicht me te veel wordt, kijk ik eventjes naar haar. *Wat kun je doen, als vrouw?* lijkt Audrey te zeggen.

'Dokter Roberts vindt dat ik er af en toe op uit moet gaan. Om weer te wennen aan het leven buiten de kliniek. Als voorbereiding op de dag dat ik naar huis mag.'

Als ik het woord 'huis' zeg, doet Danny iets vreemds met zijn mond waardoor hij heel eventjes niet knap meer is. Een kiezelsteen zakt naar de bodem van mijn maag en blijft daar liggen, hard en zwaar.

Ik begin over iets anders.

'Jij mag Stella dus niet. Waarom niet?'

De vraag overvalt hem zo dat hij me aankijkt, maar net zo snel wendt hij zijn blik weer af.

‘Ze is gewoon *too much*. Zoals ze eruitziet, zoals ze zich kleedt. Zoals ze zich gedraagt als ze samen met jou is. Ze doet alsof jij haar moeder bent of zo. Ze is beschadigd, Hannah.’

‘We zijn allemaal beschadigd.’

Het klinkt scherper dan ik had bedoeld.

‘Maar niet zoals zij. Weet je dat ze een keer met me begon te flirten?’

‘Daar geloof ik niks van.’

De kiezelsteen in mijn maag heeft stekels gekregen en rolt nu heen en weer.

‘Geloof het maar. Ik liep haar daarstraks tegen het lijf. Letterlijk. Ik botste tegen haar op en toen bleef ze heel verleidelijk tegen me aan staan.’

‘Dat moet je verkeerd hebben geïnterpreteerd.’

‘Jezus, Hannah, ik heb het heus wel door als een vrouw met me flirt.’

‘O ja. Sorry. Ik vergat dat jij ervaringsdeskundige bent. Jij bent gepromoveerd op flirtende vrouwen. Je geniet wereldfaam op dat gebied.’

Danny laat de vork waarmee hij heeft zitten spelen rinkelend op zijn bord vallen. Een vrouw aan het tafeltje naast ons kijkt geschrokken op. Onder haar oog zit een minuscuul huidkleurig pleistertje dat eruitziet als een wrat.

‘Er valt niet met je te praten als je zo bent. Ik heb nu al honderd keer gezegd dat het me spijt, maar jij moet begrijpen dat wat er is gebeurd, wat ik heb gedaan, jou geen levenslang recht geeft op morele superioriteit. Het wil niet zeggen dat jij vanaf nu altijd gelijk hebt. Of dat ik altijd ongelijk heb.

Stella is beschadigd, en beschadigde mensen zijn gevaarlijk. Wees voorzichtig. Dat is het enige wat ik ermee wilde zeggen.’

Ik ga vroeg naar bed, na sudderend om de ruzie met Danny. Als ik mijn tanden poets, probeer ik zo weinig mogelijk naar mijn bleke, pafferige gezicht in de spiegel te kijken. Ik weet zeker dat ik de slaap niet zal kunnen vatten en heb een tijdschrift klaargelegd op mijn nachtkastje, maar zodra ik in bed ben gekropen, ben ik weg. Ik droom dat ik achterna word gezeten door Stella, al heeft ze Steffies gezicht. Ik weet dat ze iets bij zich heeft waarmee ze me kwaad kan doen, maar ik weet niet wat het is. Ik weet alleen dat ik moet blijven rennen, dat ik harder moet lopen, maar mijn benen zijn van lood. Hijgend word ik wakker, mijn spieren verkrampt van angst. Even koester ik me in de heerlijke opluchting dat het maar een droom was, maar dan besef ik dat ik wakker ben geworden van een geluid. Het geluid van de deur van mijn slaapkamer die werd dichtgedaan.

Er is iemand in mijn kamer.

Ik blijf liggen alsof ik aan het kussen ben vastgelijmd, niet in staat iets te doen of te zeggen. Het is donker in de kamer, maar door een kiertje tussen de gordijnen komt een straaltje licht naar binnen. Terwijl ik als verlamd lig te kijken, beweegt een donkere gedaante zich langs het voeteneinde van mijn bed, dwars door dat straaltje licht. Ik ruik kokosshampoo en vang een glimp op van lichtblond haar.

38

Corinne

'Kunnen jullie dat ellendige ding niet een poosje uitzetten?'

Corinne katte niet snel mensen af, maar ze had haar buik vol van Justin en Drew met hun opdringerige camera, en de zelfingenomen 'het is echt beter als je alles met ons deelt'-glimlach die constant op Justins gezicht geplakt zat.

'Sorry, ma,' zei Justin, wat haar nog giftiger maakte. Ze was op weg naar de uitgang van de kliniek na een bijzonder onbevredigend bezoek aan Hannah. Ze had natuurlijk van tevoren moeten bellen, maar haar vergadering van die middag was geannuleerd en toen ze daardoor onverwacht de rest van de dag vrij had, was ze impulsief in haar auto gestapt en naar de kliniek gereden. Daar had ze Hannah in een sombere en weinig spraakzame stemming aangetroffen.

'Ik ben moe,' had Hannah gezegd toen Corinne haar had gepolst waarom ze er zo gespannen uitzag en zulke wallen onder haar ogen had. 'Stella heeft me midden in de nacht wakker gemaakt omdat ze een nachtmerrie had.'

Dat had Corinne erg verontrustend gevonden.

'Daar heeft ze geen recht toe, Hannah. Ze mag niet zomaar in jouw kamer komen. We weten niet wat haar drijfveren zijn. Wie ze is.'

'Ze is een beschadigd meisje dat heel slecht is behandeld.'

Het had even geduurd voordat Corinne achter de ware oorzaak van Hannahs slechte humeur was. Danny's bezoek van de dag ervoor, en hun ruzie. 'Dat gaat jou verder niets aan, mam. Het is mijn huwelijk. Mijn probleem.'

Hannah had een eind aan het bezoek gemaakt door te zeggen dat ze haar dagboek moest bijwerken omdat ze later met Laura had afgesproken voor ontspanningstherapie. Corinne wist dat ze met ontspanningstherapie hypnose bedoelde.

'Mag ze dat eigenlijk wel doen?' had Corinne gevraagd. 'Is ze ervoor opgeleid? Ze doet het niet met toestemming van het management.'

'Het management dat aantijgingen over kindermishandeling afdoet als verzinsels, bedoel je?'

Daar zat iets in.

Corinne stapte in haar auto, deed haar veiligheidsgordel om, maar bleef roerloos zitten, alsof iemand met een rietje alle energie uit haar had weggezogen. Steeds als ze dacht dat Hannah vooruitging, gebeurde er iets waardoor ze weer terugviel. Soms vreesde ze dat het leven nooit meer normaal zou worden, alsof 'normaal' een halte was waar geen bus meer naartoe ging.

Vanuit haar auto zag ze de deur van de kliniek opengaan. Laura kwam naar buiten en riep over haar schouder een groet naar degene die achter de receptiebalie zat. Ze droeg vandaag een oranje jas die heen en weer zwaaide toen ze wegliep, en er lag een vage glimlach op haar smalle gezicht.

De lichtjes van een knalroze Volkswagen Kever knipperden toen ze haar hand ophief en op het knopje van de autosleutel drukte.

Corinne vroeg zich af waar ze naartoe ging. Hannah had over een uur een afspraak met haar, dus ze had niet veel tijd. Corinne bedacht nu pas dat ze niets over Laura Whittaker wist. Ze had onderzoek gedaan naar Oliver Roberts, maar ze had zich niet verdiept in deze vrouw, terwijl Hannah inmiddels zover was dat ze haar hart bij haar uitstortte en zich zelfs door haar liet hypnotiseren.

Het roze wagentje reed het terrein af. Zonder vastomlijnd plan startte Corinne de motor van haar eigen auto en begon Laura op een afstand te volgen. Ze kon niet veel doen voor haar dochter, maar dit in elk geval wel.

Het is niet moeilijk om een knalroze Kever te volgen. Corinne bleef op ruime afstand, zowel op de landwegen rond The Meadows als in de buitenwijken van de stad. Laura stopte voor een laag flatgebouw met een façade van de rode baksteen die lange tijd favoriet was geweest bij de architecten van betaalbare woningen. Niet dat je hier, op een steenworp afstand van Londen, nog van betaalbare woningen kon spreken.

Toen ze Laura's oranje jas achter de goedkoop ogende voordeur zag verdwijnen, verbaasde ze zich over de tegenstelling tussen de creatieve, kosmopolitische kunsttherapeute en het weinig inspirerende gebouw in deze saaie wijk.

Uit nieuwsgierigheid, en omdat ze wist dat Laura binnen een uur terug moest zijn in de kliniek voor haar sessie met Hannah, besloot Corinne een poosje te wachten. Wie weet ontdekte ze hier iets wat haar inzicht gaf in Laura's persoonlijkheid. Haar geduld werd beloond toen Laura een kwartiertje later weer naar buiten kwam en in haar auto stapte met een gelukzalige glimlach waar Corinne prompt nerveus van werd.

Corinne startte haar motor al om weer achter haar aan te gaan, toen ze vanuit haar ooghoek iets zag. Op de eerste verdieping van het gebouw dat Laura zojuist had verlaten, keek een vrouw uit het raam. Haar gezicht stak als een bleke schijf af tegen de donkere kamer achter haar.

Impulsief zette Corinne de motor weer af. Ze wachtte tot Laura de straat uit was gereden, stapte toen uit en liep over de stoep naar het gebouw, waarbij ze met een boog om een smerig matras liep dat iemand tegen de muur had gezet.

De voordeur was wit en leek wel van plastic. Boven de brievenbus zat een briefje GEEN DRUKWERK & GEEN COLPORTEURS, en naast elk van de witte plastic bellen zat een met de hand geschreven naamkaartje. Voor de eerste etage waren twee bellen. Bij 1a was met een blauwe balpen in keurige blokletters de naam WHITTAKER op het kaartje geschreven.

Corinne aarzelde. Ze keek omhoog en schrok toen ze de blik van de vrouw achter het raam opving. Van zo dichtbij zag ze dat het een vrouw op leeftijd was, met lang, bruin haar en een vale huid, die haar hoofd een beetje schuin hield. Corinne glimlachte naar haar, maar ze glimlachte niet terug, en opeens voelde Corinne zich erg opgelaten. Om haar aanwezigheid te rechtvaardigen, drukte ze op de bel.

'Wie is daar?'

De vrouw die via de intercom sprak, was jong en had een sterk accent.

'Hallo? Ik kom voor mevrouw Whittaker.'

'Oké. Kom boven.'

De zoemer ging. Corinne duwde de deur open en kwam uit in een kleine, donkere hal waar het naar gebraden gehakt rook. Ze drukte op de lichtschakelaar en liep door de hal naar de trap, die bekleed was met donkerblauw linoleum dat onder haar schoenzolen piepte. Op de overloop van de eerste etage brandde een flikkerende tl-lamp die de smalle ruimte in vaal geel licht liet baden.

Er waren twee deuren. Voor de ene lag een mat waarop WELKOM stond gedrukt. De andere deur stond op een kier en binnen stond een televisie keihard aan.

'Hallo?' riep Corinne.

'Ja. Ja. Kom binnen.'

Corinne ging naar binnen en kwam uit in een benauwde gang met vloerbedekking die ooit perzikkleurig moest zijn geweest, maar nu was verschoten en hier en daar geruwd. In de kamer recht tegenover de voordeur zag ze twee voeten in dik gevoerde pantoffels met konijnenoren op een leren voetenbankje rusten.

De voeten hoorden bij een jonge, mollige vrouw in een grijze joggingbroek en een roze sweatshirt waarop in grote goudkleurige letters LOL stond.

'U wacht. Ik zet volume af. Is *Loose Women*. Zo leuk programma.' Ze keek Corinne spijtig aan voordat ze de afstandsbediening op de televisie richtte en er in de kamer een weldadige stilte neerdaalde.

'Ik ben Katya. U bent gierpodist.'

Corinne wist niet of het bedoeld was als vraag of feit, maar ze had geen idee waar de vrouw het over had.

'Gierpodist?'

'Gierpodist. U kijkt naar voeten.'

'O, chiropodist. Nee, ik...'

Maar Katya was de kamer al uit gelopen. Ze ging haar voor naar een deur aan de overkant van de gang, waarop een kaart was geplakt met een foto van een jonge vrouw in kleding uit de jaren zeventig, versierd met een rand van bloemetjes.

'Mevrouw Whittaker hier.'

De vrouw, van wie Corinne aannam dat het Laura's moeder was, zat in een leunstoel voor het raam, waardoor Corinne alleen de zijkant van haar gezicht kon zien, maar ze wist meteen dat dit degene was die ze vanaf buiten had gezien. Nu ze zo dicht bij haar was, werd haar duidelijk dat er iets niet in orde was met haar. Haar hoofd hing scheef en één hand lag verkrampt op haar schoot, als een marmotje. Bovendien keek ze niet op of om toen zij met Katya binnenkwam.

'Ik u omdraaien, goed? Uw voeten hebben bezoeker.'

Met enige inspanning draaide Katya de fauteuil een kwartslag om, zodat de oude vrouw met haar gezicht naar de deur kwam te zitten. Corinne kreeg het een beetje benauwd toen de waterig bruine ogen van de vrouw op haar gericht werden. Uit haar mondhoek sijpelde speeksel, maar Katya deed geen moeite het weg te vegen. Ondanks het feit dat de oude vrouw zich niet bewoog en niet tot spreken in staat leek, was haar blik zo indringend dat Corinne het onaangename gevoel kreeg dat ze haar iets wilde vertellen. Katya ging op haar hurken zitten en begon de rechterpantoffel van mevrouw Whittaker van haar gezwollen voet te trekken. Corinne vond eindelijk haar stem terug.

'Nee. Stop. U vergist zich. Ik ben de chiropodist niet.'

Katya stopte.

'Wie u bent, dan?'

'Ik kom alleen een praatje maken. Ik ben een vriendin van Laura.'

Mevrouw Whittaker maakte een kreunend geluid. Corinne kreeg er kippenvel van.

Katya kwam overeind met een frons op haar pafferige gezicht.

'Waarom u niet zeggen?'

Ze duwde tegen de fauteuil tot die weer naar het raam gekeerd stond en mevrouw Whittaker bijna aan het oog werd onttrokken.

'Kom mee.'

Katya beende de kamer uit. De oren van haar konijnenpantoffels wipten verontwaardigd op en neer. Corinne wierp nog een laatste blik op de rug van de leunstoel en liep toen achter Katya aan. Toen ze de kamer verliet, kreunde de oude vrouw weer. Het klonk alsof haar hart brak.

Tegen de tijd dat Corinne terug was in de woonkamer, was Katya gekalmeerd.

'Is leuk kennis van Laura te ontmoeten. Ik verveel mij hier. Laura was hier net, maar bleef niet lang.'

'Daarom ben ik juist gekomen,' improviseerde Corinne. 'Ik hoopte haar te treffen en wilde haar iets geven. Jammer dat ik haar net ben misgelopen. Werk je al lang als verzorgster van mevrouw Whittaker, Katya?'

'Tien maand.'

Corinne zag dat Katya's ogen weer naar het televisiescherm werden getrokken, waar vier vrouwen op hoge barkrukken aan een tafel geanimeerd met elkaar praatten.

'Komt Laura vaak?'

Katya keek weer even naar Corinne.

'Ja. Laura kom vaak bij haar moeder. Zij is heilige. Weet u zoals wie? Zoals Davina.'

Toen Corinne haar niet-begrijpend aankeek, zette Katya grote ogen op.

'Davina van *Long Lost Family*. Die huilt altijd samen met mensen. Die voelt alles net zo. Zo is Laura.'

Na deze spraakwaterval leek Katya haar belangstelling voor Corinne te verliezen. Ze stak haar hand uit naar de afstandsbediening en zette stukje bij beetje het volume steeds harder.

'Hoe lang is Laura's moeder al zo?'

Corinne moest bijna schreeuwen om boven het gelach van het studiopubliek uit te komen.

Katya haalde haar schouders op en nam nu niet eens meer de moeite Corinne aan te kijken.

'Heel lang. Misschien twintig jaar geleden van beroerte.'

Twintig jaar. Toen Corinne de smalle trap weer af liep, probeerde ze te berekenen hoe oud Laura was geweest toen haar moeder in zo'n vreselijke situatie terecht was gekomen. Jong. Een kind nog. Geen wonder dat ze een zorgberoep had gekozen en probeerde anderen de aandacht en liefde te geven die ze zelf had moeten ontberen.

Buiten, in de frisse lucht, haalde ze diep adem. Toen ze naar haar auto liep, keek ze met opzet niet meer omhoog, maar ze voelde mevrouw Whittakers starende blik in haar rug boren.

Toen Corinne er iets langer over had nagedacht, was ze blij dat ze bij Laura's moeder was geweest. Ze wist nu dat er in elk geval één persoon aan Hannahs kant stond. En nu ze op de hoogte was van Laura's persoonlijke omstandigheden, begreep ze waarom de kunsttherapeute zo gevoelig was en meer wilde doen dan ze verplicht was om de vrouwen onder haar zorg te helpen, zoals ze haar eigen moeder niet kon helpen.

Drie kwartier later reed Corinne haar straat in. Het verbaasde haar niet dat er voor haar huis geen parkeerplek meer vrij was. Alhoewel het stadsbestuur nu met parkeervergunningen werkte, woonde ze dicht bij een treinstation, en haar buren aan weerskanten hadden twee auto's per gezin, waardoor er voortdurend werd gevochten om de beschikbare plekken. Vroeger wond ze zich op over het ongemak dat dit veroorzaakte, ook al viel dat in feite erg mee. Tegenwoordig tilde ze er niet meer zo zwaar aan. Als je maar onthield dat niemand er automatisch recht op had pal voor zijn eigen deur te parkeren, werd alles een stuk makkelijker.

Aan het eind van de straat was een plek waar Corinnes kleine wagentje precies in paste. Ze voelde zich belachelijk opgetogen toen ze haar auto afsloot, alsof het vinden van een parkeerplek een indicatie was dat vanaf nu alles beter zou gaan.

Na een grijs begin liet de zon zich eindelijk zien, voor het eerst in dagen, en toen ze naar haar huis wandelde, zag ze dat de bomen en struiken hier en daar begonnen uit te lopen. Bij de buren drie huizen verderop gingen de knoppen van een magnoliaboom zelfs al open. Ze bleef even genietend staan kijken naar de schoonheid van de tere roze blaadjes na de lange, kale winter.

Toen liep ze weer door naar haar eigen huis, dat ze overhaast had gekocht toen Duncan haar had verlaten, maar waarop ze inmiddels gesteld was geraakt. Ze duwde het tuinhek open dat ze uitdagend in Mediterraans blauw had geschilderd en liep over het pad van ongelijke terracottategels waarlangs in de zomermaanden veldbloemen opschoten. Op het stoepje voor haar deur zocht ze in haar grote, zilverkleurige schoudertas naar haar sleutels.

Omdat ze haar hoofd gebogen hield, had ze geen erg in de schaduw die achter haar opdoemde. Tot het te laat was.

39

Laura

'Er is iets vreemds aan Stella.'

'Iets vreemds? Hoe bedoel je?'

Annabel droeg de groene jurk met boothals die Laura zo mooi vond. Laura was echter kinderlijk teleurgesteld dat Annabel niet de gouden oorbellen droeg die ze haar met haar verjaardag had gegeven. Die zouden er echt prachtig bij staan. Maar wat cadeautjes betrof, was Annabel lastig. Je moest haar bijna dwingen iets aan te nemen. Laura wist in dat opzicht nooit goed wat ze aan haar had.

'Ze is erg beschadigd, zoals je weet. Ze zijn allemaal beschadigd, maar bij Stella zit het heel diep verborgen, als een schat die opgegraven moet worden.'

Annabel knikte, bijna onmerkbaar.

'Ik voer vrij veel privégesprekken met haar. Daarbij pas ik lichte hypnose toe. Daar weet verder niemand iets van. Ze zegt dat ze daardoor beter slaapt.'

Annabel glimlachte. 'Wat ben je toch goed voor ze, Laura. Ze boffen daar echt met jou.'

Het gebeurde zo zelden dat Annabel een complimentje gaf, dat Laura tranen in haar ogen voelde prikken. Jemig, wat hád ze toch? Waarom zaten de tranen haar de laatste tijd zo hoog?

‘Is de rust weergekeerd?’ vroeg Annabel. ‘Na de twee sterfgevallen?’

Laura trok haar neus op.

‘Niet precies. Roberts maakt zich zorgen. Een van de geldschieters heeft zich teruggetrokken. Naar eigen zeggen wegens tijdgebrek, maar Roberts denkt dat het door Sofia en Charlie komt. We krijgen erg weinig nieuwe patiënten, en de ouders van de patiënten die we hebben, zijn erg gespannen. De moeder van Hannah Lovell is al een paar keer met me komen praten.’

Annabel fronste haar wenkbrauwen. Ze was een van die vrouwen die op slag konden veranderen van heel mooi naar heel alledaags, maar dat vond Laura juist zo geweldig aan haar, dat ze altijd zichzelf bleef en zich nooit anders voordeed dan ze was.

‘Geen achternamen. Je moet oppassen, Laura. Als iemand hoort dat je met andere mensen over je patiënten praat, kom je in de problemen.’

‘Ik praat alleen met jou, Annabel, maar je hebt gelijk. Ik moet voorzichtig zijn.’

Laura gaf speels een tik op haar eigen hand.

‘Het maakt ingewikkelde emoties los, praten met moeders die hun dochters zo fel beschermen. Zoals Corinne H... Hannahs moeder. Dan denk ik onwillekeurig aan alles wat ik zelf heb moeten missen.’

‘Dat is logisch, Laura. Aan welke dingen denk je dan hoofdzakelijk?’

‘Hoe het zou zijn om iemand te hebben die achter je staat en er altijd voor je is. Om niet zo alleen te zijn.’

Ze wachtte af of Annabel haar zou tegenspreken, haar eraan zou herinneren dat ze niet alleen was, dat ze háár had. Toen dat niet gebeurde, ging ze door.

‘Ik moet steeds denken aan de drie jaar in dat pleeggezin. Liz deed haar best. Ze was lief, maar ze was geen moeder voor me, en ik wist dat haar biologische kinderen voor haar altijd op de eerste plaats kwamen, en na hen Gino, omdat ze hem als baby had geadopteerd. Toen ik op de basisschool zat, mocht ik een keer de hoofdrol spelen in het kerststuk. Ik was zo trots als een pauw. Alle ouders kwamen kijken. Ik had Liz gesmeekt naar de uitvoering te komen, maar op de eerste dag viel het samen met iets waaraan Gino meedeed en op de tweede dag had haar oudste zoon een uitvoering met het schoolorkest. Hij speelde alleen maar blokfluit of zoiets, maar daardoor had ik niemand die foto's van mij nam en voor mij applaudisseerde toen ik opkwam. Mijn juf was er wel bij en zij had zo'n medelijden met me dat ze me aan het eind van de tweede opvoering een bosje bloemen gaf.'

'Dat moet erg moeilijk voor je zijn geweest. Denk je dat je dat gat nog steeds probeert te dichten, zelfs na zo veel jaar? Dat je nog steeds naar erkenning verlangt?'

'Iedereen verlangt toch naar erkenning?'

Laura hield van dit soort gesprekken. Annabel hielp haar altijd haar motivaties en daden te analyseren. Ze trok haar suède laarzen uit, maakte het zich gemakkelijk op de zachte, blauwe bank, trok haar in vrolijk gekleurde sokken gestoken voeten onder zich en wachtte op Annabels antwoord.

Trrrring.

Het geluid van de bel haalde een streep door Laura's goede humeur. Bij Annabel thuis was het meestal stil, maar elke verstoring herinnerde Laura eraan dat Annabel ook een eigen leven had. Laura had wel eens voorgesteld samen ergens koffie te gaan drinken, zodat ze elkaar hun onverdeelde aandacht konden geven, maar daar was Annabel nooit op ingegaan. 'Sorry.' Annabel stond op en trok haar jurk recht. 'Ik ben zo terug.'

Laura hoorde de deur opengaan. Een vrouw zei vrolijk: 'Hallo!'

Annabel vertelde haar blijkbaar snel dat ze gezelschap had, want daarna spraken ze op gedempte toon verder.

Laura sloop op haar kousenvoeten naar de deur en gluurde de gang in.

Annabel stond bij de deur te praten met een kleine, gezette vrouw in een lange regenjas waarin ze nog dikker leek dan ze was. Ze had bruine wandelschoenen aan. Ze stonden zo dicht bij elkaar dat de punten van Annabels grijze haar de kraag van de regenjas raakten. De vrouw gaf Annabel een kaart. Zo te zien was het een uitnodiging. Ze had een hond bij zich aan een rode riem, een grote labrador die onder de modder zat, alsof ze een lange wandeling hadden gemaakt. De punt van zijn staart maakte een vlek op de muur. Laura zag dat Annabel er een snelle blik op wierp. 'Dank je. Ik kijk ernaar uit. Maar nu moet ik gaan.' Annabel knikte in de richting van de woonkamer, waar Laura stond.

De kleine vrouw leunde naar voren, omhelsde Annabel kort, deed de deur weer open en ging naar buiten.

Laura haastte zich terug naar de bank en zat weer in dezelfde houding toen Annabel binnenkwam.

'Waar waren we gebleven?'

De onderbreking had hooguit drie minuten geduurd, maar voor Laura was de stemming verdwenen. Er was niets meer over van de intimiteit die ze daarnet nog voelde, en ook niet van de behoefte dieper op de zaken in te gaan. Het enige waar ze nu aan kon denken, was de uitnodiging. De wetenschap dat mensen van alles buiten haar om deden.

'Ik moest ook maar eens gaan,' zei ze. 'Dat vind je toch niet erg?'

'Nee, maar...'

'Ik pas vanavond op mijn moeder. Katya moet naar een familiefeestje.'

'Oké. Als het niet anders kan.'

Het deed Laura goed dat Annabel het echt jammer leek te vinden dat ze zo snel al weer vertrok.

Het regende weer. In de stille straat waar Annabel woonde, lagen grote plassen op het wegdek, glanzend in het schemerige avondlicht. Laura reed langzaam door de wijk tot ze in het licht van haar koplampen de vrouw van daarnet zag. De panden van haar regenjas bolden achter haar op. Naast haar lag een grote plas op de weg. Laura gaf gas en reed met een vaartje langs de vrouw. Het modderige water spatte in een grote waaier over de stoep. Toen ze in de achteruitkijkspiegel keek, zag ze dat de vrouw stilstond, met haar armen zijwaarts uitgestoken. Zelfs in de grauwe schemering kon Laura zien dat ze doorweekt was en dat ze de auto stomverbaasd nakeek.

40

Hannah

'Waarom doe je zo raar?'

Stella en ik zijn weer in de hoofdstraat, dit keer niet in het café maar in een pub. Het is een moderne pub, maar hij is ingericht als een ouderwetse, met een opzettelijk beschadigde houten vloer, makkelijke stoelen van kunstleer en kleine lampen met groene kappen. De pub is eigenlijk verboden terrein, maar ik heb besloten de 'zo werk je je vooruitgang wel tegen'-speech van dokter Roberts op de koop toe te nemen voor een flesje ijskoude Peroni.

Ik had Stella niet meegevraagd. Ik ben nog steeds niet helemaal bijgekomen van de schok dat ze vannacht opeens in mijn kamer stond, ook al heeft ze dat al eens eerder gedaan toen ze een nachtmerrie had gehad. Officieel mag zij het terrein van de kliniek niet verlaten, maar toen ik zei dat ik een eindje ging wandelen, liep ze gewoon mee. En nu weet ik mijn angst blijkbaar niet goed genoeg te verbergen.

Angst is misschien een te groot woord. Ik ben niet bang voor Stella. Alhoewel...

Ik ben wél bang voor Stella.

Ik ben bang voor het verleden dat ze voor me achterhoudt.

En voor de reden waarom ze dat doet.

'Ik doe helemaal niet raar.'

Stella kijkt me aan over de rand van haar glas. Nu ik de waarheid over haar ken, zie ik de naden. De bijna onzichtbare, transparante ring rond haar irissen, die de begrenzing van de blauwe contactlenzen vormt. De veelzeggende donkere streep bij de wortels van haar blonde haar. Stella is dus niet Stella, maar een bedriegster, geënt op de stam van de arme, geknakte Catherine. En de Charlie die samen met mij gekaramelliseerde suiker had gemaakt, een vakantie naar Kroatië had geboekt en vervolgens haar polsen had doorgesneden, is niet de Charlie die ik meende te kennen. En de Danny die me niet kan aankijken als hij op bezoek komt, is niet de Danny die heeft beloofd door dik en dun van me te houden en voor me te zorgen.

Geen van hen is wie ze zeiden te zijn. Maar welke versie is de ware?

'Hannah, je wilt me niet eens aankijken. Wat is er?'

Ik probeer haar aan te kijken, de geworpen handschoen op te pakken, maar mijn blik glijdt van haar weg. De vraag echoot door mijn hoofd. *Wie ben je? Wie ben je?*

'Wie ben je?'

Ik wilde het niet hardop zeggen, maar opeens ligt de vraag op tafel.

'Hoe bedoel je?'

'Ik bedoel dat je niet bent wie je zegt te zijn. Ik bedoel dat alles wat je me hebt verteld, is gelogen. Je heet Catherine, en jij en dokter Roberts kennen elkaar van vroeger, en nu ik dat weet, vraag ik me af waarom je dat geheimhoudt en of je verleden met Roberts iets te maken heeft met de dood van Charlie en Sofia.'

Dit is meer dan ik had gedacht te zullen zeggen. Ik had voor mezelf nog niet eens toegegeven dat ik dit allemaal dacht. Maar nu is het eruit en kan ik de woorden niet terugnemen, dus blijf ik zitten terwijl mijn hart roffelt als de hakken van een flamencodanseres en ik mijn hand zo strak om mijn glas klem dat het me meevalt dat het niet kapotspringt. Even blijft ze zwijgen. Ik verwacht dat ze zal weigeren antwoord te geven, maar dan:

'Ik zal je niet vragen hoe je erachter bent gekomen. Ik heb me vanaf mijn allereerste dag in de kliniek afgevraagd hoe lang het zou duren voordat ik ontmaskerd zou worden. Ik geloof dat ik zelfs wilde dat het zou gebeuren. Maar toen Roberts me niet herkende, en niemand vraagtekens zette bij mijn identiteit, dacht ik: misschien ben ik dan gewoon Stella.

'Vind je ook niet dat identiteit soepeler moet zijn dan ons altijd wordt voorgehouden? Ik bedoel, als dit het enige is, dit ene leven, is het dan niet logisch dat we meer dan één persoon kunnen zijn? Misschien zitten al onze afzonderlijke identiteiten in ons, de een in de ander, zoals Russische poppetjes. Misschien heeft Stella al die tijd in Catherine gezeten, of misschien zit Catherine nog ergens in Stella weggestopt. En misschien zitten er nog meer in. Vind je dat niet aannemelijk?'

Stella's ijle, door het bier wat aangeslagen stem klinkt dromerig en ik betrap mezelf erop dat ik me even afvraag of er misschien iets in zit, maar dan herinner ik me dat ze een leugenaar is en mogelijk gevaarlijk kan zijn.

'Was het dan Stella of Catherine, of een van je andere Russische poppetjes die een pluchen konijn met afgesneden oren op mijn bed heeft gelegd, een pasgeboren baby in mijn kleurboek heeft getekend en me een print van een echo heeft gestuurd?'

'Nee!'

Stella kijkt zo verschrikt als mogelijk is voor iemand bij wie de huid zo is opgerekt dat ze voortdurend een verbaasde uitdrukking heeft.

'Hannah, nee. Ik zou je nooit kwaad doen. We zijn vriendinnen.'

'En Charlie en Sofia?'

'Ook niet. Ik heb niemand kwaad gedaan. Nooit.'

'Alleen jezelf.'

'Is dat niet de reden waarom we hier zijn, wij allemaal? Vanwege de schade die we onszelf toebrengen?'

Eindelijk kijk ik haar aan. Ik kijk naar haar ogen, nu blauw maar in het echt grijs, naar haar gezicht, dat niet haar gezicht is maar een verzameling gelaatstrekken uit een catalogus van een chirurg, en besef dat ze nog steeds is wie ze was, en dat ze gelijk heeft. We zijn allemaal zo druk bezig onszelf kwaad te doen dat we geen tijd hebben om anderen kwaad te doen.

'Hoe zit het dan?' vraag ik haar. De mildere toon van mijn stem ontgaat haar niet. Ze nestelt zich wat dieper in haar kunstleren stoel en vertelt me haar verhaal.

'Het gaat om mijn stiefvader,' zegt ze, 'maar dat wist je al.'

Het is het verhaal dat we al hebben gehoord, over een kritische stiefvader en een meisje dat alles deed om hem te plezieren en zijn goedkeuring weg te dragen. Stekelige opmerkingen over haar gewicht, haar haar, haar kromme houding, de manier waarop ze haar armen voor haar borst kruiste. Zijn bezoekjes aan haar kamer als haar moeder helemaal van de wereld was vanwege een teveel aan medicijnen. Ze begon in zichzelf te snijden.

'Ik probeerde het overgewicht weg te snijden,' zegt Stella. 'Ik wilde de huid verwijderen die door zijn vingers was aangeraakt.'

Ze heft haar hand als het snijvlak van een mes en strijkt daarmee door de lucht.

Haar stiefvader vond haar zelfmutilerende gedrag zo weerzinwekkend dat er een eind kwam aan het misbruik. Na twee jaar stelde haar moeder haar onder behandeling bij een psycholoog aan wie ze stukje bij beetje haar verhaal onthulde. De psycholoog adviseerde haar met haar moeder te gaan praten.

'Mama weigerde het te geloven. Ze zei dat ik naar een andere psycholoog moest gaan, en daarna naar weer een andere. Tot er een alternatieve waarheid naar boven zou komen. Hoe luidt dat citaat ook alweer? De definitie van waanzin is steeds hetzelfde doen en steeds een ander resultaat verwachten?'

Het verbaast me niet dat ze Einstein citeert. Dit is een favoriet gezegde onder de patiënten van The Meadows.

'Mijn moeder dacht dat ze bij een andere psycholoog een ander resultaat zou krijgen. Maar aan de waarheid veranderde niets. Híj ontkende uiteraard alles.'

'Had ze echt geen twijfels?'

'Dat kon ze zich niet veroorloven. Ze moest in hem blijven geloven. Ze moest zich vastklampen aan wat ze had.'

Uiteindelijk had Stella's moeder de oplossing gevonden. Herinneringsvervalsing. De diagnose van dokter Roberts. Het was mogelijk dat de eerste psycholoog het idee van misbruik in haar hoofd had geplant, zei hij, en dat het zaadje dankzij Stella's levendige verbeeldingskracht had kunnen ontkiemen en was gaan bloeien.

'Gordon was van alle blaam gezuiverd,' zegt Stella.

'Ga me niet vertellen dat je bij hen bent blijven wonen.'

'Waar kon ik anders naartoe?'

'Heeft je moeder je werkelijk gedwongen samen met hem in hetzelfde huis te wonen? Na jouw beschuldigingen?'

'O, die had ik inmiddels ingetrokken.'

Stella ziet hoe ik kijk.

'Ik kon niet anders, Hannah. Ik was twaalf. Ik had vertrouwen in Roberts. Ik wilde dat hij me aardig vond. Hij zei dat de herinneringen niet echt waren. En de andere volwassenen in mijn leven – mijn moeder en mijn stiefvader – zeiden dat ook.'

'En je vader?'

'Die was inmiddels hertrouwd, met een veel jongere vrouw die niets van kinderen moest hebben. Hij wilde geloven dat Gordon niet had gedaan waar ik hem van beschuldigde, omdat de status quo hem goed beviel.'

Ze speelt met haar halsketting, draait hem steeds rond haar vinger.

'Heb je dat kettinkje van hem gekregen?' vraag ik. 'Van je vader?'

Ze knikt. 'Een kat voor zijn Cat,' zei ze. 'Hij noemde me altijd Cat.'

'Dus je bent teruggegaan?'

'Ik ben teruggegaan. En toen begon hij weer. Maar dit keer heb ik er tegen niemand iets over gezegd. Toen ik veertien was, zijn zij naar de Verenigde Staten verhuisd en bleef ik hier, op kostschool. Dat was het jaar dat ik van mijn moeder een neusoperatie cadeau kreeg voor mijn verjaardag. Blijkbaar voelde ze zich toch wel schuldig.'

We vervallen in stilzwijgen en drinken ons bier. Ik denk aan de kleine Catherine Pryor, wier eigenwaarde zo wreed en grondig was uitgehold door de volwassenen in haar leven, dat ze alleen verder kon door een ander te worden.

'Wat doe je hier, Stella?'

Stella heeft haar schoenen uitgeschopt – de glitterschoenen met plateauzolen – en haar voeten onder zich getrokken, waardoor ze eruitziet als een kind. Als ze haar ogen naar me opslaat, zie ik dat ze nat zijn van tranen.

'Ik wil door hem gekend worden, Hannah. Hoe belachelijk het ook klinkt, dat dit na al die jaren nog steeds zo belangrijk voor me is. Ik wil dat hij me herkent en erkent wat hij me heeft aangedaan. Ik wil dat hij me om vergiffenis smeekt. Maar weet je wat het ergste is?'

Ik schud mijn hoofd.

'Het ergste van deze hele kutsituatie is dat ik nog steeds wil dat hij tevreden over me is.'

Als we een uur later uit de pub komen, zie ik tot mijn verbazing dat het heeft geregend. De lucht ruikt vochtig en zwaar. Er ligt een plas op straat en als we staan te wachten om over te steken, sproeien de auto's water over onze voeten. De hemel heeft de kleur van leisteen en de koplampen van de auto's werpen gele strepen op het natte asfalt.

Het gesprek met Stella heeft me danig in de war gebracht en dwingt me te denken aan dingen waaraan ik niet wil denken.

Ik voel me een beetje benauwd, een beetje paniekerig. Is dit wat ik met Danny heb gedaan? Ben ik, door de realiteit van zijn verhouding met Steffie opzij te schuiven en me in plaats daarvan te concentreren op de veel grotere misdaad van mijn eigen schijnzwangerschap, net als Stella mezelf uit het oog verloren in mijn verwoede pogingen hem niet te verliezen?

In de verte nadert een grote vrachtwagen. De koplampen priemen als starende ogen en ik staar als gefixeerd terug. Stella zegt iets, maar ik hoor het niet omdat ik geheel in beslag word genomen door de lichtbundels die aan de vrachtwagen voorafgaan en me naar zich toe lijken te zuigen.

'Hannah?'

Stella's stem bereikt me vanuit een ander sterrenstelsel, lichtjaren ver weg. Het enige wat voor mij bestaat, zijn de lichtbundels van de vrachtwagen, die me als kabels van energie naar voren trekken. De auto is nu heel dichtbij en de weerschijn van de koplampen op de weg vormt cirkelvormige wolken van licht waarin ik wil verdwijnen. Ga naar het licht, denk ik bij mezelf. *Stap in het licht.*

Precies op het moment dat de eerste van de achttien wielen van de vrachtwagen door de plas rijdt, stap ik van de stoep.

De piepende remmen klinken als een dier in doodsnood.

41

Corinne

'Gaat het? Ik wilde u niet aan het schrikken maken. Ik dacht dat u wel hoorde dat ik achter u aan kwam.'

In levenden lijve bleek Steffie Garitson prachtige donkerbruine ogen te hebben, al lagen er diepe wallen onder, alsof ze al heel lang niet goed sliep. Corinne had die ogen zo lang alleen doorkrast met rode balpen gezien, dat ze er nu naar bleef staren.

'Wat? O, ja, niks aan de hand. Wat stom dat ik zo'n gil slaakte.'

'Meestal schrikken mensen niet zo als ze me voor het eerst zien.'

Steffie glimlachte bij elk woord dat ze zei, alsof praten en lachen in één moeite doorging. Corinne glimlachte bijna terug, maar hield zich nog net op tijd in. Ze mocht niet vergeten dat de jonge vrouw die hier in haar hal stond haar dochter bijna kapot had gemaakt.

'Het is nogal een schok om je hier te zien,' zei ze koeltjes. 'Na alles wat je ons hebt aangedaan.'

Steffie fronste haar wenkbrauwen, maar bleef glimlachen.

'U hebt het over Danny. Dat kan ik uitleggen.'

'Wat wil je uitleggen? Waarom je het met de man van mijn dochter hebt aangelegd, je door hem zwanger hebt laten maken, en toen naar hun huis bent gegaan om haar dat onder de neus te wrijven, waardoor ze zo buiten zinnen raakte dat ze zich inbeeldde dat ze zelf zwanger was, omdat ze het niet kon verdragen het níét te zijn?'

Corinne herinnerde zich ook weer alle vreemde dingen die in de kliniek waren gebeurd.

'En hoe zit het met dat knuffeldier in Hannahs kamer? Het konijn met de afgesneden oren? En het kleurboek?'

De glimlach verdween. In plaats daarvan keek Steffie... Corinne vernauwde haar ogen. Keek ze nou báng?

Steffie Garitson was bang voor háár.

'Ik had niet moeten komen. U bent te veel van streek.' Steffie draaide zich zo haastig om dat ze met haar tas de vaas vol voorjaarsbloemen op een tafeltje naast de deur omstootte.

'O, sorry. Hebt u iets waarmee ik het kan opruimen?'

Met haar schoudertas op haar rug geschoven depte Steffie het plasje water op met de handdoek die Corinne voor haar uit de keuken had gehaald. Er kwam een vlaag kou naar binnen door de open voordeur.

'Danny zei dat ze uit elkaar waren.' *Dep, dep, dep.* 'Hij zei dat ze nog wel samen in hun huis woonden, omdat ze zo'n hoge hypotheek hadden, maar dat ze afzonderlijk van elkaar leefden, en dat ze het stilhielden omdat Hannah niet wilde dat haar vader erachter zou komen. Ik zou me nooit met hem hebben ingelaten als ik had geweten dat ze nog bij elkaar waren, laat staan dat ik naar zijn huis zou zijn gegaan. Ik snap zelf ook niet hoe ik zo goedgelovig heb kunnen zijn.' *Dep, dep, dep.* 'Weet u dat ik hem zelfs een mooi cadeau heb gegeven? Een zilveren armband. Ik hoopte dat die hem steeds aan mij zou herinneren als hij in Londen was.'

Corinne herinnerde zich de armband die Danny in de pub had gedragen en de manier waarop hij die steeds had aangeraakt, alsof het sieraad hem geluk bracht, en ze voelde weer een stukje van haar hart afbrokkelen.

'En jij denkt dat ik dat geloof?' zei ze, zich vermannend.

'U mag geloven wat u wilt.'

Steffie legde de handdoek op het tafeltje en keek Corinne verbolgen aan.

'En wat de rest betreft: knuffeldieren en kleurboeken? Beseft u zelf niet hoe waanzinnig dat klinkt?' Ze haperde verschrikt. 'O, sorry, daar bedoelde ik niks mee.'

Corinne voelde de onzekerheid terugkeren. Steffie klonk erg overtuigend. Geen wonder dat ze erin was geslaagd zo veel ellende te veroorzaken.

'Als jij niet degene bent die Hannah zit te treiteren, wat doe je dan hier? Waarom ben je naar mijn huis gekomen? Ik kan naar de politie gaan, zeggen dat je me stalkt.'

'O ja? Maar u vindt het wel normaal om het halve land door te rijden en onaangekondigd met mijn ouders te gaan praten?'

'Dat is iets anders. Dat deed ik omdat ik mijn dochter wilde beschermen. En nadat ik met je moeder had gesproken, wist ik dat ik het bij het juiste eind had. Hannah moet inderdaad beschermd worden.'

Steffies gezicht betrok.

'Dat is de reden waarom ik hier ben. Mijn moeder heeft me verteld dat u bij hen was geweest. Ik heb normaal gesproken geen contact met mijn ouders, maar ze hebben een nummer voor noodgevallen, en dat heeft mijn moeder gebeld om het me te vertellen. Ze zei, nogal meesmuilend, dat ze een "goed gesprek" met u had gehad.' Steffie maakte aanhalingstekens met haar vingers.

'Je moeder heeft me voor je gewaarschuwd.' Corinne probeerde de morele superioriteit te behouden, maar ze wist dat ze zich in een wankele positie bevond. 'Ze heeft me verteld over alle afschuwelijke dingen die je hebt gedaan.'

'Mijn moeder is een narcistische vrouw die voortdurend naar manieren zoekt om me te kleineren.' Dit kwam er in één adem uit.

Heel even staarden de twee vrouwen elkaar verrast aan. Toen haalde Steffie diep adem en ging door.

'Hoor eens, ik ken u verder niet en ik ben niet verplicht u tekst en uitleg te geven, maar ik wil u iets duidelijk maken. Ik heb geen prettige jeugd gehad. Na mijn geboorte kon mijn moeder het niet uitstaan dat mijn vader niet meer alleen van háár hield. Ze was jaloers op haar eigen baby. Ongelooflijk, maar waar. Mijn vader had verhoudingen met andere vrouwen omdat hij mijn moeder niet kon uitstaan, en zij reageerde alles op ons af. We waren doodsbang voor haar.'

'Maar je broer is me speciaal achterna gekomen toen ik naar mijn auto liep om me voor jou te waarschuwen. "Ze doet mensen kwaad." Dat heeft hij letterlijk gezegd.'

'Dan had hij het over háár. Over onze moeder. Weet u dat hij 's nachts zijn ladekast voor de deur van zijn kamer schoof zodat zij niet kon binnenkomen?'

Het duizelde Corinne. Had ze alles verkeerd begrepen?

'Mijn broer en ik kunnen uitstekend met elkaar overweg. U zou mijn lijst met berichtjes eens moeten zien.' Steffie zwaaide met haar telefoon. 'De meeste zijn van hem. Hij is de enige reden dat ik van tijd tot tijd nog naar huis ga. Hij is niet in orde.'

Corinne dacht aan Jacob Garitsons klamme, gele huid en de manier waarop hij naar haar had gekeken, als door een lange, donkere tunnel.

'De dokter heeft medicijnen voorgeschreven. Lithium. Als hij dat slikt, is hij een ander mens, maar mijn moeder zegt dat hij door dat spul in een zombie verandert.'

Corinne wist dat ze zich niet door haar moest laten inpalmen. Dat Steffie Garitson gevaarlijk was. Maar wat ze zei, klonk erg geloofwaardig, alsof de woorden met stenen van waarheid waren verzwaard.

'Hoe zit het met dat mesje in het gebak?'

'Pardon?'

'Je moeder zei dat ze de catering had verzorgd voor een verjaardagsdiner bij jullie buren, en dat jij in een van de appelgebakjes een stanleymesje had verstopt.'

'Een stanleymesje? Dat meent u toch niet? Als ik dat echt had gedaan, dan zou ik nu toch op kosten van hare majesteit voor een langdurige vakantie in een heel klein kamertje zitten? Zal ik u vertellen wat er is gebeurd? De buren hadden gevraagd of mijn moeder de catering wilde verzorgen, maar al bij de hors-d'oeuvres hadden ze kritiek. Ze zeiden dat er geen kraak of smaak aan zat. Mijn moeder heeft toen vijf laxeerpillen fijngestampt, het poeder in een van de gebakjes gedaan en er een kaarsje op gezet zodat ze er zeker van kon zijn dat het feestvarken dat gebakje zou krijgen. Dat betekende het einde van het feestje, maar omdat er niemand anders ziek werd, konden ze niets bewijzen. Tussen haakjes, hebt u de foto gezien?'

'Welke foto?' vroeg Corinne in opperste verwarring.

'De foto van ons zogeheten perfecte gezin die in de gang hangt. De foto waarvoor we ons van mijn bazige moeder allemaal in het wit moesten kleden, alsof we goddomme voor een wasmiddelreclame gingen poseren.'

'Ja, die heb ik gezien, maar wat heeft die...'

'Is het u opgevallen dat er een streepje op mijn hals zit?'

Corinne knikte langzaam, terugdenkend aan het vage zilveren lijntje dat ze in eerste instantie had aangezien voor een nauwsluitende halsketting.

'Toen ik een keer niet mee wilde om kleren te kopen omdat ik voor mijn eindexamens wilde studeren, heeft ze met een stanleymes mijn hoofd uit de foto gesneden. Toen ik beneden kwam, lag dat deel van de foto op de vloer. Mijn vader heeft het er weer ingeplakt.'

Corinne dacht aan wat Patricia Garitson in haar steriele keuken in Tunbridge Wells over de zelfzuchtige keuzes van haar dochter had gezegd, en hoe ze later, in het café in Londen, gretig naar Corinnes onthutste gezicht had gestaard toen ze haar had verteld dat Jacob bang was voor zijn zus, alsof ze haar reactie wilde opzuigen.

Gek genoeg kreeg Corinne van Steffie geen koude rillingen, zoals van de rest van de Garitsons. Maar als ze accepteerde dat Steffie niets naar de kliniek had gestuurd, kon dat alleen maar betekenen dat Hannah alles had verzonnen, wat een teken zou zijn van nieuwe waanbeelden. Bij deze gedachte sloeg de angst haar weer om het hart. Koortsachtig zocht ze naar een alternatieve verklaring, waarmee ze de schuld voor eens en voor altijd op Steffie kon laden.

'Jij bent hier al eens geweest!' riep ze uit. Waarom had ze daar niet eerder aan gedacht? 'Je belde aan en ging ervandoor nadat je een gebreid babymutsje bij me op de stoep had gelegd.'

Ze trilde van opluchting. Hannah had het niet verzonnen. Steffie had hun beiden de stuipen op het lijf gejaagd, door spullen achter te laten om hen te herinneren aan de baby die nooit had bestaan. Wat onnoemelijk wreed.

Maar in plaats van het te ontkennen, of als een zielig hoopje mens in elkaar te zakken en alles op te biechten, keek Steffie Corinne aan met een eigenaardige, vage glimlach.

'Was het een rood mutsje?' vroeg ze toen.

'Wat?'

'Niks. Wacht even.' Steffie liep de deur uit.

'Hé, je kunt niet zomaar...'

Ze hoorde het piepende geluid van het hek en het bliepje waarmee autoportieren werden ontsloten. Corinne was ervan overtuigd dat Steffie ervandoor zou gaan toen ze het onmiskenbare geluid hoorde van een autoportier dat werd dichtgeslagen, maar een paar seconden later kwam Steffie terug.

'Ik heb dat ding overal gezocht,' zei ze. 'Het hoort...' Maar Corinne hoorde niet wat ze nog meer zei, want ze staarde naar wat Steffie in haar armen hield. Het was gewikkeld in een rode, gebreide deken in de kleur van het mutsje dat Corinne in een keukenla had weggestopt. Twee armpjes kwamen onder de deken vandaan toen het pas ontwaakte kindje zich uitrekte.

'Dit is Eleanor,' zei Steffie.

De baby begon te huilen.

42

Hannah

‘Het ging per ongeluk. U hoeft er niks achter te zoeken. Ik was in gedachten verzonken en had geen erg in de vrachtwagen.’

‘Hoe kon je daar geen erg in hebben? Volgens Stella was hij nog geen twee meter bij jullie vandaan.’

‘Ik zat met mijn gedachten ergens anders.’

‘Omdat je dronken was.’

‘Ik was niet dronken. Ik had maar twee biertjes op.’

Nijdig kijk ik naar dokter Roberts achter zijn brede bureau. Het stuit me tegen de borst dat hij me als een ongehoorzaam schoolkind behandelt, al voel ik me wel degelijk schuldig. Ik kan niet uitleggen dat ik de vrachtwagen wel had gezien, maar niet bewust. De piepende remmen en het geluid van brekend glas toen de auto erachter tegen de vrachtwagen was gebotst, klinken nog na in mijn hoofd, en ik herinner me hoe zeer ik schrok toen Stella mijn schouder greep en me achteruit sleurde. De vrachtwagenchauffeur was woedend, maar alles was gelukkig met een sisser afgelopen. Het was alleen pech dat Joni toevallig langsliep en alles had gezien, ook dat we net uit de pub waren gekomen. Ze had het uiteraard meteen gerapporteerd.

Dokter Roberts leunt zo ver achterover in zijn stoel dat hij bijna horizontaal komt te liggen, maar zijn kille ogen laten mij geen moment los. Een week geleden zou ik mijn ogen hebben neergeslagen, maar nu duw ik mijn nagels in mijn dijbenen en blijf hem aankijken. Hij krijgt geen macht meer over mij. Dit is de man die Stella heeft teruggestuurd naar de stiefvader die haar misbruikte en haar niet eens herkende toen ze zich opnieuw tot hem wendde, hunkerend naar rechtvaardigheid.

Nee, ik zal niet de eerste zijn die het oogcontact verbreekt.

'Hannah, het is mijn taak om ervoor te zorgen dat jou niets overkomt. Ik kan je pas naar huis laten gaan als ik ervan overtuigd ben dat je geen gevaar voor jezelf vormt.'

'Nogmaals, het was een ongeluk. En u kunt mij hier niet vasthouden. Ik kan gaan wanneer ik wil.'

'Tenzij ik reden heb om te denken dat je een bedreiging vormt voor je eigen veiligheid of de veiligheid van anderen. Weet je nog hoe het ging toen je hier pas was, Hannah? Dat willen we niet opnieuw, maar als het moet, kan het.'

Bij het horen van dit dreigement voelt het alsof ik zaagsel in mijn mond krijg. Hij kan me hier vasthouden. Toen ik werd opgenomen, gold er voor mij een observatiemachtiging. Het was voor mijn eigen veiligheid. Ik was toen zo van de wereld dat de betekenis ervan helemaal niet tot me doordrong. Nu is dat wel anders. Maar heeft hij daarvoor geen toestemming nodig van mijn naaste familie? Mam zal er nooit mee instemmen dat ik van mijn vrije wil word beroofd. En Danny vast ook niet.

In gedachten zie ik Danny weer tegenover me zitten in de bistro, niet in staat me aan te kijken. Wanneer heeft hij me voor het laatst in zijn armen gehouden zonder dat ik hem daarom vroeg? Wanneer heeft hij me voor het laatst opgebeld om alleen maar even mijn stem te horen? Wanneer heb ik voor het laatst naar hem gekeken en gedacht: mijn Danny? Ik ben er niet langer zeker van wat Danny in een bepaalde situatie zal doen of zeggen. Ik begin me af te vragen of hij ooit 'mijn Danny' is geweest.

Ik ga naar het kunsttherapielokaal, waar Laura zit te praten met Odelle, die een veeg oranje verf op haar gezicht heeft. Ze bekijken samen een compositie van levensmiddelen op een dienblad – jam, margarine, een doosje kruidenthee, een blik bonen, een reep chocola. Laura komt naar me toe en neemt mijn hand tussen de hare.

'Ik ben er voor je, Hannah, altijd, dag en nacht. Vergeet dat niet.'

'Ik heb het niet met opzet gedaan,' zeg ik. Het voelt alsof ik tot in het eeuwige zal moeten rechtvaardigen welke impuls me ertoe heeft aangezet vlak voor die vrachtwagen van de stoep af te stappen.

'Je moet je nooit verontschuldigen. En je hoeft niets uit te leggen,' zegt Laura. Ze glimlacht naar me.

Hand in hand blijven we staan, voor mijn gevoel wel een eeuwigheid, al is het waarschijnlijk maar een paar seconden, totdat Odelle gepikeerd zegt: 'Laura, je zou me helpen met dit stilleven.'

Laura knipoogt naar me. Als ze mijn hand loslaat, lijkt die opeens erg koud.

'Ik kom al,' zegt ze.

Terwijl ik naar de deur loop, kijk ik naar Odelles schilderij. Ze heeft het dienblad met de levensmiddelen getekend, maar ook een vrouw die sterk op haarzelf lijkt. Op de mond van de vrouw zijn zwarte kruisjes geschilderd, alsof haar lippen aan elkaar zijn genaaid.

In de recreatiezaal kijkt Joni me hoofdschuddend aan.

'Ik dacht dat het met je gedaan was,' zegt ze. Ze heeft het over de vrachtwagen.

'Sorry dat ik je moet teleurstellen.'

'Je had het mij moeten vragen,' sist Judith aan de overkant van de tafel. 'Ik weet veel betere manieren om het te doen.'

Ik pak mijn laptop en zet hem zo neer dat dat luie varken van een

Joni zal moeten opstaan en naar me toe komen als ze wil zien wat ik doe.

Ik was Charlies lijstje en de mysterieuze WK die ze wilde opzoeken bijna vergeten. Nu wil ik dat goedmaken.

Ik typ *William Kingsley* in de zoekregel en scrol ongeduldig tot ik op pagina vijf bij de artikelen kom over de twee moeders die, op basis van het bewijsmateriaal dat neuroloog William Kingsley had geleverd, tot een gevangenisstraf waren veroordeeld wegens het doodschudden van hun baby's, en over hun sensationele vrijlating toen was ontdekt dat het bewijsmateriaal niet waterdicht was.

Onder aan de pagina staat de link die ik niet had kunnen openen omdat Stella opeens achter me had gestaan. Ik dubbelklik op de kop 'De artsen die voor God spelen' en wacht terwijl de pagina wordt geladen.

Joni kijkt steeds naar me. Ze hebben natuurlijk tegen haar gezegd dat ze me in de gaten moet houden, wat mijn vingers doet tintelen van woede, omdat dat helemaal niet nodig is. Ik heb een fout gemaakt (ik zag de vrachtwagen wel, maar niet bewust. Vraag me niet hoe het kan). Op mijn computerscherm blijft het irritante cirkeltje rondjes draaien. Het wifisignaal is hier zwak. Ik weet zeker dat ze dat met opzet zo houden, om te voorkomen dat we te lang online blijven. Eindelijk verschijnt het artikel op het scherm, geïllustreerd met fragmenten uit kranten over gevallen waarbij medisch personeel hun bevoegdheden heeft overtreden. Een arts van een privékliniek voor kunstmatige inseminatie die alle mannelijke embryo's had verwijderd uit het monster van een moeder van vijf zonen die zo graag een dochter wilde. Ouders die de artsen van hun tienerzoon aanklaagden omdat die hem koste wat kost in leven wilden houden na een val van een balkon waardoor hij nooit meer kon lopen of spreken. Maar ik lees niet verder, omdat mijn blik wordt getrokken naar een foto in een kader linksonder.

Het betreffende fragment gaat over dokter William Kingsley, wiens bewijsmateriaal had bijgedragen tot de veroordeling van twee vrouwen voor het vermoorden van hun baby's.

Maar de man op de foto is Oliver Roberts.

43

Corinne

De middag na de onverwachte ontmoeting met Steffie Garitson draaiden Corinnes gedachten nog steeds in kringetjes rond terwijl ze stond te wachten tot het stoplicht op groen zou springen en ze North Circular Road kon oversteken.

Het was lang geleden dat ze een baby in haar armen had gehad. Ze was vergeten hoe klein ze waren, wat een schattige knorgeluidjes ze maakten, en hoe hun hele gezichtje vertrok als ze huilden.

Eleanor moest na haar lange dut in de auto verschoond en gevoed worden, en tegen de tijd dat dat was gebeurd – en nadat Corinne Steffie een stevige uitbrander had gegeven omdat ze de baby in haar eentje in de auto had achtergelaten, ook al stond die pal voor de deur – had ze geen reden meer kunnen vinden om boos te blijven.

Pas later was tot haar doorgedrongen hoe onbetamelijk de hele situatie was. Haar schoonzoon had een kind bij een ander, en dat had hij geheimgehouden voor zijn vrouw. Hoe zou Hannah reageren als ze erachter kwam?

Steffie had haar verontschuldigingen aangeboden voor de schok die ze Corinne had bezorgd. Ze dacht dat Corinne van het bestaan van Eleanor had geweten, al gaf ze toe dat ze Danny had wijsgemaakt dat ze een miskraam had gehad toen ze erachter was gekomen dat Danny nog steeds was getrouwd. Later was ze van gedachten veranderd, en kort na de geboorte van Eleanor, ongeveer vier weken geleden, had ze hem laten weten dat ze van een gezonde dochter was bevallen. Ze had hem echter niet de mogelijkheid geboden op bezoek te komen, noch had hij daarom gevraagd. De enige reden dat ze in hun leven was teruggekomen, was Corinnes noodlottige reisje naar Tunbridge Wells. 'Ik wist dat mijn moeder u van alles op de mouw zou spelden,' had ze gezegd. 'Ik wilde u spreken, om u uit te leggen hoe het echt zit.'

Bij het zien van de wallen onder Steffies ogen en de manier waarop ze geroutineerd met haar huilende dochtertje heen en weer liep, wat ze waarschijnlijk dag en nacht deed, had Corinne ondanks alles medelijden met haar gekregen.

Toen Steffie was vertrokken, had Corinne Duncan gebeld, maar ze kreeg zijn voicemail. Het idee dat Gigi misschien haar naam op het scherm had zien staan en hem had verboden op te nemen, was voor haar reden geweest om op te hangen zonder een bericht in te spreken.

Daarna had ze met Megan gefacetimed. Megan was nog maar net wakker en had zo verbijsterd gereageerd toen ze over Steffie was begonnen, dat ze zich gedwongen had gezien haar te vertellen dat ze naar Tunbridge Wells was gegaan. Megan was steeds bozer gaan kijken. Ze was woedend dat Corinne haar niet op de hoogte had gehouden van de ontwikkelingen. Het verbaasde Corinne niet dat Megan geen goed woord over had voor Steffie, zelfs niet toen ze uitlegde dat Steffie niet had geweten dat Danny nog getrouwd was. Maar Megan richtte haar woede vooral op haar zwager en Corinne zag de toekomst somber in toen ze besefte dat de breuk tussen haar dochters zelfs niet meer gelijmd zou kunnen worden als Hannah eenmaal thuis was.

Als Hannah ooit nog thuiskwam.

Zoals gevreesd had Corinne de hele nacht geen oog dichtgedaan, en toen ze op het terrein van The Meadows parkeerde, had ze het gevoel alsof iemand haar hersenen uit haar schedel had geschept en haar hoofd met watten had opgevuld.

Toen ze voor de ingang van de kliniek stond te wachten tot ze werd binnengelaten, ging haar telefoon. Ze nam op voordat goed en wel tot haar doordrong dat het een nummer was dat ze niet kende.

'Ja?' zei ze met haar afgemeten 'waag het niet me te storen'-stem. Ze voelde haar woede in zich gisten en moest dringend stoom afblazen. Als dit iemand was die haar een verzekering wilde aansmeren en haar aan haar kop ging zeuren over mogelijke toekomstige auto-ongelukken, was hij nog niet jarig.

Tegen de tijd dat ze de stem aan de andere kant van de lijn herkende, was de toon al gezet.

'Ik tref je op een slecht moment, geloof ik,' zei Paddy na een onsamenhangende vraag over het al dan niet invoegen van een tekst in zijn proefschrift.

'Ja, nogal.'

Ze hoorde zelf hoe kil ze klonk. Bijna onbeschoft.

'Dan zal ik je niet langer ophouden.'

Voordat ze de kans kreeg nog iets te zeggen, hing hij op.

Later vroeg ze zich af of het echt noodzakelijk was geweest dat hij haar belde. Hij had toch net zo goed een mailtje kunnen sturen? Had hij soms een smoesje gezocht om met haar te praten?

Die fout zou hij niet nogmaals maken.

'Mevrouw Harris?' Het was net alsof Bridget Ashworth altijd als bij toverslag tevoorschijn kwam. Ze stond voor de deur naar het oude deel van het gebouw, spelend met haar sleutelkoord, waardoor Corinne niet kon doorlopen naar de recreatiezaal.

'Dokter Roberts vraagt of u even naar zijn kantoor kunt komen. Hij zal u niet lang ophouden.' Ze glimlachte erbij, maar het was een standaardglimlach die zowel goed nieuws kon betekenen als 'tot mijn spijt moet ik u vertellen...'

'Dank je wel dat je bent gekomen, Corinne.'

Dokter Roberts stond op, liep om zijn bureau heen en nam Corinnes hand in de zijne, wat haar onmiddellijk achterdochtig maakte.

Wat nu weer?

'Laat ik meteen ter zake komen. Nadat Hannah zulke goede vooruitgang had geboekt, was er gisteren helaas sprake van een kleine hapering in Hannahs herstel.'

'Een hapering?'

'Hannah is gisteren met Stella de stad in gegaan. Naar een pub.'

Corinne kon weer ademhalen. Een pub? Dat was geen ramp.

'Toen ze uit de pub kwamen, is Hannah vlak voor een vrachtwagen de weg op gelopen. Schrik niet, Stella kon haar nog net op tijd achteruittrekken, maar je begrijpt dat wij ons nogal zorgen maken.'

'U denkt toch niet dat ze het met opzet heeft gedaan? Hannah zou nooit...'

Roberts hief zijn hand op.

'Niemand trekt voorbarige conclusies. Hannah zegt zelf dat ze geen erg had in de auto, omdat ze diep in gedachten was verzonken. Niettemin is dit iets waar we aandacht aan moeten besteden. Laten we niet vergeten dat Hannah nog steeds een erg kwetsbare jonge vrouw is. We weten hoe moeilijk ze het heeft met de dood van Charlie Chadwick. Helaas komt het in dergelijke gevallen wel eens voor dat men soortgelijk gedrag gaat vertonen.'

Nu de eerste schok voorbij was, werd Corinne zich bewust van een doffe pijn onder haar ribben.

'Ik vrees dat dit betekent dat ze iets langer bij ons moet blijven dan we aanvankelijk dachten,' vervolgde Roberts.

'Ze denkt juist dat ze deze week naar huis mag.'

Roberts schudde zijn hoofd.

'Dat zou ik niet aanraden. Tot we er zeker van zijn dat ze geen gevaar vormt voor zichzelf. Ik hoop echt dat ze ermee zal instemmen nog iets langer te blijven, maar zo niet, dan ben ik wettelijk gemachtigd haar voor korte tijd gedwongen te laten opnemen, zodat we ons ervan kunnen verzekeren dat dergelijke incidenten niet meer voorkomen.'

Corinne verliet het kantoor van dokter Roberts met het haar inmiddels bekende gevoel dat zij en de rest van de wereld niet meer synchroon liepen.

'Mam! Waar heb je gezeten? Ik zag je daarstraks aankomen en begreep niet waar je bleef.'

Hannah had blijkbaar voor het raam van de recreatiezaal op haar zitten wachten. Ze zag er verhit uit toen ze van de bank opstond om haar te begroeten, alsof het te warm was in de zaal. Corinne werd misselijk bij de gedachte dat Hannah zich bijna voor een vrachtwagen had geworpen. Nu kon ze haar onmogelijk over de baby vertellen. Stella zat aan de andere kant van de bank.

'Dokter Roberts wilde me spreken. Over de vrachtwagen. Wat is er precies gebeurd, lieverd? Is alles in orde met je?'

Hannah zei 'pfff', alsof het iets onbelangrijks was waar ze niet eens over hoefden te praten.

Dat Stella erbij zat, riep tegenstrijdige emoties in Corinne op. Volgens Roberts had ze Hannahs leven gered, maar ze wisten nog steeds niet waarom ze hier was, met een nieuw gezicht en een nieuwe identiteit.

'Ik geloof dat ik jou een bedankje verschuldigd ben,' zei ze, terwijl ze heimelijk ineenkromp bij het horen van haar eigen formele toon.

Stella wees het luchtig van de hand.

'Ik moet met je praten, mam. Het is heel belangrijk. Laten we een eindje gaan wandelen.'

Voordat Corinne iets kon zeggen, greep Hannah haar bij de arm en trok haar de hal in.

'Maar het is zo koud buiten,' protesteerde Corinne zwakjes. Hannah negeerde dat, duwde de voordeur open en sleurde haar moeder mee naar buiten. Tot Corinnes verbazing kwam Stella achter hen aan. Ze verwachtte dat Hannah tegen Stella zou zeggen dat ze haar moeder onder vier ogen wilde spreken, maar haar dochter leek het niet nodig te vinden Stella af te wimpelen.

'Ik moet ook iets met jou bespreken, Hannah, maar dat bewaar ik voor als je wat sterker bent,' zei Corinne, terwijl ze over het grindpad naar de achterkant van het gebouw liepen, waar het rookbankje stond.

Het verbaasde haar dat Hannah niet reageerde op het woord 'sterker', en dat ze het zelfs nauwelijks leek te hebben gehoord.

'Mam,' zei ze, nog voordat ze waren gaan zitten. 'Je moet niet naar Roberts luisteren. Hij is niet wie hij zegt te zijn.'

Hannah keek Corinne indringend aan, alsof ze verwachtte dat haar moeder meteen zou weten waar ze het over had.

'Heeft dit te maken met wat we hebben besproken?' vroeg ze, met een subtiel knikje in Stella's richting.

'Nee. Niet met Westbridge House. Dit staat daar los van.'

Corinne voelde zich uit haar evenwicht gebracht. Hannah had Stella blijkbaar al geconfronteerd met Westbridge House en het feit dat ze Roberts van toen kende. Waar ging dit dan over?

'Oliver Roberts is niet zijn ware naam.' Hannah struikelde bijna over haar woorden in haar haast om het te vertellen. 'Hij heet eigenlijk William Kingsley. William Róbert Kingsley. Hij was neuroloog en heeft een getuigenis afgelegd tegen twee vrouwen die ervan werden beschuldigd hun baby's te hebben doodgeschud. Beide vrouwen zijn, mede vanwege zijn getuigenis, tot een gevangenisstraf veroordeeld, maar halverwege de jaren negentig zijn ze vrijgelaten, toen werd aangetoond dat de baby's vermoedelijk waren gestorven aan complicaties na een ziekte of infectie.'

Corinne had moeite het allemaal te volgen.

'Bedoel je dat hij is geroyeerd, zijn naam heeft veranderd en als arts is blijven werken? Dat is strafbaar.'

Stella ging op het bankje zitten, sloeg haar armen rond haar knieen om warm te blijven en begon te giechelen.

'Frappant, dat "als arts" blijven werken,' zei ze. 'Alsof hij het inderdaad eigenlijk niet is.'

'Hij is niet geroyeerd, mam,' zei Hannah ongeduldig, 'maar hij is wel openlijk in diskrediet gebracht. Hij moet gedacht hebben dat het eenvoudiger was om onder een andere naam opnieuw te beginnen, binnen een andere specialisatie, zonder vraagtekens over zijn reputatie. Je weet hoe ambitieus hij is. Zijn ambitie was waarschijnlijk de reden waarom hij zich bij die rechtszaken als deskundige had opgeworpen. Hij probeerde zo snel mogelijk naam te maken.'

Dat kon Corinne zich heel goed voorstellen. De jonge Roberts. Knap, charismatisch, popelend om zich te bewijzen. Als hij bekendheid kreeg als deskundige in een omstreden vakgebied dat regelmatig in het nieuws kwam, zou hij snel roem en rijkdom kunnen vergaren.

'Die arme vrouwen. Om een kind te verliezen en er dan van te worden beschuldigd het zelf te hebben gedood.'

Haar woorden waren nog niet koud, of ze had er spijt van dat ze het had gezegd. Was dat niet precies wat Hannah was overkomen? Voor Hannah was Emily volkomen echt geweest, en toen had ze haar verloren.

'Vind je dat de andere patiënten op de hoogte moeten worden gebracht van zijn achtergrond?' vroeg Corinne. 'Ik dacht dat transparantie tegenwoordig de hoeksteen van het openbare leven was.'

Hannah drukte haar vinger tegen haar mond en zoog op de nagelriem. Het was iets wat ze zich had aangewend sinds ze in The Meadows zat. Corinne kon het niet aanzien, maar Roberts had gezegd dat Hannah weer erg kwetsbaar was, dus ze hield zich in, al had ze het liefst de vinger uit haar dochters mond getrokken en haar gedwongen weer de Hannah van vroeger te worden.

'Ik weet het niet,' zei Hannah traag, alsof ze hardop nadacht. 'Als bekend wordt dat er iets niet in de haak is met Roberts' achtergrond, heb je kans dat de familieleden van de patiënten hun vertrouwen in hem kwijtraken. Ik denk dat sommigen van hen, de ouders van Odelle en Frannie bijvoorbeeld, hun dochter hier meteen zouden weghalen.'

'Maar dat is toch juist goed?' drong Corinne aan. 'Jij hebt vanaf het begin gezegd dat er iets niet in de haak is met de manier waarop Sofia en Charlie zijn gestorven. Dit is een uitgelezen kans om alarm te slaan en uit te zoeken wat er is gebeurd. Het is niet zo dat Roberts een smetteloze carrière heeft gehad sinds hij naar de psychiatrie is overgestapt. Neem Stella.'

Dit was de eerste keer dat ze liet merken dat ze op de hoogte was van Stella's verleden met Roberts, en even was ze bang dat ze een grens had overschreden, maar Stella keek haar kalmpjes aan met haar grote blauwe ogen en zei niets.

'Ik weet het niet, mam. Ik twijfel,' zei Hannah. 'Natuurlijk wil ik dat iedereen te horen krijgt wat een ambitieuze, zelfzuchtige kerel Roberts is, maar niet voordat ik weet wat er met de patiënten en het personeel zal gebeuren als hij wordt gedwongen ontslag te nemen. Mensen als Frannie en Odelle zijn hier helemaal gesetteld. Iedereen kent hun achtergrond. Als de kliniek zou worden gesloten, zou de grond onder hun voeten vandaan worden geslagen. En denk eens aan dokter Chakraborty, Darren en Laura. Ik zou het vreselijk vinden als zij door mij hun baan zouden kwijtraken.'

'Ga me niet vertellen dat je helemaal niets wilt doen.'

'Nee, dat zeg ik niet. We moeten in elk geval de raad van bestuur op de hoogte brengen van Roberts' achtergrond. Maar ik wil ermee wachten tot we weten wat de gevolgen voor iedereen zullen zijn. We verkeren niet in onmiddellijk gevaar. Roberts zal ons heus niets doen. En de kliniek boekt wel degelijk resultaten. Dat heb je zelf gezegd. Daarom heb je deze uitgekozen.'

'Ja, maar…'

Corinne slikte in wat ze had willen zeggen, of eigenlijk had willen vragen, namelijk wat voor resultaat Hannah zelf had geboekt. Waarom had haar dochter zich bijna voor een vrachtwagen gegooid, juist nu ze zo leek te zijn opgeknapt? Hoe zat het met de snelle genezing die ze hier had gedacht te zullen vinden?

'Ik maak me zorgen om je,' zei ze in plaats daarvan. 'Ik wil je beschermen, en ik weet niet of je hier veilig bent.'

Ze vroeg zich af of ze Hannah moest vertellen dat Roberts had gezegd dat hij haar hier onder dwang kon vasthouden, maar voordat ze iets kon zeggen, ging de achterdeur van de kliniek open.

'Daar ben je! Ik heb je overal gezocht. Waarom zitten jullie hier in de kou?'

Laura kwam kleumend naar hen toe. Ze droeg een blauw-wit gestreepte trui en haar piekerige zwarte haar zag eruit alsof het vochtig was van de regen.

'Dag, moeder van Hannah,' riep ze zangerig en toen: 'Hannah, zullen we naar binnen gaan voor je sessie? Ik sta hier te vernikkelen.'

Corinne dacht aan alle dingen die ze Hannah nog niet had verteld, over Steffie en de baby, en de geheimen en leugens die de man van haar dochter rond zijn leven had gesponnen.

'Maar Hannah, lieverd, ik had gehoopt nog even met je te kunnen praten.'

'Later, mam. Ik bel je.'

Toen ze weg waren, keken Corinne en Stella elkaar aan. Stella had blosjes op haar bleke wangen, als een ouderwetse pop.

'Ik neem aan dat u Hannah hier weg gaat halen?' zei ze. 'De mensen van wie ik houd, gaan uiteindelijk allemaal weg.'

'Jij moet hier ook weg, Stella.'

Corinne wachtte op de onvermijdelijke vraag – 'Maar waar moet ik dan naartoe?' – en had geen idee hoe ze die zou moeten beantwoorden.

Ze was dan ook erg verbaasd toen Stella die kunstmatig blauwe ogen weer op haar richtte en een heel andere vraag stelde.

'Maar wie zou ik dan zijn?'

44

Hannah

‘Kleiner. Strakker. Armen en hoofd intrekken.’

We staan op de matten in de dansstudio en proberen onszelf te laten verdwijnen.

‘Nu ga je groeien, heel langzaam,’ zegt Grace. ‘Eerst je vingertoppen, dan je polsen en ellebogen, je tenen, je voetzolen. Voel hoe je groeit. Strek je armen, je benen, ontrol je wervels, een voor een, maak je nek zo lang als die van een giraf. Hef je hoofd op alsof het vastzit aan een touwtje waar iemand aan trekt. Voel hoe lang je bent. Laat jezelf groter worden, meer ruimte innemen. Haal diep adem en herhaal samen met mij de beroemde woorden van Walt Whitman: “Ik bevat menigten.”’

‘Ik bevat menigten,’ mompelen we, met gestrekte armen en langgerekte nek.

Ik voel mezelf lichter worden. Sinds mam gisteren is geweest en ik haar over William Kingsley heb verteld, ben ik zo aan het piekeren dat ik me niet kon ontspannen. Tijdens de sessie met Laura moest ik me inbeelden dat ik op de oever van een rivier stond, en dat de wind zachtjes door het bos waaide en gekleurde herfstbladeren op de grond deed dwarrelen.

‘Pak er een,’ zei ze tegen me. ‘Voel de textuur van het blad, strijk ermee over je wang. Voel hoe koel en vochtig het is op je huid. Leg het nu op het water en kijk het na terwijl het door de rivier wordt meegenomen. Pak er nog een en leg dat ook op het water. En nog een. Verbeeld je dat elk blad een negatieve gedachte of herinnering bevat. Zie hoe die wegdrijven.' Alhoewel ik probeerde me te concentreren op wat ze zei en Oliver Roberts op een blad probeerde te zetten om hem te zien wegdrijven, bleef er diep in mijn maag een knoop van angst zitten.

Maar vandaag, hier op mijn mat, terwijl ik me uitrek om de vele dingen in mijn binnenste de ruimte te geven, voel ik de spanning langzaam verdwijnen. Normaal gesproken moet ik niks van dit gedoe hebben. Megan heeft zich ooit eens door een newageachtige vriendin laten meetronen naar een ademhalingsworkshop en we lagen nog dagen in een stuip. 'Ik ben nu veel beter in ademen dan jij,' gierde ze. 'Ik ben een gediplomeerd ademhaler.' Maar ik wil beter worden. Ik wil hier weg. Als Danny vanavond op bezoek komt, zal ik tegen hem zeggen dat ik naar huis kom. Ik ben er klaar voor. Als hem dat niet bevalt, dan is dat jammer. Ik weet dat hij het moeilijk heeft gehad, en dat spijt me voor hem, maar ik geloof niet dat hij het moeilijker heeft gehad dan ik.

Ik weet dat Stella me na de les zal opwachten, maar ik wil alleen zijn. Ik wil dit fijne gevoel nog wat langer vasthouden. Niet dat ik nog bang ben voor Stella, maar ik ben bedroefd om haar. Ik weet niet hoe zij ooit weer helemaal heel gemaakt kan worden.

Dus ik zeg dat ik naar de wc moet en ren door de rozentuin om het oude huis heen naar de ingang van de nieuwe vleugel. Ik wil naar de meditatieruimte en de beschutting van de kuipstoel, maar ik zie door de ruit van de deur die de receptie scheidt van de rest van het gebouw dat mijn route wordt geblokkeerd door Justin en Drew die met dokter Chakraborty staan te praten. Justin staat met zijn rug naar me toe, waardoor hij me niet in de gaten heeft, maar tegenover hem kijkt Drew op van de zoeker van zijn camera en staart me aan door de ruit. Hij draagt een rode trui die hem erg bleek maakt. Van deze afstand lijken zijn ogen diepe, zwarte gaten. Ik blijf doodstil staan. Meestal kijkt Drew volkomen onbewogen, maar nu vertrekt hij zijn mond tot een uitdrukking die ik niet kan thuisbrengen, maar die me kippenvel bezorgt. Ik draai me om en haast me het gebouw uit.

Het is lekker buiten, nu het eventjes niet regent. Het ruikt heerlijk fris.

Omdat ik weet dat de rest van de groep zo dadelijk uit de dansstudio zal komen, loop ik de andere kant op. Het grind van het parkeerterrein knerpt onder mijn voeten. Een pad, omzoomd door struiken waarachter ik steeds een glimp opvang van het gazon aan de ene en de bloementuin aan de andere kant, loopt van het parkeerterrein naar de moestuin. Daar leert Ines – de horticultuurtherapeute met het luie oog en de bejaarde jack russell die me altijd doet denken aan mijn moeders lieve, inmiddels overleden Madge – ons tweemaal per week hoe je compost maakt en hoe je planten kunt controleren op ziekten.

Ik weet niets over tuinieren, maar het werkt ontspannend om je handen vuil te maken en dingen uit de kale grond te zien ontspruiten.

Ik loop naar de schuur waar het gereedschap wordt bewaard. Het is een klein hok, ongeveer twee bij drie meter, stampvol harken, bezems, klossen touw en andere dingen waarvan ik niet precies weet wat je ermee moet doen. Ik pak een schoffel en een paar stevige groene handschoenen die me een maat te groot zijn en ga weer naar buiten. Iemand heeft een lege zak bij de deur laten liggen en die neem ik mee om de knieën van mijn spijkerbroek te beschermen.

Het meeste onkruid komt makkelijk los, alsof het alleen is komen aanwaaien, maar sommige planten zitten diepgeworteld. Voor deze moet ik met mijn schoffel de aarde rondom goed losmaken om ze eruit te kunnen trekken.

Terwijl ik zo bezig ben, denk ik aan Danny. Het was voor mij liefde op het eerste gezicht, maar kan ik met mijn hand op mijn hart verklaren dat ik met hem gelukkig ben geweest? We hebben momenten van geluk gekend. *Perfect days*, zoals in het nummer van Lou Reed. Perfecte weken zelfs, in een bungalow aan een strand in Thailand, en in een stad die we geen van beiden kenden, waar we leuke cafeetjes in achterafstraatjes ontdekten en de hele nacht onbekende drankjes dronken met volkomen vreemden die onze vrienden werden voordat we het eerste glas hadden geleegd.

'Hannah, als je zelfs op vakantie niet gelukkig was, zou het triest met je gesteld zijn,' zei Becks een keer toen ik in de begintijd van onze relatie stralend terugkeerde van vakantie. 'Het gaat erom hoe je thuis met elkaar bent, als je kibbelt over wie de zak voor het groente- en fruitafval te vol heeft gestouwd.'

Ze had gelijk. Toen we na de miskraam en de ivf steeds vaker ruzie kregen, hadden we het nooit over wat ons in werkelijkheid dwarszat. We verborgen ons steeds meer voor de ander.

Hoe kunnen we háár anders verklaren?

Steffie.

Als ik aan haar denk, begin ik met de scherpe punt van mijn schoffel in de grond te spitten alsof ik naar olie zoek.

Het initiatief was van haar uitgegaan. Dat heb ik mezelf altijd voorgehouden.

En vrouwen als Steffie komen pas in actie als ze zeker zijn van succes.

Wat had je verwacht? Je had tegen hem gelogen. Meteen dat verwijtende stemmetje in mijn hoofd, maar voordat ik me daardoor kan laten beïnvloeden, hoor ik een nieuw stemmetje.

Maar hij had als eerste gelogen.

Ik richt me op en blijf gehurkt zitten om over deze nieuwe stem en deze nieuwe waarheid na te denken.

Maar hij had als eerste gelogen.

Die woorden veranderen alles.

Terwijl ik me zit af te vragen wat het betekent, word ik me bewust van een onaangename prikkeling op mijn rug. Het is niet warm hier in de tuin en ik heb geen jas aan, maar dit heeft niets te maken met het feit dat ik niet warm genoeg gekleed ben.

Het voelt alsof er iemand naar me kijkt.

Ik draai snel mijn hoofd om en speur het pad, de bloementuin en het parkeerterrein af, helemaal tot aan de achteringang van de kliniek.

Niemand te zien.

Ik ga door met wieden, maar ik blijf het gevoel houden dat ik bespied word.

Weer kijk ik om en nu zie ik iets bewegen achter de struiken langs het pad.

Iets roods.

Mijn hart klopt in mijn keel als ik overeind krabbel. Ik weet niet eens waaróm Drew me zo'n angst aanjaagt, maar het is zo. De cameraman, die in de kliniek constant bij ons rondhangt en god-mag-weten-wat allemaal op film zet, heeft iets over zich dat mij het gevoel geeft dat het vocht uit de grond optrekt tot in mijn ziel.

Hij houdt zich nog steeds achter de struiken verborgen. Ik loop naar de schuur, duik erachter weg en wacht tot hij zich vertoont. Als hij de moestuin in loopt, steek ik het pad over en jog diagonaal over het gazon. Het natte gras doorweekt mijn gympen en ik vervloek het ontbreken van veters, waardoor ik niet kan rennen, al doet elke ademhaling me nu al pijn. Ik neem me heilig voor te gaan sporten zodra ik hier weg ben. Hardlopen. Naar de sportschool.

Als ik een blik over mijn schouder werp, zie ik dat Drew achter me aan komt. Nu ben ik niet alleen bang voor hem, maar geneer ik me ook. Het zal hem nu duidelijk zijn dat ik voor hem vlucht. Als ik het huis nader, herinner ik me dat de voordeur altijd op slot is, dus ik verander van richting en loop over het parkeerterrein naar de achteringang. Joni zit achter de receptiebalie. 'Drew is naar je op zoek,' zegt ze. Haar smalle, getekende wenkbrauwen gaan omhoog als ze ziet in welke staat mijn gympen verkeren.

Binnen is mijn eerste impuls naar mijn kamer te gaan, maar dan bedenk ik wat er kan gebeuren als hij me daarnaartoe volgt. In plaats daarvan ga ik naar de plek waar ik me het veiligst voel.

Het kunsttherapielokaal is leeg, met uitzondering van de rij bustes van klei waar we mee bezig zijn. Het is de bedoeling dat we onszelf uitbeelden, en Stella heeft de neus van haar buste al zo vaak veranderd dat hij er gisteren pardoes afviel. Daar hebben we vreselijk om gelachen. De bustes kijken me na als ik me door het lokaal naar Laura's kantoortje haast. De deur is dicht en ik voel gewoon dat ze er is. Ik verheug me al op de warmte van de straalkachel, mijn vingers rond de mok thee die ze voor me zal maken, de manier waarop we samen zullen giechelen als ik haar vraag me tegen Drew te beschermen.

Maar als ik de deurknop omdraai, besef ik dat ik het mis had. Ik ruik geen geur van jasmijn, er komt me geen warmte tegemoet. Ik ga naar binnen en doe de deur achter me dicht.

'Hannah?'

De stem komt van vrij dichtbij. Hij staat vermoedelijk in de deuropening van het kunsttherapielokaal. Ik geloof niet dat ik Drew ooit heb horen praten, en zijn hoge, nasale stem is een onaangename schok. Ik houd mijn adem in, alsof hij me dwars door de houten deur van Laura's kantoortje zou kunnen horen ademen.

Ik blijf zeker wel een halve minuut zo staan, zonder me te verroeren, met ingehouden adem. Als ik niets meer hoor, blaas ik langzaam mijn adem uit.

Dan wordt de deurknop omgedraaid.

Voordat ik de kans krijg iets te doen, gaat de deur open en vult het kamertje zich met licht.

Ik doe mijn ogen dicht.

45

Laura

'Ik ben zo blij dat Hannah zich eindelijk door me laat helpen. Er zit zo veel droefenis in haar. Het is net een tumor. Je weet wel, zoals bij kankerpatiënten die worden geopereerd en bij wie de arts dan een gezwel aantreft zo groot als een grapefruit of een voetbal. Of een foetus. Arme Hannah. Sommige mensen zijn veel te gevoelig voor deze wereld.'

Haar moeder kreunde. Ze was een beetje scheefgezakt. Laura boog zich over het bed om haar recht te leggen, blij dat ze tijd had gemaakt voor dit korte bezoekje. Ze had over vijfentwintig minuten een afspraak met Annabel en moest om één uur terug zijn in The Meadows, maar zelfs een bliksembezoek voldeed om haar moeders leven wat kleur te geven.

'Maak je geen zorgen, mama. Ik weet dat je niet graag aan al die ongelukkige meisjes denkt, maar ik heb haar nu onder mijn hoede genomen. Je hoeft niet ongerust te zijn. Toen ze gisteren mijn kantoortje verliet, leek er al een last van haar af te zijn gevallen. Ik laat haar niet in de steek. Daarover hoef je je geen zorgen te maken. Ik laat de meisjes niet aan hém over.'

In de woonkamer zat Katya magnetronlasagne te eten, regelrecht uit de verpakking. Haar voeten, zoals gewoonlijk in de konijnenpantoffels gestoken, rustten op het leren voetenbankje. En zoals altijd stond de televisie keihard.

'Is *Midsomer Murder*. Gaat over dorp waar elke dag mensen doodgaan. Daar wil ik niet wonen.'

'Mijn moeder lijkt onrustiger dan anders, Katya. Is dat jou ook opgevallen?'

Katya schudde haar hoofd zonder haar ogen van het scherm af te wenden.

'Zelfde als altijd. Wijkverpleegster kwam gisteren. Zij zegt jouw moeder heeft rode billen. Ik leg uit, jouw moeder heeft rode billen omdat haar poep gele soep is. Ik kan niet hele tijd luiers verschonen.'

Katya had een rond, pafferig gezicht, omlijst door dun, bruin haar, en ze had een vlezige onderlip die naar voren stak als ze zich beledigd voelde, zoals nu.

'Ik ben ook maar mens. Ik heb maar twee handen.'

Ze hief haar mollige handen op om dat te demonstreren.

Verzonken in gedachten aan haar moeder reed Laura door het naargeestige achterland van de noordelijke Londense buitenwijken.

Ze had gedaan wat haar was aangeraden. Ze had overal in de flat foto's neergezet waarop haar moeder te zien was als een gezonde jonge vrouw, met een gulle lach en prachtig donker haar dat golvend rond haar schouders viel. Een foto waarop ze Laura als baby hoog boven haar hoofd optilde. Een foto waarop ze lachend poseerde in een met verf bespatte korte broek, haar haar bijeengebonden met een sjaaltje, haar blote voeten stevig en sterk op de vloer. De bedoeling hiervan was dat de verzorgers niet zouden vergeten dat hun patiënt een mens was, een vrouw die had geleefd, gelachen en liefgehad, een moeder die haar baby had opgetild naar de wolkeloze blauwe lucht. Dat ze niet alleen deze schim in het bed was.

Toch vroeg ze zich wel eens af of Katya, en Femi, die driemaal per week de nachtdienst overnam, haar moeder nog wel beschouwden als een mens, een vrouw zoals zij. Want dat zou hen confronteren met het feit dat wat Laura's moeder was overkomen, ook hún kon overkomen, en dat zij dan ook de godganselijke dag in bed zouden liggen met een luier vol dunne gele poep. Misschien wilden ze liever niet aan een dergelijk beangstigend vooruitzicht denken.

Normaal gesproken was het op dit uur van de dag vrij rustig op de route naar Annabels huis, maar vandaag stuitte Laura op een opstopping. Toen ze dichterbij kwam, besefte ze dat er een ongeluk was gebeurd. Midden op de weg lag een fiets met een verwrongen voorwiel, en aan de overkant stond een wit bestelbusje waarvan het voorportier openstond. Laura zette haar motor af en stapte uit. Er leunden twee mannen tegen de achterkant van het busje en toen Laura dichterbij kwam, hoorde ze een van hen steeds zeggen: 'Ik had hem niet gezien. Ik had hem echt niet gezien.'

Een stukje verderop stond een groepje mensen rond een gedaante op de grond. Laura schrok toen ze zag dat het een tiener was, een jongen van een jaar of zestien, met een ongewoon mooi gezicht – althans, de helft ervan. Van de andere helft was niet veel meer over en de schedel was aan die kant ingedeukt als de schaal van een hardgekookt ei. Iemand had een jas over hem heen gelegd, als een deken, en Laura zag tot haar stomme verbazing dat die op en neer ging. De jongen leefde nog! En al die mensen stonden erbij en deden niets.

Ze knielde naast de jongen en pakte zijn hand.

'Alles komt in orde,' zei ze. 'Maak je geen zorgen.'

Al zag ze meteen dat het nooit meer in orde zou komen.

Zonder acht te slaan op haar kleren en de omstanders die geschokt hun hand voor hun mond sloegen, nam ze zijn half verbrijzelde hoofd op haar schoot. 'Je mag een gewonde niet verplaatsen,' zei iemand, maar dat negeerde ze. Hij was iemands zoon. Iemands kind. Nu kon zijn moeder in elk geval gerust zijn dat hij in zijn stervensuur liefde en goedheid had gekend en niet bang was geweest.

'Rust nu, lieve jongen,' zei ze tegen hem, met een zachte, kalmerende stem. 'Er is niets om bang voor te zijn. Alles is goed. Alles is liefde. Je gaat naar het licht. Je gaat naar de liefde.'

Het was net als hypnotherapie. Het herhalen van sleutelwoorden en zinnen. Het ging om je stem. Je maakte van je stem een warm bad waarin de patiënt zich graag wilde onderdompelen.

Het leek te werken. De jongen ademde rustiger en het deel van zijn gezicht waarmee hij nog iets kon uitdrukken, zag er ook kalmer uit.

Ze boog zich dieper over hem heen, zodat ze in hun eigen cocon kwamen te zitten, afgeschermd van de nieuwsgierige omstanders die niets hadden gedaan om hem te helpen, beschut tegen de dikke grijze wolken boven hun hoofd. Ze was zich vaag bewust van het geluid van een naderende sirene, maar negeerde het en wijdde zich helemaal aan de gewonde jongen op haar schoot.

'Je voelt je vredig,' zei ze tegen hem. 'Je hebt je nog nooit zo rustig en vredig gevoeld. Je bent kalm en vervuld van liefde, je gaat onbevreesd het licht tegemoet...'

'MEVROUW!'

De stem van de man klonk vlak bij haar oor. Er waren andere mensen om haar heen komen staan en ze werd door harde handen overeind gesleurd.

'Waar bent u in godsnaam mee bezig?'

De agent die haar overeind had getrokken, was van middelbare leeftijd en zijn gezicht was rood aangelopen van boosheid.

'Ik kalmeerde hem.'

'U smóórde hem!'

Maar toen Laura een half uur later weer in haar auto stapte en doorreed naar haar werk, nadat haar persoonsgegevens door de politie waren genoteerd en ze een getuigenverklaring had afgelegd, voelde ze zich doortrokken van een warme gloed van tevredenheid. De politie en het ambulancepersoneel wisten niet waar ze het over hadden. Zij hadden de pijn op het gezicht van de jongen niet gezien.

Het was Laura die zich voor hem had opgeworpen.

En dat zou ze zo weer doen.

46

Corinne

In haar werkkamer op de universiteit staarde Corinne uit het raam naar de man in de flat aan de overkant. Ze had de indruk dat hij aan het dansen was. Hij hief een arm omhoog en stak een been naar achteren. Zijn blote voet was nog net zichtbaar boven de vensterbank, trillend als een staart.

Nu hief hij beide handen boven zijn hoofd, bukte zich en verdween uit het zicht.

Geen dans dus, maar gymnastiek. Opeens voelde ze zich helemaal vertederd. Een man van middelbare leeftijd die het beste uit zichzelf probeerde te halen.

Op haar bureau lag een dik boek met de titel *Niet-populaire cultuur: de intriges van creativiteit in een antagonistische maatschappij*, het onlangs verschenen academische werk van een bezoekende hoogleraar van de universiteit van Berkeley, Californië, die ze voor een gastlezing had uitgenodigd.

Ze sloeg het vastberaden open en begon te lezen. 'Esthetische validatie', 'urbane etniciteit'. De woorden dansten voor haar ogen en werden één lange, onbegrijpelijke zin. Ze keek hoeveel pagina's het boek had: 763.

Ze kon zich niet concentreren vanwege een hardnekkig gevoel

van onrust, dat nog eens werd versterkt door het feit dat ze niet wist wat de exacte oorzaak was.

De onverwachte ontmoeting met Steffie twee dagen geleden had haar uit balans gebracht. Niet in het minst omdat ze medeleven had gevoeld voor de jonge vrouw die, al dan niet bewust, de katalysator was van de gebeurtenissen die tot Hannahs zenuwinzinking hadden geleid. Maar had het onheilsgevoel dat haar had achtervolgd sinds ze het babymutsje op haar stoep had gevonden, nu niet verdwenen moeten zijn?

Het was zorgwekkend dat dokter Roberts onder een andere naam was blijven werken, maar hij was niet geroyeerd en overtrad dus geen wet. Er viel bovendien niets in te brengen tegen het feit dat hij resultaten boekte. Ze begreep waarom Hannah het besluit over wat ze moesten doen met de gevonden informatie nog even wilde uitstellen. Daar was tijd genoeg voor als ze eenmaal gezond en wel thuis was.

Maar ook al was er voor elk van Corinnes zorgen een uitleg of een oplossing te vinden, als je ze allemaal op een rijtje zette, vormden ze een keten van eigenaardige gebeurtenissen die te beangstigend was om te negeren.

En dan had ze het bijna-ongeluk met de vrachtwagen nog niet eens meegerekend. Het leek beter te gaan met Hannah, maar Corinne mocht niet vergeten dat haar dochter mogelijk met opzet vlak voor die wagen van de stoep was gestapt.

Corinne kende genoeg vrienden, collega's en studenten die aan depressie leden om te weten dat geestelijke gezondheid geen rechtlijnig begrip was. Het was eerder een caleidoscopisch patroon dat eindeloos veranderde. Deeltjes die voortdurend over elkaar heen schoven. En zij waren niet meer dan lichtpuntjes in het patroon, dan weer scherp, dan weer vaag, groot, klein, boven, beneden. Wie geluk had, wist eruit te komen. Wie pech had, werd naar binnen gezogen. Er was geen finish met een spandoek waarop GENEZEN stond. Op een dag werd je wakker en besefte je dat je er niet meer tegenop zag om uit bed te komen.

Toch kon ze niet geloven dat Hannah zich voor een vrachtwagen had willen gooien. Niet haar dochter. *Alstublieft, God. Niet Hannah.*

Het pingeltje van een binnenkomende e-mail was een welkome afleiding. In haar inbox verscheen een bericht van Paddy, die vroeg om suggesties voor een boekenlijst. Een beleefde mail, respectvol maar afstandelijk, alsof ze elkaar nog niet persoonlijk hadden ontmoet.

Het besef dat ze zijn gevoelens had gekwetst, drukte zwaar op haar gemoed. Ze overwoog hem uitleg te sturen over wat er aan de hand was en klikte zelfs op 'Beantwoorden', maar ze kon de juiste woorden niet vinden. Bij alles wat ze schreef, had ze het gevoel haar dochter te verraden. Uiteindelijk wiste ze het concept en sloot haar inbox.

De man in de flat aan de overkant had nu in elke hand een conservenblik en hief zijn armen beurtelings op alsof hij oefeningen deed op muziek die Corinne niet kon horen.

Ze dacht weer aan Hannah, daarginds in The Meadows, onder behandeling bij dokter Roberts, die niet alleen een jong meisje bleek te hebben teruggezonden naar de man die haar misbruikte, maar ook twee vrouwen tot een gevangenisstraf had helpen veroordelen voor misdaden die ze niet hadden gepleegd, waardoor twee gezinnen kapot waren gemaakt.

En deze man had de macht te bepalen of Hannah onder dwang in de kliniek moest blijven.

Corinne klikte op haar zoekmachine.

Welke naam had Hannah gisteren genoemd? William nog iets. De achternaam lag op het puntje van haar tong, Corinne kon hem bijna proeven, maar steeds als ze dacht hem te pakken te hebben, ontglipte hij haar. Was dat altijd zo geweest, of begon haar geheugen af te takelen? Corinne was voortdurend bedacht op tekenen van geestelijke aftakeling, het schrikbeeld van al haar leeftijdgenoten.

Ze typte in de zoekregel *William neuroloog shakenbabysyndroom* en wachtte op de resultaten.

Kingsley. Dat was het.

De links verwezen hoofdzakelijk naar artikelen uit kranten en tijdschriften die Corinnes hart braken. Radeloze moeders, ten onrechte opgesloten omdat ze hun eigen baby zouden hebben gedood. Hoe overleefde je zoiets?

Bij sommige van de berichten stonden foto's van dokter William Kingsley, de getuige-deskundige van het OM, genomen op het moment dat hij bij de rechtbank arriveerde. Corinne staarde er lange tijd naar. Zelfs een kwarteeuw jonger, gladgeschoren en met kort, donker haar in plaats van zijn langere, met grijs doorweven manen, was Oliver Roberts goed herkenbaar als je wist wie je zocht, al vermoedde Corinne dat iemand die bij toeval op deze foto stuitte, niet meteen een verband zou leggen tussen de twee mannen.

Ze scrolde verder door de zoekresultaten en klikte op een link die er veelbelovend uitzag. De echtgenoot van een van de twee valselijk beschuldigde vrouwen, Lucy McDermott, had zich na haar arrestatie koppig achter haar geschaard en had aan het hoofd gestaan van de groep die actie had gevoerd om de naam van zijn vrouw te zuiveren.

'Ik weiger te geloven dat Lucy onze zoon iets heeft aangedaan,' zei hij in een interview met een roddelblad, 'en ik blijf vechten voor haar vrijlating.'

De echtgenoot had dik, blond haar met een valse kruin, en zijn gezichtsuitdrukking was een mengeling van verontwaardiging en droefenis die Corinne tot tranen bracht.

De andere vrouw, Barbara Phillips, was pas acht maanden getrouwd toen ze werd gearresteerd. Haar kersverse echtgenoot hield, in tegenstelling tot de man van Lucy McDermott, een slag om de arm, en het verbaasde Corinne niet dat het huwelijk was gestrand toen Phillips nog in de gevangenis zat. Barbara Phillips had al een dochter, toen twaalf jaar oud, en een van de roddelkranten wijdde verlekkerd uit over de omstandigheden waaronder het meisje was verwekt. De vader was een getrouwd man, die zijn minnares had gesmeekt de zwangerschap af te breken. 'Ik heb nog nooit iemand meegemaakt die zo egocentrisch is als Barbara,' verklaarde hij toen de media hem interviewden. 'Ik geloof dat ze met opzet zwanger is geworden om mij te dwingen mijn vrouw te verlaten.'

Over publiekelijk lynchen gesproken.

De berichten dateerden uit 1994, toen de vrouwen waren veroordeeld, en uit 1996, toen ze waren vrijgelaten nadat was bewezen dat de baby's konden zijn gestorven wegens bloedpropjes die waren ontstaan door een infectie. Maar halverwege de derde pagina stond een recentere link.

Het vonnis is gecasseerd, maar de nachtmerrie zal nooit eindigen.

Corinne klikte hem aan. Op het scherm verscheen het hoofdartikel van de zondagbijlage van een krant uit 2009, waarin de gevolgen van onjuiste vonnissen werden besproken. Er was een geval van een man die voor een gewapende overval had vastgezeten, totdat filmbeelden van de beveiligingscamera van een tankstation tachtig kilometer bij de plaats delict vandaan aantoonden dat hij zich dáár bevond op het tijdstip dat de misdaad werd gepleegd. Een andere man had negentien jaar in de gevangenis gezeten voor verkrachting en moord, totdat nieuwe technologieën hadden aangetoond dat het DNA dat op het slachtoffer was aangetroffen niet van hem afkomstig kon zijn. Beiden werden geïnterviewd over de psychologische langetermijneffecten van celstraf voor een misdaad die je niet hebt gepleegd.

Tot slot volgde een interview met Lucy McDermott, de eerste

vrouw die, hoofdzakelijk vanwege de onjuiste getuigenis van dokter William Kingsley, was veroordeeld voor het doodschudden van haar baby.

Ik rouwde om mijn baby en zat in de gevangenis met vrouwen die dachten dat ik een babymoordenares was. Zelfs toen mijn naam was gezuiverd, dachten sommige mensen nog steeds: waar rook is, is vuur. Die man heeft mijn hele leven verwoest.

Corinne werd zo geraakt door de getuigenis van Lucy McDermott, door het rauwe verdriet dat zelfs acht jaar later nog in haar woorden lag, en door de enorme ravage die dokter Oliver Roberts had veroorzaakt, dat ze een paar seconden nodig had om zich te herpakken voordat ze in staat was de volgende alinea te lezen.

Hoe desastreus de beproeving was, valt op te maken uit het lot van Barbara Phillips, de andere vrouw die valselijk werd beschuldigd van het doodschudden van haar eigen baby, ging het artikel door. *Nadat ze uit de gevangenis was vrijgelaten, probeerde Phillips de draad van haar leven weer op te pakken. Ze vestigde zich in een andere stad, samen met haar oudste dochter, die in een pleeggezin was ondergebracht gedurende de tijd dat haar moeder in de gevangenis zat, en ze nam haar meisjesnaam weer aan om haar verleden te verbergen.*

Ze is echter nooit volledig hersteld van wat haar was aangedaan en leed aan langdurige perioden van depressie. In 1997 heeft ze een zelfmoordpoging gedaan door een overdosis in te nemen van het antidepressivum dat haar was voorgeschreven. Alhoewel ze het overleefde, kreeg ze een hersenbloeding, waarna ze niet meer in staat was te spreken en voor zichzelf te zorgen.

Corinne was meteen terug in de armoedige flat, starend naar de smoezelige roze oren van de konijnenpantoffels van Katya, die boven het lawaai van de televisie uit zei: ‘Misschien twintig jaar geleden van beroerte.’

Laura.

47

Laura

Er kwam een heerlijke geur uit Annabels keuken.

'Bananenbrood,' zei Annabel, toen Laura ernaar vroeg. 'Ik heb er net een paar gebakken.'

'Heerlijk,' zei Laura, maar de gewenste uitnodiging bleef uit. Ze herinnerde zich een tijd dat ze bij Annabel thee met zelfgebakken cakes en koekjes kreeg, maar Annabel was zich steeds afstandelijker gaan opstellen, en daardoor Laura was juist steeds meer naar haar aandacht gaan hunkeren. Soms had ze het gevoel dat ze altijd aan de zijlijn van het leven van anderen zou staan, ongeacht wat ze deed en hoe ze ook haar best deed.

De geur van het verse brood bezorgde Laura een steek in haar maag. Het was een herinnering aan het leven dat ze nooit had gehad.

'Ik hielp mijn moeder vroeger altijd in de keuken,' zei ze. 'Ze kon fantastisch koken.'

Dat was overdreven. Haar moeder had aardig kunnen koken, maar meer ook niet. Laura hield echter van de geïdealiseerde versie van haar moeder die ze in haar eigen hoofd had gecreëerd.

'En toen ik nog in de verpleging zat en samen met Tania en Nat en de andere meisjes een huis huurde, waren we ook altijd aan het bakken.'

Dat was ook gelogen. Alleen Tania en Nat sloten zich wel eens samen op in de keuken, met Amy Winehouse keihard aan, en gierden dan van het lachen, tot Laura ging kijken wat er zo grappig was. Zelf kookte of bakte Laura nooit iets. Ze vond het voor één persoon niet de moeite waard.

'Ik zit er trouwens over te denken om weer de verpleging in te gaan.'

Zo. Eindelijk had ze beet. Laura zag het aan de blik in Annabels wijd uiteenstaande ogen en de manier waarop ze iets rechter ging zitten. Toen Annabel sprak, deed ze dat echter op haar gebruikelijke afgemeten manier.

'Maar je plannen dan? Je vond dat je op The Meadows juist zo'n verschil maakte. We hadden toch samen een lijst opgesteld van alle mensen die je dacht te kunnen helpen?'

Dat was beter. Laura was meteen gesust. Maar toen bedierf Annabel het weer door te vragen of Laura soms vond dat ze niet in staat was zich ergens voor honderd procent op toe te leggen. Ze bracht haar in herinnering hoe ze, voordat ze zich op yoga had geworpen, zich op meditatie had gericht. En nu was de hypnotherapie daarbij gekomen.

'Dat had jij me aangeraden!' zei Laura verbolgen. Ze herinnerde zich nog heel goed dat Annabel degene was die haar op het idee had gebracht aan hypnotherapie te gaan doen, en nu deed ze alsof het een wispelturige gril van Laura was. En wat was er trouwens mis met nieuwe bronnen aanboren? In Laura's ogen was het leven net papier-maché. Je bracht steeds nieuwe laagjes aan, het een na het ander, ervaring na ervaring, zegening na zegening, tot je iets had wat rijk aan textuur was en uiteindelijk de gewenste vorm aannam.

'Ik wil alleen maar zeggen dat het misschien tijd is om je ergens volledig op toe te leggen. Je aan je voornemens te houden.'

Ze klonk zo streng. Annabel had makkelijk praten. Zij zou nooit kunnen begrijpen dat mensen als Laura, die waren opgegroeid in omstandigheden als de hare, leefden met het gevoel dat ze nooit stabiliteit zouden kennen en het misschien ook niet waard waren. Maar toen verraste Annabel haar door te zeggen:

'Denk je dat er een element van zelfsabotage in zit? Dat als iemand laat blijken dat hij of zij jou graag mag en je werk op prijs stelt, jij eigenlijk vindt dat je het niet verdient?'

Dat was typisch Annabel. Je dacht dat ze er niets van begreep, en dan zei ze iets wat zo scherpzinnig was dat het je de adem benam.

'Mag ik even van het toilet gebruikmaken?'

Annabel aarzelde kort maar zei toen: 'Natuurlijk.'

De hele gang was gevuld met de geur van het bananenbrood. Voor gasten was er een toilet onder de trap, altijd brandschoon, maar zo klein dat het voelde alsof je in een betegelde doodskist zat. Laura had daar geen zin in en liep zachtjes de trap op, langs een rij ingelijste diploma's. Boven liep ze geruisloos door de gang, blij dat ze daarstraks haar schoenen had uitgetrokken. De eerste deur links stond op een kier. Ze gluurde naar binnen. Een zachtgroen geschilderde slaapkamer. Een roomkleurige sprei op het keurig opgemaakte tweepersoonsbed. Naast het bed een paar lichtbruine pantoffels van schapenleer. De kamer liet niets los over de persoon die hier leefde en sliep, die met haar hoofd op dat gladde, blanke kussen droomde.

Met een onbevredigd gevoel deed Laura de deur ertegenover open. Annabels werkkamer. De boekenkast tegen de muur naast de deur was gevuld met boeken waaraan je kon zien dat ze vaak werden ingekeken. Ertegenover, onder het enige raam dat de kamer rijk was, stond een wit bureau. Zoals alles in dit vreemde, kleine huis was het bureaublad vrij van rommel. Er stond alleen een laptop, met een document geopend op het scherm.

Kijken kon geen kwaad. Toch?

Zo onhoorbaar mogelijk liep Laura de kamer door om het document op het scherm van dichtbij te bekijken. Het zag eruit als een titelpagina.

De kracht van…

'Wat doe je hier?'

Annabel klapte de laptop dicht als een oester. Ze was zo stilletjes naar boven gekomen dat Laura haar niet had gehoord. Waarom sloop ze zo zachtjes rond?

'Ik wilde liever naar het toilet boven. Meer privacy.'

Annabel sloeg haar armen over elkaar. Voor zo'n kleine vrouw kon ze er formidabel uitzien.

'We hebben het hierover gehad.'

Laura kreeg een droge mond, maar ze probeerde vol zelfvertrouwen te antwoorden. 'Maar als je dat niet goed vindt, ga ik wel beneden.'

Ze draaide zich om en liep naar de trap.

'Laura!'

Annabels stem klonk hard en scherp. Laura bleef staan maar draaide zich niet om.

'Laura,' zei Annabel nogmaals, haar stem matigend waardoor ze weer meer als zichzelf klonk. 'We hebben het hierover gehad. Waarom heb je er zo'n moeite mee om grenzen te respecteren? Mijn huis. Mijn leven. Die zijn verboden terrein.'

'Ik dacht dat je mijn vriendin was.'

Laura was zich bewust van haar jengelende toon, maar ze kon er niets aan doen. Vlak voor haar, boven de academische diploma's, hing een kleine ingelijste foto die ze daarstraks over het hoofd had gezien, van Annabel als jongere vrouw, hand in hand met een klein blond meisje dat net zulke vlakke gelaatstrekken had als zijzelf. Laura kreeg zo'n brok in haar keel dat slikken pijn deed.

'Dat is het nu juist, Laura. Ik ben niet je vriendin. Ik ben ook niet je moeder. Ik ben je psychotherapeute.'

48

Hannah

'Je bent niet goed wijs.'

Mijn hart is enigszins tot bedaren gekomen, maar ik sta nog te hijgen en mijn hele lichaam tintelt van de adrenaline.

Drew is gek geworden.

Vanaf het moment dat hij binnenstormde in Laura's kantoortje, waar ik me voor hem verstopte, heeft zijn mond niet stilgestaan. Hij vertelt me de vreemdste dingen. Hij zegt te weten wat er in The Meadows gaande is. Hij beweert dat we nooit op hem letten omdat hij zo stilletjes zijn gang gaat en dat we daardoor dingen zeggen die we anders stil hadden gehouden.

Hij zegt dat hij in de gemeenschappelijke ruimten kleine videocamera's heeft geïnstalleerd, waarmee constant wordt gefilmd, ook al weet hij dat niets daarvan zonder toestemming kan worden gebruikt. Gisteren is hij de opnames uit het kunsttherapielokaal gaan bekijken. Alhoewel je niet in Laura's kantoor kunt kijken, kun je wel horen wat daar wordt gezegd.

Je kunt horen wat Laura tegen Sofia heeft gezegd, toen ze nog leefde. En tegen Charlie.

En tegen mij.

'Ze doet het met hypnose. Eerst zorgt ze ervoor dat je je kalm en prettig voelt. Dan gaat ze dieper. Ze praat over een heerlijke, vredige plek waar alles licht en liefde is. "Je bent heel bijzonder," zegt ze. "Je verdient een veilige plek als de wereld te somber wordt." En dan, als je volledig ontspannen bent, als je helemaal in trance bent, legt ze uit hoe je daar kunt komen.'

'Waar?'

Ik sta achter de leunstoel waarin ik meestal zit en houd die tussen mij en Drew. Mijn vingers trommelen op de plaid alsof ze een bericht in morse verzenden.

'Naar die veilige plek. Naar de plek waar jullie allemaal willen zijn. Naar het licht. Bij Charlie kon het door middel van snijden. Alleen noemde Laura het niet zo. Ze zei tegen haar dat ze over een massagepunt op haar pols moest wrijven, om endorfine op te wekken. Dat ze daarvoor een scherp voorwerp moest gebruiken. Hoe scherper hoe beter, zei ze. Als ze iets geschikt zou vinden, zou ze dat vanzelf weten. Pijn was bevrijding, zei ze. Dan zou ze op een onvoorstelbaar heerlijke plek komen, zei ze. Met Sofia ging het anders. Tegen Sofia zei ze dat ze kon vliegen.'

Dat is het moment waarop ik zeg: 'Je bent niet goed wijs.'

Drew doet alsof hij me niet hoort. 'Ze zei tegen Sofia dat ze op een wonderbaarlijke plek zou komen als ze eenmaal gewichtloos was. Dat ze alleen maar hoefde te geloven dat ze kon vliegen, en dat ze het dan echt zou kunnen. Tegen jou had ze het over koplampen. "Het licht zou je de weg naar huis wijzen," zei ze. "Volg het licht."'

Hij staat voor de deur, zodat ik niet weg kan. De wanden van de raamloze kamer komen op me af.

'Ze geeft jullie triggers,' vervolgt hij. 'Woorden om jullie ertoe aan te zetten naar die veilige plek te gaan zoeken. Het gevoel overweldigd te zijn. Opgesloten te zitten. Claustrofobie. De eisen die aan jullie worden gesteld. Angst voor de toekomst. Droge mond, zweterige handpalmen. Triggers, triggers, triggers.'

Ik krijg een flashback. Ik sta weer met Stella in de motregen voor de pub. En ik ervaar opnieuw dat moment van pijnlijke helderheid toen ik me voor het eerst afvroeg hoeveel het van me zou vergen om bij een man te blijven die zijn schuld nooit volledig had erkend. Vlak daarna staarde ik naar de vrachtwagen. *Volg het licht.*

'Jouw gesprek van gisteren met Laura staat er ook op,' zegt Drew.

Ik krijg het benauwd in het kleine kamertje. Ik word draaierig van de gedachte dat ik zijn adem inadem. Ik voel me bezoedeld. Drew is als een dief, die dingen aanraakt waar hij met zijn smerige handen van af moet blijven. Tijdens de intieme gesprekken met Laura had ik het gevoel dat ik volkomen eerlijk kon zijn, mezelf helemaal kon geven. Nu ik weet dat Drew alles heeft gehoord, voel ik me naakt.

'Ze sprak over water, Hannah. In tegenstelling tot de eerste sessies, die over verkeer gingen, over de koplampen van auto's die je de weg zouden wijzen, zei ze nu dat jouw veilige plek diep onder water ligt. Diep. Diep. Diep. Ze moet dat woord wel honderd keer hebben gezegd.' Iets schiet als een aal door de duisternis van mijn geest, een herinnering die door mijn vingers glipt als ik haar probeer te grijpen. Drew ziet het aan mijn gezicht.

'Je herinnert het je. Je weet dat ik de waarheid spreek.'

Dan gaat de deur open en wordt het kamertje gevuld met helder licht.

'Hallo,' zegt Laura.

Ze glimlacht, maar ze heeft iets waakzaams over zich, waardoor ik me afvraag hoe lang ze achter de deur heeft gestaan en hoeveel ze heeft gehoord.

'Sorry,' mompelt Drew bijna onhoorbaar. 'Ik ben al weg.'

Hij dringt langs Laura heen zonder naar haar of mij te kijken. Ik zou opgelucht moeten zijn dat hij weg is, maar angst wordt met kleine prikjes op mijn huid getatoeëerd.

Wat is het precies dat ik me niet herinner? Ik vervloek de slaappil van gisteren, en de bijbehorende dufheid die de hele ochtend aanhoudt.

'Is alles in orde, Hannah?'

Nu zou ik haar moeten vertellen wat Drew heeft gezegd, haar de kans moeten geven het uit te leggen, te ontkennen, te zeggen dat hij alles heeft verzonnen.

'Ja, hoor. Prima. We stonden gewoon te praten. We hadden ons hier eventjes teruggetrokken omdat het hier zo lekker rustig is. Dat vind je toch niet erg?'

De woorden komen voort uit een deel van mezelf dat gescheiden lijkt van de rest. Intussen schuifel ik om de fauteuil heen naar de open deur.

Opeens gebeuren er twee dingen tegelijk. Laura doet een stap naar mij toe en Odelle verschijnt in de deuropening.

'Ah, daar ben je, Laura. Je bent toch niet vergeten dat je me zou helpen met de buste? Ik krijg de mond niet goed.'

Ze kijkt naar mij alsof ik hen stoor. Ik maak van de gelegenheid gebruik om langs haar heen te glippen. 'Ik ga al.'

Mijn hart voelt alsof het van zijn anker is losgeslagen en tegen mijn ribben ketst, en mijn hoofd zit vol vragen waar ik geen antwoord op heb.

In de hal blijf ik aarzelend staan onder de glinsterende glazen kroonluchter. De graaf op het olieverfschilderij aan de achterwand bekijkt me met kille ogen. Dan druk ik op de knop naast de hoofdingang, duw de deur open en zet het op een lopen.

49

Corinne

Het grind knerpte onder de banden van haar auto toen ze het parkeerterrein opreed en ze voelde iets trekken in haar borst, alsof daar over de hele breedte hechtingen waren aangebracht.

Zodra de betekenis van wat ze had ontdekt tot haar was doorgedrongen – namelijk dat Laura Whittaker een bijzonder goede reden had om wraak te willen nemen op dokter Roberts – had ze The Meadows gebeld en gevraagd of ze Hannah te spreken kon krijgen. Stijf van ongerustheid had ze zitten wachten terwijl Bridget Ashworth naar haar op zoek was gegaan.

Laat haar niets overkomen. Laat haar niets overkomen.

Maar hoe langer de administratief manager wegbleef, hoe meer Corinne begon te vrezen dat haar al iets was overkomen, en toen Bridget uiteindelijk weer aan de lijn kwam en Corinne op afkeurende toon vertelde dat Hannah de kliniek moest hebben verlaten zonder dat aan iemand te laten weten en zonder het in het 'speciale boek' te noteren, was Corinne de deur al uit voordat ze was uitgesproken. De hele weg naar de kliniek bleef ze haar nieuwe mantra herhalen.

Laat haar niets overkomen. Laat haar niets overkomen.

Ze wierp een snelle blik over het parkeerterrein en zag opgelucht dat Laura's knalroze auto er stond. Waar Hannah ook mocht zijn, ze was in elk geval niet samen met háár. Godzijdank.

Binnen overhandigde ze Joni, die de receptie bemande, nogal ruw haar tas.

'Wat een haast,' zei Joni. Ze trok de getekende boogjes van haar wenkbrauwen nog hoger op en doorzocht de tas op een manier die Corinne overdreven zorgvuldig vond.

Tegen de tijd dat Corinne bij het kunsttherapielokaal aankwam, voelde de spanning in haar lijf als een ballon die op knappen stond. Door de deuropening zag ze dat Laura aan het lesgeven was. Een van de patiënten, de vrouw die hier als laatste was opgenomen, zat op een gestreepte strandstoel voor zich uit te staren alsof ze in de wachtkamer van de tandarts zat, terwijl de anderen met houtskool aan het tekenen waren.

Geblinddoekt.

'Corinne! Kom erin. Je vraagt je vast af wat we aan het doen zijn. De dames hebben Katy aandachtig bekeken voordat ze hun blinddoeken voordeden, zodat ze min of meer weten waar de hoofdlijnen moeten komen. Deze oefening gaat om geheugen en interpretatie, de dingen die in ons brein worden vastgehouden.'

'Hannah?'

Corinne vertrouwde haar stem niet voldoende om meer dan dit ene woord uit te brengen.

Laura keek verwonderd, trok haar neus op en hield haar hoofd schuin.

'Hannah is er niet, Corinne. Een half uurtje geleden heb ik haar nog gezien, maar ze is niet teruggekomen. Dat is niets voor haar, moet ik zeggen. Ze heeft tot nu toe nog geen enkele les overgeslagen.'

Laura's bruine ogen waren als empathische poelen van gesmolten chocolade, en opeens twijfelde Corinne aan alles wat ze te weten was gekomen. Als je er eenmaal op bedacht was, zou je het toch moeten zien als iemand zich uitgaf voor iets wat hij niet was? Laura leek zo oprecht.

'Help!' De toch al zo gespannen Corinne voelde de zenuwen door haar lijf gieren toen deze snerpende kreet door de zaal schalde.

Aan de andere kant van het lokaal, dicht bij het raam, trok Frannie, duidelijk in paniek, aan haar blinddoek. Toen ze blindelings overeind kwam, stootte ze haar schildersezel omver.

'Allemachtig,' riep Odelle. Ze draaide haar gezicht in de richting van het kabaal. 'Wat gebeurt er allemaal?'

Laura haastte zich naar Frannie, die nu bijna hysterisch was, en Corinne maakte van de gelegenheid gebruik om het lokaal te verlaten. Elke cel, elke vezel van haar lichaam wilde haar dochter vinden en haar mee naar huis nemen.

Ze rende de trap op en haastte zich door de gang naar het kantoor van dokter Roberts.

'Pardon, mevrouw! Dokter Roberts is bezet!' riep Bridget toen Corinne langs het kleine kantoor van de administratie liep, maar Corinne negeerde haar.

Ze klopte op de deur van dokter Roberts' kantoor, wachtte een halve seconde, ging naar binnen en bleef abrupt staan toen ze zag wie Roberts op bezoek had. Danny.

'Corinne.' Danny herstelde zich als eerste. 'Oliver geeft me net een update over Hannah.'

Oliver?

'Hij is van mening dat Hannah nog niet sterk genoeg is om naar huis te gaan, en daar ben ik het wel mee eens.'

'Waar is ze? Waar is Hannah?'

De twee mannen wisselden een blik en haalden bijna onmerkbaar hun schouders op. Corinne voelde woede in zich opvlammen.

Dokter Roberts nam het woord. 'Hannah lijkt ergens naartoe te zijn gegaan zonder dat aan iemand te hebben verteld en zonder zich aan de procedures te hebben gehouden. Ik weet dat ze een sterke wil heeft en erg aan haar onafhankelijkheid hecht, maar dit gedrag roept de nodige vraagtekens op, net als haar recentelijke gedrag in het algemeen.'

Vraagtekens? Hoe waagde hij het.

'Ik weet wie u bent.'

'Pardon?'

Ze had hem overrompeld. Zijn glimlach bleef intact, maar ze zag de verwarring in zijn ogen.

'Hoe bent u hier al die jaren straffeloos mee weggekomen? Met deze criminele heruitvinding van uzelf?'

'Ik vrees, mevrouw Harris, dat ik niet weet wat u...'

'William Kingsley.'

De naam vloog door de kamer als een handgranaat waar ze alle drie een fractie van een seconde zwijgend naar keken.

'Corinne, ik weet niet wat...' begon Danny, maar Roberts praatte erdoorheen.

'U hebt onderzoek naar mij gedaan.'

Zijn stem klonk hoger en stijver dan anders, maar hij sprak nog steeds op de afgemeten toon die zo op haar zenuwen werkte.

'Veel professionals, inclusief medisch personeel, veranderen om allerlei redenen van naam. Ik neem aan dat u, toen u in het huwelijk trad, ook een andere naam hebt aangenomen. Dat is niets bijzonders.'

Danny draaide zich om op zijn stoel zodat hij Corinne beter kon zien. Zijn blik ging van de een naar de ander terwijl hij verward zijn donkere wenkbrauwen optrok.

'Wilt u mij wijsmaken dat u niet van naam en van specialisatie bent veranderd omdat twee onschuldige vrouwen wegens úw getuigenis de gevangenis in zijn gedraaid?'

Roberts bleef kalm, maar een netwerk van gebarsten adertjes spreidde zich uit over zijn wang als een kantklospatroon.

'Ik blijf erbij dat ik destijds juist heb geoordeeld, mevrouw Harris, en ik had goede persoonlijke redenen om me daarna van mijn verleden te distantiëren. Niets daarvan heeft betrekking op mijn besluit om over te stappen op psychiatrie, noch op mijn bekwaamheden. Ik heb een uitstekende reputatie op dit gebied, en dat weet u, anders had u uw dochter nooit aan ons toevertrouwd.'

'Dan schrikt u vast niet als ik u vertel dat de dochter van een van de vrouwen die door uw toedoen gevangenisstraf had gekregen, nu een betaald lid van uw staf is?'

Nu had ze hem te pakken. Opeens was er niets meer over van zijn ontspannen, nonchalante houding en zijn onverstoorbare glimlach. Hij ging rechtop zitten, met beide voeten plat op de vloer. De verandering ontging Danny niet en hij staarde Roberts vragend aan.

'Zou iemand mij willen vertellen wat er precies aan de hand is?'

'Laura Whittaker,' zei Corinne, maar ze sprak tegen Roberts, 'is de dochter van Barbara Phillips, een van de vrouwen die wegens uw getuigenis twee jaar onschuldig in de gevangenis heeft gezeten.'

Nu keek ze naar Danny.

'Een paar jaar nadat ze was vrijgelaten, heeft Barbara een zelfmoordpoging gedaan, en sindsdien kan ze niet meer lopen, praten of voor zichzelf zorgen. Je kunt dus wel zeggen dat Laura met goede redenen een wrok koestert.'

'Bedoel je…'

Roberts sprong overeind. Nu de houding die hij als een duur maatkostuum had gedragen aan flarden was gescheurd, leek hij opeens ouder. Zijn gezicht zakte uit alsof het alleen door zijn eeuwige glimlach in model was gehouden.

'Weet je dat Laura de patiënten hypnotiseert?' zei Danny, die zich inmiddels had hersteld.

'Ik weet dat dat een van haar specialisaties is, maar ik verzeker je dat Laura Whittaker nooit toestemming heeft gekregen om hier in The Meadows hypnotherapie toe te passen.'

'Daar heeft ze misschien geen toestemming voor gekregen, maar dat heeft haar er niet van weerhouden om het te doen,' zei Corinne. 'Ze heeft ze allemaal onder handen genomen. Charlie, Sofia, Hannah. Dat is geen toeval.'

'Zegt u dat ze vrouwen hypnotiseert zodat ze de hand aan zichzelf zullen slaan? Weet u niet dat dat helemaal niet kan? Zelfs met hypnose kun je iemand niet dwingen om iets te doen wat hij niet wil. Zo zit de menselijke psyche niet in elkaar.'

'O, en u weet precies hoe de menselijke psyche in elkaar zit?' vroeg Corinne woedend. 'Het is u niet eens opgevallen dat een van de patiënten hier iemand is die u al eerder hebt behandeld, iemand die u hebt laten vallen als een baksteen.'

'Ik kan u niet meer volgen, mevrouw Harris. Ik heb noch Laura Whittaker noch haar moeder als patiënt gehad.'

'Nee, maar Catherine Pryor wel.'

Roberts bleef naast zijn bureau staan, alsof ze hem hadden betrapt op een poging ertussenuit te knijpen. Ze zag aan zijn gezicht dat de naam hem bekend voorkwam, maar hij kon hem niet zo snel plaatsen.

'Ik kan mijn patiënten niet met u bespreken, mevrouw Harris.'

'Ik wel met u. Zij was het twaalfjarige meisje dat u in vertrouwen heeft verteld dat ze door haar stiefvader werd misbruikt, het meisje dat u weigerde te geloven en doodleuk naar die smeerlap hebt teruggestuurd.'

Nu werd Roberts kwaad. Hij liep rood aan.

'U bedoelt vermoedelijk een patiënt van Westbridge House. Dan moet u ook weten dat ik daar nooit van wanpraktijken ben beschuldigd. Mogelijke tekortkomingen zijn toegeschreven aan professor

Dunmore, de directeur van de kliniek, die een bijzonder gevaarlijk individu bleek te zijn. Mevrouw Harris, wat mij betreft is dit gesprek klaar. Uw insinuaties grenzen aan laster. Ik verzoek u te vertrekken. Als u problemen hebt met onze kliniek, kunt u die op schrift zetten. Ik zal mijn best doen om erop te reageren nadat onze juridisch adviseur ze heeft bekeken.'

'Ik ga hier niet weg zonder mijn dochter. Maar niemand weet waar ze is.'

Danny sprong overeind.

'Als dat wijf haar ergens heeft opgesloten...'

'Ze is niet bij Laura. Dat heb ik al gecontroleerd.'

'Maar stel dat ze haar heeft opgedragen om de hand aan zichzelf te slaan. Stel dat ze tot haar onderbewustzijn is doorgedrongen, of hoe dat ook in zijn werk gaat.'

'Dat is niet mogelijk,' zei Roberts. 'Dat heb ik net uitgelegd.'

Danny deed opeens een stap in Roberts' richting en heel even dacht Corinne dat hij hem te lijf zou gaan, maar in plaats daarvan liep hij langs hem heen.

'Ik ga haar zoeken.' Hij rukte de deur open.

'Ik heb niets verkeerds gedaan,' riep Roberts hem zwakjes na.

Niets verkeerds gedaan, dacht Corinne toen ze zich achter haar schoonzoon aan haastte. Al deze ellende?

Ze zag dat Danny regelrecht op het kunsttherapielokaal af beende en haalde hem in toen hij daar naar binnen ging.

'Waar is ze?' bulderde hij. Hij stormde op Laura af die aan de andere kant van het lokaal bezig was Judiths blinddoek wat strakker te knopen.

'O god, o god, o god, o god.' Bij het raam zat Frannie op een stoel te wiegen en aan haar haar te plukken. 'O god, o god, o god.'

Links van Corinne klonk een klikje. Justin Carter had zijn microfoon aangezet. 'Laura, we weten wie je bent,' riep Corinne. 'We weten wie je moeder was... en wat Roberts heeft gedaan. We beseffen hoe erg het voor jou moet zijn geweest, maar je weet dat Hannah daar niets mee te maken heeft. We willen ons er alleen maar van verzekeren dat ze in orde is.'

Laura bleef als bevroren staan, half gebukt achter Judith met het uiteinde van Judiths blinddoek in haar hand.

Danny was het lokaal doorgelopen en stond nu een paar meter bij Laura vandaan, met alleen Judiths ezel tussen hen in, als een met verf bespat houten schild.

'Waar is ze? Waar is mijn vrouw?'

'Je mag onze veilige ruimte niet binnendringen.' Odelle had haar penseel neergelegd. Ze stond naast haar werkplek, met haar trillende vingers rond het plankje van haar ezel geklemd, alsof ze probeerde te voorkomen dat haar benen onder het gewicht van haar bovenlichaam zouden knakken als twee stengeltjes ongekookte spaghetti.

'We hebben er recht op ons beschermd te voelen in onze veilige ruimte. Waar of niet, Laura?'

'Absoluut,' zei Laura, die zodanig was hersteld dat ze naar voren kwam en haar arm rond Odelles schouders sloeg. 'Ik denk dat Hannahs moeder en echtgenoot iets verkeerd hebben begrepen, maar daarover hoeven jullie je geen zorgen te maken...'

Nina, die tijdens de woordenwisseling van haar ene op haar andere been had staan wippen, barstte nu in lachen uit. 'Dit is geweldig,' gierde ze. 'Echt geweldig.'

Corinne kreeg het gevoel dat de vloer onder haar voeten bewoog en de muren op haar afkwamen.

'Corinne? Wat is er aan de hand? Is Hannah in gevaar?'

Corinne was zozeer uit het lood geslagen dat ze niet eens had gemerkt dat Stella er ook was. Ze had haar lichtblonde haar hoog opgestoken en vastgezet met een rode haarspeld met kleine, stoffen roosjes.

‘Ik weet het niet,’ zei Corinne. ‘Ik denk het. We moeten haar gaan zoeken.’

Laura kwam naar voren en bleef vlak voor Corinne staan, zo dichtbij dat Corinne als vanzelf een stapje naar achteren deed om meer ruimte tussen hen te creëren.

‘Ik heb geen idee waar Hannah is,’ zei de kunsttherapeute met een honingzoete stem. ‘Zoals u ziet, zitten we midden in een les. Ik heb u daarstraks verteld dat Hannah hier wel is geweest, en dat ik niets bijzonders aan haar heb gemerkt. Ik weet zeker dat u zich geen zorgen hoeft te maken.’

Laura hield haar hoofd schuin, waardoor het net was alsof haar glimlach van haar gezicht afgleed. Ze kwam nog een stapje dichter bij Corinne staan. Corinne stopte met ademen en deinsde terug voor de meedogenloze opdringerigheid van de vrouw.

Dat mens was niet goed bij haar hoofd. Waarom was dat niemand opgevallen?

Corinne werd zich bewust van een beweging achter haar rechterschouder. Ze schrok toen ze besefte dat het Justin Carter was, de documentairemaker. Hij stond vlak naast haar en leek ongewoon nerveus.

‘Niet nu,’ beet ze hem toe. ‘Schamen jullie je niet?’

‘Water,’ zei hij cryptisch.

‘Godallemachtig,’ riep Danny uit. ‘Nu gaat de filmmaker zich er ook nog mee bemoeien. Het lijkt hier wel een circus!’

‘Water? Waar heb je het over?’ Corinnes stem klonk schor van wanhoop.

‘Drew had het over water. Maar ik weet niet waar hij is, anders had hij het u zelf kunnen uitleggen.’

‘Wat zei hij precies?’

‘Dat zíj,’ – een hoofdbeweging in Laura’s richting – ‘dat tegen Hannah had gezegd. Onder hypnose. Ze zei dat als ze niet tegen de stress op kon, ze op zoek moest gaan naar diep water. Dat zou haar veilige plek zijn. Ik weet dat het krankzinnig klinkt, maar volgens Drew was dat Hannahs trigger.'

'Waar heb je het over, verdomme?' De woorden schoten als kogels uit Danny's mond. Justin deed een stap achteruit.

'Ze schijnt triggers te gebruiken om deze vrouwen dingen te laten doen. Hoor eens, ik begreep de helft niet van wat Drew allemaal zei. Het was ongeveer drie kwartier geleden en hij moest dringend ergens naartoe en had geen tijd om het uit te leggen. Maar nu besef ik dat het best eens om iets heel gevaarlijks zou kunnen gaan.'

Corinne begreep er niets meer van.

'O mijn god!' De uitroep klonk van achter de ezel het dichtst bij Laura's kantoor, waar de nieuwe patiënte zat wier naam Corinne nooit kon onthouden en die al die tijd had gezwegen.

'Ik heb haar gezien. Ik heb Hannah gezien. O mijn god.'

'Jezus, waarom heb je dat dan niet gezegd?' Danny beende het lokaal door en boog zich met zijn lange lijf over de vrouw heen. Ze kruiste haar armen voor haar borst alsof ze werd aangerand. Corinne haastte zich naar hen toe en trok Danny opzij.

'Waar heb je Hannah gezien? Probeer het je te herinneren. Alsjeblieft. We zouden er heel erg mee geholpen zijn.'

De vrouw liet zich vermurwen en liet haar armen zakken.

'Ik heb haar ongeveer een half uur geleden gezien, toen ik hierheen kwam. Ze liep in de richting van het meer.'

50

Hannah

Het is net alsof er een knop wordt omgedraaid.

Het ene moment ren ik door het bos, hijgend als een postpaard, met mijn hartslag bonkend in mijn oren als de bassen van de housemuziek waar we lang geleden als student naar luisterden, en het volgende moment sta ik opeens op het grasveld en zie ik het meer, vlak en stil als een waterdeken die ik om me heen zou kunnen wikkelen. Ik word op slag rustig.

Het is heel eigenaardig. Alle stress van de afgelopen weken en maanden; alle slapeloze nachten waarin ik Steffies gezicht aan de binnenkant van mijn oogleden zag; alle ochtenden dat ik naar Danny's gezicht op het kussen naast me keek en een vreemdeling zag; alle dromerige maanden van de zwangerschap die niet echt was, toen ik op een roze wolk zat en niet probeerde te denken aan de zenuwen die me van binnenuit opvraten; mijn verblijf in de kliniek, waar het koude zweet me uitbrak toen ik werd gedwongen mijn daden onder ogen te zien, de leugens die ik had verteld, leugens waarin ik zelf was gaan geloven; de dood van Sofia, en toen van Charlie. Hup, weg! Het valt allemaal van me af als ik naar het stille water staar.

Alle onrust wordt vervangen door kalmte. Een heerlijk gevoel van welzijn. Alsof alles in mijn leven – het goede, het slechte, het hartverwarmende en het hartverscheurende – me naar deze plek heeft gebracht. Dit is waar ik hoor te zijn, bij dit meer.

'Hannah!'

Ergens in de verte roept iemand mijn naam. Ik speur het water af en zie tot mijn grote verbazing dat het Charlie is. Haar donkere hoofd steekt boven het water uit, midden in het meer.

'Charlie?'

Ze zwaait.

'Kom erin. Het is heerlijk. Sofia is er ook.'

Nu zie ik nog een hoofd, vlak achter Charlie, en nog een zwaaiende hand.

Ik doe vijf stappen en sta dan op de rand van de oever, die hier hoog en steil is. Als ik recht vooruitkijk, lijkt het water zwart, maar pal onder me zie ik onder de oppervlakte donkere vingers van wier naar me wuiven.

'Hannah!' roept Charlie weer. 'Wat sta je daar nou? Kom erin!'

Ik kijk naar het midden van het meer, waar Charlie en Sofia rond spetteren in een poel van zonlicht, en ik lach. Ik lach voor het eerst in maanden, lijkt het wel, en ik voel warmte door me heen trekken, alsof mijn lach iets heeft losgemaakt dat heel lang vastzat.

'Ik kom!' zeg ik.

En dan spring ik.

51

Corinne

Corinne had een hekel aan hardlopen, maar sprintte nu in volle vaart door de gang naar de hal van het oude huis. Ze duwde tegen de massieve voordeur en begreep niet waarom die niet openging totdat Danny op een knop drukte waar UITGANG op stond. Ze stormden samen naar buiten en holden over het pad dat om het huis heen liep, langs de dansstudio, naar de achterkant van de kliniek, waar het gazon glooiend afliep naar het glinsterende water van het meer.

Ze rende zo hard als ze kon en Danny kwam achter haar aan, ook al was hij een stuk jonger en zou hij veel harder moeten kunnen lopen dan zij, maar daar kon ze nu niet over nadenken.

Ga niet dood. Ga niet dood.

De woorden hielden gelijke pas met haar voeten op het natte gras.

Ga niet dood.

Ze waren halverwege het grasveld… Ja! Daar! Er bewoog iets in het water. Daarginds, in het midden, waar het water het diepst was. O god.

Ze was te ver van de kant. Dat zag Corinne meteen. De vorm die ze herkende als Hannahs hoofd, met Hannahs lange blonde haar, verdween onder water, kwam boven, verdween weer. Corinne rende met ingehouden adem tot ze haar weer zag. Maar elke keer dat het hoofd verdween, duurde het langer voordat het weer verscheen, en ze wist dat ze niet op tijd bij haar konden zijn.

Ze wierp een blik over haar schouder en schreeuwde 'Schiet op!' tegen Danny. Nu rende hij haar voorbij over het natte, glibberige gras. Hannahs hoofd verdween weer.

'Kijk daar!'

Het was Stella, achter haar. Corinne herkende haar ijle, door roken aangetaste stem meteen, zelfs nu Stella zwaar hijgde.

'Er is nog iemand. Daar links!'

Corinne vertraagde haar pas en tuurde naar de plek die Stella aanwees. Ze had gelijk, er was nog iemand. In het water. Iemand die naar het midden van het meer zwom. Naar Hannah. *O, schiet alsjeblieft op!*

Hannahs hoofd verdween weer onder water. Danny had de oever bereikt en begon zijn schoenen uit te trekken.

Corinne hield haar adem in tot ze Hannahs hoofd weer zou zien, maar het water had zich erboven gesloten.

'Hannah!'

Haar kreet snerpte door de stilte.

52

Hannah

'Hannah!'

Charlie klinkt niet langer kalm. Haar stem heeft nu een dringende, schrille klank. Ik doe mijn ogen dicht en probeer terug te keren naar het vredige gevoel van daarnet, het kalmerende gevoel van veiligheid en welzijn. Maar hoe hard ik me ook probeer te ontspannen, de gelukzaligheid die ik had ervaren toen ik naar het midden van het meer zwom, is verdwenen.

'Hannah!'

De kreet gaat dwars door me heen, als een elektrische schok, en schudt me wakker. Nu ben ik bang, want ik voel hoe ik onder water wordt getrokken. Ik doe mijn ogen open. Om me heen is alles zwart. Ik probeer naar boven te zwemmen, maar mijn voet zit ergens in verstrikt, diep in de duisternis. In paniek begin ik met mijn armen te maaien, vechtend tegen het meer en de duisternis.

Ik worstel uit alle macht, trap met mijn benen, probeer mijn voet te bevrijden, maar ik krijg hem niet los. De druk in mijn longen neemt toe. Gaat het zo eindigen?

Ik vecht nog steeds, maar voel dat mijn kracht afneemt. Aan de rand van mijn bewustzijn doemt een duisternis op, die zich steeds dichter om me sluit.

Opeens zie ik mam voor me, behaaglijk op haar oude, zachte bank genesteld, met haar kousenvoeten onder zich opgetrokken, een glas wijn in haar hand en onze lieve oude hond Madge naast haar. Ze glimlacht naar me en ik stuur haar in gedachten een bericht. *Het spijt me. Ik hou van je.*

De druk wordt ondraaglijk en veroorzaakt een pijn die zich vanuit mijn borst naar alle delen van mijn lichaam verspreidt. Ik pers mijn lippen op elkaar maar de behoefte om adem te halen is te groot om ze op elkaar geklemd te houden. Ik kan het niet helpen. Ik doe mijn mond open.

53

Corinne

Hannah was al veel te lang onder water. Danny was inmiddels in het meer gesprongen, maar Corinne besefte dat hij niet op tijd bij haar zou zijn.

Ze tuurde naar de onbekende die naar Hannah toe zwom.

Schiet op, spoorde ze de zwemmer zwijgend aan. *Sneller!*

Nu verdween dat hoofd ook. Maar was het op de plek waar Hannah kopje-onder was gegaan? Corinne wist het niet zeker. Toen ze zich voorstelde hoe haar dochter daar roerloos in het zwarte water dreef, ontsnapte haar een geluid als van een jankende kat. Ze schrok er zelf van. Ze was zich vaag bewust van de anderen die naast haar op de oever stonden – de lichte vlek van Stella's haar, Roberts die er nu erg nerveus uitzag, met zijn stropdas over zijn schouder en zijn haar vochtig en in de war, alsof hij er met een handdoek overheen had gewreven.

Het hoofd van de onbekende redder kwam boven water. Corinne hield haar adem in terwijl ze speurde naar een rimpeling in het water die erop wees dat Hannah ook bovenkwam, maar het hoofd verdween opnieuw en het water erboven werd weer glad.

Het was alsof de tijd werd uitgerekt, als een snaar die trilde van angstige verwachting.

Alsjeblieft alsjeblieft alsjeblieft alsjeblieft alsjeblieft.

Weer verscheen er een hoofd, maar Corinnes hoop werd de bodem ingeslagen toen ze het donkere haar zag van de onbekende die had geprobeerd haar dochter te redden maar nu naar de oever begon te zwemmen, alsof alle hoop verloren was.

Nee, wacht. Er dreef nog iets in het water. De zwemmer sleepte een lange, donkere vorm met zich mee.

Corinne zag dat Danny, die de redder eindelijk had bereikt, de donkere vorm overnam en ermee naar de oever begon te zwemmen. Ze kon de vorm nu onderscheiden. Het was een mens. Het was Hannah. Haar Hannah.

Hoop vlamde op, maar vervloog even snel, verdreven door een wurgende angst toen ze zag dat Hannah zich niet bewoog.

Terwijl het drietal de oever naderde, keek Corinne alleen maar naar Danny en zijn last. Toen hij nog een paar meter van de oever was verwijderd, stak ze haar armen uit, zonder zich erom te bekommeren dat ze in het water zou kunnen vallen.

Naast haar staken de anderen ook hun armen uit, om samen het slappe lichaam uit het water te hijsen. Het was zo'n hectische chaos dat Corinne niet lette op degene die zich na Danny uit het water sleepte en naast haar neerviel, tot ze een hand op haar been voelde en een bekende stem hoorde.

'Mam? Hoe is het met haar? Leeft ze nog?'

Verbijsterd keek ze naar de tengere gedaante die naast haar lag uit te puffen, met haar donkere haar tegen haar hoofd geplakt, gehuld in drijfnatte kleren, klappertandend van de kou.

Hannahs redder was Megan.

54

Hannah

De hemel heeft dezelfde kleur als het water dat in de gootsteen stond wanneer Danny had afgewassen en was vergeten de stop eruit te trekken. Ik weet nog hoe onredelijk geïrriteerd ik reageerde als ik in de keuken kwam en dat vieze, vettige water zag. Ik vatte het op als een uithaal naar mij, een klap in mijn gezicht, kritiek op mijn kleingeestige huisvrouwentrots. Nu besef ik dat het, zoals hij altijd zei, alleen maar afwaswater was. Meer niet.

Ik heb mezelf toegestaan me druk te maken om dingen die niet belangrijk zijn. Ik heb mezelf toegestaan alleen maar te kijken naar wat ik níét had. Ik had geen oog meer voor de schoonheid van deze grijze hemel, deze vochtige lucht, de gezichten van de mensen om me heen die me warm proberen te houden, de immense, groezelige, ademende, levende pracht van dat alles.

Ik kies het leven.

Ik kies mijn moeder, die op zaterdagochtend op muziek van Beyoncé door de keuken danst. Ik kies mijn zus, die haar wenkbrauwen optrekt met dat gezicht van 'Echt?' waar ik altijd zo kribbig om werd. Ik kies mijn herinneringen aan Madge, die zich met haar koude, natte neus onder mijn dekbed wurmde, en aan Danny, in de tijd dat we onoverwinnelijk waren. Ik kies Becks en Stella en alle vriendinnen die me oppeppen en uitdagen, die me erop wijzen als er spinazie tussen mijn tanden zit en gewoon tegen me zeggen dat ik een slechte smaak heb wat mannen betreft, en die ervoor zorgen dat ik nooit zal vallen.

Ik kies dit. Ik kies het leven.

Met alles erop en eraan.

55

Corinne

Toen er een einde kwam aan Corinnes huwelijk, zag ze het meest op tegen de zondagen. Als kind had ze de zondag de saaiste dag van de week gevonden: geen televisie, afgezien van sport en *Songs of Praise*, alle winkels dicht, niets dan een gapende afgrond van traag wegtikkende minuten. Maar toen Duncan en zij nog waren getrouwd en de meisjes nog jong waren, was de zondag haar lievelingsdag geweest. Duncan mocht op zondag graag kokkerellen, ook al was hij geen geweldige kok. Hij ging 's ochtends aan het hakken en snijden, terwijl Corinne en Megan naar Hannah gingen kijken als die moest volleyballen of voetballen, of welke sport op dat moment ook haar voorkeur had. 's Middags bleven ze meestal thuis. Dan keken ze gezellig samen op de bank naar een film of ze deden een spelletje. Of Corinne overhoorde een van de meisjes als die een toets had.

De echtscheiding viel precies in de tijd dat de meisjes een eigen leven begonnen te leiden en zelf wilden uitmaken wat ze met hun weekend deden, en elke keer dat Corinne in haar eentje met haar bord op schoot voor de televisie zat omdat ze geen inbreuk wilde maken op het weekendgeluk van haar gehuwde vriendinnen, was het alsof ze was teruggekeerd naar de saaie zondagen uit haar jeugd.

Daarom was ze nu, terwijl ze bij het fornuis stond en snel nog wat jus uit een pakje maakte, zo blij met de vrolijke stemmen in de woonkamer. Het had weinig gescheeld of ze had alles verloren, maar nu stond ze op het punt een zondagse maaltijd te serveren aan de mensen van wie ze hield.

'Komt er nog wat van, mam? We vallen om van de honger.'

Het deed haar elke keer opnieuw plezier haar jongste dochter hier in de keuken te zien. Megan zou over een paar dagen terugvliegen naar de Verenigde Staten, maar Corinne had haar de afgelopen week in elk geval vaak gezien. En Hannah en zij konden uitkijken naar Kerstmis in New York.

Corinne bedacht hoe anders alles had kunnen aflopen als Megan zeven maanden geleden niet dat impulsieve besluit had genomen naar Londen terug te vliegen, naar The Meadows te gaan en Hannah te dwingen met haar te praten. Daar kon ze maar beter niet aan denken.

Alles was klaar. Ze gingen aan tafel.

'Dat ziet er lekker uit,' zei Paddy, en hij legde onder de tafel zijn hand op haar knie.

'Eerst proeven,' lachte Corinne. Ze streek haar haar uit haar ogen en hoopte dat ze er niet zo verhit en opgewonden uitzag als ze zich voelde. Aan de ene kant was het vreemd om hier samen met Paddy en haar dochters te zitten, aan de andere kant leek het de normaalste zaak van de wereld. Vooral nu ze niet meer zijn mentor was.

Oké, hun relatie was nog pril. Maar toch.

Hannah sneed de kip. Ze liep nog in het oude sweatshirt en de legging die ze had aangetrokken nadat ze onder de douche was geweest. Corinne kon niet zeggen dat alles koek en ei was geweest in de zeven maanden dat haar oudste dochter bij haar had gewoond. Ze hadden zich moeten aanpassen aan elkaars gewoontes en eigenaardigheden, maar al met al was het beslist de moeite waard geweest. Nu ging Hannah eerdaags verhuizen, en zo hoorde het ook. Toen

Becks' huurder had opgezegd, had Hannah die gelegenheid met beide handen aangegrepen. Corinne zou haar missen.

Ze wierp een blik op Paddy, die Megan vertelde over de zomer dat hij als negentienjarige had geprobeerd zijn kostje te verdienen in New York door huis aan huis te leuren met afgrijselijke kunstwerkjes, hoofdzakelijk afbeeldingen van het vrijheidsbeeld die met neongaren op zwart fluweel waren geborduurd.

Dat ze haar huis binnenkort weer voor zichzelf zou hebben, had beslist ook voordelen.

Hannahs telefoon ging. Corinne begreep niet waarom ze dat nummer van Beyoncé als ringtone had gekozen.

'Danny,' zei Hannah, na een blik op het schermpje. 'Ik bel hem straks wel terug.'

Corinnes gezicht betrok, maar ze zei niets. Alhoewel ze er nog steeds moeite mee had om haar bijna-ex-schoonzoon te vergeven, moest ze zich erbij neerleggen dat het Hannahs leven was. Hannahs besluit.

'Kijk niet zo. Ik ga niet naar hem terug, als je dat soms denkt.'

Dit was iets nieuws, dat Hannah altijd precies leek te weten wat ze dacht. Misschien kwam dat omdat ze de afgelopen maanden zo op elkaars lip hadden gezeten.

'Ik denk helemaal niks.'

'Nee? Mam, ik geef nog steeds om hem. Dat is logisch. Je kunt emoties niet zomaar uitzetten, alsof er een schakelaar aan zit. Maar ik hou niet meer van hem. Ik heb eerder een beetje medelijden met hem. Hij heeft nu niets meer. Geen baan na die ruzie met pa, geen huis als onze woning eenmaal is verkocht. Hij wordt zelfs geen gelukkige huisvader.'

Corinne had er vreselijk tegen opgezien Hannah over Steffie en Eleanor te vertellen. Hoe zou Hannah reageren als ze erachter kwam dat hij een kind had bij een ander, na alles wat ze had doorstaan om samen met Danny een baby te krijgen, na alles wat dat haar had gekost?

Uiteindelijk had Danny het haar zelf verteld. Hij had het eruit geflapt toen Hannah in het ziekenhuis herstellende was van onderkoeling. Ze was er kapot van, maar was er niet aan onderdoor gegaan. Ze had toen al besloten dat ze van hem ging scheiden, had ze later gezegd, en in zekere zin was dat besluit door zijn bekentenis makkelijker geworden.

Corinne had haar dochters niets verteld over haar eerste ontmoeting met Steffie, noch over hoe ze Eleanor in haar armen had gehouden toen Steffie naar de wc was gegaan, hoe dat piepkleine, zachtjes ademende wezentje zich had genesteld in de holte tussen haar jukbeen en haar hals die precies voor een babyhoofdje leek te zijn gemaakt. Noch had ze hun verteld dat ze Steffie nog een keer had gezien en had aangeboden haar een referentie te geven zodat ze zich als alleenstaande moeder bij een universiteit kon inschrijven. Ze mocht Steffie. Steeds als ze aan dat eigenaardige huis in Tunbridge Wells dacht, en steeds als ze dacht aan hoe Patricia Garitson had geklaagd dat haar kinderen haar teleurstelden, had ze medelijden met de jonge vrouw die had geloofd dat ze met Danny Lovell een nieuwe start kon maken, dat hij de beloning was voor het doorstaan van haar jeugd. 'In zekere zin draaide ik mezelf een rad voor ogen, net als Hannah,' had Steffie gezegd. 'De waarheid stond vlak voor mijn neus op een vuvuzela te tetteren, maar ik weigerde het te zien.'

Als Corinne iets had geleerd in het afgelopen jaar, dan was het wel hoe dun de scheidslijn was tussen 'normaal' en 'niet normaal', hoe makkelijk je die lijn kon overschrijden, en hoe snel de werkelijkheid dan uiteenviel en je leven op losse schroeven kwam te staan. Ze had er bewondering voor dat Steffie Garitson haar best deed boven de vernietigende kracht van haar familie uit te stijgen en voet bij stuk had gehouden toen Danny om een tweede kans was komen smeken. Ze twijfelde er niet aan dat hij dat had gedaan. Ze had hem zien spelen met de zilveren armband die hij van Steffie had gekregen, alsof het een amulet was. Had hij maar meteen de moed kunnen opbrengen Hannah te vertellen dat hij verliefd was geworden op een andere vrouw.

'Hij is geen slecht mens,' zei Hannah, die wederom haar gedachten leek te lezen. 'Alleen wat zwak. Maar wie is dat niet?'

'Misschien neemt zíj hem uiteindelijk terug. Dat zou hun verdiende loon zijn,' zei Megan. Ze bekeek de vulling van de kip wantrouwig. 'Ik kan het mis hebben, maar hoort vulling niet zacht te zijn?'

'Misschien heeft de kip iets te lang in de oven gestaan,' gaf Corinne toe. 'En als je Steffie bedoelt, ik denk niet dat ze nog iets van hem moet hebben. Ze had geen idee dat hij nog getrouwd was.'

'Dat zeggen ze altijd,' zei Megan.

Later, toen ze de tafel afruimden, fluisterde Hannah op een souffleurstoon tegen haar moeder: 'Ik geloof dat Megan Paddy wel mag. Dat is te vergelijken met het pauselijke zegel van goedkeuring.'

Corinne straalde van genoegen.

'Hoe laat moet je morgen bij Seema zijn?' vroeg ze.

'Daar wilde ik het nog met je over hebben,' zei Hannah. Ze bukte zich om een pan in het kastje te zetten. 'Ik heb besloten de sessies terug te draaien van eens in de week naar eens in de twee weken. Seema vindt het goed.'

Corinne slikte haar eerste reactie in, want die was: 'Nee. Daar ben je nog niet aan toe.' Toen Hannah uit het ziekenhuis was ontslagen nadat ze bijna was verdronken, was ze poliklinisch patiënt geworden op de psychiatrische afdeling van het plaatselijke ziekenhuis. In het begin had ze elke dag een sessie gehad. Na een maand had dokter Seema Chauhan besloten dat tweemaal in de week voldoende was, en later was dat teruggedraaid naar één sessie per week. Corinne maakte zich zorgen dat Hannah nu het risico liep een terugval te krijgen, maar ze wist dat ze niet hoefde te proberen haar eigenzinnige dochter op andere gedachten te brengen. 'Je moet haar de kans geven om zichzelf weer te vinden,' had Paddy toevallig een paar dagen geleden gezegd. 'En daarvoor moet je haar misschien ook de kans geven om haar eigen fouten te maken.'

'Als jullie daar zeker van zijn,' zei Corinne nu.

'Heel zeker. Maak je geen zorgen. Ik wil zo snel mogelijk mijn leven weer oppakken.'

'Dat weet ik, lieverd.'

Geen van beiden bracht onder woorden wat er in hun hoofd omging. Namelijk dat ze nooit helemaal bevrijd zouden zijn van de herinnering aan Laura Whittaker en wat die had gedaan. Laura had niet alleen twee patiënten tot zelfmoord gedwongen, maar ook de arme Drew Abbott vermoord. Een paar uur nadat Hannah en Megan per ambulance naar het ziekenhuis waren gebracht, was het levenloze lichaam van de cameraman aangetroffen in de kuipstoel in de meditatieruimte. Hij had zijn telefoon nog in zijn hand en had vermoedelijk op het punt gestaan de politie te bellen toen hij een fatale klap op zijn hoofd had gekregen met een buste van gebakken klei die op de plaats delict was achtergelaten. Laura was toen allang verdwenen. Ze had de kliniek stilletjes verlaten toen ieders aandacht was gericht op het drama dat zich bij het meer voltrok. De daaropvolgende klopjacht was een van de grootste in de recente geschiedenis en was geëindigd toen Laura's Volkswagen op een parkeerterrein bij de klippen van Beachy Head was gevonden, met haar tas en telefoon er nog in. Dat laatste weerhield sommige mensen er echter niet van zich af te vragen of ze wel dood was. Er waren onbevestigde meldingen binnengekomen dat ze in Frankrijk en Nederland was gesignaleerd. De meeste mensen waren echter van mening dat ze, om de gevolgen van haar misdaden niet onder ogen te hoeven zien, van de klif was gesprongen en verdronken.

Corinne had gehoopt dat daarmee een eind aan de hele affaire zou komen, maar de media bleven zich met nauwelijks verholen genoegen op de zaak storten. Ze plozen Laura's leven uit, spoorden oude klasgenoten op en interviewden collega-verpleegkundigen, die zich zonder uitzondering verbijsterd toonden. De zin 'ze zou nog geen vlieg kwaad doen' werd regelmatig gebezigd. Sommigen verwezen naar de zelfmoordneigingen en zelfmutilatie van de eerste twee slachtoffers. 'Misschien dacht ze dat ze hen uit hun lijden verloste,' was een opmerking die Corinne was bijgebleven.

De officiële visie was dat ze de dood van de vrouwen in The Meadows in de hand had gewerkt om Oliver Roberts' reputatie te beschadigen, zodat hij moest stoppen met de kliniek waar hij zijn leven aan had gewijd. Men vermoedde dat ze bij toeval achter zijn nieuwe identiteit was gekomen toen ze hem in een televisie-interview had gezien, wat voor haar aanleiding zou zijn geweest van de verpleging over te stappen op ergotherapie en daarna op kunsttherapie. Sommigen suggereerden zelfs dat ze na de dood van Sofia Redding een halfbakken poging zou hebben gedaan een bekentenis af te leggen, wat de reden zou zijn geweest dat Charlie Chadwick op de ochtend van haar dood de initialen WK had gegoogeld. 'Was de gestoorde therapeute door haar tweede slachtoffer ontmaskerd?' kopte een van de roddelbladen.

Een maand geleden was de belangstelling voor de zaak opnieuw opgelaaid nadat Justin Carters documentaire was uitgezonden. Hannah had niet willen kijken, en Corinne had de televisie meteen uitgezet toen aan het begin van de film de mededeling TER NAGEDACHTENIS AAN DREW ABBOTT op het scherm verscheen.

Toevallig had Corinne de dag daarvoor een artikel in de krant gelezen van een hoogleraar die ze ooit bij een universiteitsaangelegenheid had ontmoet, waarin hij beweerde dat Laura Whittaker een godcomplex had. 'Als ze mensen zag die het zwaar hadden en een aantal zelfmoordpogingen hadden gedaan, voelde ze zich geroepen hen uit hun lijden te verlossen, iets waartoe ze bij haar eigen moeder niet in staat was geweest,' had hij geschreven.

Oliver Roberts was ondergedoken. *Met sabbatical*, stond er op de website van The Meadows voordat die was opgeheven. Corinne vermoedde dat hij nog wel zou terugkomen, nadat hij zichzelf opnieuw had uitgevonden. De kliniek bleef gesloten zolang het onderzoek naar wat er mis was gegaan voortduurde. De meeste patiënten waren naar andere psychiatrische ziekenhuizen overgebracht. Odelle – van wie de politie vermoedde dat ze het derde slachtoffer had moeten worden totdat Hannah zich in een gesprek met Laura de naam William Kingsley had laten ontvallen en daardoor haar nieuwe uitverkorene was geworden – was naar huis gegaan. Dat ze ternauwernood aan de dood was ontsnapt, leek iets in haar brein te hebben herordend, waardoor ze tot het besef was gekomen dat ze niet dood wilde en weer was gaan eten. Ze had Hannah een paar maanden geleden opgebeld om haar excuses aan te bieden voor de dingen die ze had gedaan toen ze in The Meadows verbleven – zij was degene die het macabere pluchen knuffelbeest in haar kamer had gelegd nadat Hannah bij groepstherapie had verteld dat ze een konijntje voor Emily had gekocht, zij had de baby in haar kleurboek getekend en zij had haar de foto van de echo gestuurd. Ze was jaloers geweest, bekende ze, omdat Laura meer aandacht aan Hannah besteedde dan aan haar. Nu besefte ze dat ze daardoor waarschijnlijk aan de dood was ontsnapt. 'Ik was mezelf niet,' had ze bij wijze van verklaring gezegd. Hannah begreep precies wat ze bedoelde.

Tegen het advies van de therapeuten in was ook Stella naar huis gegaan, naar de woning in Notting Hill die haar moeder voor haar had gekocht. De laatste keer dat Hannah bij haar op bezoek was gegaan, had ze er folders aangetroffen van een Zuid-Afrikaanse kliniek gespecialiseerd in cosmetische chirurgie. 'Ik kijk alleen,' had Stella gezegd.

Sommige littekens zitten zo diep dat ze nooit meer verdwijnen.

In Corinnes keuken draaide Hannah zich nu om naar haar moeder. Ze leunde tegen het aanrecht met een theedoek over haar schouder. Corinne zag dat het er een was die Megan uit Amerika had meegebracht, met een citaat van Aristoteles erop: *Geen wijs man zonder een vleugje waanzin.* 'Het is post-ironisch,' had Megan gezegd. Corinnes hart had een slag gemist, in afwachting van Hannahs reactie, benieuwd hoe fragiel de kersverse wapenstilstand tussen haar dochters was. Maar Hannah was in de lach geschoten.

'Mam, wat ik wilde zeggen, omdat ik het volgens mij nog niet eerder heb gezegd, is dat ik je heel dankbaar ben. Als jij me niet had geloofd...'

'Doe niet zo mal. Natuurlijk geloofde ik je. Je bent mijn dochter.'

Toch waren er momenten geweest dat ze had getwijfeld en dat zou Corinne zichzelf altijd verwijten.

Ze wisten allebei dat ze het nooit volledig achter zich zouden kunnen laten, maar over sommige waarheden kon je maar beter zwijgen.

Corinne was zich ervan bewust dat hun levens zich nog steeds in een heel precaire evenwicht bevonden, en dat ze altijd een knoop in haar maag zou houden. Toch was ze optimistisch gestemd. Ze hadden het kwaad overwonnen, zij en haar twee dochters, en als het nodig was, zouden ze dat weer doen.

De realiteit was veranderlijker dan ze had gedacht. Het menselijk brein was brozer dan ze had gedacht. En soms was liefde niet genoeg om te overwinnen. Maar liefde was het enige wat ze hadden.

Liefde was alles.

56

Annabel

Achter haar keurige witte bureau in haar keurige kleine huis bracht Annabel nog een paar kleine wijzigingen aan in haar manuscript. Ze had zich in geen veertien jaar zo energiek gevoeld. Dit was het. Ze wist het absoluut zeker. Met dit boek zou ze terugkeren in de voorhoede van het psychiatrisch onderzoek. Ze streek over de titelpagina.

De kracht van de overreding, door professor Annabel Dunmore.

Een schitterend boek. Gedurfd. Briljant. Na bijna vijftien jaar in de wetenschappelijke rimboe, verschanst in dit onbeduidende, anonieme huis, waar ze voor zestig pond per uur naar saaie mensen met saaie problemen had moeten luisteren en zich niet eens meer psychiater had kunnen noemen, maar met het armzalige, tweederangs predicaat 'therapeut' genoegen had moeten nemen, zou ze eindelijk weer in het voetlicht treden. Dankzij Laura Whittaker. Ze zou haar wel kunnen zoenen.

Als ze niet dood was geweest.

Haar triomf was des te zoeter omdat ze er zo lang op had moeten wachten. De vele jaren van geduldige planning gingen nu eindelijk hun vruchten afwerpen.

Toen ze was geroyeerd na het debacle in Westbridge House, was ze zo van slag geweest dat het maanden had geduurd voordat ze had beseft dat de zaak die tegen haar was ingebracht, was gebaseerd op het bewijsmateriaal van haar eigen protegé, Oliver Roberts. Tegen die tijd was ze alles al kwijt. De carrière waarvoor ze alles had opgeofferd, was geruïneerd, haar echtgenoot was na een huwelijk van tien jaar van haar gescheiden en had de volledige voogdij over hun dochter gekregen, terwijl Annabel het predicaat van onachtzame moeder was opgeplakt. Niemand had zelfs maar geprobeerd te begrijpen dat ze er helemaal kapot van was, niet in staat zich op iets anders te concentreren dan op het onrecht dat haar was aangedaan.

Toen ze eindelijk uit de donkere put van wanhoop was geklommen en dit huisje had gehuurd, het enige wat ze zich kon veroorloven omdat haar man en dochter in hun eigen huis waren blijven wonen, had ze onderzoek gedaan naar dokter Oliver Roberts met alle hartstocht die ze voorheen voor haar werk aan de dag had gelegd. Ze wist van zijn verleden en de valse getuigenis die hij had afgelegd in de zaak tegen die twee vrouwen, want dat had hij moeten opbiechten toen hij naar de baan was komen solliciteren, maar dat had haar besluit om hem in dienst te nemen niet beïnvloed. Iedereen had recht op een tweede kans. Bovendien was ze wel bekend met die sterke ambitie om naam te willen maken.

Dat maakte zijn verraad echter des te moeilijker te verkroppen.

Nadat ze publiekelijk was vernederd, had ze alles gelezen wat er te vinden viel over dokter William Kingsley en de twee vrouwen wier levens door zijn toedoen kapot waren gemaakt. Tegelijkertijd had ze een oogje gehouden op de carrière van dokter Oliver Roberts. Ze had toch niets beters te doen.

Toen hij The Meadows had geopend, was ze eerst zo verbitterd geweest dat ze elke ochtend wakker was geworden met het gevoel te zullen stikken. Maar na een poosje had ze beseft dat dit haar misschien de gelegenheid bood de rekening te vereffenen. Toen ze in de krant las hoe hij aanpapte met beroemdheden die geld doneerden, en hoe hij belangrijke redevoeringen hield voor een aandachtig publiek, genoot ze bij voorbaat van de voldoening die ze zou voelen als ze hem ten overstaan van die trouwe fans zou ontmaskeren als recidive opportunist.

Op een ochtend was ze wakker geschrokken van een berichtje van Google dat er een nieuwe link was naar dokter William Kingsley. Ze had erop geklikt en een interview gelezen met een verpleegkundige die slechts werd aangeduid als Laura. Haar moeder was op grond van het bewijsmateriaal van Kingsley tot gevangenisstraf veroordeeld en was na vrijlating uit de gevangenis volkomen hulpbehoevend geworden door een mislukte zelfmoordpoging. 'Ik probeer niemand te haten,' zei de vrouw. 'Maar als ik kon, zou ik dokter Kingsley laten boeten voor wat hij mijn familie heeft aangedaan.'

Annabel herinnerde zich zelfs nu nog de tinteling die vanuit haar vingertoppen en tenen door haar lichaam was getrokken en haar brein met opwinding had gevuld toen ze dit had gelezen. Aan de hand van de summiere biografische details uit het interview was ze er vrij snel achter gekomen in welk ziekenhuis Laura werkte. Haar oude ID-kaart van hoogleraar in de psychiatrie was mooi van pas gekomen toen ze vragen was gaan stellen om uit te zoeken welke verpleegkundigen genaamd Laura qua leeftijd en profiel overeenkwamen met de vrouw uit het interview.

Voor het eerst in jaren had Annabel zich weer levenslustig gevoeld.

Ze had meteen uit het artikel kunnen opmaken dat het om een behoorlijk behoeftige vrouw ging. Annabel had vaker mensen behandeld die hun ouders plotseling hadden moeten missen, en die waren vrijwel allemaal op dat punt in hun emotionele ontwikkeling blijven steken.

Het was niet moeilijk geweest Laura te benaderen. In haar pauzes ging ze altijd naar de kantine van de spoedeisende hulp, waar ze in haar eentje een kopje thee dronk en een boek las dat ze van thuis had meegenomen. Eenzaam. Hunkerend naar liefde.

Ze was onder de indruk geweest van Annabels kwalificaties. Gevleid door haar belangstelling. Annabel zei dat ze verbonden was aan de afdeling psychiatrie van het ziekenhuis en Laura had dat zonder meer geaccepteerd. Er had zich tussen hen een band gevormd. In het begin had Annabel nog niet geweten wat ze ermee zou doen, alleen dat het de moeite waard was de enige persoon die dokter Oliver Roberts nog meer haatte dan zij te vriend te houden.

Maar naarmate ze meer naar de jongere vrouw luisterde – haar aanmoedigde over haar achtergrond te praten, de harde, scherpe klank van haar stem hoorde als ze het over dokter William Kingsley had, haar medeleven betuigde toen ze hoorde dat Laura eigenlijk graag de verpleging uit wilde om kunstenares te worden – had zich een idee in haar geest gevormd, hard en helder als een diamant. Een manier om hem te ruïneren en haar eigen carrière nieuw leven in te blazen op een spectaculaire manier waar alle twijfelaars en haters versteld van zouden staan.

Het was niet eenvoudig geweest. Soms had ze Laura met haar stompzinnige newagemaniertjes en haar gezwets over zegeningen, vrede en licht wel achter het behang willen plakken. Maar ze had doorgezet en haar diensten als therapeute aangeboden, gratis en voor niets, uit goedheid.

Laura was belachelijk dankbaar geweest voor de aandacht die ze haar schonk en had alles voor haar over gehad. Annabel had precies geweten hoe ze het moest spelen, zodat Laura altijd naar méér bleef verlangen. Het was niet moeilijk geweest haar ervan te overtuigen dat kunsttherapie perfect was voor haar carrière, aangezien ze zo kon putten uit haar ervaring in de verpleging maar tegelijkertijd de mogelijkheid had haar creativiteit tot uitdrukking te brengen. Het was iets moeilijker geweest om een baan voor haar te regelen bij The Meadows, maar het was gelukt dankzij een persoonlijke aanbeveling aan Roberts. Ze had op zijn schuldgevoelens ingespeeld. Hij moest gedacht hebben dat het inhuren van een kennis van zijn voormalige mentor een kleine prijs was voor het sussen van zijn geweten.

Al zou niets wat hij deed ooit voldoende kunnen zijn om goed te maken wat zij had verloren. Hij leidde het leven dat het hare had moeten zijn. Alles wat voor haar van waarde was geweest, had hij haar achteloos afgenomen. Maar dat ging nu veranderen.

In haar eentje achter haar bureau bladerde Annabel in het manuscript dat haar in ere zou herstellen als een van de stralende sterren van de moderne psychiatrie.

Iedereen wist wie Laura Whittaker was. Het publiek kon maar geen genoeg krijgen van de kunsttherapielerares die was ontmaskerd als moordenares. Elke dag brachten de kranten weer een nieuw detail over haar leven naar buiten.

Maar niemand kende haar beter dan de vrouw die haar de afgelopen tien jaar had behandeld. Alleen Annabel Dunmore kende de ware reden dat Laura had besloten hypnose te gebruiken bij twee kwetsbare patiënten om hen over te halen zichzelf van kant te maken. Alleen Annabel Dunmore wist waarom ze Hannah Lovell bijna had vermoord.

Haar boek, vijfhonderd pagina's dik, was een compleet onderzoek naar de psychopathische geest, een masterclass over hoe je je in een moordenaar kon verplaatsen.

Haar eigen rol had ze uiteraard weggelaten. De manier waarop ze zich de ene dag bemoedigend en de volgende dag kil had getoond en Laura aan het lijntje had gehouden totdat ze tot alles bereid was geweest om bij haar in een goed blaadje te komen. Het enige waar Laura werkelijk naar verlangde, was iemand die haar bemoederde, en dat had Annabel nu en dan gedaan. Niet te vaak, net vaak genoeg om haar naar méér te laten hunkeren als Annabel de volgende dag weer de afstandelijke psychotherapeute speelde.

Ze had ook weggelaten hoe ze Laura op het idee had gebracht dat ze Sofia en Charlie een plezier deed als ze hen zou helpen met wat ze al zo vaak tevergeefs hadden geprobeerd, waarmee ze tegelijkertijd Oliver Roberts' reputatie zou verwoesten. Ze had eveneens weggelaten hoe ze Laura's twijfels had weggenomen na de dood van Sofia, en na die van Charlie, door haar te verzekeren dat zij nu op een betere plek verkeerden en haar dankbaar waren.

In het boek was Annabel een therapeute, verder niets. En alhoewel ze beweerde 'bezorgd' te zijn over sommige dingen die haar patiënt tijdens hun vertrouwelijke sessies had onthuld, had Laura Whittaker nooit een criminele daad bekend, dus niemand kon met een beschuldigende vinger naar háár wijzen.

Annabel pakte de stapel papier van haar bureau en hield hem in beide handen. Heerlijk zwaar. Jaren aan werk. Ze werd vervuld van trots. En wat het nog fijner maakte, was dat er nu niemand meer was die kon aanvechten wat ze had geschreven.

Het zou altijd een risico zijn gebleven als Laura uiteindelijk was gearresteerd – dat wil zeggen, als Annabel haar zou hebben aangegeven, zogenaamd gekweld door haar geweten– en zich tegen haar mentor had gekeerd, zoals Roberts had gedaan. Annabel had zich daarvoor uiteraard ingedekt. Ze had schriften vol aantekeningen waaruit bleek dat Laura aan waanideeën leed en zo van haar was geobsedeerd dat ze tot het uiterste zou gaan om wraak op Annabel te nemen als ze ooit het gevoel kreeg dat ze haar had verstoten. Ze was zelfs bereid Annabel van moord te beschuldigen.

Wat een opluchting was het geweest toen Laura zich van het leven had beroofd en al deze noodplannen overbodig had gemaakt. De meest gangbare theorie was dat ze na de derde moord niet meer met zichzelf had kunnen leven. Ze kon de dood van Sofia Redding en

Charlie Chadwick nog goedpraten als een vorm van euthanasie, maar Drew Abbott had ze in koelen bloede vermoord om zichzelf te redden, toen ze had beseft dat hij op het punt stond de politie te bellen. Toen ten volle tot haar was doorgedrongen wat ze had gedaan, was ze bij Beachy Head van de klip gesprongen.

Alleen Annabel wist dat ze daarvoor nog een telefoontje had gepleegd vanuit een telefooncel. Naar de prepaidtelefoon die Annabel alleen voor Laura gebruikte. Alleen Annabel wist hoe kapot ze was geweest toen ze te horen kreeg dat ze elkaar nooit meer zouden kunnen zien.

Die arme Laura, dood. En Oliver Roberts geruïneerd. Terwijl Annabels carrière op de rand van een verbazingwekkende opleving stond.

Alles was toch maar mooi op zijn pootjes terechtgekomen.

57

Louise

Louise Bradford stapte uit de bus en sjokte door de hoofdstraat, die op dit uur van de nacht vrijwel uitgestorven was. Ze zag alleen een man die met zijn capuchon op in het portiek van een pub stond te roken, en een paar tieners bij de snackbar. Haar goedkope, beige regenjas spande zich om haar brede schouders, en haar gezwollen benen waren in bruine laarzen met platte hakken gestoken.

Het was een donkere nacht, maar de straatlantaarns wierpen hun gele schijnsel op de natte, met rommel bezaaide stoep. Louise fronste afkeurend toen de wind vat kreeg op een lege verpakking van een fastfoodrestaurant. De mensen gooiden ook alles maar op straat.

Toen ze een zijstraat insloeg, reed er een wit bestelbusje langs, zo door een grote plas. Het water spatte over haar jas en liet vieze vlekken achter. Ze haalde diep adem, telde tot vijf, blies haar adem uit, en telde weer tot vijf.

Coleridge Court bevond zich halverwege een doodlopende straat. Het was een saai, grijs gebouw met rijen kleine ramen. Een deel van het bord voor de ingang was afgebroken, waardoor er nu stond: IDGE COURT: VERZORGINGSTEHUIS VOOR OUDEREN.

Louise liep naar de zijkant van het gebouw, tikte een code in op het paneel bij de deur en duwde de deur open.

Ze liep door de gang naar de personeelskamer. 'Alles oké?' vroeg Joy, de nachtmanager, die haar naam weinig eer aandeed, zoals Louise elke keer dat ze haar zag onwillekeurig dacht.

Joy zat onderuitgezakt op de hoekige tweepersoonsbank naar een realityshow op haar laptop te kijken.

Louise deed haar locker open, vouwde haar regenjas op en legde hem erin. Ze haalde een nylonschort van een haakje en trok het aan over haar vormeloze bruine jurk. De knopen op haar borst sprongen bijna open.

'Wil het nog niet erg lukken met lijnen?' vroeg Joy.

'Het ontbreekt me aan wilskracht,' antwoordde Louise.

'Toch moet je een beetje oppassen. Dat is de grootste maat die we hebben.'

De stem van de nachtmanager klonk een beetje verwijtend, alsof ze het als een teken van zwakte beschouwde dat Louise bleef aankomen.

Er hing een kleine ronde spiegel in de locker en Louise ving een glimp van zichzelf op, al probeerde ze dat normaal gesproken zoveel mogelijk te vermijden. De zachte, deegachtige rolletjes van haar wangen en kin leken aan iemand anders toe te behoren, net zoals het slecht gepermanente haar. Ze had het vreselijk gevonden om haar saaie bruine haar te laten teruggroeien nadat ze het jarenlang glanzend zwart had geverfd.

'Je doet eerst de eetzaal, ja?' zei Joy, die haar ogen alweer op het computerscherm had gericht. Het was niet echt een vraag. 'En dan de recreatiezaal. Meneer Turner heeft daar een ongelukje gehad toen de dagploeg net zou vertrekken. Ze hebben de boel zo goed mogelijk opgeruimd, maar het tapijt moet nog worden schoongemaakt.'

Louise liep door de gang naar de achterkant van het gebouw, opende een werkkast en haalde er een stofzuiger en een karretje met schoonmaakspullen uit. Ze stond nu al te hijgen. Ze was het niet gewend zo veel gewicht mee te zeulen. Zoals haar was opgedragen, deed ze eerst de eetzaal, een naargeestig vertrek met groen geschilderde muren en lampen die een akelig geel licht verspreidden. De enige versieringen aan de muren waren een gelamineerde kopie van de voorschriften van de brandweer en een stuk van een zelfgemaakte papieren slinger die iemand daar afgelopen Kerstmis met inmiddels vergeeld plakband had opgehangen.

Toen ze klaar was, duwde ze het karretje naar de recreatiezaal, waar ze onmiddellijk zag waar meneer Turner zijn ongelukje had gehad. Er zat een grote, donkerbruine vlek in het grijze tapijt. Ze zuchtte, maar ging niet meteen aan de slag. In plaats daarvan liep ze naar de achterdeur en keek links en rechts de gang in, al wist ze zeker dat het veilig was. Joy kwam alleen de personeelskamer uit als het absoluut noodzakelijk was, en de nachtploeg kwam pas over een uur. Het was waarschijnlijk in strijd met de wet dat er soms maar één vast personeelslid aanwezig was, maar de eigenaars van het tehuis beknibbelden overal op. Ze lieten het personeel minder uren werken, en het kon ze niets schelen als de schoonmakers niet precies aan de eisen van Gezondheidszorg beantwoordden, zolang ze bereid waren voor het minimumloon te werken, handje contantje.

Schandelijk hoe weinig ze zich om de bejaarden zelf bekommerden.

Louise sjokte door de gang, maar ze vermeed de lift, want ze wist dat er een bewakingscamera op de deur was gericht. In plaats daarvan liep ze de trap op naar de eerste etage.

Ze hoorde iemand kreunen achter de eerste deur die ze passeerde en nam zich voor op de terugweg een kijkje te nemen. Mevrouw Goldstein had het nu erg zwaar. Het was bijna haar tijd.

Alle kamers hadden een gelamineerd plaatje op de deur met de naam van de patiënt in dikke zwarte letters. Op dat van de derde kamer links stond MRS. BARBARA WHITTAKER. Louise duwde de deurklink naar beneden, ging geruisloos naar binnen en deed de deur weer achter zich dicht.

'Dag, mam,' zei ze zachtjes tegen de gekromde gedaante onder de dekens. 'Was je bang dat ik niet zou komen?'

Ze liet zich moeizaam op de stoel naast het bed zakken en nam een van de kleine, klauwachtige handen tussen de hare.

'Ik zal je nooit in de steek laten, mam. Daar kun je van op aan.'

In de schemerige kamer klonk een zacht gekreun, als van een gewond dier.

'Stil maar. Er zijn nog een paar dingetjes die ik moet regelen, er is nog wat onrecht dat hersteld moet worden, maar we zullen snel weer bij elkaar zijn, en waar ze je ook naartoe brengen, ik zal je weten te vinden. Wij hebben elkaar. Voor altijd. Wat een zegen.'